北宋生活顧問 1

游素蘭 繪
阿昧 著

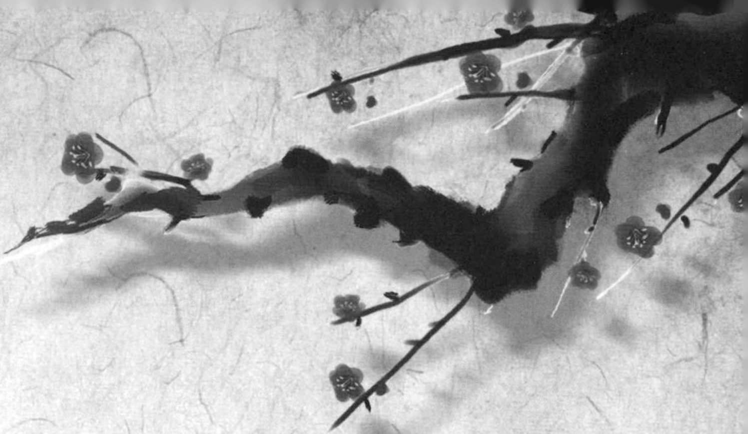

目次

壹之章　寄人籬下

北宋，四川眉州殷實農家。

清晨，陽光透過紙糊的窗戶，照在四周圍了欄杆、僅在正面留有出口的木頭床上，窗外一叢密密的竹子，從中傳出鳥兒的唧唧啾啾，更遠一些，還有牛牟雞鳴和隱隱幾聲狗吠。

外面必是一派田園風光，林依的心情卻輕快不起來。一年前，她穿越成一名父母雙亡的十歲女童，寄居張姓遠房親戚家，連名字也由姜語變作了林依，族中排行第三，人稱林三娘。

張家三代同堂，老夫人已逝，老太爺健在，膝下兩個兒子，大兒在外為官，這鄉下老家，就只有老太爺帶著么兒一家居住。不過么兒一年前攜友東遊去了，家裡僅有么兒媳婦方氏帶著三個孩子。

寄人籬下的日子，林依一語不敢多講，一步不敢多走，時時處處須得小心翼翼，生怕惹了當家主母生氣，被掃地出門。她嘆了口氣，輕手輕腳起身，穿上左右對襟的齊腰花夾襖，白中泛黃的夾棉褲，繫好綴在褲腰中間的褲帶子。穿戴完畢，奶娘楊嬸已拎了一桶水進來，分別倒進兩隻銅盆，輕聲問道：「八娘還未醒？」

林依搖頭，走到床前，喚了幾聲。

張八娘是當家主母方氏的幼女，頭上兩個姊姊早夭，因此看得嬌貴些。她揉了揉惺忪的睡眼，在被子裡扭了幾下，終於不情不願地起身，嘀咕道：「爹去遊山玩水，娘就趁機逼我學女紅，我寧願去看書。」

林依只一笑，沒有答話，在綠枝瓷盒子裡挑了點兒牙粉，細細揩牙，倒水漱口。隨後走到臉盆架子前，抓了些粉末狀的澡豆放在掌心，用水和勻了，撲到臉上，慢慢地揉搓，待得揉出泡沫，再用清水沖乾淨。她取了紅梅瓷盒子裡的油膏來擦臉時，張八娘才開始揩牙，嘴裡仍舊嘀嘀咕咕：「伯父只捎了牙粉回來，卻未捎刷牙子，害得我們只能用手揩。」

楊嬸遞過漱口的杯子，叫了一句：「罷喲，有牙粉使已不錯了，那些種田漢，都只拿清水漱個口罷了。」

張八娘雖有些嬌氣，脾氣卻很好，被反駁也不生氣，只朝她吐了吐舌頭。

林依自書架子上取了本書，邊看邊等張八娘，過了約莫兩刻鐘，終於等到她梳洗完畢，二人手牽著手，去堂屋請安，順路吃早飯。

張家人已圍坐在八仙桌前，主座上花白鬍鬚的老漢，是張老太爺；左側鵝蛋臉，細眉大眼的，是當家主母方氏；右側的是方氏的兩個兒子，張八娘的兩位兄長，大的叫張伯臨，小的叫張仲微。林依和張八娘雙雙請過安，在下首的空位置上並排坐了，另一位奶娘任嬸與她們端上粥，擺上筷子。

桌上四碟子菜，一碟炸小魚小蝦、一碟熏臘肉、一碟切得細細的炒青菜，另外還有一碟子鹽豆，以供張老太爺佐酒。這普普通通的幾碟子，在北宋食不果腹的鄉間，已屬好菜了。

方氏出身書香門第，對儀態要求嚴格，林依一手端粥碗，一手執竹筷，安安靜靜喝粥，另幾個孩子亦是如此，只有張老太爺不時發出「吧唧」的聲響，惹來方氏不經意的皺眉。

飯畢，眾人出門，各忙各事，張老太爺去放牛，這是他老人家最大的愛好，一袋肉乾，一壺烈酒，在山上一待就是一整天；張氏兄弟去上學，他們師從眉山城西壽昌書院州學教授，一心要參加科舉；張八娘則跟著方氏去學繡花，學織布，學裁剪衣裳，學廚藝；林依曉得方氏不喜自己在她眼前晃悠，便自動自覺地去了廚房，幫楊嬸舂米。

北宋的米，即便是市場上出售的，都是帶殼的，須得在下鍋前用搗藥罐一樣的物事讓穀子去殼，舂出來的殼就是米糠，剩下的米粒即是白米。

楊嬸看著林依一下一下把棒槌敲進盛器裡，嘆道：「妳成日做粗活，不學些女紅和廚下的活計，將來怎好嫁人。」

林依暗自苦笑，哪裡是她不想學，是方氏不想教而已。她心中苦澀，嘴角卻還啜著笑，道：「學那些有什麼好的，八娘每晚都抱怨枯燥乏味，抱怨二夫人逼得緊。」楊嬸停了手裡的活計，跺腳道：「傻妮子，逼著學這學那，才顯見得是親生的呢。二夫人就是對妳不上心，才任由妳成天玩耍。」

林依唇邊的笑意一絲未變：「我不過是老夫人的族中親戚罷了，二夫人肯收留我，已是我的福氣，哪兒敢奢求太多。」

楊嬸左右瞧了瞧，見方氏的心腹任嬸不在周圍，便湊近了林依，悄聲道：「妳不會真以為只因妳是老夫人的族親吧？老夫人在世時，可是為妳和二少爺指腹為婚過的，這叫婚約……」

林依臉上笑容未變，手中的棒槌卻慢了下來，忙忙地打斷她道：「楊嬸，此話休要再提。」

楊嬸一愣，旋即記起來，方氏存心模糊這門親事，是不許任何人提起的，她又深嘆了一口氣，自言自語道：「不願意這門親事，就不教妳女人家的活計，這是作何道理……」

林依沒有作聲，這道理，她約摸猜得出來，方氏大概是想把她培養成「三不會」的女孩兒，好有藉口推了這門親事。她搗完盛器裡的最後一粒穀子，抬起身子：「楊嬸，我回房了，趁著二夫人不在，去練練字。」

楊嬸點了點頭，幫她把石製的盛器挪開，道：「去吧，我替妳盯著，有人過來我就咳嗽兩聲。」

林依朝她感激一笑，拍了拍身上的米糠，朝門口走去。楊嬸突然叫住她，自腰間荷包裡掏出一包物事，遞給她道：「二少爺叫我給妳的。」

林依接過來一瞧，原來是張家前些日子做的糖，這是典型的鄉下飴糖，什麼都未添加，直接切成小小的長方形。她掂了掂小包，塞回楊嬸手中，道：「八娘那裡有，她性子妳是曉得的，只要有她的，就有我的，這糖妳拿回去給孫子們吃吧。」

楊嬸笑得有些曖昧，壓低了聲音道：「這可是二少爺的心意……」

林依本是大大方方，卻被她這副樣子羞紅了臉，扭了頭就跑。她一氣衝回房中，坐在桌前猶自感嘆，宋人真真是早熟得厲害，她這具身體，不過十歲而已，楊嬸就能講這樣的玩笑話；她又想起張八娘，只比她大三歲，卻已在為嫁人事宜而忙碌了。

張八娘昨晚才練過字，筆墨紙硯還擺在桌上，林依取出張仲微送的字帖，一面臨摹，一面注意地壩裡的動靜。

張家房屋是個三合院，呈「凹」字形，「凹」字底下的一橫處，是一排臥房，中間是堂屋；正房兩邊延伸出兩通拐角的偏房，左邊的幾間依次是廚房、堆著農具的雜物間、豬圈和茅廁，右邊的一排是存糧的糧倉；「凹」字中間那塊用來曬糧的空地，即是地壩。

她之所以要盯著地壩，是因為通常情況下，任嬸不會任由她閒著，總會找點兒事與她做。果不其然，沒過半個時辰，餵完豬的任嬸穿過地壩，直直朝張八娘的閨房而來。

林依忙藏好字帖和寫滿了字的紙，再將硯臺等物歸位，任嬸推門進來時，她正在天青釉的汝窯筆洗裡洗筆，抬頭一笑：「八娘昨兒練完字，筆都忘了洗。」她一面講，一面默默向背了黑鍋的張八娘致歉，但任嬸還是能尋出罵點來：「既是昨日用過的筆，當時就該幫她洗了。」

楊嬸從外面探進頭來，駁道：「三娘子洗不洗的，輪不到妳來多嘴，妳和我一樣是個下人呢。」

任嬸又氣又羞，一張老臉漲得通紅，忿忿走出門去，丟下一句話：「今兒舅老爺要來，家裡人手短了，二夫人叫妳中午給兩位少爺送飯去。」

楊嬸對著她的背影啐了一口，回頭問林依：「我沒給妳惹麻煩吧？」

林依極少有機會進城，還在想著送飯是項美差，哪裡會同任嬸計較，笑道：「我已夠麻煩了，還能麻煩到哪兒去，倒是妳，不要讓她遷怒了才好，她可是最愛在二夫人面前嚼舌根的。」

楊嬸滿不在乎道：「四川自古以來的規矩，我奶了二少爺，張家就要給我養老，趕不得我，賣不得我，我怕什麼。」

林依亦曉得這規矩，聞言不再多嘴，挽著她朝廚房去，笑道：「楊嬸的廚藝無人能比，就算不是奶娘，二夫人也離不得妳。」

楊嬸自然曉得她心裡的小九九，刮了刮她的鼻子，笑道：「二少爺愛吃煲仔飯，我曉得。」

這楊嬸，什麼都能扯到張仲微身上去，林依無奈搖頭，快步到得廚房，關門，洗手，戴攀膊，走到砧板前切熏肉片。她雖無機會在大宋學做飯，但穿越前，卻是會好些菜式，一般家常菜，可難不倒她。

楊嬸淘了米，放到熱水裡泡著，問道：「三娘，妳明明會做飯，為何不露兩手給二夫人瞧瞧？偏要將新奇的菜式教給我，讓我出這風頭。」

林依切完熏肉，又開始切薑絲，笑答：「我怕風太大，被颳走了。楊嬸妳身子骨結實，多擔待些。」

楊嬸也笑了起來，連聲道：「我省得，省得。」

新春的白米泡過了十來分鐘，林依取了一隻小砂鍋，在鍋壁上抹了點兒油，再把泡好的米放進鍋裡，加水，燒開，然後夾出爐中幾塊木柴，調成小火，慢慢燜著。等到米飯七八成熟，又加進厚厚的幾片熏肉和細細的薑絲，最後打上一顆雞蛋。她忙完這些，蓋上鍋蓋，只留兩塊木柴在爐裡燃作小小火苗，然後去幫忙楊嬸。

楊嬸做了幾十年的飯，手腳甚是俐落，一碗蒜泥白肉和一碗紅燒魚已擺在灶臺上。林依讓她先歇著，接過她手中的活兒，炒了一個清淡的冬瓜片。

其實這時離飯點尚早，只是州學在城中，距離較遠，林依不得不提早上路。楊嬸取了個外面包裹了棉布的食盒子，將飯菜裝進去，送她出門。

林依順著蜿蜒山路，踏上官道，進入眉山城城門，她人小腿短，到得壽昌書院時，已足足走了一個多時辰，汗流浹背。她到的時候巧，正逢學生們下課，在門口等了一會兒，就見張家老大張伯臨走了過來，伸出手促狹笑道：「聽說老二送了包糖與妳，分幾塊我嘗嘗。」

林依可不是愛害羞的人，白了他一眼：「若我未記錯，你已十七了吧，莫要作小兒姿態。」

張伯臨沒能逗到她，訕訕地摸了摸鼻子，朝後喚了兩聲：「二小子。」

張仲微胳膊下夾著書，腳步匆匆地走過來，看到林依，明顯一愣，忙忙地解釋：「看書忘了時辰，我不知妳要來……」一語未完，突然瞧見她滿頭是汗，連忙雙手去接食盒，順路從盒底子下頭塞了條擦汗的帕子過去。

張伯臨眼尖，瞧見了他們的小把戲，嘻嘻一笑又準備出聲逗林依，卻被張仲微一把摟住了肩膀，拖到書堂裡去吃午飯。

書院裡的學生，大都是城中人，此刻全回家去吃飯了，書堂中空蕩蕩的，別無他人。林依走了進去，見張氏兄弟二人狼吞虎嚥，忙勸道：「慢些吃，莫噎著。」

張仲微吞下一塊熏肉，道：「教授不許我們在書堂吃飯的，得趕緊。」

林依聞言，也怕他們被教授抓住挨訓，便站在門口替他們守著。半大的小子，吃飯就是快，沒過會子就將三盤子菜掃了個精光，林依快手快腳地收拾好殘局，拎起食盒準備回家。

張仲微送她到門口，問道：「妳帶了我與妳的糖？」林依搖了搖頭，只道放在家中，沒把將糖轉送楊嬸一事告訴他。張仲微從荷包裡摸出二十個鐵錢，遞給她道：「方才叫妳一起吃點子，妳卻不肯，我還道妳帶了零嘴兒呢，原來是空著肚子。這錢妳拿去買些吃食填填肚子罷，莫要餓著了。」

林依搖頭，把錢推了回去，拍了拍胸口，道：「出門時楊嬸給了我幾個錢呢，不必擔心我。」說完不等張仲微反應過來，轉身就跑。

她懷裡哪有什麼錢，只有兩雙萬字格的鞋墊，那是她空閒時向楊嬸學來的手藝。收購鞋墊的小店就在回去的路上，她熟門熟路地進去，將兩雙鞋墊賣了十文錢，然後逕直回家。

等到她飢腸轆轆地踏進家門時，飯已開過了，還好楊嬸與她留了些飯菜在鍋裡。她到廚下三兩下吃完，將碗刷乾淨，隨即鑽進臥房，自床下扒拉出一隻黃銅小罐子，把那十文錢丟了進去。這只罐子是張八娘的，因此就算被方氏或任嬸發現，也會以為是張八娘攢的私房錢，不會被沒收掉。

小罐子在手中沉甸甸的，林依察覺到重量不對，忙捉住底子上的罐腳兒，將罐子掉了個頭，倒出裡頭的物事來，果然，在一堆零散鐵錢中，赫然有一小塊銀子。她捏著銀子正納悶，忽見張八娘進來，便舉高了手問道：「這是妳丟進去的？」

張八娘點頭，突然又拍了拍額頭，懊惱道：「是我思慮不周，征租稅、發官俸才用銀子呢，平素誰使這個，拿出去招人現眼。我叫任嬸去兌房換成鐵錢或交子，可好？」

林依搖了搖頭，把銀子遞還與她，道：「我不是這個意思，妳的好意我心領，但錢還是我自己攢的好。」

張八娘覺著不可思議，道：「我曉得我娘不願妳嫁給我二哥，可就算嫁與別人家，陪嫁的花銷亦不會少，靠妳這般十個錢十個錢地攢，待到嫁妝攢齊，人也老了。」

林依唇邊浮上一絲苦笑，這生在蜜罐裡、心地單純的八娘子，還真以為她是攢嫁妝呢。她寄居張家，何處不須打點，就是每月對付任嬸，都要花費不少。

張八娘見她摸著罐壁不做聲，曉得她是倔脾氣上來，定不會再收這銀子，只好嘆了口氣，將銀子收起。

林依收拾好黃銅罐子，一抬頭，瞧見張八娘歪在床上，托著腮愁眉苦臉，忙問：「怎地這副模樣，可是方正倫又追著妳滿院子跑了？」方正倫乃是方氏娘家哥哥的獨子，與張八娘有婚約在身，此刻正隨他父親在張家作客。

張八娘面露鄙夷，道：「他倒是想，可惜追不動。」

林依腦海中浮現出那個大胖子肥頭肥腦的模樣，忍不住笑起來：「他又長胖了？」

張八娘氣鼓鼓地抱著枕頭捶：「渾然似頭肥豬。」

林依彎著腰笑了一氣，奇道：「妳既不喜歡他，當初為何要同意這門親事？我記得妳爹是曾問過妳的意思的。」

張八娘幽幽嘆氣：「中表親，最是興頭呢，爹和娘，都是極願意的，至於我，爹在家時只教我認字讀書，直到今年娘才教我學女紅，我手笨，學得又不好，除了嫁進舅舅家，又有誰願意要我呢。」

林依見她難過，忙安慰她道：「中表親也無甚不好，至少知根知底，像那也來提過親的村東村西的小子們，妳見都不曾見過，哪裡曉得好歹。」

張八娘聽了她這番話，復又高興起來，笑道：「是這個理。」

二人正說話兒，任嬸來請，稱方正倫的娘親來了，要見一見張八娘。張八娘聽說舅母來了，嚇得縮到了床角，將頭搖成波浪鼓，說什麼也不肯去。任嬸狠狠剜了林依一眼，那意思，是怪她帶壞了張八娘。林依暗嘆了一口氣，這與她有何關係，明明是那王氏太跋扈，才使得張八娘不敢去見她。任嬸催得緊，她又著實可憐張八娘，只好幫著勸了幾句，答應陪她一起去堂屋見客。

堂屋裡，主座上坐著方氏，客座上依次是方氏的娘家哥哥方睿、娘家嫂子王氏，及內侄方正倫。王氏向來出手大方，與了林依一套新衣、一雙鞋襪作見面禮，又將一對鐲子套上張八娘的手腕，拉著她問東問西。趁著這空檔，方氏叫過林依，問道：「中午妳去書院送飯了？」

林依奇怪，去書院送飯，不正是方氏的吩咐，怎又來問？她不知其意，便只點了點頭。方氏盯了她一時，沒有繼續追問，但臉上卻是鐵青一片。林依還在疑惑，忽地瞧見任嬸得意模樣，猛然明白過來，這哪裡是方氏的吩咐，分明是任嬸在楊嬸處吃癟，設局報復，也怪自己粗心大意，竟信了她的鬼話。

堂上畢竟有客在，方氏的壞臉色未持續多久就恢復了正常；她娘家哥哥方睿捧著一盞茶，不知望著何處，魂遊天外；方胖子方正倫一雙小眼直直盯著張八娘，捨不得挪開。王氏拉著張八娘，問過了衣食住行，開始進入正題，考詢女紅廚事學習進度，當她得知張八娘還未學會做飯，臉上立時就不好看起來。

方氏顯出幾分慚愧，畢竟閨女學技不精，乃是做母親的教導失職，她見王氏是要繼續考問張八娘的樣子，忙起身與她續茶，問道：「嫂子，聽聞城中小娘子，都愛將腳纏得小小的？」

王氏叫她打了岔，有些不悅，道：「教坊的舞女才那般行事，正經人家的娘子，少有纏腳的哩，妳問這些作甚？」

方氏討了個沒趣，回位坐下，藉著吃茶掩飾尷尬。王氏拖了張八娘的手，要現帶她去廚房見識廚藝，唬得她一張小臉慘白慘白。方氏心疼閨女，且擔心她出醜，忙上前一步拽了王氏的胳膊，不住地朝方睿打眼色。

方睿皺了眉，起身道：「時辰不早了，回家去。」王氏不願意，拽著張八娘的胳膊不肯放，無奈方睿幾個大步出了院子，她只得不情不願地鬆了手，跟著出去了，臨行前還再三叮囑方氏要加緊調教張八娘。

方氏憋了一肚子的氣，但王氏要瞧未來兒媳的手藝尚屬正當舉動，不好挑得她的刺兒，只能在心裡罵幾句罷了。她坐在椅子上悶了一時，就又想起林依上書院送飯的事體來，黑著臉喚來任嬸吩咐道：「取布條子和明礬，與三娘纏腳。」

任嬸還不曾應聲兒，楊嬸急了，道：「二夫人，妳這是作甚？聽說纏腳疼著哩，三娘子又不是舞女，何苦讓她遭這個罪。」

張八娘也從旁幫腔道：「咱們生在鄉間，纏了小腳怎好走路？」

方氏心中冷笑，正是要纏一雙不好走路的小腳，才走不到書院去送飯呢。她一語不發，站起身指了指廚房的門，張八娘立時不敢再吱聲，乖乖地跟在她身後去了。

下人是不敢違背主人的意思的，楊嬸縱然再不情願，也只能走過去安慰了林依幾句後，陪著她回房。任嬸到偏房尋了塊粗布，胡亂撕作長條，再按著方氏的吩咐找明礬，卻未翻著。其實她根本不會纏腳，加之曉得方氏只是想罰林依，並不是真要與她纏出一雙漂亮的小腳，便放棄了明礬，單拿了布條來使。

粗糙的布條摩擦到腳底，有點疼，有點癢，林依眼見得任嬸伸了手，要折她的腳趾頭，突然微微笑起來：「若二夫人曉得是任嬸讓我去書院送飯的，不知會作何感想。」

任嬸第一反應是矢口否認，但證人楊嬸就在旁邊站著，她只好服了軟，縮回手道：「不折了，鬆鬆纏幾道吧。」

林依卻搖頭：「還是稍稍折一折，不然叫二夫人瞧出來，咱們都不好過。」

任嬸點了點頭，依她所言，半折腳趾，做了個樣子。楊嬸對這樣的結果頗感驚喜，卻又不解，待得任嬸離去，悄聲問道：「明明是任嬸使壞，何不向二夫人言明？」

林依苦笑道：「二夫人正愁尋不到法子整治我，若是聽說了實情，只怕不但不罰任嬸，還要賞她呢。」

楊嬸一想，這還真像是方氏的行徑。她也尋不出什麼好法子出來，只好安慰了林依幾句，起身離去。

這般纏的腳，坐著時無甚感覺，但只要站起來走動，壓在下面的四個指頭，便會鑽心的疼痛。房中只剩了林依一個，但她仍不敢解開布條，生怕方氏會突然前來察看。

黃昏時分，方氏還未現身，林依慢慢挪到了桌前，對門而坐，邊練字，邊盯著門口。一刻鐘過去，她未等來方氏，卻見張氏兄弟出現在門口，不禁驚訝道：「你們怎地來了，小心二夫人瞧見。」

張仲微存了心來看她，腳下未停，道：「我娘帶八娘和任嬸出門去了，我們來尋妳有事。」

既是方氏不在，林依便安下心來，她曉得鄉間不甚講究男女大防，加之他們兄弟倆是一起來的，算不得獨處，更是無甚妨礙，於是坐得穩穩的，擱了筆等他們道明來意。

張伯臨走到她對面坐下，自筆架上取了支斑竹管的兔毫筆，在指間飛快轉著，嘖嘖道：「妳倒是悠閒。」

張仲微看了林依一眼，替她辯解道：「練字是好事。」

林依輕輕一笑，問道：「你們所來何事？」

張仲微道：「我與大哥商量，想湊份子與八娘添妝，卻不知買什麼好，因此來向妳討主意。」

林依列了些張八娘平素的喜愛之物，笑道：「若真湊份子，算我一個。」

三人講了會子閒話，張仲微估摸著方氏將回，便從袖子裡掏出一包果子遞給林依，同張伯臨兩個告辭。林依站起身，欲送他們到房門口，卻忘了腳是被裹住的，腳趾頭乍一吃痛，就有些站不穩，左搖右晃了好幾下，才扶著桌邊邊勉強站住了。

張仲微緊張起來，忙扶她坐下，連聲問她是不是身子不爽利。他們在場，林依不好彎腰去揉腳趾頭，勉強笑道：「纏了腳而已，不是什麼大事。」

張仲微皺起了眉，張伯臨卻撫掌大笑：「纏得好，纏一雙小腳才惹人喜愛呢。」別個受苦，他卻高興，林依瞪了他一眼，氣道：「出去尋你的小腳娘子去。」

張伯臨討了個沒趣，摸了摸鼻子，先一步離去。他一走，張仲微便道：「我替妳解開。」他蹲下身，伸了伸手，又縮了回去，紅著臉道：「妳自己來吧。」

林依搖頭，輕聲道：「二夫人還未瞧過，怕是要纏幾日了。」

張仲微執意要她解開，道：「妳總不能一直疼著，若是我娘怪罪，就說是我逼著妳解的。」

林依聽他如此說，很是感激，但怎能叫他因自己而受責罰，忙道：「只要不走路就不疼，莫要擔心我。」

張仲微急了：「不走路，難道成日坐著？解了，解了。」

林依瞧著他著急上火，忙安慰他道：「莫急，我自有法子，不出三日，二夫人定會親自開口讓我解開。」

晚飯時分，方氏一行才回來，人人滿臉疲憊，看似累得緊。原來方氏聽說村東頭有戶人家佐料齊全，便帶了張八娘去，教她辨認，卻無奈張八娘於廚下一事毫無天賦，折騰了半日也未能認全，她只好每樣討了些回來，預備日日加緊教導，誓要讓王氏下回來時挑不出錯。

張八娘望著滿桌子的佐料長吁短嘆：「看著都分不清，還非讓我只聞味道，這不是人做的事。」

林依解了裹腳布，好生安慰了她幾句，又叫楊嬸打了水來洗臉洗腳，同她兩個安歇了。

第二日清晨，林依梳洗完畢去吃早飯，從堂屋門口到飯桌，短短一截路，她足足摔了三跤，摔得張八娘都眼淚汪汪。張仲微起身欲扶，方氏怒目相加，張老太爺覺出了不對勁，一問才知，原來林依讓方氏纏了腳，他當即擱了筷子，怒問緣由。方氏急急忙忙講了些「我是為她好」等語，但張老太爺哪裡肯信，摔了面前的碗，大發雷霆，只差將她趕去張老夫人牌位前跪著。

方氏挨了教訓，忙忙地催促楊嬸替林依解裹腳布。楊嬸扶著林依回房，佩服道：「還是妳有法子。」

林依卻絲毫不覺得高興，別瞧她昨日在張仲微面前信心滿滿，其實哪有什麼好法子，只此下策而已，誰知方氏受了氣，會不會遷怒於她。不過就算遷怒，她也不悔，打罵總比纏腳的好，折著腳趾頭走上一日，她的一雙腳，怕是就此廢了。

就在林依提心吊膽，擔心方氏找碴之時，王氏先將方氏纏上了，隔三差五就遣人來問張八娘的學習進度，害得方氏成日紮在廚房教課，無心旁顧。

這日，王氏領著個婆子又來了，稱那婆子最擅廚藝，要將她留下教導張八娘幾日。這般明顯的瞧不起人，惹得方氏大怒，當即誇下海口，三日內必要讓張八娘做出一桌子好菜，請王氏前來品嘗。負責廚房的楊嬸亦很重視此事，同方氏商議了半日，定出了幾個既拿得出手又簡便易學的菜式來。

張八娘被她們折騰了一整天，晚間回房，神情憔悴，林依就著她的手，將那菜單子瞧了一眼，暗自搖頭，這些菜式，大多是蒸菜，火候可不好掌握。她同張八娘相厚，便好心提醒了她幾句，但張八娘稱，到時火候一到，楊嬸就會給她打手勢。原來是有了作弊的法子，林依捂嘴而笑，放下心來。

這三日裡，張八娘專心致志學習如何調味，因有了壓力，倒也進步神速，雖還達不到美味的程度，但好歹鹹淡差不離。

王氏再次登門時，張家人都對張八娘的廚藝信心滿滿，方氏還特意將陪嫁的一套青釉花口盤子翻了出來，好讓閨女的菜色更賞心悅目些。王氏取了只盤子，瞧了瞧，向眾人道：「這盤子是你們二夫人出閣時，我親自與她挑的。」

眾人聽她這般講，少不得要湊趣，聚攏來瞧，只見那盤子開口荷花邊，周圍一圈兒纏枝梅花，裡心壓印紅囍字，果真樣式極好。

正當一群人圍著瞧盤子，齊聲稱讚之時，王氏帶來的媳婦子已悄悄來到廚房外，有一句沒一句地與楊嬸搭話。有這麼個人在身旁，楊嬸哪裡有機會與張八娘打手勢，急得額頭直冒汗，渾似熱鍋上的螞蟻。

可憐張八娘，只學了調味，未掌握火候，忙手忙腳了半日，先是將鴨子蒸過了頭，後是把辣子雞燒糊了一半。等到幾盤子菜端上來時，方氏的臉就好似那燒糊的辣子雞，黑了。

王氏連筷子都不曾拿起，嗤笑方氏道：「這就是妳講的一桌好菜？果真是好得很。」

方氏失了顏面，垂著頭不好意思作聲，王氏扶了媳婦子的手，起身道：「罷了，都是親戚，既然妳教不好，就早些嫁過來我親自教吧。」

方氏還當她是氣話，不料隔日真有媒人上門，挑了財禮來議成親的日子。按著不成文的規矩，成親早晚，取決於送的財禮多寡，王氏想來是曉得這個，四時髻花、上細雜色彩緞匹帛、花茶果物、團圓餅、羊酒、各色精米、乃至菜蔬種子……幾乎擺滿了整個地壩。

方氏摸不透王氏的心思，不知她為何寧願多花財禮，也要提前娶張八娘進門，但事情到了這一步，已由不得她多想，只能將財禮收下，一面使人給東遊在外的娃兒他爹張梁去信，一面開箱取錢置辦嫁妝。

張家在村子裡當屬小富之家，有田數百畝，但遠不能與巨富方家相比。方氏嫁入張家時，嫁妝足有十車，外加百畝水田，而張八娘已備齊的嫁妝，僅有八車。方氏為這差缺的兩車嫁妝，日夜發愁，她想把自己的嫁妝添幾箱子進去，又怕被精明的王氏瞧出來，徒惹人笑話。她思慮再三，決定將自己的嫁妝變賣成現錢，再與張八娘添些新的物事。她的官人張梁尚在趕往家中的路上，張老太爺不管事，兩個兒子要上學，她無人可以商量，只好叫了任嬸、楊嬸和林依，幫著清點要賣掉的嫁妝。

林依進得方氏房中時，地上已擺了三只箱子，兩大一小，任嬸取鑰匙先開了第一隻，乃是滿滿一箱四季衣裳。方氏取了一條十二幅的牡丹裙，道：「料子是上好的，可惜舊了些，不知賣不賣得起價。」

任嬸原是方氏的陪嫁，見狀有些不忍，勸道：「二夫人總要有幾件頭面衣裳，還是留著吧，咱們另賣別的。」

方氏不置可否，示意她繼續開箱。第二只箱子裡頭拿木板隔了小格，放的是些器皿擺設，有瓷器，亦有玉器，方氏歡喜道：「這一箱子還能值些錢。」

任嬸接著開了最小的那只箱子，裡頭分了三層，放著方氏平素不大使用的首飾。楊嬸心裡惦記著林依，勸方氏道：「不到最後一步，誰人會賣首飾，有那一箱子擺設盡夠了。」

方氏是有心賣首飾的，就嫌她不會講話，先將她趕了出去，才挑了幾樣首飾出來包好，擱到裝擺設的箱子裡，吩咐任嬸和林依隔日拖到城裡去賣了。

林依應了一聲，起身告退，才走到門口，便聽得任嬸在向方氏道：「不纏腳還是有好處，好當粗使丫頭使喚。」她故意放慢了腳步，直到方氏的笑聲傳來，方才快步回房，心道，塞給任嬸的二十個錢，還是有作用的，也只有她能哄得方氏開心了，方氏開心，她林依的日子才好過。

第二日，任嬸將大箱分作兩只小箱，請隔壁小子幫忙挑了，帶著林依，一道上眉山城，托個牙儈將擺設首飾賣掉，換了一遝交子回來。方氏得了錢，行事便宜許多，親自帶人朝城裡跑，一件一件挑選。張伯臨張仲微兄弟和林依則湊了份子，與張八娘添了一隻妝盒，裡裝最時興的胭脂水粉。

方氏在替張八娘辦嫁妝的過程中，次次不忘將林依帶在身邊，有意無意便提醒她，嫁人不易，沒得好陪嫁，就休要有嫁入富貴人家的念頭。林依每回都只當沒聽見，卻暗暗下定決心，不論嫁與不嫁，都要掙回些財物來，爭這一口氣。

張八娘的嫁妝置辦齊全，已然是年後，春暖花開之時，張梁家書至，稱他即將到家，這消息讓方氏興奮不已，連見了林依都是滿面春風。

張梁東遊，已去了將近一年，張老太爺站在地壩裡隔空罵了幾句「不孝子」，轉身樂呵呵地指揮任嬸掃院子，掃過道，掃梁上的蜘蛛網。方氏算了算張梁歸家的日期，覺得還算充盈，於是請了幾個泥瓦匠人來家，將臥房粉飾一新，隨後又忙著翻箱子尋新被褥，尋與張梁做新鞋，忙得不可開交。

張梁信中講的是一個月後到家，但不知是蜀道艱難還是旁的緣由，全家人足足等了三個月，才把他給盼回來。

此時節已熱了起來，方氏換了輕便涼爽的家常舊衣，領著下人和孩子們搬張梁帶回的箱籠，張梁則去了堂屋，給張老太爺請安。

「那只箱子是我的，姊姊莫要弄混了。」

一清亮的女聲響起，眾人皆是一愣，齊齊抬頭望去，只見偏房門口站著個年輕娘子，正朝著方氏行禮。她頭上梳著流蘇髻，身上一件嫩黃衫兒，下配六幅羅紗裙，裙帶中間還壓著個渾圓的「玉環綬」。這副裝扮，不但讓方氏失了顏色，還讓她失了方寸，黃衫兒娘子的行李同張梁的放在一處，她梳的又是婦人髮式，明眼人一看便知，這定是張梁在外頭納的妾。

最先反應過來的是任嬸，她一心護著方氏，抓了把竹子紮的大掃帚，將黃衫兒娘子朝外轟，口中罵道：「咱們不認得妳，打哪兒來，上哪兒去。」

黃衫兒娘子冷不丁被掃帚掃到鞋面，尖叫了一聲，引得張梁出來喝斥了任嬸幾句，又向方氏道：「我在外頭無人服侍，便納了銀姊，待會兒叫她與妳斟茶。」他的話，不是商量，而是告之，這讓方氏很下不來台，但孩子們都在近前，她不好作出爭風吃醋的模樣，只好裝了賢慧大度，應著去與銀姊收拾房屋。

張梁喚過銀姊，帶著她進了堂屋，幾個孩子站在簷下面面相覷，不知該各自回房，還是跟著進去。過了會子，裡頭傳來張老太爺的聲音，似在責備張梁：「你已年過四十，又是孤身在外，納妾本不算什麼，但不該不知會媳婦一聲。她在家帶四個孩子，辛勞操持家事，還要在我這個老頭子跟前盡孝，真真是難為她。」

沒有張梁的聲音傳出，想來是他不敢在父翁面前頂嘴，又過了一時，裡頭傳來銀姊與張老太爺磕頭請安的聲響，幾個孩子相視一眼，一齊走了進去，站到張梁面前，作揖的作揖，萬福的萬福。

張梁見了孩子們，露出歡喜神色，先問過了張伯臨張仲微的學業，又問張八娘可有背幾首好詞。張八娘拉了張梁的袖子作撒嬌狀，嗔道：「爹，娘成日只逼著我做女紅做飯菜，我都好久未翻過書了。」

張梁笑了起來，正欲安慰她幾句，方氏出現在門口，板著臉責道：「無規無矩，讓人看了笑話。」

張八娘不知母親為何要講這般重的話，癟了癟嘴，抹著淚奔了出去。

方氏不過是含沙射影罷了，除了單純的張八娘，其他人都聽了出來，一時間，堂屋裡的氣氛沉寂下來。

張老太爺到底心疼兒子，敲了敲青銅煙袋鍋子，吩咐任嬸道：「取茶壺茶盞來，叫新姨娘與二夫人奉茶。」

方氏明白，妾已屬既定事實，她鬧下去也無甚大用，還不如提了精神，擺一擺正頭娘子的款。她思至此處，提了裙子到正位上端端正正坐了，受了銀姊幾個頭，吃過茶後，又在嫁妝首飾裡挑了個最不起眼的雙股銀釵，作了見面禮。

張梁見她全了自己的臉面，高興起來，扭頭吩咐楊嬸擺飯，說要與老太爺吃幾杯。方氏親自下廚，燒了幾個好菜，又取了一壺好酒，欲與張老太爺和張梁斟上，張梁卻攔住她，招手叫銀姊過來伺候，笑道：「夫人如今也有人服侍了。」

方氏暗恨，家中兩個奶娘，還有林依，哪裡就缺人服侍了，再者，銀姊若是真心奉承大婦，方才油煙滾滾的廚下，怎不見她的蹤影。她心中恨極，臉上卻帶著笑，待得銀姊斟過酒，還叫任嬸搬了個凳兒來，道：「不是外人，坐下一起吃吧。」

張老太爺覺著張梁虧待了她，攔道：「她不過是個妾，桌上哪有她坐的地方，等到撤了飯菜，到廚下吃去。」

方氏誓要將賢慧裝到底，執意讓銀姊坐下，甚至還出手扶了她一把，這舉動，讓張梁立時覺著她可親可愛起來。

林依心細，見那銀姊雖坐在凳子上，卻左搖右晃地不自在，便料得有鬼，悄悄低頭瞧了瞧，果見那凳子有一條腿是短一截的，想必是搬凳子的任嬸搗的鬼。方氏定也曉得任嬸的小動作，眉眼帶著笑，把銀姊看了又看。一頓飯下來，她全副心思都放在銀姊身上，連張仲微偷偷夾了兩回肉給林依也沒瞧見。

「闔家歡」結束，張梁吃得醉醺醺，到方氏房裡歇了。張仲微逮著了機會，央張伯臨放哨，同林依講了好一會子悄悄話才回房。

時辰已不早，林依怕被任嬸發現，匆匆趕回臥房，張八娘正在脫鞋準備安歇，見她回來，道：「銀姨娘裙帶中間的『玉環綬』，是用來壓裙子的嗎？真真是好看，明兒叫娘與我也買一塊。」

林依見她這般沒心沒肺，無奈道：「妳娘因著她，惱著呢，休要去惹她生氣。」

張八娘不解問道：「銀姨娘是爹正經納的妾，聽聞還是清白人家出生，娘為何要生氣？舅舅家的妾好幾個呢，也沒見舅娘因為這個氣惱過。」

林依暗嘆，傻八娘，王氏整治妾室，豈會講與妳聽，暗地裡不知如何行那毒辣手段呢。

張八娘見她不言語，追著她問方氏為何要生氣，林依想了想，道：「妳爹只有一個，屋裡多了個銀姊，陪妳娘的時間就少了。」

張八娘因著即將出閣，被灌輸了不少房中之事，一聽這話就想歪了，撲到床上將頭埋進了被子裡，扭著身子道：「羞死人了。」

林依不知她心中所想，愣道：「妳爹陪妳娘講講話兒，怎地就羞人了？」

張八娘的身子僵了一僵，愈發不敢抬頭，任林依怎麼喚也不理。林依正納悶，忽然聽得外頭傳來吵鬧聲，她忙跑到窗邊，將窗戶推開一道縫，趴在窗臺上朝外瞧去。

左邊的偏房門口，任嬸站在屋簷下罵罵咧咧：「城裡來的女人就是嬌氣，既嫌我們家的屋子不好，那還來作甚，叫二夫人把妳賣個有蚊香的人家，可好？」

林依聽了會子，大概曉得了原委，銀姊住的屋子裡有跳蚤和蚊子，她向任嬸討蚊香，不但沒討著，反惹來一通罵。張八娘不知何時也湊到窗前，道：「銀姨娘脾性兒真好，被任嬸罵了這些時也不見還嘴。」

林依想起飯桌上，她坐了短腿的凳子也不曾吭聲，道：「這銀姨娘，要麼是個柔順的，要麼是個心機深沉的。」

張八娘不解問道：「我看她就是個柔順的，怎地會心機深沉？」

林依來張家的兩個年頭裡，受張八娘照拂頗多，不想看著她帶副簡單心思嫁去婆家受欺負，便拿銀姊進門以來的種種表現作例子，與她詳細分析了一番，可惜張八娘臉上表情懵懵懂懂，也不知有沒有聽進去。

她們住的這間臥房，早在傍晚，楊嬸就拿艾草熏過蚊子了，涼蓆下還鋪了生薑苗去壁虱，鋪了椒葉避跳蚤。林依躺在床上，聽著外頭任嬸的罵聲朦朧睡去，也不知銀姊究竟有沒有要到蚊香。

第二日林依去堂屋請安時，銀姊已在方氏身後侍候著了，細嫩的脖子上明顯有幾個小紅包；張梁似乎沒瞧見愛妾的異狀，神色如常地夾菜吃飯；方氏對此結果十分滿意，嘴角含笑，身子坐得筆直。

一頓飯風平浪靜地吃完，銀姊不曾告狀，方氏不曾發難，張梁更是蒙在鼓裡一般。事態這般發展，林依覺著愈來愈有趣了，飯畢回房，喚齊張八娘和楊嬸，拿十枚鐵錢作彩頭，開起了賭局——林依賭銀姊會趁張梁到她房中歇息之時，展示她身上蚊蟲叮咬出的紅包；張八娘賭她會逆來順受，沉默到底；楊嬸則賭她會趁張梁不在時，與方氏大吵一架。

林依是為了教張八娘凡事多長個心眼兒，才挖空心思設了這賭局，豈料張八娘完全不能體會她的用心良苦，只覺著這賭局新鮮有趣，不住地邊拋鐵錢邊念叨「我一定會贏」。

沒過會子，任嬸來喚張八娘，稱方氏讓她去繼續學廚藝。張八娘唉聲嘆氣，賴著不肯動身，楊嬸苦勸了好一時，才同任嬸兩個拉著她去了。她們都有事，林依便曉得輪到自己掃院子了，她走到雜物間，取了竹掃帚，開始幹活。待她掃到左側豬圈門口時，忽見銀姊站在簷下朝她招手，她顧忌方氏，不敢走近，只站在原地問道：「銀姨娘吃罷飯了？」
銀姊一愣，道：「吃過了。不知能否請妳幫個忙。」
林依客客氣氣道：「銀姨娘請講。」
銀姊壓低了聲兒道：「聽聞眉山城外的草市開了，妳幫我去集上買些蚊香回來，可好？」
這下輪到林依發愣了，敢情她們三個打的賭，一個都未猜對。銀姊見她不吭聲，連忙又道：「不叫妳白跑，除了買蚊香的錢，我再多與妳二十文。」
「蚊香？」林依驚訝道。
銀姊以為她不知蚊香為何物，伸手比劃道：「蚊香是圓餅形狀，內有浮萍、樟腦、鱉甲、楝樹……」
林依打斷她道：「好幾味中藥做的物事，貴著哩，草市上哪裡有賣的。」
銀姊不信：「那草市都賣些什麼？」
林依掰著指頭道：「蓆箔、葫蘆瓢、土釜……反正都是些農家自做的物件兒。」
銀姊面露失望，道：「我要那些土物何用，罷了。」說完，轉身朝房裡走。林依發現她住的屋子，緊靠著豬圈，四川鄉下蚊蟲本來就多，她又被方氏安排住在這樣一個地方，難怪惦記著要買蚊香了。她心下一軟，正想告訴她艾草能熏蚊子，忽見任嬸自廚房走了過來，忙緊閉了嘴，低頭接著掃地。
任嬸今日大概心情好，竟接過林依手裡的掃帚，道：「草市開了，妳且去逛逛吧。」林依還有幾雙鞋墊沒賣，自然是想去的，但上次書院送飯，被任嬸暗算了一回，此番不敢再輕信，口中應著，轉身就去問方氏。方氏尚在猶豫，張八娘卻馬上丟了鍋鏟，拉著她的手撒嬌，非要去逛草市。
方氏可憐她嫁人後出門不易，便點頭答應下來，取了些錢與她，又吩咐林依和楊嬸好生陪著。
張八娘拉著林依回房，換好出門的衣裳，開始挑揀漂亮的荷包，好裝方氏方才與她的零花錢。林依鑽了半個身子到床底，拖出一只未上漆的木匣子，取出一疊鞋墊來，數了數，共有十雙，能賣五十個錢了，她臉上露出笑容來。

張八娘看著她用塊粗布把鞋墊包起來，問道：「妳繡了這麼些，怎地不送一雙與我二哥？」

林依一愣，她還真未有過這念頭，想了一想，做出個噤聲的手勢，低聲道：「他房裡是任嬸伺候的，我哪裡敢送，萬一她在妳娘跟前嚼舌頭，我可就慘了。」

張八娘很是同情她，嘆氣道：「妳和我二哥的親事，乃是祖母在世時定下的，我娘這般行事，實在是……」為人子女，不可言父母之過，因此她話只講了一半，打住了。

林依曉得她要講什麼——被退親的女子，毀了名譽，很難再挑到好人家，方氏若真如願，必是害了林依無疑。

楊嬸在外輕輕叩了叩門，催促道：「兩位小娘子，快些收拾，草市要散了。」

天色尚早，哪裡這樣快就散場，林依與張八娘相視一笑，雙雙將不快的事壓下，攜了手出門去草市。

草市設在眉山城外，乃是定期集市，每隔五日開一回，許多鄉民都趁此機會，將自做的活計，或家養的牲畜、種的菜蔬拿來售賣。林依叫楊嬸陪張八娘逛著，自己則挑了一塊空地，開始叫賣鞋墊。她今日運氣不好，等到張八娘逛完，也只賣出了兩雙，楊嬸出主意道：「不如還拿去城裡鋪子賣？妳好不容易出來一趟，不差這幾步路。」

張八娘也極樂意多逛逛，拖起她就朝城裡去。

三人多行了一截路，把剩下的八雙鞋墊賣了，再沿著街邊店鋪慢慢朝回走，邊走邊逛。行至一雜貨鋪子門前，張八娘忽然叫道：「那裡頭的，是不是任嬸？」

林依與楊嬸順著她所指，探頭一看，果真是任嬸站在櫃檯前，不知買了什麼，正在數錢給掌櫃的。楊嬸看了又看，奇道：「她與了掌櫃一堆錢呢，少說也有五百，究竟買了什麼？」

張八娘也被勾起了好奇心，拉著楊嬸欲進鋪子裡去瞧。林依連忙將她們兩個拽走，道：「想曉得詳細，暗地裡去打聽便是，有楊嬸在，還怕打聽不到？」她這般做，自有她的思量，任嬸一個下人，怎會一次花這許多錢，說不準就有見不得人的事，若是當面撞破，難保被她記恨，還是避開的好。

楊嬸得了恭維，拍著胸脯打包票，稱日頭落山前她就能將消息打探到。

林依拉著張八娘的手往回走，叮囑她莫要將進城的事體告與他人，免得惹來方氏責備。張八娘曉得利害關係，連聲答應下來。林依把她買的小玩意查看了一遍，見其中並無城中獨有之物，這才完全放下心來。

她們回到家中，先到方氏跟前打照面，方氏細心地瞧過了張八娘買的的玩意兒和楊嬸買的鹽，才放她們離去。

林依回到房中，馬上關了門數錢，草市賣掉的兩雙鞋墊，一雙七文，一雙六文，城中店鋪賣掉的八雙，是每雙五文，共計五十三文，加上黃銅小罐裡原先攢的五十文，通共只有一百零三文，這點子錢，實在少得可憐，她掩不住心內失望，坐在床邊悶了好一會兒。

張八娘見她發呆，還道她是無事可做，遂開了針線盒子，取出幾根彩繩，道：「橫豎閒坐，我教妳打絡子，可好？」

能多學一門手藝自然好，林依謝了她，到桌邊坐下，認真跟她學習。

「大紅配石青，松花配桃紅……」張八娘從配色開始，耐心教起，林依學得認真，一會兒功夫，就打出一條同心方勝的絡子來。張八娘接過去瞧了瞧，誇道：「頭一回學，已算不錯了。」她瞧完，卻不把絡子還給林依，攥在手裡笑道：「我替妳送與我二哥去，對外就稱是我送的。」

林依唬了一跳，忙把絡子搶回來道：「這是同心方勝呢，誰人會信？」

張八娘反應過來，另取了彩繩遞到她手裡，道：「那我再教妳幾個別的花樣。」

林依感激點頭，跟著她又學了好幾種，最終選了個攢心梅花，預備送與張仲微。

傍晚時分，張八娘遠遠兒地瞧見張氏兄弟下學回來，拿起梅花絡子就要去送，林依拉住她道：「險些忘了，這絡子既是以妳的名義送，怎能只送二哥，不送大哥？」

張八娘點頭稱是，連忙坐下與張伯臨打了個連環絡子，再才出門去。

過了會子，她笑容滿面地回來，將一遝子竹紙遞給林依道：「二哥給的，說與妳練字使。他聽說那絡子是妳親手編的，捧在手心裡捨不得放下，只差樂瘋了。」

林依抿嘴一笑，道了謝，接過竹紙放好，還接著打絡子。

晚飯後，張八娘喚來了楊嬸，問她消息打探得如何，楊嬸正等著她問這個，眉飛色舞道：「開飯前，銀姨娘屋裡就點了蚊香，她又不得出門，那物事哪裡來？定是任嬸背著二夫人幫她捎回來的。」

張八娘沮喪道：「我們的賭局，竟無一人勝出，可惜十個錢的彩頭了。」

林依納悶道：「蚊香再貴，也花不了五百個錢，她可是還買了什麼？」

楊嬸點頭道：「定然是在城裡買了物事，還未送貨來。」

她所料絲毫不差，第二日中午，城中鋪子夥計送了只大箱子到張家，稱是銀姨娘所購之物。

妾室購物可不違規矩，方氏再怎麼想刁難銀姊，也只能看著那夥計把箱子搬進了她房裡。

堂屋中的幾人想去瞧熱鬧，又怕方氏責罵，豈料方氏自己都好奇，猶豫了好一會兒，還是吩咐道：「妳們且去瞧瞧，別讓她擺了不合規矩的物件兒，惹人笑話。」

眾人得令，歡喜湧至銀姊房中，俱睜了好奇的眼睛四面張望。

屋中原本光光的牆上，掛了兩幅字畫；桌上擺著一只剔花牡丹梅瓶、一面葵口銅鏡；牆角處有一只海棠紅花盆，想來是準備種花養草；靠牆的床上，罩了繡花芙蓉帳，隱約可瞧見裡面的刻花孩兒枕；窗臺上擱著三足八卦熏爐，裡頭燃著蚊香。

林依瞧著這一屋子的陳設，明白了任嬸那些錢的去處，不過楊嬸把錢看少了，這些物件，可不止五百錢。楊嬸大概是同樣想法，張著口看得目瞪口呆，張八娘也是驚訝得講不出話來，只有任嬸臉上神色如常。

銀姊取了印梅白茶盞，斟了兩盞茶，端給林依與張八娘，笑道：「還未買到好茶葉，二位小娘子且將就一回。」

張八娘嘗了一口，這所謂「將就」的茶，比她平日吃的茶還好上幾分。她愈發覺得詫異起來，待得回到堂屋，迫不及待地問方氏：「娘，銀姨娘怎地這般有錢？」

此話道出了所有人的疑問，皆望著方氏等她作答。方氏窩火，又被眾人盯著，愈發覺得失了顏面，當即叫了銀姊來問。

銀姊一身新衣，款款提了裙子進來，不慌不忙行過禮，問道：「夫人喚我何事？」

方氏盯著她看了好一會兒，道：「是我疏忽，忘了與妳添置些日常使用，不過咱們鄉下人家，勤儉為本，太過鋪張，總是不好。」

銀姊受了指責，當即垂頭道：「是我的不是，往後定當注意。」

方氏沒料到她認錯認得這般乾脆，愣了一愣才問：「妳哪裡得來那麼些錢？」

銀姊答道：「老爺給的。」

方氏暗自咬牙，又問：「誰人替妳買來的？」

銀姊再答：「不知老爺所託何人。」

方氏的肺險些氣炸，忍了又忍，終於顧及閨女下人都在跟前，沒有當場發怒，揮手叫銀姊下去了。

任嬸與楊嬸見方氏面色不善，都不敢久留，各尋了藉口散去。張八娘還想問話，被林依扯住袖子，拖了出去。

林依以為楊嬸會暗中告任嬸一狀，不料數日過去，什麼動靜也無，原來那銀姊出手闊綽，在下人跟前打點周到，楊嬸家中人口多，哪兒會跟錢過不去，自然替她瞞了下來。

張八娘天天在方氏跟前，沒幾天功夫，將銀姊錢財的來歷也弄了個明白，原來那些錢，還真是張梁與她的，他們在外時，張梁的錢都交給她管，回家後，也沒找她要回，因此她手中很是攢下了幾個。方氏得知此事，成日催著張梁把錢要回，但張梁認為這般做有失他男人的顏面，堅決不肯，後來被逼得急了，白日裡躲出去呼朋喚友，夜間就在銀姊房裡歇下，連照面也不與方氏打一個。

林依聽完張八娘所述，任何反應都無，她滿心只有各式各樣的絡子，十指如飛，一個接一個地編——張八娘是為了讓她傳個信物，才教了這門手藝，不料卻為她增添了新的進項——一根絡子能賣到十至十五文不等，且不怎麼費工，比賣鞋墊合算多了。

張八娘雖不排斥銀姊，但到底心疼母親，一面繡送給未來婆母的活計，一面唉聲嘆氣。林依見她如此，安慰她道：「她沒得進項，再有錢，也終有花盡的一天。妳娘是嫡妻，膝下有兒有女，她爭破天也爭不過妳娘去，且放一萬個心。」

這話講得既有理又中聽，張八娘露了笑臉，轉頭原樣兒搬去安慰方氏，方氏得知這話出自林依之口，詫異之餘，倒也有幾分欣慰，再見著林依，面兒上情就很做足了些。

張八娘出嫁前夕，銀姊送了一份貴重大禮到她屋裡，林依因與她同屋，沾了光，收到一只蓮紋白瓷枕。她不敢擅自藏下，拿去問方氏：「我退還銀姨娘？」

方氏恨不得把銀姊手裡的錢全扒出來才好，斬釘截鐵道：「收下。」

林依得了允，放心大膽抱著瓷枕回房，隔了幾日，草市開放，她拉了張八娘作陪，將它賣了個好價錢，換回足足兩百文。張八娘瞧著她喜孜孜地把錢裝進黃銅小罐，笑道：「這可比妳打絡子、繡鞋墊划算，往後妳與銀姨娘多走動走動。」

林依被她這話唬了一跳，與銀姊多走動，不怕方氏扒了她的皮？

張八娘成親前三日，方家把催妝的花髻、蓋頭、花扇、花粉盤和畫彩線果送了來，方氏只得將銀姊之事暫擱一旁，先忙著準備回送的綠袍、靴笏等物。這些回禮不過是應景兒，但兩日後的鋪房可是大事，方氏不敢馬虎，提前一日就忙著清點房奩器具和珠寶首飾。其實所謂鋪房，就是先送部分嫁妝過去顯擺，這可關乎張家人的臉面，連張老太爺和張梁都來幫忙。

張梁瞧見一堆箱籠裡，有個朱漆戧金奩格外眼熟，便問道：「這不是銀姊的物件兒？」

張老太爺在跟前，方氏要妝賢慧，帶了笑答道：「是銀姊與八娘添的妝。」

張梁「哦」了一聲，饒有興致地掀蓋子來瞧，奩裡玉簪、玉釵、玉釧、玉珥、玉步搖，乃是一套成色極好的玉首飾。

對銀姊的出手大方，張梁頗為滿意，讚了她好幾句，連張老太爺都覺著這個妾很會做人。方氏背著人啐道：「她一個妾，有什麼是自己的，拿著別個的錢妝大方，誰人不會。」若是往常情況，任嬸定要攛掇方氏去當面找銀姊要錢，但這回卻把嘴閉得緊緊的，生怕銀姊沒了錢，少了她的好處。

按著規矩，鋪房這日，張家得遣幾個女眷去方家，但張家祖上不在眉州，族親稀少，方氏只好央了隔壁人家的媳婦代勞，又叫任嬸跟去照應。與此同時，張家地壩亦擺上了幾桌酒席，請周圍鄉親們來熱鬧熱鬧。

鄉間村民都是熱心快腸，不消人請，就來廚房幫忙。方氏見人手充足，便喚過林依道：「八娘怕羞，不肯出來坐席，妳陪她到房裡吃去。」

林依應下，尋了個托盤，揀了一碗魚羹、一盤蒸雞和一盤麻婆豆腐；鄉間酒席為顯富貴，鮮見青菜，她尋思張八娘愛吃白菘，便用灶旁小爐炒了個，再盛了一大碗米飯，取了一壺好酒，端去臥房。

張八娘正坐在桌邊與銀姊說話兒，見林依端了飯食來，伸頭瞧了瞧，歡喜道：「呀，有白菘，我要多吃一碗飯。」白菘即後世的大白菜，想是她魚肉吃膩了，念著這一口。

林依盛了兩碗米飯，卻不知該不該盛第三碗，便望向張八娘，張八娘忙問：「銀姨娘可曾吃飯？」

銀姊搖頭起身，道：「我回房吃去。」

張八娘留她道：「不如一同吃些，倒也便宜。」

銀姊想了想，重新坐下，笑道：「那我就恭敬不如從命了，外頭都是客，想來也沒我吃飯的地兒。」

張八娘接過林依手中的飯勺，親自盛了一碗飯，端給銀姊，道：「我繡的帕子，最後幾針怎麼也繡不好，多虧了銀姨娘教我。」

銀姊謙虛道：「什麼教不教的，我也就只會那幾下子。」

林依夾了一筷子白菘給張八娘，問道：「妳怎地曉得銀姨娘繡工好？」

張八娘還未開口，銀姊先笑道：「八娘子就要出閣，我來瞧瞧她，見她正托著繡綳子發愁，就幫她繡了幾針。」

林依見張八娘使勁點頭，便只輕輕一笑，不再作聲。她們三個飯量都不大，很快就吃完，銀姊主動要收碗，林依忙攔開她的手，叫張八娘請她去旁邊吃茶，暗自詫異，她何時變勤快了。

等她把盤碗送去廚房再回來時，銀姊已離去，張八娘獨自坐在照台前，拿著支簪子在頭上比劃，左照右照。林依接了簪子替她插好，問道：「妳何時與銀姨娘這般熟了？」

張八娘自取了靶鏡照著髮髻，道：「難道她與妳不熟？方才問了好些妳的事呢。」

「問我？問了什麼？」林依詫異道。

張八娘道：「也沒什麼，不過是問妳是我家什麼親戚，同我娘是否親近之類，大概是她要討好我娘，想從妳這裡下手吧。」

林依笑道：「那她可尋錯人了。」

銀姊想要討好方氏？大概也只有心思單純的張八娘會這般想。畢竟事關自己，若放在平日，林依定要問個究竟，但今兒是張八娘的好日子，她不想破壞了喜慶氣氛，於是將疑惑壓下，先收拾張八娘明日成親要用的物事。林依平日做活兒做慣了，歸置首飾，整理衣物，手腳極為麻利，根本不消張八娘插手。

待得收拾完畢，張八娘將她的手一握，道：「我與娘講過了，叫她待妳好些……我這一走，家裡就剩妳一個女孩兒了，妳要保重……」她講著講著，眼裡有了淚。

林依回握住她的手，道：「妳也一樣，婆家不比娘家，凡事多個心眼兒……」

二人抹著淚講了會子悄悄話，張八娘突然起身，開了首飾盒，取出個白玉環塞到林依手中，道：「我瞧著銀姨娘的『玉環綬』好看，找我娘要了兩個，這個與妳，留著壓裙襬吧。」她說完，又指了床下的兩隻箱子與林依瞧，道：「我的舊衣都在裡頭，留給妳穿。」

林依見她的眼角又開始泛紅，忙安慰她道：「妳是嫁去舅舅家，咱們再見面的時候多著哩，不像有些小娘子嫁得遠，婆家又嚴厲，一年到頭見不了幾回。」

嫁人是喜事，張八娘心裡，到底還是喜悅大過傷感，叫她這一說，馬上又高興起來，臉上重新帶了笑。

外頭酒席散去，方氏送完客人，來教張八娘明日成親的儀式步驟。林依作為未嫁女孩兒，主動避了出去，到廚下幫楊嬸洗碗。廚房裡沒得旁人，只有楊嬸在刷鍋，見她過來，抱怨道：「一個二個吃得醉醺醺，連幫忙洗碗的人都無。」

林依取過乾絲瓜瓤，開始洗碗，笑道：「我不是人嗎，我來幫妳洗。」

二人正說笑，銀姊走了過來，站在門口道：「二老爺醉了，煮碗醒酒湯來。」她見林依挽著袖子在洗碗，眼裡閃過一絲詫異，但並未作聲。

楊嬸忙不迭送地重新開爐子，道：「廚房煙大，銀姨娘且先回去，煮好了，我與妳送過去。」

銀姊點頭，道了聲謝，轉身離去。楊嬸裝了一罐子水，加了醋在爐上煮著，又拿了把扇子一下一下地扇，感嘆道：「銀姨娘真真是個大方人，一個月下來，賞的錢比二夫人給的月錢還多。」

林依奇道：「這般用法，她不怕轉眼就花光了？」

楊嬸嘆道：「她一個妾，存再多的錢又有什麼用，只要大婦開口，就得交出去，還不如有一個花一個，圖個快活。」

林依道：「並不曾聽見二夫人尋她要，她也太過多慮。」

楊嬸笑道：「八娘子就要出閣，這節骨眼上，若娘家鬧出些什麼事體來，傳出去可不好聽，所以二夫人要裝賢慧。咱們這位二夫人，可不是省油的燈，妳且等著瞧戲吧。」

醒酒湯熬好，楊嬸用一只葵口高足碗裝了，放到托盤裡，遞給林依道：「妳給銀姨娘送去吧，也叫妳拿一回賞錢。」

林依堅決地搖頭，繼續洗碗，不接托盤，楊嬸只得自己去了。

來吃酒的賓客很多，碗盤也很多，且都是油膩膩，林依一邊懷念洗滌淨，一邊使勁洗。等到她洗完，將碗盤收進了碗櫃，楊嬸才一臉喜氣地回來，稱：「銀姨娘今日心情好，格外多給了我一份賞錢。」說著將了一把鐵錢出來，朝林依手裡塞，說分她一半。

林依自然不肯收，楊嬸卻道：「這也是託妳的福，要不是銀姨娘拉著我打聽妳的事兒，耽誤了我的工，也不會多與我錢。」

林依心內詫異，面兒卻裝作不在意，淡淡笑著：「我有什麼好打聽的。」

楊嬸取了抹布，開始擦灶台，道：「誰曉得，橫豎她要對付的人不是妳，無甚好擔心。」

這話林依是贊同的，點頭道：「極是。」

廚房的活兒忙完，方氏也出來了，她大概是曉得張梁在銀姊屋裡，腳步匆匆地朝那邊去了。林依回到房裡，同張八娘兩個候了一時，見並無吵鬧聲響起，料得無事，便早早兒地上床睡了。

第二日，天還未亮，張八娘就被楊嬸喚醒，揩了牙，洗過臉，由方氏親自幫她上妝。林依將粉盒打開，捧到方氏手邊，方氏取了裡頭的雪丹粉，勻勻抹到張八娘臉上。待她與張八娘抹完粉，自己手上也沾了些，林依忙遞過一塊濕帕子，道：「二夫人且先擦擦手。」

方氏接過帕子，將手擦淨，接著取了螺子黛，與張八娘畫了個柳葉眉。林依見她擱了螺子黛又去拿梳子，忙取了潤髮的香膏遞過去。

張八娘叫道：「銀姨娘才來咱們家時，梳的那個流蘇髻真真是好看，娘也與我梳一個吧。」

方氏的臉色沉了一沉，又不好在這樣的日子裡教訓她，便擱了梳子道：「叫銀姊來與八娘子梳頭。」

任嬸與楊嬸也真是被銀姊的錢糊住了心，竟齊齊應了一聲兒，準備轉身。林依忙道：「她是什麼身分，能與八娘子梳頭？我看二夫人上回梳的雲髻就很好。」

方氏到底念及今日是閨女成親，就接這個臺階下了，道：「照妳說的，就是雲髻吧。」

任、楊二位回過味來，雙雙驚出一身冷汗，不出一刻鐘，各尋了理由到外頭忙去了，生怕方氏揪住她們出氣。張八娘也曉得自己惹了娘親不快，緊閉著嘴不敢再開口，直到臨上簷子時，才撲到方氏懷中大哭起來。

北宋風俗，新郎不親迎，只有媒人來接，那媒人拿足了利市錢，便開始叫樂官作樂催妝。方氏聽得外頭在催促新婦登轎，忙拿帕子拭去張八娘臉上的淚，叫林依扶她出去。

林依極想同其他親送客一起，送張八娘去方家，吃了走送酒再回來，可惜她算不得正經女家親戚，方氏又不願放她出去見人，只能眼巴巴地看著簷子在一群迎親人的簇擁下遠去了。

張八娘出閣第二日，林依頭一回沒有人陪伴，獨自一人去堂屋吃早飯，其他幾人也因為家裡少了人口不習慣，飯桌上的氣氛頗有些沉悶。各人都只埋頭吃飯，很快，張伯臨張仲微兄弟先吃完，起身上學去了，隨後其他人也陸續擱了筷子，準備離去。

方氏突然道：「且慢，先來算算這幾日的帳目。楊嬸，收拾桌子，任嬸，去搬帳本。」

她算帳，不都是背著人嗎，今日怎地要當著人面算，眾人皆不知她葫蘆裡賣的什麼藥，只好重新坐下，瞧她動作。

待得楊嬸收好桌子，任嬸捧上帳本，方氏鋪開一頁紙，提筆開始算帳。林依從未瞧過她算帳的模樣，竟不知她是這般演算法，不禁悄聲問楊嬸：「我看城裡那些掌櫃的，使的都是算盤，二夫人為何用筆算？」

楊嬸湊到她耳邊道：「二夫人書香門第出身，哪裡會使那個，就是用筆算帳，還是嫁來張家後學會的呢。」

用筆算帳，且使的不是阿拉伯數字，自然慢得很，一干人在旁等得昏昏欲睡，好半天，方氏才將帳目理清，喚過林依，叫她當著眾人的面念出來。林依接過紙一瞧，原來是張八娘的嫁妝單子，只不過每樣細目後，添上了價格，她照著單子，一項一項念來，最後報出總帳目，卻是個虧帳，尚欠方氏娘家一位親戚整整十貫錢。

張老太爺聽完，臉色立時就變了，抱怨道：「家裡少錢，妳找鄉親們借些也就罷了，怎地向娘家伸手，沒得叫人說我們張家嫁不起閨女。」

方氏起身回話，委屈道：「整個村子就咱們家還算過得，別人都是吃了上頓沒下頓，不找咱們借錢就算好事，哪裡還有錢來借與我們，媳婦實在是無計可施，才出了如此下策。」

她講的乃是實情，張老太爺吸吧著青銅煙袋鍋子，不再吭聲。

張梁最是孝順，見不得老父親不高興，忙催促方氏道：「不拘哪裡挪一點子，先把妳娘家的帳還清，咱們再想辦法。」

方氏瞄了銀姊一眼，慢悠悠道：「法子倒是有，只不知你肯不肯。」

張老太爺最是操心張家臉面，忙道：「什麼法子，妳儘管說來，我替他作主。」

方氏把銀姊一指，道：「她房裡那些擺設兒賣了，就能換不少錢。」

張梁正欲開口相駁，張老太爺已然點頭：「甚好，就是這樣，她也是我們家的人，該當出把力。」

方氏得了這話，根本不去問銀姊意見，帶了任嬸楊嬸，逕直朝豬圈旁的偏房去了。

林依瞧著匆匆跟去的銀姊，暗自感嘆，再厲害的妾室，只要大婦認真計較起來，根本無計可施，連插話的權力都沒有。張梁心裡是偏著銀姊的，無奈張老太爺點了頭，萬事孝為先，他只得收起想跟過去的心，取了一本書在胳膊下夾著，陪老父親上山去放牛作耍。

任嬸楊嬸都跟著方氏去了銀姊房裡，原本該她們幹的活兒，就全落在了林依身上。林依去雜物間取了掃帚，開始掃地，先掃堂屋，後掃院子，待得四處都乾淨，再去廚房後頭提了泔水，到豬圈餵豬。

豬圈與銀姊的屋子，僅隔著一堵不厚的土牆，那邊任嬸責問的聲音，清晰傳了過來：「銀姨娘，妳在外替二老爺管了足有一年的錢，怎會只剩了這點子，趕緊交代到底把錢藏在何處了。」

銀姊答話的聲音十分平靜：「確是都在這裡，並不曾說謊，二位奶娘若是不信，儘管來搜。」

隔壁一陣翻箱倒櫃，動靜極大，林依暗道，怕是要折騰半日了，她將最後一點兒泔水倒進食槽，關好豬圈門，去廚房舂米。

上午時間過半，方氏還未搜出錢，待在銀姊屋裡捨不得出來，她自恃是書香門第出身，不願與銀姊正面衝突，只坐在椅子上吃茶，看著任、楊二位鬧騰。她這裡離不得任嬸楊嬸，可就把林依累著了，洗了一大家子人的衣裳，還要做七個人的飯菜，待到她炒完最後一個菜，已累得直不起腰，而這時，銀姊的房門還緊緊關著，方氏三人沒有任何想要出來的跡象。

張老太爺和張梁照例是在外面吃了，中午不回來，但書院裡的張伯臨張仲微總要人去送飯，林依想了想，走去銀姊房門口，隔著門問道：「二夫人，該去書院送飯了。」

這話很是奏效，房門立時就打開了，方氏吩咐楊嬸去送飯，又道：「咱們也先吃點子。」

林依應了一聲，轉身去擺飯，方氏她們心中有事，飛快吃完，又去了銀姊房裡。林依洗完碗筷，收拾乾淨廚房，終於得了片刻閒暇，回房半躺在床上，邊緩氣兒，邊打絡子。

各式絡子裝滿一盒子的時候，楊嬸回來了，她鑽進林依的屋子，指著側左面的偏房問道：「還沒出來？」

林依搖了搖頭，道：「中午匆忙吃了點兒飯，又進去了，也不知何時能完事兒。」

楊嬸搬了個凳兒在床前坐了，挑了彩繩幫她一起打絡子。林依問道：「妳不去幫忙？」

楊嬸連連搖頭，低聲笑道：「搜不出來才好哩。」

林依道：「銀姊來家也沒幾日，總不會挖個坑把錢埋了。」

楊嬸笑了起來，道：「她千里迢迢隨著二老爺回來，怎會帶許多鐵錢，定是進家門前就換作了交子，指不定貼身藏在何處呢。」

林依恍然，忽又想到，這樣的道道，楊嬸曉得，方氏定然也能想到，那為何到現在還未尋到錢？她使勁想了想，還是不得其解，只得繼續編她的絡子。

天色暗下來，楊嬸去做晚飯，林依將滿滿一盒絡子藏進床下，估算了一下價錢，滿意笑了起來。突然左邊偏房傳來驚呼，隨即是慌亂的腳步聲，她正要出門去瞧，楊嬸腳步匆匆地過來，道：「銀姨娘暈過去了，我去瞧瞧，妳再幫我做頓飯，可好？」

林依詫異道：「好端端地，怎地就暈了？」

楊嬸嘆氣道：「中午沒許她吃飯，又跪了這些時，不暈才怪。」

林依跟著嘆了口氣，動身朝廚房去，心道，誰叫銀姊才進門就那般招搖，不然也不會遭這樣的罪。

到得廚房，林依打開櫥櫃瞧了瞧，中午的飯菜還剩下許多，再炒兩個菜，打個湯便得。她到菜筐裡挑了兩根嫩黃瓜，擱到砧板上拍了，準備做個麻油拌黃瓜。

楊嬸很快就回來了，接過林依手裡的活兒，道：「真真是巧了，我們怎麼掐銀姨娘的人中，她都不醒，偏二老爺一回來，她就醒了。」

林依沒有接話，暗道，哪有這樣巧的事，怕是方氏搜到了關鍵時刻，銀姊怕錢被翻出來，這才裝了暈。

楊嬸擇了會兒菜，又笑道：「銀姨娘真個兒是好本事，二夫人搜了整整一天，也沒讓她把錢找到。」

果真是沒找到，林依暗嘆，這妻妾之爭，一時半會兒怕是消停不了了。

因銀姊餓暈，張梁衝方氏發了好一通脾氣，連飯都不曾來吃。方氏滿腹委屈，背了人向張老太爺告狀，張老太爺自然是偏兒子的，不僅不幫著她，反倒訓了她幾句：「妳賣銀姊房裡的物事，她又不曾阻攔，妳餓她做什麼？咱們這樣的人家，有個把妾實屬正常，不曾想妳如此小氣，原來前些日子的賢慧是裝出來的。」

方氏哪頭都沒討著好，顏面盡失，接連幾天都藏在臥房裡，連門都不大出。她這般舉動，便宜了銀姊，據說張梁夜夜歇在她屋裡，又把了她好些錢作安慰。

妻妾相爭，竟是正室夫人落了下乘，林依實在沒料到是這樣的結果，著實為方氏感嘆了一番。

這日，她趁著無人管，躲在房裡打絡子，突然外頭響起敲門聲，她連忙將彩繩藏起，開門一看，居然是銀姊。

這當口見銀姊，可不是什麼好事，林依扶著門的手猶豫起來，不知該將她關在門外，還是迎進來。

銀姊瞧出了她的顧慮，笑道：「二夫人在臥房，看不見。」

林依叫她講得不好意思起來，忙側過身讓她進來坐，問道：「銀姨娘所來何事？」

銀姊卻不作答，反倒問她：「林三娘來張家有些時日了吧？」

林依早知她四處打聽自己，此刻見她當面發問，愈發詫異，但還是照實答道：「到今年冬天，正好兩年。」她摸了摸茶壺，還是溫的，便與銀姊斟了一杯野菊花茶，道：「自己曬的，比不上銀姨娘的好茶，且將就吃一口吧。」

銀姊接過茶聞了聞，讚了一句「好香」，接著又問：「林三娘打算就這樣過下去？」

林依不經意地皺了皺眉，道：「銀姨娘有話不妨直說。」

銀姊笑了笑，道：「原來妳是直爽人，那我可就說了——我這裡有一注錢，妳想不想賺？」

林依問也不問，直截了當答道：「不想。」

銀姊沒想到她拒絕得這般快，一時間竟不知講什麼才好，好一會子才道：「妳一天沒得錢立身，二夫人一天不會點頭叫二少爺娶妳，難道妳願意在張家不明不白待一輩子？」

林依沒有作聲，暗道，她倒是把人琢磨得透徹，只不知是什麼事，能讓她下這般大的功夫。

銀姊見她這回沒開口，還道是她有了鬆動，喜道：「妳可是怕二夫人曉得？妳放心，這事兒……」

林依不等她講完，打斷她道：「銀姨娘若再往下說，我可不敢保證會不會在二夫人面前講漏嘴。」

她把話講到這分兒上，銀姊還怎好開口，只得跺了跺腳，開門離去。

林依雖拒絕了銀姊，但暗地裡還是向任嬸、楊嬸旁敲側擊打聽了一番，豈料這兩位平日裡與銀姊走得最近的人，對此事竟是絲毫不知，真真是讓人覺著奇怪。不過林依對你爭我鬥一絲興趣也無，打聽不到，也就不再深究，她深以為，有這樣的功夫，還不如多編幾根絡子多賺幾個錢。

一晃數日過去，張八娘出嫁已滿七天，按著北宋規矩，小倆口應在新婚後次日、三日或七日，到女家去「拜門」，今日即是這「拜門」的最後期限，但張家人從早上候到太陽落山，也沒盼來新婿方正倫與閨女張八娘。

方氏心急如焚，在堂屋焦躁地走來走去，張老太爺緊握著青銅煙袋鍋子，面色沉鬱，張梁瞧了瞧老父的臉色，忍不住抱怨方氏道：「妳娘家怎麼回事，照說親上加親，成親第二日就該來『復面拜門』，這都七天了，還不見人影子。」

方氏前幾日與銀姊鬥，落了下風，今日又因閨女的事再次失了顏面，羞愧至極，恨不得扎進臥房再也不露面，無奈她是當家主母，心裡再委屈，也要強撐著。

又等了兩日，第九天頭上，方正倫與張八娘終於姍姍來遲，張梁壓不住火氣，不待他們坐定便發難，怒問：「為何今日才來？」

方正倫支支吾吾，張八娘泫然欲泣，方氏料想是出了事，急著全了禮數，好把閨女拉進房裡去問詳細，便吩咐楊嬸擺酒。方正倫忙獻上緞、鞋、枕，方氏則取了一匹布回送，這便是「拜門」禮成了。

張八娘亦是張梁心尖尖上的人，他也想曉得究竟出了什麼事，便帶著方正倫上了酒桌，好讓方氏領張八娘去房中。

林依這幾日一直擔心張八娘，今日見了她安然無恙，方才放下心來，端了兩盞茶去方氏房裡，一盞與方氏，一盞放到張八娘面前。張八娘見了林依，抱住她一通好哭，且哭且訴。原來，北宋風俗，成親第二日，新婦要向公婆獻上親手做的鞋和枕，謂之「賞賀」，張八娘出閣前趕著繡的那些禮，入不了婆母的法眼，王氏當著眾親戚的面嫌棄她女紅太差勁，又怪她讓婆家「賞賀」時丟了臉，因此不許她按時回來「拜門」。

方氏氣得渾身亂顫，拍著桌子問道：「那妳舅舅沒得話講？」

張八娘變得和方正倫方才一樣，支支吾吾起來，方氏急急地追問，逼得緊了，張八娘又哭起來，道：「舅舅不許我講。」

方氏氣惱她太軟弱，恨不得舉手打兩下。林依取了帕子替張八娘把淚拭了，勸她道：「妳怕什麼，有娘家與妳撐腰，且將事情講清楚，夫人好與妳做主。」她與方氏兩人，輪流勸了好一時，張八娘方才怯怯開口道：「舅舅新納了個妾，自覺理虧，不敢在舅娘面前辯駁。」

方氏奇道：「妳舅舅又不是頭一回納妾，怎會因這個覺著理虧？」

因林依是未出閣的小娘子，張八娘瞧了她一眼，斟酌著詞句，將那不堪入耳的詞隱去，只揀了好聽些的字句，把事情講了一遍。

原來張八娘的舅舅方睿，在張八娘成親當晚吃醉了酒，到王氏房裡小歇，不知怎地就看花了眼，把一個丫頭當作了王氏，當場按在床上成就了好事，這本也沒什麼，頂多算個風流帳，可他們不該辦事兒前不擇地兒，汙了王氏的床；摟著丫頭在正室夫人的床上翻滾，怎麼也算不應該，方睿虧了理，因此不敢在王氏面前為外甥女講話。

方氏聽完，深恨哥哥不爭氣，罵道：「天下烏鴉一般黑，男人沒一個是好的。」

張八娘聽她這般講，愈發覺得前景昏暗，忍不住又哭了起來。

方氏咬牙恨道：「打小就寵著妳，沒養成跋扈性子也就罷了，怎地這般扶不上牆？」

張八娘哭道：「她是舅娘，又是婆母，她講話，我只有聽的分，哪裡敢反駁。」

方氏噎住了，當初她的婆母林老夫人在世時，她又何曾敢在婆母面前講一個不字，就是在張老太爺面前，也只有應承的分，沒得反駁的理。

林依見她們母女都呆住，忙道：「王夫人不過是嫌八娘子的女紅不好，咱加把勁，將針線活兒學好，定能討她的歡心。」

還是她會勸人，張八娘立時覺著看到了希望，抓住方氏的手道：「娘，叫銀姨娘來教我呀，她針線上有能耐。」

林依暗嘆了一口氣，就算她不知張家最近幾日發生的事，也該曉得銀姊一向與方氏不對盤，這般瞧不清形勢，出口無遮攔，別說討婆母歡心，連娘親都得罪了。所幸方氏是她親娘，見了她這樣，心中雖惱火，但還是支了林依出去，將做人的道理一一向她道來。

林依暗暗祈禱，希望張八娘能從此開竅，在婆家的日子好過些，不過攤上那樣一個婆婆，就算會做人，日子也難過。正想著，張八娘眼圈紅紅地走了出來，拉起她的手道：「咱們回房說說話兒。」

二人回房，在桌邊坐下，林依倒了茶水與張八娘，輕聲問道：「方正倫待妳還好？」

張八娘的臉色黯淡了下去，道：「總算不同成親前一樣扯著我的頭髮滿院子追了，可舅娘叫他往東，他不敢往西，要來何用。」

親已成，生米煮成了熟飯，林依只能往好處勸，道：「妳不能忤逆長輩，他又何曾不是，也許他也為難著呢，只是不好意思與妳講。」

張八娘扯了扯嘴角，勉強笑了笑，握住她的手，道：「父母定的親事，明曉得不好，也只能這樣了，妳比我有福，至少二哥待妳是好的。」

林依叫她講得傷感起來，再尋不出話來勸她，二人各想各的心事，默默坐了半晌。張八娘想著，王氏這般刁蠻，往後再回娘家可就不易了，她不想浪費了寶貴時間，遂強壓了情緒，重與林依講些閒話。聊了會子，她見林依還是沒有繫裙，便問道：「怎地不穿裙子，我送妳的白玉環無用武之地了。」

北宋的裙子極長，穿了不好幹活兒，因此林依從未試過，但既然張八娘提起，她也不好掃興，便從床下拖出張八娘留給她的衣箱，翻出一條印金小團花的羅裙和一條全素羅的褲子。

張八娘拍手道：「這條裙子妳穿上定是好看。」

林依歡喜一笑，正準備換上，外頭任嬸來喚：「八娘子，該回去了。」

張八娘的一張笑臉頓時變作了哭喪臉，挨著桌邊不願動身。

任嬸道：「八娘子且放心回去，二老爺與二夫人說明日要親自去方家哩。」

張八娘聽了這話，自覺有望，復又歡喜起來，跟著任嬸去與堂屋，拜別父母。林依一直送她到路口，直到背影模糊，方才回轉。張家的氣氛有些壓抑，張梁與方氏商量著隔日去方家討說法的事體，這雖不是什麼開心事，但他夫妻倆有了共同的目標，倒顯得親熱很多，晚上也終於歇在了一起。

第二日一早，張梁與方氏就帶著任嬸上方家去了，林依洗過早飯的碗筷，準備回房打絡子，剛走到耳房前，就被銀姊攔住了去路。林依直接繞過她，繼續朝前走，豈料銀姊竟是亦步亦趨，緊跟她到臥房門口，林依極為無奈，轉過身，扶住門框問道：「銀姨娘既是曉得我日子難過，又何苦為難我？」

銀姊笑道：「我知道妳怕二夫人，不過我要求妳辦的事兒，保不準二夫人聽了很歡喜。」

林依道：「既是這樣，妳且尋任嬸和楊嬸去，她們定然樂意效勞。」

銀姊嗤道：「她們自己還是個奴呢，怎麼贖我？」

「贖妳？」林依真個兒被驚到了，不由自主問道。

貳之章　妻妾鬥法

銀姊沒立時答話，眼睛直朝屋裡看，林依明白她是想進去再談，但好奇心害死貓的道理，她很明白，因此站著沒動，道：「銀姨娘若無話再講，我先進去了。」

銀姊著急起來，忙道：「三娘子請留步，我就在這裡說--我想求妳把我買下，錢我把給妳。」

這樣的請求，林依聞所未聞，奇道：「妳可是二老爺的妾，我怎能買妳？」

銀姊臉上露出自嘲笑容，道：「妾和奴，不都是一張賣身契，有什麼分別，我又沒在官府立『納妾文書』，誰人都能買得。」

她放著衣食無憂的妾不做，反要倒貼錢做林依的奴婢，這是作何道理？林依先是不解，低頭略想了想，忽地明白過來，問道：「妳是想讓我先把妳買下，然後再將賣身契還妳？」

銀姊眼中閃過一絲驚訝，笑道：「三娘子真是聰慧，我確是這樣的打算。不過妳放心，我定不會讓妳白忙，事成之後，自有酬勞奉上。」

林依沉了臉，一聲不吭，轉身就朝屋裡走。銀姊不知她為何突然變了臉，忙拉住她的袖子，道：「二夫人必定樂意妳這般做，妳不消擔心她生氣。」

林依用力掙開她的手，冷聲道：「是，妳們都高興了，留著我受二老爺記恨？既然妳認為二夫人會樂意，那自去向二夫人道明就是，何須來求我。」說完不待銀姊辯解，後退一步，準備關門。

不料，銀姊竟雙膝一曲，噗通一聲跪倒在林依面前，央道：「救人一命勝造七級浮屠，三娘子發發慈悲，幫我這一回吧。」

林依唬了一跳，連忙去拉她，卻怎麼也拉不動，眼看著楊嬸打豬草就要回來，她心下著急，道：「若是愛自由身，當初就別賣，既是賣了，就別胡思亂想，安分過日子吧。」

銀姊苦笑道：「妳怎知我是自願的，我也是錦衣玉食長了這樣大，誰能料到家道中落，娘親病逝，倒被個得寵的妾室哄著我爹把我賣了。我本想著，只要手裡有錢，做妾也有好日子，所以才來家就買了一屋子的器皿，想過得舒服些，結果如何，妳也瞧見了。我還想過置些薄田，免得錢有花光的一日，誰曾想，做妾的，自己都是個物件兒呢，哪有資格去置辦家產。這些日子下來，我是心灰意冷，好在手裡還有些錢，所以想自贖了自身，投奔個窮親戚，再置些薄產，另尋人家過日子罷。」

林依聽了這番話，很受觸動，想問她為何不直接去與方氏講，突然記起，她手裡的錢，正是方氏沒搜到的，再者，方氏乃是道地的北宋正室夫人，哪裡會體諒一個妾想獲得自由身的心情，若讓她來處理，必是直接喚個牙儈來家，將銀姊轉手賣了去。

銀姊見林依良久不語，猜想她是在猶豫，忙道：「我曉得辦這事兒讓妳為難，事成後我與妳五貫錢，妳有了這錢，再不必看二夫人臉色。」

林依暗道，得罪了張梁，有再多的錢也是白搭，她再怎麼佩服銀姊，也不至於把自己給搭進去。

銀姊見她還是不作聲，以為她嫌錢少，忙道：「十貫，如何？」

林依瞧見楊嬸出現在小道上，正朝家中來，急道：「銀姨娘，我完全可以任憑妳跪在這裡，若有人問起，我便照實回答，就算傳到二老爺二夫人耳裡，倒楣的也只是妳而已。我不過是瞧妳可憐，不忍妳落個淒涼下場，這才好心勸妳一勸，妳若是不聽，就儘管跪著好了。」

銀姊哪裡敢起來，她覺著，只要林依不答應，就有暗打小報告的可能，這事兒若傳到張梁耳裡，她銀姊哪裡還有活路。

林依大略猜得到她心中所想，向她再三保證，只要她馬上起來，自己絕不會向任何人提起。銀姊得了她的保證，倒是起了身，口中卻道：「三娘子，我可就當妳已答應了，明兒再來與妳詳說。」

林依望著她遠去的背影，氣得直跺腳，明明是她自己死纏著要講，講完又擔心別個會告狀，最後還賴上了，這叫什麼事兒？一陣秋風吹過，帶著涼意，林依忽地警醒，若銀姊還這般三番兩次的糾纏，保不準方氏就會以為她們是一夥兒的，那可真是跳進黃河也洗不清了。怎生是好，怎生是好？她正愁得團團轉，楊嬸提著一籃子豬草站在豬圈門口，朝她喊道：「妳不趁著二夫人不在，多打幾個絡子，站在門口做什麼？」

林依忙應了一聲，鑽進屋裡去，自床下拖出一只大盒子，清了清，共有五十根。旁邊的黃銅小罐已然滿了，她仔細數了數，足有三百零二文，等到把絡子賣出去，應該能湊足一貫錢，兌回一張交子來，當然，前提是這幾十根絡子，根根都能賣到好價錢。她清點完絡子，數完錢，心裡平靜了許多，主意也拿下了，決定先下手為強，等方氏一回來，就悄悄將銀姊的打算告訴她。

一天很快過去，天色暗下來時，張梁與方氏歸家，一進屋就開始吵架，先是張梁吼方氏：「妳怎地會有這樣的娘家，還巴巴兒地把八娘嫁過去受苦。」

方氏回嘴道：「八娘的親事，明明是你先點頭的。」

張梁辯道：「我還不是看在妳的面兒上。」

方氏嗤道：「我的面子？你是看在我哥哥是進士的面子上吧。」

張梁憋紅了臉，氣道：「我哥哥也是進士，誰稀罕。」

林依見他們吵架渾然似小兒，想笑卻又笑不出來，尋到任嬸問道：「八娘子可好？」

任嬸朝堂屋努了努嘴，道：「好會吵架？王夫人真不是個好相與的主兒。二老爺與二夫人去了方家，道理講了一大篇，可她一句話就給頂回來了——嫁出去的閨女潑出去的水，若是看不慣，儘管領回去。」

楊嬸愕然：「才成親，就領回來，丟死人哩。」

任嬸嘆道：「可不是這個理，不然二老爺二夫人怎地一肚子氣，苦了八娘子了。」

林依擔心張八娘，急道：「真沒得法子了？」

任嬸與楊嬸齊齊搖頭，道：「都是這樣過來的，等八娘子學會討好婆母，再生個兒子，就好過了。」

林依長嘆一口氣，但願如此了。

張梁與方氏吵完架，頭也不回地去了銀姊房裡。林依瞧著方氏獨自進了臥房，忙提了一桶水跟進去，倒水與她泡腳。方氏微微閉著眼，靠在椅背上，神情憔悴，林依猶豫起來，這時候講銀姊的事，豈不是讓她格外添堵？方氏泡完腳，卻不見林依遞乾巾子過來，皺了眉問道：「在想什麼？」

林依一驚，忙將乾巾子遞過去，把盆挪到一旁，答道：「在想八娘子。」

方氏少有的沒有發脾氣，道：「我曉得妳與她自小親厚，但這是她的命。也怪我太嬌慣她，沒教會她如何察言觀色，她這一點，比起妳來差遠了。」

林依望著地上的腳盆，暗道，捧在掌心裡長大的人，哪有機會去學察言觀色，不過，興許張八娘在婆家磨礪些時候，自然就會了。

方氏見她還不端水去倒，便問她是否還有事。林依定了定神，終於還是將銀姊求她贖身一事講了出來，道：「這事兒不論真假，我都不敢擅自主張，因此先來問過二夫人。她還留過話，說明兒還要來尋我，我該如何應對，望二夫人教我。」

方氏聽後，喜怒交加，喜的是銀姊無心再鬥，自求離去；怒的是，她拿來贖身的錢，乃是張家的，真真是可惡。她將擦腳的巾子捏在手裡揉了又揉，問林依道：「依妳看，我是否該順了她的意？」

林依暗自苦笑，方氏不教她也就罷了，倒還反問起來，這叫人如何作答，若她出的主意出了岔子，到時都是她的過錯，這樣的風險她可不想冒，於是笑道：「就是不曉得怎樣辦，才來請教二夫人哩。」

她到底年紀不大，這般作答，方氏倒也相信，便沒有再問，自去冥思苦想。許是方氏拿銀姊當敵人久矣，過了一時，真教她想出個絕妙好計來，喚過林依到近前吩咐道：「若明兒銀姊來尋妳，妳就將事情應下，哄她把錢都拿出來。」

「然後呢？」林依問道。

方氏道：「什麼然後，沒有然後，等我拿回錢，這事兒就算完了。」

林依大駭，方氏這是要把她推出去作餌呀，到時還不知銀姊怎般記恨呢！她飛速轉著腦筋，道：「銀姊說了，見到賣身契，還有頗厚一筆酬勞，那也是張家的錢哩，二夫人不想拿回來？」

方氏當然是想要的，當即答道：「那我做一張假的，交與妳拿去，把錢換回來。」

林依盤算起來，方氏實是她養母，得罪誰，也不能把她給得罪了，因此這差事，肯定推不脫，不過有了假賣身契，她可以在銀姊面前謊稱是自己年小，辨不清真偽，而不是存心要騙人。

方氏見她久久不語，催促起來，林依忙點了點頭，道：「任憑二夫人差遣。」

方氏見她爽快答應下來，很是滿意，道：「不枉我養妳這幾年。」說完立時起身，到桌邊寫了一張賣身契，吹乾墨跡，交與林依。

林依猶豫道：「她的賣身契，可不是二夫人寫的，字跡不同，會不會教她認出來？」

方氏笑道：「她又不識字，哪裡瞧得出來。」

林依放下心來，將偽造的賣身契收進袖子，又再三叮囑過方氏莫要走漏了消息，再才把盆裡的水倒進桶裡，提了出去。她沒有料到，方氏壓根沒把計畫向她講全，待她一走，就喚來任嬸，吩咐她道：「明兒妳去城裡瞧瞧，打聽打聽哪家的牙儈價格公道。」

任嬸應著去了，轉身就到銀姊房前敲門，但張梁也在屋裡，她不好細講，便拉了銀姊到門外悄聲道：「林三娘才從二夫人房裡出來，二夫人就叫我明日去城裡尋牙儈，也不知是要買人還是賣人。」

銀姊的心突突直跳，急中生智，附到她耳邊講了幾句，任嬸臉上生出佩服之色，口中卻道：「我可是二夫人的陪嫁，這不大好吧？」

銀姊不以為意，道：「就說是妳聽岔了。」

任嬸心內掙扎，默不作聲。
銀姊忙許諾道：「一貫錢。」
任嬸道：「二夫人若動怒，怕是要把我趕出去哩。」
銀姊咬了咬牙：「兩貫，不論成與不成，都是兩貫，若是成了，再加一貫。」
任嬸拿她的月錢同這三貫錢比較了一番，暗道一聲「豁出去了」，點頭將銀姊所述之事應下，轉身去了。
銀姊冷哼一聲，推門進屋，因她在外耽誤了有些時候，張梁問了一句：「她尋妳何事，可是夫人刁難？」
銀姊翹了嘴角一笑：「夫人疼我哩，說後日是我生日，要送我一份大禮。」
張梁奇道：「咱們在路上時，不是已為妳慶過生辰了嗎？」
銀姊朝他腿上坐了，攬住他脖子道：「夫人好意，豈敢拂卻，少不得再過一個，只怕連過兩回，你嫌我老了。」
張梁深感她懂事，摸著她的腿，笑道：「老的那個在正房哩。」
銀姊裝了驚慌模樣，道：「當心夫人聽見，剝了我的皮。」
張梁一把將她抱起，丟到了床上去，放聲笑道：「且叫老爺來瞧瞧妳老不老。」
銀姊使出十八般武藝，把張梁伺候得舒舒服服，讓他愈發覺得方氏年老無趣。第二日，她瞧得任嬸出了門，便去尋林依，依舊是副要纏人的模樣，問道：「不知林三娘可曾幫我打聽，二夫人要價幾何？」
林依得過方氏指示，要將價喊得高高的，便嘆著氣道：「我本不想蹚這趟渾水，但又實在可憐妳，昨日便趁著替二夫人提洗腳水的機會，向她打聽了一番，不料二夫人很是奇怪我為何要買妳，連聲追問，我費了半日口舌，才編了理由混過去。最後二夫人終於開了口，說拿五十貫來，就將賣身契把我。」

五十貫，作為一個妾的價錢，在大城市或許是低價，但在小小的眉州，卻是不菲，林依設想過銀姊會討價還價，也猜過她會一口答應，但她去沒料到--銀姊答的是：「太貴，罷了。」

林依愣了，她糾纏好幾回，好容易自己答應幫忙，她怎地卻不幹了，好歹要還一還價吧？銀姊瞧出了她的疑惑，笑道：「二老爺待我極好的，先前是我油脂糊了心，如今我想轉過來了，這事兒就當我沒提過，就此罷了。」說完，扭著腰身就走了。

林依才不信她的話，如此大事，定然是經過了深思熟慮，豈會突然因張梁而改了主意，其中必有緣由。她細細思量，忽地一驚，莫不是走漏了消息？遂急急忙忙尋到方氏，問道：「二夫人，設計銀姨娘一事，可還有旁人知曉？」

方氏輕描淡寫答道：「和任嬸略提過幾句，不過她也不是外人。」

林依大呼：「壞事，定是她知會了銀姨娘。」

任嬸原是方氏陪嫁，打小貼身服侍的人，方氏很是護她，聞言不滿道：「本就是鋌而走險的事體，銀姊臨時改了主意，也屬平常，妳怎地就知道是任嬸走漏了消息，說不準是妳一時口快，叫銀姊聽出了蛛絲馬跡。」

方氏如此信任任嬸，不僅不信林依，反懷疑起她來，這叫她哪裡還敢再講，急著發誓賭咒表忠心，又道：「我年小無知，口無遮攔，二夫人莫往心裡去，任嬸面前，還望遮掩則個。」

方氏靠在榻上漫不經心「嗯」了一聲，閉上了眼。入秋已有涼意，林依取了條薄被替她蓋了，帶上門退了出來。

第二日吃罷早飯，張老太爺照例要張梁陪他去山上放牛，張梁卻稱要在家苦讀，不去了。他曾三次參加科舉，無一不是名落孫山，張老太爺很高興他愈挫愈勇，遂鼓勵了他幾句，取了牛鞭子和乾糧，送過兩個孫子一程，獨自上山去了。

張老太爺一走，張梁便吩咐方氏道：「今兒是銀姊生辰，中午妳叫楊嬸多炒幾個菜，打一壺酒，咱們熱鬧熱鬧。」

方氏聞言沉了臉，道：「一個妾，過的哪門子生辰，莫要抬舉了她。」

張梁奇道：「不是妳說要與她慶生的，還備了一份大禮？」

方氏比他更覺奇怪，反問道：「我何時講過這樣的話？」

二人正辯解時，自山間小路走來個婆子，高冠髻、小袖對襟旋襖、繫長裙，站在地壩高聲問道：「敢問這裡是方夫人家？」

任嬸看了銀姊一眼，快步走出去，答道：「正是這裡，快些進來。」

方氏正在疑惑所來何人，任嬸已將那婆子領到了她面前，稟道：「二夫人，這是照妳的吩咐，尋來的牙儈。她做人口生意已有十年，在眉山城頗有名氣。」

方氏驚訝道：「我只叫妳去打聽，妳怎地就把人帶來了？」

任嬸裝出一副莫名之色，道：「二夫人不是叫我尋人來的嗎，難不成我聽岔了？」

銀姊一直沒作聲，此刻突然抱了張梁的胳膊，滿面受驚嚇的神情，慌道：「老爺，夫人怎地突然喚牙儈來，莫非是想賣我？」

眼見得張梁變了臉色，方氏忙道：「妳想多了，我不過是要買個丫頭，才尋了牙儈來。」

張梁緩了神情，問那牙儈道：「她講的可屬實？」

牙儈看了看方氏，支支吾吾，張梁又逼問了幾句，她才吞吞吐吐道：「方夫人說家裡有個妾要出手……」

張梁大怒，當著下人外人的面吼方氏道：「果然好大的禮，妳全然不把我這個夫君放在眼裡。」

方氏百口莫辯，只得仗著正室身分，回嘴道：「我不過賣一個妾，放到哪裡都是我有理。」

兩口子吵作一團，不可開交，任嬸趁亂，與牙儈遞了個眼色，那牙儈便悄悄地溜了。林依將這一幕瞧在了眼裡，暗嘆一聲，果真是任嬸搗鬼，只可惜方氏專斷獨行，不肯聽信與她。她正想著，銀姊突然走到她面前，聲量極低地講了一句：「林三娘不會以為請牙儈真是我的主意吧，我不過將計就計，自保而已。」

林依兀地一驚，將方才情景前後細細回憶了一遍，後背流出冷汗來：她與銀姊「交易」在明，方氏在暗；若方氏成行，暗地將銀姊賣了，別說張梁首先懷疑的會是她，恐怕連銀姊，都會以為自己是被她給賣了。

好毒的計策，只怕銀姊已是把她恨上了，她正想著，忽聽得方氏一聲喚：「任嬸、林三娘，到我屋裡來。」

原來方氏與張梁已吵完了架，也不知誰贏了，林依小心翼翼地穿過一地狼藉，同任嬸一起，跟著方氏進了臥房。

方氏餘怒未消，氣呼呼地坐到桌旁，掃落了一隻茶盞，林依忙把碎瓷撿到一旁，勸道：「二夫人息怒。」

方氏直直地盯著她，咬牙切齒道：「息怒？叫我怎麼喜怒。妳個吃裡爬外的死妮子，竟幫著外人來陷害我。」

林依大驚，且莫名其妙：「我一心向著二夫人，何時幫過外人？」

任嬸在一旁陰陽怪氣地開口道：「幫沒幫的，自個兒心裡清楚，前幾日，我可是瞧見銀姨娘去妳房裡吃過茶。」

林依氣道：「妳去銀姨娘房裡的次數，可比她去我房裡的多。」

任嬸慌道：「我是二夫人陪嫁，要幫二夫人盯著她，自然去的稍多些。」

方氏陰沉著臉，看了看林依，又看了看任嬸，心道，任嬸的賣身契還在自己手裡捏著呢，量她也不敢做出出格的事來，必是林依這只小白眼狼使的壞。她將一隻青白釉茶盞捏在手裡轉了轉，啪地一聲放下，斜眼看著林依，道：「銀姊既是去過妳屋裡，必是有勾當……」

任嬸見方氏信了她，心頭一喜，趕忙接上：「說不定銀姨娘的錢，就把給她收著。」她是想讓林依的罪名聽起來更可信，方編了這陷害之詞，豈料方氏就是想聽這話，聞言立時起了身，要去搜林依的屋子。

這純屬莫須有之事，林依自然不怕她搜，但她床下藏著賣絡子的錢，若被發現，卻是不好交代，於是連忙辯解道：「銀姨娘到我屋裡，是來求我將她買下，這事兒二夫人不是曉得嗎？」

方氏已然認定她是背後搗鬼之人，哪裡肯聽，執意帶了任嬸，衝進她房裡。林依這屋子，自張八娘嫁後，家什被搬走了好幾件，如今只剩得一張床，一張桌子並一個櫃子，這般空蕩蕩，尋起物事來輕而易舉，任嬸才翻了三兩下，就從床下拖出黃銅小罐和一隻木盒來。她掀開盒蓋兒瞧了瞧，見是一盒子絡子，便丟到了一旁，只將黃銅小罐捧到方氏面前獻寶，道：「二夫人，沉甸甸哩，想必有不少錢。」

林依氣極，道：「三百零二文，的確是不少。」

任嬸將罐子倒了個個兒，細細一數，果真是三百零二文，一文不少，一文不多。方氏見只有這幾個錢，明白自己是冤枉了林依，但卻不肯承認，想了想，問道：「這錢哪裡來的？」

林依正要照實作答，任嬸卻搶道：「那還用問，必是她將消息傳遞給了銀姨娘，銀姨娘與她的酬勞。」

林依抱起地上的木盒，拿到方氏面前，辯道：「二夫人，這三百零二文裡頭，有兩百文是拿銀姨娘送的瓷枕換的，這事兒事前知會過二夫人，還有一百零二文，是我賣了絡子賺的。」

方氏伸出兩根指頭，翻了翻絡子，沒有繼續追問錢的來歷，卻道：「妳既有了錢，為何不拿出來貼補家用？」

林依愣住了，她在張家白吃白住，理當出錢，但平素少個油膏少個帕子什麼的，方氏與任嬸總以各種藉口不給，她少不得要自己攢錢來買，如此這般，需要用錢的地方委實不少，不過這樣的理由，當著她們的面，實在不好講出口，一個不小心，就是火上澆油。她左想右想，無計可施，只得開口道：「不是不拿出來，是想等攢夠了一貫錢，再獻給二夫人。」

方氏對這話還算滿意，暫且信了她，命任嬸將黃銅小罐裡的錢，倒進一塊帕子裡包了，道：「妳還小，有了錢，說不準就要亂花，還是我替妳管著。」

林依只得福了一福，謝她替自己保管財物，心裡卻十分清楚，這錢怕是再也回不來了。

方氏命任嬸拿著錢，回到臥房，慢慢地吃了一盞茶，突然道：「任嬸，妳這個月的月錢，就不要拿了。」

任嬸大驚，道：「二夫人，消息走漏，定是林三娘在銀姨娘面前講漏了嘴，可不關我的事。二夫人不願她嫁與二少爺，她心裡一直恨著哩，這回便是報復來了。再說，我與她，同二夫人誰親誰疏，二夫人心裡不曉得？」

這話觸動了方氏的心思，令她良久不語。

任嬸揣度了一番，道：「我也有錯，不該聽岔了二夫人的話，將牙儈提前請到了家裡來，二夫人罰我這個月的月錢，我無話可說，只是林三娘那妮子，不能再留了，二夫人要早些想法子才好。」

這話又觸動了方氏的心思，她瞪了一眼過去，道：「老太爺還在呢，妳這是要陷我於不孝？」

方氏縮了了縮頭，不敢再吭聲，過了一時，見她不再將月錢一事提起，便提了裙子，悄悄退了出去。

且說林依受了無妄之災，失了錢，坐在床邊欲哭無淚。楊嬸站在門口左看右看了幾眼，偷偷摸了進來，將一把錢塞進她手裡，道：「方才我沒敢進來替妳講話，見諒見諒，這幾個錢妳先拿去用吧，不夠再尋我要。」

林依曉得她同任嬸一樣，是拿過銀姊賞錢的人，怕把自己牽扯了進去，因此方才一直躲著，不敢出來打抱不平，不過自保之心，人皆有之，實在無可厚非。她把錢推了回去，道：「妳家也不寬裕，無須替我操心，待我把這幾根絡子賣出去，就有錢了。」

楊嬸想了想，替她出主意道：「何不去老太爺面前告一狀，他定會與妳做主。」

林依垂了眼簾，低聲道：「講句不當講的話，老太爺已近七旬，再護著我，又還能護幾年呢，將來還是看二夫人臉色度日的時候多些。」

夾縫中求生存，確非易事，楊嬸有心幫她一把，隨後幾日就求了方氏，想接過任嬸送飯的差事來，打算趁著進城，幫她把絡子賣了，不料任嬸心中有鬼，警惕極高，說什麼也不肯讓出這份差事。楊嬸無法，只得叫林依自己另想辦法。

眼見得秋意漸濃，天氣轉涼，林依心內著急，再不將絡子變成錢，就添不了過冬的棉衣，受凍生病，可不是一樁好事。她還只是這樣想著，豈料第二日真個兒就變了天，氣溫急轉直下，這可真是人倒楣的時候，喝涼水都塞牙，她急急忙忙開了床下的衣箱，準備翻套張八娘的舊衣禦寒。

擱在箱子最上面的，是一條印金小團花的羅裙和一條全素羅的褲子，正是張八娘回張家「拜門」時幫著挑出來的，她想起張八娘昔日的愛護，心內一暖，便將這一套取了出來，心想著，這條褲子比自己身上的厚，再在外面加條裙子，應該能更暖和些。

她穿上褲子，繫好腰帶，忽地覺得不對勁，低頭一看，原來這條素羅褲子，襠部並未完全縫合，乃是條開襠褲。她雖見過張八娘穿這樣的開襠褲，但自己卻是頭一回穿，頓感渾身不自在，正猶豫要不要換下來，突然聽得外頭傳來敲門聲，接著，張仲微的聲音響起：「三娘子，在不在？」

敲門聲很急，林依來不及換褲子，只好匆忙將裙子罩在外面繫上，起身去開門。

張仲微滿臉焦急，見她安然無恙站在了面前，方才鬆了口氣，問道：「聽說我娘為難妳了，妳可還好？」

張仲微高個兒，又老成，雖還未滿十七，瞧著卻似十八九，林依望了他一眼，心想著自己裙子底下穿的乃是開襠褲，臉上不自覺就紅了起來，忙忙地低了頭，小聲道：「我沒事，你趕緊回去吧，當心二夫人瞧見。」

張仲微朝左邊指了指，道：「他們都在堂屋商議事情哩，莫要擔心。」說完自袖子裡掏出一串鐵錢，遞給她道：「這裡有五百個錢，妳先拿去用吧。小心收著，別再被我娘搜出來了。」

林依最不慣拿別個的錢使，養成這樣的習慣可不好，她將手背在身後，搖頭道：「我不缺錢，倒是有一事求你幫忙。」她請張仲微在外稍候，自己進屋捧了木盒出來，道：「這是我閒暇時打的絡子，卻沒機會拿去賣掉。你每日都要去城中上學，不知能不能幫我帶去？收絡子的鋪子，就在去書院的路上，想來不會耽誤你的路程。」

張仲微掀開盒蓋兒，裡頭滿滿一盒子絡子，少說也有幾十根，擺在最上頭的一層，紅得耀眼，與他腰間掛的攢心梅花一模一樣，他目光一黯，原來林依送他的絡子，不是唯一的。雖然曉得林依是為生計所迫，但他仍感喉間乾澀，幾欲講不出話來，半晌方道：「明兒就幫妳捎去，晚間回來把錢給妳。」

林依本是心細之人，但今日被這條開檔羅褲擾亂了心思，竟未瞧見他的異狀，聽得他答應下來，歡喜道：「一條絡子，低可賣十文，高可賣十五文，盒子裡共有五十條，真是麻煩你了。」

張仲微只點頭，沒有言語，抱了盒子默默離去。林依趕緊跑回房中，將開襠褲脫下，另換了條全襠開片褲，又取來針線，將開檔處縫合。她縫著縫著，興致起，將兩隻大衣箱都拖了出來，尋出所有的開襠褲，全縫作了個全襠，結果等到上茅廁時才發現，北宋的裙子長，褲腰上又無鬆緊帶，穿著全襠褲入廁，極為不便，於是又勞時勞力將褲子拆了，改回開襠褲，這是後話。

且說張仲微捧著滿盒子絡子回到臥房，坐在桌邊直嘆氣，一想到明日過後，大街小巷都會有人戴林依親手做的絡子，他的心情就沉悶起來。他撫著腰間的攢心梅花絡，心道，林依打的絡子，只許他一人能用，旁的人，不行。想著想著，他忽地站起身來，將盒子鄭重鎖進櫃子，走到隔壁去尋張伯臨，問道：「哥哥，可有二百五十文錢，借我，下個月還你。」

張伯臨正在背書，隨手指了指櫃子，示意他自己拿。張仲微開了櫃門，在個小簸箕裡數出兩百五十文，同自己的五百文放在一起，湊足了七百五十文，第二日交給林依，稱她的絡子花樣好，根根賣了十五文。

林依喜出望外，福身謝過他，又從中取出五十文，不好意思問道：「能不能再勞煩你一趟，與我捎些彩繩回來。」

張仲微暗暗苦笑，但還是接過了錢，換出笑臉來，道：「又不是什麼難事，順路而已，明兒晚間回來與妳。」

林依眉眼笑作一輪彎月，謝了又些，送他去了。張仲微果然守信，第二日放學，剛到家就把彩繩送了過來，還捎了幾塊糍粑與她做點心。

說來奇怪，這幾日他們來往頻繁，卻未見方氏阻攔，林依心下正疑惑，從楊嬸那裡傳了消息出來，原來明年又要開科考，張梁想再去試一回，張老太爺已點了頭，擇日就要出發。林依聽說了這些，抿嘴暗笑，張梁肚裡的文章，怕是還沒得張伯臨張仲微兄弟倆多，偏偏又愛科舉這條路，真不知是為何。

楊嬸一語道破天機：「一路上有山有水有美人，豈不比在家裡窩著有樂趣？」

因了這等大事，方氏與銀姊又槓上了。緣由很簡單，銀姊要隨了張梁去，方氏不許，妻妾兩人成日裡明爭暗鬥，鬧得不可開交。她們鬧騰得緊，林依就又得了喘氣兒的機會，在屋裡埋頭編了好幾日的絡子，待到把彩繩都用完，又託了張仲微拿去城裡賣。

張仲微捧著第二盒絡子回房，哭笑不得，他這個月的錢早已花光，只得再次去向張伯臨借。他平素是個節省之人，怎地接二連三借起錢來，張伯臨深感詫異，追問起來，稱，不講實話就不借錢。張仲微無法，只得帶他去瞧滿櫃子的絡子，將心思與他道明。張伯臨樂得直打滾，取笑了他好一通，方才取了錢借他。張仲微猜想林依必定接下來還有第三盒第四盒，因此也不敢再向張伯臨講「下個月就還」這樣的話，紅著臉只道「何時有錢何時還」。

短短幾日，林依就攢下了一張一貫的交子並五百文鐵錢。她把交子折作小方勝，貼身藏了；那五百貫鐵錢分作兩份，其中三百文，在床下挖了個坑埋了，另兩百文還丟進黃銅小罐，以備平日花銷。

過了幾日，草市又開，她揣著交子尋到楊嬸，央她去草市扯幾尺布，幫忙做件棉衣。楊嬸滿口應下，趕去草市買回一塊紅色花布和一包棉花，當日就裁剪開來，坐在廚房的小板凳上飛針走線。

這幾日，林依過得很順，絡子根根賣了好價錢，馬上又有新衣穿，她哼著小曲兒，坐在桌邊打著絡子，滿面帶了笑容。其間，張老太爺喚了她去，問起方氏找她要錢一事。林依想著，方氏奪錢時，給的是冠冕堂皇的理由，此時若告狀，倒顯得自己小氣了，於是只說方氏是為了她好，替她保管錢物。張老太爺年事已高，凡事懶得朝細處想，聽她如此講，也就信了，不再深究。

半個月後，張梁的行李打點完畢，赴京趕考，他這回依了方氏，沒帶銀姊，孤身一人上了路。方氏得了如此大好機會，竟是一刻也捨不得銀姊離了她的眼，時時處處讓她侍候著，甚至還在臥房另打了個地鋪，晚上就讓銀姊睡在地上，好讓她夜間繼續端茶送水。

張梁不在，銀姊連個訴苦的人都無，更別提有誰來護著她，凡事只能逆來順受，好一個苦不堪言。自她搬到了方氏房中居住，任嬸與楊嬸的額外收入少了許多，很是不習慣，趁著廚下做飯，抱怨個不停。

楊嬸朝灶裡塞著柴火，道：「二夫人上回要賣銀姨娘，二老爺怨著呢，怎地這回卻聽了二夫人的話，沒把銀姨娘一同帶去？」

任嬸狠狠揮著菜刀，把砧板剁得咚咚響：「哪裡是聽了二夫人的話，是怕帶了銀姨娘去，妨礙了尋那金姨娘銅姨娘。」

楊嬸擔心道：「二夫人不會趁這機會，把銀姨娘賣了吧？家裡若是少了她，咱們哪裡掙錢去？」

任嬸道：「那倒不會，二老爺臨走前留了話，若回來時銀姨娘不是安安穩穩的，就要休了二夫人呢。」

楊嬸稍稍放了心，拍了拍手上的灰，起身到門口望了望，嘆道：「也不知二夫人何時放了銀姨娘，放了她，咱們才有錢賺，不過妳是不擔憂的，上回替銀姨娘通風報信，很是賺了幾個吧？」

任嬸被戳中心中祕密，臉上立時變了顏色，怒道：「休要胡說八道。」說完丟了菜刀，一把推開她，回房去了。

林依就在隔壁雜物間擺放農具，將她們的話聽了個清清楚楚，心道，楊嬸倒是好意，想套任嬸的話，只是這事兒關係重大，任嬸豈會輕易講出，問也是白問了。這世道便是如此，並不是所有的真相，都會大白於天下，也並不是所有的委屈，都能夠化解。

林依嘆了口氣，擺好最後一把鋤頭，關了門回房，繼續打絡子，像她這般無著無落的人，與其花費時間去揭露任嬸，還不如節約時間多賺幾個錢來得實在。過了十來天，又一批絡子編好，她照舊尋了張仲微來，託他幫忙去賣。

張仲微接過木盒，不知臉上該作何表情，猶豫再三，提議道：「三娘，妳怎地總打絡子，咱換個花樣可好？」

林依不解其意，奇道：「我會的手藝裡，只有這門最賺錢，不然還能賣什麼？」

張仲微很想說，我屋裡的絡子已堆積如山了，雖然我不介意繼續「收購」下去，但能不能麻煩妳換個名堂……他一面想，一面習慣性地摸著腰間的攢心梅花絡，摸著摸著，腦中突然靈光一閃，道：「再值錢的物件，做得多了，漸漸地也就賣不起價了，不如另做些荷包、香囊和腰帶，只怕還賣得好些。」

林依不好意思道：「你講得有理，只是我不會繡花。」

張仲微這才想起，自家娘親不願她太能幹，凡是女人該學的活計，沒一樣教過她，這打絡子的手藝，還是張八娘偷偷教的呢。他頓感自己講錯了話，內疚起來，沉默了好一時，突然又道：「妳放心。」

林依正琢磨這話的意思，他已將木盒藏進寬大的袍袖裡，轉身遠去了。

張仲微回房時，張伯臨為節約燈油，正在他房裡借燈看書，瞧見他愁眉苦臉地抱著盒子進來，吃驚道：「不會又是絡子吧？」他丟了書，搶過盒子來掀開一看，笑得彎腰直揉肚子：「老二，你打算開個絡子鋪嗎，櫃子快塞不下了吧？」

張仲微被他笑紅了臉，該說的話卻是一個字都不曾漏：「哥哥，可還有錢，借我。」

張伯臨跳將起來，急道：「你還真打算一直收下去？」

張仲微開了櫃門，將新得的絡子放了進去，道：「反正我捨不得賣。」

張伯臨苦勸道：「老二，林三娘是該幫，可不是這麼個幫法，你再繼續收下去，錢從哪裡來？」

張仲微沉思片刻，突然抬頭道：「哥哥講的對，要收三娘的絡子，先得去掙錢，正巧過兩日書院要放假，我去城裡逛逛，看有沒有賺錢的門路。」

張伯臨被這話噎住，瞪了他好一會兒，痛心疾首道：「堂堂讀書人，州學的學子，不想著如何作幾篇好文章，卻要出去掙錢，真真是羞煞人。」

出於對兄長的尊重，張仲微沒有頂嘴，但他絲毫不覺得作文章與掙錢有衝突之處，待得書院放了假，便去同方氏講，說要去城裡轉轉。方氏正忙著折騰銀姊呢，哪有時間管他，問也不問就點頭許他去了。

因壽昌書院就在眉山城，這城中，張仲微每日都來，卻每每只埋頭趕路，不曾好生逛過，今日他揣著目的，便放慢了腳步，一面走，一面四處打量。

街道兩旁，最多的商家，乃是分茶酒店，即酒菜店，按人出筷子，小分下酒菜，有些尋常百姓，為掙幾個小錢，只要瞧見富家子弟在此飲酒作樂，便湊上前去先唱個喏，然後束手站立，小心侍候，看有什麼事需要跑腿代辦的，或買點物事，或尋個伎女，都能得到些賞錢，時人稱之為「閒漢」。又有的上前幫忙換湯斟酒，唱歌獻果，點燒香火，謂之「廝波」。

張仲微好歹是個少爺，又是讀書人，哪裡肯去做這些事體，搖了搖頭，繼續朝前走。

有些小孩子，穿著白布衫兒，帶著青花頭巾，抱著大白瓷的菜缸子，吆喝自家醃的辣菜。眉州鄉下，家家戶戶都會醃製此物，張家也不例外，張仲微有幾分動心，但一想到自己過完年就滿十七，已是個大人，挾著菜缸子到處跑，也太不合適，只得罷了。

再前行了一段，路邊有幾個賣食藥香藥果子等物的，見人就硬塞，塞完就討錢，也不管你要不要，張仲微深怕被纏上，忙疾走了幾步，繞到另一條街去。

這條街卻是家戶人家居多，並無幾家店鋪，他正準備轉身離去，突然瞧見有家院子裡，幾個女娃兒三五成群，正在踢毽子，裡踢外踢、膝踢肚接、頭頂、剪刀、拐子，身手靈活，將一只毽子踢得花樣翻飛，他正瞧得有趣，卻被個女娃兒發現，走出來趕他道：「你是哪個，休要站在我家門首。」

張仲微忙作揖道：「我家有個妹子，也好踢毽子，我想與她做一個，卻每每不得法，我瞧妳這毽子甚好，不知是個什麼做法？」

那女娃兒見他是為妹妹打聽，就大方遞了毽子與他瞧，笑道：「城裡人家，哪兒會做這個，我們都是在店裡買的。」

張仲微接了毽子在手，細細瞧了瞧，這毽子底下綴的是枚鐵錢，上面裝有雞羽，顏色很是鮮豔。是了，城裡人又不養雞，哪裡來那許多雞毛做毽子，倒是鄉下，此物甚多。

林依做的絡子，乃是私人物件，他不願別個也有，但毽子不過是玩意兒，多做幾個賣與他人又何妨？張仲微不知不覺微笑起來，拿的毽子也忘了還，還是那女娃兒不耐煩催促了幾句，他才回過神來，還了毽子，道過謝，重新轉到店鋪密集的街道上去，尋到賣玩意兒的鋪子，買了個雞毛毽子。

他得了個賺錢的門路，卻沒有就此回家，心道，我是準備自個兒掙錢，把給林依花銷的，叫她來掙，算什麼本事。於是腳下不停，接著逛。秋冬白日短，他轉了沒幾圈，天色就暗下來，本打算回家，明日再來，路邊卻有個代人寫信的書生，提點他道：「我瞧你同我一樣，是個文人，何不去尋個茶館賣幾篇酸文，也能賺幾文養家糊口的錢。」

張仲微聽得他說「養家糊口」，又想到家裡還有個林依在等著，頓感豪情萬丈，立時朝那茶館雲集的街上而去。

所謂「賣酸文」，一是指有些識文斷字之人，依其機敏智慧，針砭時弊，製造笑料，寫出文章或詩句來出售，賺錢以糊口；還有種伎藝人，專以滑稽、諷刺的表演取悅於人，也謂之為「酸」。張仲微乃是堂堂州學一學子，取的自然是前者。

此刻天色已晚，但還是有許多茶館開著門，裡頭傳來說書人講古論今的聲音，張仲微沿著街，挨著逛去，還真叫他尋到個賣酸文的秀才，上前一打聽，得知時下最好賣的，不是酸溜溜的文章，而是限題為詩，即買詩的人隨意出題，賣詩之人現場作來，作的好，一首詩可賣三十文。

張仲微對此價格不太滿意，道：「一根絡子還能賣十五文呢，費腦筋作首詩，只得三十文，不合算。」

那賣酸文的秀才笑道：「你以為是在學堂上作詩，字字推敲？來買詩的人，大多連字都不識，你只消押個韻，混弄過去便得。」

張仲微有些開竅，又想，以他的才情，作出來的詩，倒也不算糊弄人，反正尋不到更合適的行當，不如就是它吧。他謝過那秀才，趁著日頭餘暉回到家中，匆忙扒了幾口飯，便去找林依。

林依剛洗過澡，穿著簇新的紅底白花小襖兒，繫著張八娘贈的印金小團花羅裙，裡頭依舊是條開襠褲，使得她的小臉紅撲撲，也不知是衣裳映紅了臉，還是臉襯紅了衣裳。張仲微直覺得她比那畫兒上的人兒還要好看，不知不覺瞧得癡了。林依想扯他的袖子提醒提醒，又怕這個不合規矩，只好咳了兩聲，叫他回過神來。

張仲微被她瞧見了傻樣兒也不臉紅，理直氣壯地想，這是在瞧自家未來媳婦，沒什麼好羞。他自袖子裡掏出雞毛毽子，遞給林依道：「買了個玩意兒，送與妳玩。」

林依道了聲謝，接過來看了看，道：「這物事做好了，倒也能賣錢。」

張仲微笑了，到底是我媳婦，一眼就瞧出了詳細，他心裡得意，嘴上卻道：「不消妳做這個。」

林依道：「怎麼，這個不如絡子賺錢？那我還是打絡子。」

張仲微唬了一跳，慌忙擺手道：「莫要再打絡子，莫要再打絡子。」

林依奇道：「你這是怎地了，我又不會別的手藝，不做這些個小物件兒，拿什麼換錢？」

張仲微挺了挺並不怎麼結實的胸膛，道：「不用妳賺錢，我養妳。」

這是承諾，還是表白？林依暗自琢磨。張仲微見她不作聲，還道她是同意了，歡呼一聲，準備回房去讀詩集，林依卻叫住他，道：「好意我心領了，這錢，你給我，還是我自己賺，意義不同，不好代勞。我瞧這毽子不錯，正好絡子也編膩了，就改做這個吧。」

張仲微聽她如此作答，有些失望，不過做毽子，總比打絡子好，他暗暗安慰了自己一番，道：「做毽子需鐵錢哩，我明日與你拿些來。」他生怕林依再次拒絕，語速飛快地講完，奔回房去了。

張伯臨還在他房裡借燈看書，見他一陣風似的跑進來，大驚：「你又收絡子回來了？」

張仲微搖了搖頭，將賣酸文一事講與他聽，稱這是個賺錢的好行當。張伯臨本是反對他去賺錢，待得聽他講完，卻是興致比他還高，當即倒敲著筆管，喜道：「賺錢倒是其次，這樣的買賣，極能顯才情，明日我同你一道去。」

張仲微也高興起來，笑道：「甚好，咱們哥倆比一比，看誰賺的錢多。」

張伯臨不屑地撇了撇嘴，道：「讀書人，莫要成日把錢掛在嘴邊，惹得滿身銅臭氣。」

張仲微氣道：「哥哥你不缺錢，自然講得起這話，有本事明日賺的錢，都把給我。」

張伯臨大方地揮了揮手：「明日我作詩，你收錢，可好？」

二人玩鬧了一陣，同坐到桌邊，將平日看過的詩集，又取出來研讀，還把往常自作的詩整理了一遍，屆時或許也能賣幾個錢。

第二日，兄弟倆起了個大早，知會過方氏，連早飯等不及吃，一人抓了個蘿蔔，邊啃邊趕路。他們趕到城裡時，正是茶館開門做生意的時候，由於張仲微昨日踩過點，他們很快便尋到了一個常有「酸秀才」出沒的所在，進去占了個座兒，準備叫賣酸文。

不料才開嗓喊了幾句，茶博士就抹著汗尋了過來，作揖道：「二位小官人，哪有你們這樣賣酸文的。」

二人問道：「有規矩？」

茶博士笑道：「我替客人倒茶時，順路幫你們問一句，豈不比你們這般煞風景地叫賣強些？」

張仲微聽出些意思來，道：「賺了錢，是不是要分你幾個？」

茶博士見他知情識趣，很是高興，臉上笑容愈盛，連聲道：「隨你給，隨你給。」

張仲微覺得這般行事很好，與張伯臨兩個商量了幾句，答應下來。那茶博士見得有外快賺，格外賣力，不多時就替他們招攬了一門生意來。

兄弟倆抬頭一看，這位主顧是位中年男子，頭戴高而方正的巾帽，身穿一件之之襴衫，瞧著也是個文人打扮。兄弟二人不敢怠慢，忙請他在對面坐了，喚茶博士倒上茶來，問道：「官人貴姓？買文，還是買詩？」

方帽官人答道：「免貴姓李，不知二位可否以『浪』字為題，以『紅』字為韻，作一首絕句？」

這題目頗有些難度，張仲微最拿手的是寫文章，作詩填詞稍遜，遂低了頭冥思苦想。張伯臨卻是在吟詩作詞上有能耐，沉吟片刻便提筆，飽蘸了墨水，寫下一首詩來，道是：一江秋水浸寒空，漁笛無端弄晚風。萬里波心誰折得？夕陽影裡碎殘紅。

那李姓官人見了這詩，撫掌大聲叫好，引來無數人圍觀，紛紛誇讚張伯臨才思敏捷。張伯臨亦頗為自得，團團做了個揖，謙遜了幾句。張仲微亦為哥哥感到自豪，但也沒忘了收錢，客客氣氣向李姓官人討要三十文辛苦費。

李姓官人笑道：「如此好詩，豈只值三十文？」他翻了翻桌上的紙，把張伯臨平日作的詩詞揀了幾篇出來，搖頭晃腦念了幾句，摺好放進了袖子裡，又順路另掏出一張紙，遞給張伯臨，道：「有空且來尋我。」

張伯臨低頭一看，原來是張名帖，上書「雅州李簡夫」，他茫然抬頭：「李簡夫是哪個？」

張仲微搖頭，忿忿道：「不曉得，我只知他沒給錢。」

張伯臨聽他這般說，左右一看，原來那李簡夫已是走了。周圍有人道：「聽說方才的李官人，做過太守，他既留了名帖，你們大可去尋他，說不準能奔個好前程。」

對於前程一事，張伯臨張仲微兄弟倆倒是相像，都有些清高氣，聽說這李簡夫有來頭，倒失了興致。張仲微隨手將那名帖塞進袖子，重新開始賣酸文，誓要把方才損失的三十文再賺回來。

他們在茶館坐到太陽落山，通共作了兩首詩，賣出一篇舊文，總計八十文。張仲微數著鐵板兒，洩氣道：「還不如三娘子打絡子賺的多。」

張伯臨不滿他心心念念著錢，教訓了他幾句，非拉著他尋了個分茶酒店，將八十文花去了二十。張仲微回到家，將僅剩的六十個錢交與林依，錢太少，他不好意思說是「養家糊口」的費用，只道與她做毽子使。

林依聽說這是他賣酸文得的錢，十分欣喜，但並未收下，道：「鐵錢我這裡還有好些，盡夠使了。你既會作詩，何不吟一首送我？」

張仲微微紅了臉，道：「我詩詞上有限，糊弄村人還成，送與妳卻是拿不出手。」想了想，又道：「我自許畫兒還畫得不錯，不如畫個像送妳？」

林依曉得他們讀書人，琴棋書畫樣樣都會，笑道：「使得。」

張仲微興奮非常，這可是林依頭一回向他索要禮物，必要好生畫來。他細細問過林依對畫兒的具體要求，道了句「我這就回去磨墨」，飛奔去了。

林依目送他回房，隨後進屋，仔細研究起雞毛毽子來。這毽子做法極簡單，她甚至不用將其拆開，就知曉了做法，即用一小塊布片裹住鐵錢，將布頭從錢孔中翻轉上來，再拿幾根雞毛，連著布頭一塊兒纏了，便是個雞毛毽子。做法倒是不難，只是雞毛自哪裡來？既是要賣錢，當屬公雞尾羽最佳，張家倒是養了幾隻雞，但總不能為了做毽子去宰殺，更何況林依也沒那個權力。

她想了一陣兒，起身去廚房與楊嬸幫忙，邊切菜，邊問道：「楊嬸，我想要幾根雞毛，哪裡能尋來？」

楊嬸奇道：「要雞毛作甚？」

林依答道：「做個毽子踢踢。」

楊嬸笑道：「妳倒是會挑時候。」

原來過幾日便是秋社，北宋習俗，到了這日，女子要皆歸娘家，方氏為了迎接張八娘，早早兒就發了話，到時要把屋後的那幾隻肥雞宰了，做一桌子好菜。

雞毛有了著落，又能見到張八娘，林依暗喜，幫著楊嬸做飯燒火，忙東忙西，只等秋社到來。

秋社前，張仲微趕著把畫兒送了來，說是當作秋社節禮，林依接過來一看，畫兒上的她，紅底白花小襖兒、印金小團花羅裙，婷婷站在竹林前，肩頭歇著一隻紅綠羽毛的「桐花鳳」。她瞪大了眼睛朝竹林裡瞧去，林中似乎還藏著個人，隱隱露出袍袖一角，她忙問道：「那是畫的誰？」

張仲微偷偷看她一眼，沒有作聲，林依追問，臉就紅了，再問，轉身跑了。林依見他如此，非但沒有驚訝，反而捧著畫兒，偷笑不已--畫兒上那袍袖的顏色，分明同他身上穿的，一模一樣嘛。

社鼓敲時聚庭槐，
神盤分肉巧安排。
今番喜慶豐年景，
醉倒翁媼笑顏開。

立秋後的第五個戊日，是為秋社，是日，田頭樹下，遍佈蓆棚，宰牲釀酒，來祭社神。張家所居的村莊沒有土地廟，村民便在地頭立起一個土堆，作為社壇，待得祭祀完畢，就聚在一起，吃肉喝酒，熱鬧熱鬧。

這日，林依起了個大早，到廚下去幫忙。楊嬸見她來了，記起她所要的雞毛，便將手中活計暫交與她，走到方氏房中去問：「二夫人，今兒八娘子要回，宰幾隻雞？」

方氏正眯著眼躺在榻上，叫銀姊捏著肩，聞言不滿道：「這等小事還來問我，廚房不是妳管的嗎？」

這般作答，就是可以多宰一隻了，楊嬸高興地應了一聲，轉身欲走，方氏卻叫住她，朝身後指了指：「銀姊正閒著，叫她收拾。」

楊嬸曉得她是不肯放過任何能折騰銀姊的機會，便按著她的意思，把銀姊領到廚房。銀姊卻站在廚房門口不肯朝裡走，恨道：「我這輩子，還從沒熏過油煙氣。」

楊嬸忙搬了個小板凳請她坐了，笑道：「哪消銀姨娘動手，妳坐著便是。」她許久沒賺到銀姊的錢，好容易來了機會，服侍得格外殷勤，倒了盞茶遞到她手裡，又尋了一把瓜子來與她嗑著，再才去屋後抓雞。

銀姊吃了一口茶，嘆道：「早曉得二老爺會將我丟下，還不如那天假戲真做，讓牙儈買了去。」

林依切菜的刀慢了幾下，想了想，道：「雖是受妳逼迫，但認真計較起來，還是我對不住妳。」

銀姊笑道：「妳比我還不如，辛辛苦苦攢的幾個錢，全被二夫人搜了去。」她說著，起身湊到林依身旁，悄聲道：「我曉得，妳也是被二夫人逼著，才來害我，咱們都是身不由己，何不聯手起來，興許能過得好些。」

林依暗道，妳這還不如恨著我呢，攛掇我去對付二夫人，能有好下場？她朝牆邊躲了躲，直截了當道：「銀姨娘，二夫人懷疑我與妳有牽連，我要避嫌哩，妳還是離我遠些。」

銀姊還要再說，楊嬸一手拎著隻雞，走了進來，她忙閉了嘴，若無其事地重坐到板凳上吃茶嗑瓜子。那雞被抓住了翅膀，不住地撲騰，她忙一手捂鼻子，一手扇灰，趕楊嬸道：「外頭宰去。」

楊嬸還等著收賞錢哩，如何不聽，忙不迭送地將雞拎到屋後收拾乾淨了，方才回來。林依本是想親自下廚做兩道張八娘愛吃的菜的，但此刻礙著銀姊在跟前，怕她將自己會廚藝的事傳到方氏耳中去，便只把雞切成塊，再走到灶後去燒火。

楊嬸將一隻雞燉了，另一隻做了辣子雞，又割了一刀臘肉，擱在熱水裡發著，她瞧銀姊在一旁被油煙熏得眉頭緊皺，忙揀了塊社糕與她嘗，安慰她再忍耐會兒，待得雞熟，便可回去覆命。

一鍋雞才燉了個半熟，銀姊就受不住了，掏了兩把錢出來，一把給楊嬸，另一把給了林依，叫她們兩個替自己遮掩，起身回方氏那裡去了。楊嬸喜孜孜地將錢收起，連聲稱讚銀姊是個爽快人，又去屋後取了雞毛，交與林依，讓她拿回去做毽子。林依謝過楊嬸，趁著廚房再無旁人，幫她把剩下的幾個菜炒了。

待得飯菜上了桌，張老太爺與張伯臨張仲微兄弟也都回來了，準備一家人來過節，不料等了又等，盼了又盼，還是不見張八娘回娘家。方氏親自到門口的小土崗上望了一回，心內焦急萬分，生怕又同「拜門」那天一樣失面子。

張老太爺黑著臉抽到第三鍋煙葉時，張八娘終於來了，卻是獨身一人，不見方正倫陪著。方氏提著一顆心候了這些時，還是跌了面子，她強打起精神吃罷飯，馬上帶了張八娘回房，問她究竟怎麼一回事。

張八娘未語淚先下，哭道：「我照著娘和三娘子教的，盡心侍奉舅娘，討好表哥，可他們為何就是看不慣我？」

原來，方睿風流成性，王氏每每在他那裡受了氣，轉頭就撒到張八娘身上，張八娘做針線，她嫌手藝太差，張八娘讀書寫字，她稱這是不務正業，總之張八娘在她面前，就沒有一處能讓她瞧上眼的，成日不是責罵，就是明嘲暗諷。

還有那方正倫，乃是個讀書人，原本還有幾分興致與張八娘談詩論書，但過了不久卻發現，自己肚裡的學問，竟還比不上她，於是自慚形穢，整天躲在屋裡拿筆塗鴉。張八娘略勸了他幾回，他卻不陰不陽道，妳有本事別嫁人，也考個進士去撒。張八娘哪裡受過這種氣，成日躲在房裡抹眼淚，方正倫卻跟沒瞧見似的，呼朋喚友，乃至逛勾欄，獨自快活。

這些氣，方氏年輕時也沒少受，因此她認為這是女人必經之路，並沒有什麼大事，只安慰張八娘道：「妳且忍耐些，等生了兒子就好了。」

張八娘淚眼汪汪，道：「表哥今日不同我回來，舅娘也不說他。」

方氏道：「妳今日就在家裡歇，，明兒我同妳一道回去，替妳討個說法。」

張八娘見娘親要與她撐腰，膽氣壯了些，又道：「表哥總藉口到朋友家讀書，鑽到勾欄院裡去，娘，妳管管他。」

方氏暗自苦笑，那是方家的兒子，方睿與王氏都不管，她哪裡來的資格。她嘆了口氣，道：「讀書人都愛逛勾欄，也不止妳表哥一個，只要他不胡亂朝家裡領人就好，妳也要學著忍耐些。」

張八娘愣了愣，低頭不語，過了會子，突然問道：「娘，表哥是讀書人，愛逛勾欄，舅舅是進士，也愛逛勾欄，那我爹也是讀書人呀，他是不是也愛……」

方氏惱了，拍了拍桌子，打斷她道：「為人子女，豈可言父翁之過。」

張八娘被斥，慌忙垂下頭去，卻不曉得，方氏哪裡是責她，不過是被戳中了痛處，本能反應而已。

方氏瞧她一副受了驚嚇的模樣，又自責起來，閨女在婆家已是受了委屈，自己怎能讓她回娘家來還遭責備，遂握了張八娘的手，好生安慰了她幾句，同她閒話半日，待得吃過晚飯，又親自送她回昔日閨房去歇息。

林依正坐在桌邊等她，見她進來，忙倒茶遞社糕，道：「桌上沒見妳吃幾口，餓不餓，且吃塊點心。」

張八娘搖了搖頭，在桌邊默默坐了一會兒，突然摟著她痛哭起來，道：「表哥心裡沒有我呀。」

林依已聽說了她在婆家受的委屈，再瞧她身上，比未出閣前瘦了許多，就也也忍不住地掉眼淚，嘆道：「妳心裡沒他，他心裡沒妳，當初為何偏偏又要湊成一家人。」

張八娘的一雙眼，已哭得又紅又腫似個桃子，道：「爹本來還是反對這門親事的，但娘卻執意要『還娘女』，後來舅舅又高中了進士，爹拗不過娘，就同意了。」

林依聽她嘴裡除了張梁就是方氏，便問：「妳自己的意思呢？」

張八娘苦笑道：「婚姻大事，自古以來都是父母之命，爹雖來問過我的意思，但我又怎好意思說個不字。」

林依不能理解，這個「不」字，怎地就不好意思講出口，難道就為了一個「難以啟口」，便將一輩子的幸福賭上了？不過事已至此，再講這些也無用，她為著張八娘往後的日子，試探著出主意道：「八娘，所謂寧拆一座廟，不毀一樁婚，妳既與方正倫過不到一處去，何不趁著還沒孩子，和離算了？」

張八娘唬了一跳，慌道：「妳怎能講出這樣的話來，他家既沒打我，又沒餓我，好端端的，和離作什麼。」

這是迫於規矩，還是性子所拘？林依見了她這反應，雖極同情她，卻也再無話可說，只能暗自嘆息兩聲，打了水來與她洗過腳，寬衣睡了。

第二日，張八娘起來時，林依已坐在桌邊纏毽子了，她走過去，取了個已做成的瞧了瞧，笑讚：「手藝不錯，哪裡來的雞毛？」

林依笑道：「還不是託妳的洪福，二夫人聽說妳要回來，特特宰了兩隻雞，讓我有機會搜羅了幾根來，準備做幾個毽子拿去賣。」

張八娘朝桌上看了看，道：「這才三個，太少了，賣不了幾個錢，我聽他們說，城裡那些酒樓、分茶酒店的後廚，每日倒掉好些雞毛哩。妳何不與二哥說說，叫他給後廚的幫工幾個錢，讓他們把雞毛給妳留著，隔幾天去取一回，正好二哥就在城裡上學，順路的事，極便宜的。」

林依眼一亮，這主意委實不錯，但她仔細想了想，還是搖了搖頭，張仲微學業要緊，老讓他為這些小事跑來跑去不大好，再說他是個讀書人，叫他背著大包雞毛穿過大街小巷，不說別個怎麼看他，就是她自己，都看不過眼。

「還是等我自個兒尋了機會，再去城裡收吧。」林依謝過張八娘的好主意，站起身來，同以前一樣，牽著她的手，一同去堂屋吃早飯。

吃罷早飯，方家來了人，催張八娘歸家，張老太爺氣極，站在地壩破口大罵：「你們方家欺人太甚，昨日秋社不讓方正倫跟著來，今日卻記得使人來催。」

「你們方家」，不就是方氏的娘家，她又羞又氣，辯也不敢辯一句，叫任嬸去張老太爺面前知會了一聲，帶著張八娘匆匆趕回娘家討說法去了。

林依對方氏娘家之行，充滿了期望，任嬸楊嬸卻都不看好，事實證明，後者是對的，王氏根本不賣方氏的帳，方睿又似個縮頭烏龜躲著不見出來，方正倫則是只聽娘親的話，其他一概不管。方氏吃了一肚子的氣回來，不敢去見張老太爺，只躲在屋裡拿銀姊撒氣，一道茶水換了十遍，還是嫌冷嫌燙，折騰得銀姊滿腹怨言，又不敢講出來，只恨謀不到耗子藥，丟進茶盞裡去。

秋社後，張仲微又去賣過幾回酸文，但他每月假日有限，不能總去，因此賺到的錢極有限。他本擔心林依會繼續打絡子，沒得錢「收購」，但秋收開始，張家人人都忙了起來，林依也不例外，每日幫著下地幹活，無暇再做其他事，這讓他大大鬆了口氣。

這日終於收完了稻子，張老太爺拎了一壺酒，串門子去了，方氏領著任嬸、楊嬸、銀姊和林依，清點糧倉，今年年成不錯，兩間耳房加一間偏房，全裝了個滿，眾人臉上都是喜氣洋洋。

正忙著，有一裹巾子的矮個兒男人走進院兒裡來，站在門口左瞄右瞄，突然瞧見了方氏一群人在耳房門口，趕忙快步上前，問道：「敢問這裡是方夫人家？」

方氏轉過身去，打量了他一番，點頭道：「我瞧著你眼生，不是咱們村裡的人吧？」

那人見她就是自己要尋的人，面露驚喜，爬下就磕頭，道：「方夫人好眼力，我趕了好幾里路才尋到這裡，特來求夫人開恩，還我家表妹一個自由身。」

方氏奇道：「我家有你的表妹？」

那裹巾子的男人卻不答話，抬頭朝人群裡瞧了瞧，突然撲向銀姊，一把抱住她，哭道：「我可憐的表妹……」

方氏見狀大急，忙叫任嬸和楊嬸拉開他二人，呵斥道：「男女有別，你們好沒得規矩。」

那男人抹了把淚，爬下又磕頭，道：「我與表妹多年未見，一時情難自禁，還望方夫人包涵則個。」說完又朝前膝行兩步，央道：「我常年在鹽井做活，今年回家才曉得表妹已被賣作了方家妾室，可憐我姑姑臨終前再三囑託我要照顧好她，我怎忍心看著她與人做小，特來求方夫人放了她……成全我兩個。」

方氏聽了這話，恨不得立時就將銀姊交與他，去了這眼中釘肉中刺，但礙著眾人都在跟前，只能斥責他道：「一派胡言亂語，銀姊乃是我張家的妾，豈能說給就給。你趕緊離了我家院子，當心喚人來打你。」

銀姊表哥卻不肯走，跪在耳房前的地壩上哭天搶地，口口聲聲求方氏成全。方氏的猶豫，全寫在了臉上，任嬸上前低聲道：「二夫人，不過一個妾，同咱們家的水牛有甚區別，不如就把給他去，成全一樁姻緣，也算得美事一件。」

方氏啐道：「她哪有水牛值錢，妾到處都買得到，水牛滿村子卻只有我們家才有。」

任嬸忙點頭附和，那銀姊表哥卻耳尖，聽得一個「錢」字，忙叫道：「我有錢，方夫人，我有錢。」他說完，朝地上一坐，脫下滿是泥巴的鞋子，一隻手在鞋底子裡摳來摳去，看得眾人直皺眉。

方氏猜想他是在找錢，還道，這人怎地把鐵錢藏在鞋裡，也不嫌硌得慌，不料他摳了半日，終於把錢摳出來時，卻是整整三張交子，面額竟都是十貫的。他把那汗津津的交子遞到方氏面前，道：「夫人，我替我表妹贖身。」

方氏嫌那交子腳臭味兒太濃，不肯接，心中猶豫卻更盛，再講不出趕他走的話，只道，等老太爺回來做主。任嬸聽得她如此講，不待人吩咐，立時去把張老太爺請了回來。

張老太爺吃得醉醺醺，手裡還拎著小酒壺，不時朝嘴裡灌兩口，他搖搖晃晃站到銀姊表哥面前，努力睜開眼瞧了瞧，問方氏道：「這是妳表兄？不像。」

方氏心道，我哪裡有這樣上不得檯面的表兄，真是折辱人。她將銀姊表哥向張老太爺介紹了一番，講明他的來意，又道：「官人臨行前吩咐過，不許動銀姊，但她表哥千里迢迢地尋了來，也不好就這樣趕他走，該當如何，請爹拿個主意。」

張老太爺還沒有醉得太狠，瞪了眼道：「叫我老頭子去管兒子的妾，哪門子道理，這樣的事情還來問我，要妳這正頭娘子何用？」

方氏挨了教訓，卻絲毫不惱，恭恭敬敬地還將張老太爺送去隔壁吃酒，轉身回房就吩咐任嬸：「收拾間偏房出來，留銀姊表哥住下。」

任嬸吃了一驚，忙問：「二夫人留他作甚？」

方氏招手叫她過來，耳語一番，原來她想由著銀姊表哥把銀姊領去，又怕張梁回來責罵於她，於是打算先將銀姊表哥留下，待得張梁回來再作打算。

任嬸聽了她的想法，急道：「二老爺哪會捨得放銀姨娘走，我看那銀姨娘的表哥，同銀姨娘像是有些舊情的，等到二老爺回來，只怕不但不領情，倒要怪二夫人多管閒事，壞了銀姨娘的名譽哩。」

方氏沒有接話，暗道，壞了名譽才好呢，誰人願意頭上有頂綠帽子，到時就算張梁不想讓銀姊走，也不得不趕她走了。她自認為這是一條妙計，得意地講給任嬸聽後，就忙忙地催促她去收拾偏房。任嬸勸不動她，只得走出門來，但卻沒有去偏房，只招手喚來林依，叫她抱一床鋪蓋去空房，自己則朝左邊的偏房去了。

楊嬸在一旁瞧見，罵了任嬸幾句：「不過一個奴婢，竟敢使喚起主子來。」

林依拉了她一把，苦笑道：「我被使喚的時候還少？不必爭這一時意氣，再說我吃了張家的米，替張家幹活也是該的。」

楊嬸幫著她把鋪蓋抬到偏房，關上門，悄聲道：「妳不消給任嬸留面子，她不是什麼好物事！妳還真以為鞋底藏錢的那人是銀姨娘的表哥？」

不是銀姊表兄，會是何人？林依心下奇怪，忙問詳細。原來那「表兄」，乃是任嬸拿了銀姊的錢，請人來冒充的，目的同上回一樣，想幫著銀姊離了張家，自在過日子。

楊嬸講完，問林依道：「我聽銀姨娘講，她也曾找過妳幫忙的？」

林依一愣，想起那日在廚房，銀姊拉攏她的話來，道：「上回我被冤枉，已是跳進黃河也洗不清了，哪裡還敢搭理她。」

楊嬸知她講得有理，卻又可惜銀姊的賞錢，惋惜道：「要是妳應下，賞錢就是妳的了，聽說銀姊這回出手極大方的。」

林依雖也急需錢財，卻還沒到為了錢去惹麻煩的地步，聞言只淡淡一笑，沒有接話，手下不停地把鋪蓋整理好，又將屋子打掃了一遍。

不料她這番忙碌，卻是白費了，任嬸知曉了方氏的綠帽子計畫，豈有不去告訴銀姊的，那所謂銀姊的表哥，還沒等到方氏叫他去瞧客房，就腳底抹油，溜之大吉了。方氏得知此事，忙喚了任嬸來問，任嬸給她的答案是：「銀姨娘表哥家中出了急事，匆匆趕回去了。」

林依自認倒楣，又去偏房將才鋪好的鋪蓋收起來。

方氏不明就裡，亦在哀嘆霉運當頭，大好的趕走銀姊的機會就這樣白白溜走了，也不知那銀姊表兄，還會不會再來。

但最覺著倒楣的，不是她倆，而是銀姊，她兩次計畫，都以失敗告終，還折損了不少鐵錢，心中感受，怎一個恨字了得。更可惡的是，這回方氏還差點無意中將計就計，將盆子污水潑到她身上，若真成行，她恐怕就永無翻身之日了。晚上，她躺在方氏床下的地鋪上，緊緊攥著雙手，任由長指甲陷進了肉裡去，暗恨，定要想出個報復方氏的法子來，也叫她倒一回霉。

過完年，眉州春旱，岷江幾欲見底，田裡土地裂開了口，正是青黃不接的時候，卻天降此災禍，人人叫苦連天，村裡以張老太爺為首，備了供品到廟中求神祈雨。許是上蒼聽見了他們的祈求，真個兒在立秋之前降下了雨來，但這雨卻越下越大，越下越久，足足兩三個月大雨滂沱，渾似老天與他們開了個玩笑。

岷江中洪水滔天，溝滿壑平，住在低處的人家，紛紛搶救出糧米，投奔高處。到處都是水，出行靠大船小船木盆門板，張伯臨張仲微兄弟被迫輟學在家，田地被淹，張家佃農盡數遣回，全家人都無心其他，日日瞧著天上的大雨發愁，所幸張家小院地勢較高，暫無被淹之憂，倒也算不幸中的萬幸。

村中無數房屋被淹，許多人流離失所，張老太爺每日站在院門口，瞧著飢民遍野，心中難受，遂召齊全家人商議，欲開倉放糧。此提議一出，張伯臨與張仲微兄弟頭一個贊成，林依亦覺得鄉里鄉親，幫扶一把很是應該，但方氏的臉色，卻忽地變了。

楊嬸瞧著林依不解，悄聲道：「妳還沒來咱們家時，老太爺也放過一回糧，結果幾間糧倉全被他老人家搬空，最後連咱們自己的口糧都無，全靠吃野菜度日。」她說完，瞧了瞧張伯臨與張仲微，又嘆道：「兩位少爺同老太爺一個脾氣，又仗義，又菩薩心腸，咱們家的糧食，怕是又保不住了。」

果然，方氏一人的反對，抵不過另三人都贊同，只得把糧倉的鑰匙交了出來。第二日一早，張老太爺親自開了一間糧倉，招呼落難的鄉親們來領糧食，並放了話出去，許諾張家要連著放糧三日。有村民不信，當場質疑，張老太爺拍著胸脯，指著天道：「若我扯謊，天打雷劈。」鄉親們聽得他如此保證，歡呼雀躍，奔相走告。

到了下午，張家地壩上排起了長長的隊伍，衣不遮體的村民們在秋風中凍得瑟瑟直抖，拖著盆，端著碗，拎著口袋，站在糧倉前翹首盼著。這些人，都是平素有來往的，林依瞧著格外心酸，忙走到糧倉門口，抓起葫蘆瓢，幫著張老太爺和張氏兄弟給鄉親們分糧。

眾人忙碌了半日，晚上吃飯時，每人面前卻只有一碗堪稱米湯的稀粥，並一碟子下粥的辣醃菜。大宋的飯食，和人一樣，分為三六九等，貧苦人家，一日三餐，只能以饘粥度日，稍微粘稠一些，像漿糊的，是饘；水色至清、米粒一個跟著一個跑的，叫粥；只有境況好的人家，才吃蒸出的撈乾飯。洪澇前，張家中午和晚上，都是吃的撈乾飯；洪澇後，雖說為了節約糧食，少了一頓撈乾飯，但好歹有碗饘吃，今日為何卻只有稀粥？林依才從糧倉過來，心裡很清楚，張家遠還沒到喝粥的地步，這只不過是方氏無聲的抗議罷了。

張老太爺端起粥碗喝了一口，又夾了一筷子醃菜，讚了聲：「不錯，往後就是如此，多省點糧食分與鄉親們。」

方氏聽了這話，氣得不輕，手裡的一雙筷子幾欲捏斷，吃罷飯，回到房中就罵任嬸：「瞧妳出的好主意，非但沒效，反倒害得咱們往後每日都要喝粥吃醃菜。」

任嬸小聲辯解道：「我以為老太爺會責備二夫人，那樣二夫人就能藉機勸他少分點糧食出去，我哪曉得他不但不怪，反倒誇讚……」

計未成行，再講什麼都是無用，方氏板著臉斥了幾句，將她遣了出去。

銀姊正在屋簷下站著看分糧，見任嬸唉聲嘆氣地出來，笑問：「怎麼，遭二夫人責罵了？」

任嬸同她到偏房坐下，愁道：「我挨罵倒不算什麼，只是二夫人為家中糧食日夜憂心，我瞧著心疼，又沒能耐替她分憂。」

銀姊嗤道：「沒想到妳還是個忠心的。」

任嬸老臉一紅，想起自己瞞著方氏做的事體不少，不好意思再作聲。

銀姊看了她幾眼，道：「妳要真想替二夫人分憂，我這裡倒有個法子。」

任嬸曉得她恨著方氏，料得她沒安好心，但拿人手短，少不得要接話，問她詳細。銀姊答道：「法子極簡單──倉裡的糧食放在那裡，遲早要被老太爺分光，何不叫二夫人私下賣了去？」

任嬸覺得這主意確是不錯，卻又疑心，便問：「銀姨娘可是有事要我去辦？」

銀姊惱道：「把我當作什麼人，我是見妳幫我不少，想還妳個人情罷了。妳要是不信，就當沒聽過。」

任嬸連忙道歉，心道，若真將糧食賣了，銀姊也無甚好處可得，想必她是真想幫自己在方氏面前討個好兒，而不是存了歹心。她這般想著，就真個兒到方氏跟前，將賣糧的計策講了，不過沒提銀姊，只道這是她自己想出來的法子。

方氏聞言大喜，誇讚道：「難為妳想出這般妙招來，等我賣了糧，與妳漲月錢。」

任嬸聽了這許諾，在心裡把銀姊謝了又謝，歡歡喜喜地出門，到城裡尋了個米鋪，問他收不收糧。饑荒時節，米價飛漲，賺頭極大，米鋪老板正愁沒得貨源，聽得她講有平價米賣，當即就要隨她去張家搬糧。任嬸卻道：「咱們價錢低，但你須得晚上再去搬。」

米鋪老闆聽得她這般講，懷疑她家糧食來路不正，不願再談。任嬸連連保證，又將價錢降了一降，方才與他談妥，約好當日夜半，張家搬糧。

方氏在同銀姊的不斷爭鬥中，很是長了些經驗，晚飯時同任嬸兩個，提著酒壺大力恭維張老太爺憂國憂民，普濟災民，將他灌了個爛醉。半夜米鋪老闆帶人來運糧，他老人家鼾聲四起，哪裡聽得見外頭的動靜，直到第二日起來，才發現家中三倉糧食，竟少了兩倉。

張老太爺還以為家中遭了賊，嚷嚷著要去報官，方氏聽到外頭動靜，有些著慌，躲在房裡不敢出來。銀姊見四下無人，忙把張老太爺拉到拐角處，藉著幾株竹子的遮掩，悄聲告密道：「老太爺，咱們家的糧食，不是賊人所偷，而是被二夫人半夜裡賣了。」

張老太爺不信，道：「媳婦向來孝順又賢慧，豈會做出這樣的事來。」

銀姊道：「若是不信，去城裡尋到米鋪老闆，一問便知。」

張老太爺見她信誓旦旦，就信了個七八分，將竹子一拍，立時便要去尋方氏來問。但他才鑽出竹林，就見有領糧的災民朝院子裡來，只得將尋方氏一事暫且按下，先藏進了糧倉裡--因為家裡剩下的糧食，已不夠分發了。

日頭漸高，糧倉前排起了長隊，張伯臨與張仲微被災民催促得緊，忙進來問張老太爺，為何還不開倉。

張老太爺愁眉苦臉道：「糧食不夠分了，哪裡敢開門。」

張伯臨在糧倉裡走了兩圈，不解問道：「這不是還有大半間屋子的糧食，怎會不夠分？」

張老太爺舉了青銅煙袋鍋子，在地上狠敲兩下，道：「家裡三間糧倉的糧食，被你們的娘賣了兩間，如今只剩這些了。」

兄弟倆大驚，但為人子女，不可言父母之過，二人沉默一時，張伯臨先開口道：「顧不了那許多了，外頭鄉親們還等著哩，咱們先把這些分發了再說。」

張老太爺正有此意，就差有人來附和，聞言歡喜道：「是這個理，我既答應過鄉親們要放足三天的糧，就要辦到，人不能言而無信。」

張仲微卻猶豫道：「分了這些糧食，咱們全家人都要餓肚子，我吃些苦倒不怕，可娘……」他還有一句「林三娘」未講出口，張老太爺已是怒了：「莫要提你那個不孝的娘。」

張仲微見祖父發怒，哪敢再講，只得閉了嘴，幫忙把糧食抬出去，照舊分發給災民。

他們雖勻出了自家的口糧，但無奈所剩甚少，還是沒能撐到太陽落山，排在最後的幾十個災民，沒能領到糧食，急得大哭。有人開始質疑：「說好放糧三天，為啥子不到兩日就沒了？」

有那眼尖的，瞧見張家另兩間糧倉大門洞開，裡頭空空如也，便叫起來：「屋子空了，定是他們反悔，把糧食搬到別處去了。」

沒分到糧的人哭聲愈發響亮起來，個個指責張老太爺講話不算話，害得他們一場歡喜一場空。

林依在一旁瞧得直跺腳，氣道：「好人果然做不得，一粒米也不給你們，沒得人說三道四；分了你們兩天糧，倒要被你們責怪少了一天。」

災民們理虧，紛紛住了嘴，但張老太爺卻不能釋懷，認定是自己失信於人，怨不得別個指責，他越想越覺著自己在村裡抬不起頭來，悶了幾日，竟病倒了。

到底是七旬老人，身子骨弱，一病就難痊癒，家中又沒了糧食，方氏趕著拿錢到城裡買了幾袋子回來，卻是花了高價。她因著這價錢，自己也氣得不輕，還要在張老太爺面前強作笑顏，勸他寬心，先把病養好。她不到病榻前侍候還好，朝那裡一站，張老太爺的病愈發嚴重起來，神志恍惚間還不忘含混罵她：「若不是妳不孝，怎會害得我老頭子一把年紀還被人戳脊樑骨。」

參之章　因禍得福

方氏進張家門二十來年，在長輩面前向來是恭恭敬敬，從沒出過岔子，不曾想，卻因賣糧一事被公爹罵作不孝，這罪名可不算小，她心中驚慌又氣惱，叫過任嬸就是一頓劈頭蓋臉的責罵，還罰了她足足三個月的月錢。

任嬸沒盼到漲月錢，反倒被罰了去，胸中氣悶難當，出門就去尋銀姊，叫她將錢補來。銀姊好笑道：「又無人逼著妳使用我想的法子，妳自己要討好賣乖，怎怪得了旁人？」

任嬸不是什麼良善人，被這話逼急，抖狠道：「不給也行，我到二夫人面前把妳的舊帳抖一抖，她正愁對妳無處下刀呢。」

銀姊心裡還是怕的，忙轉了笑臉出來，稱方才的話都是玩笑，又補了任嬸四個月的月錢，這才將她安撫住。任嬸多得了錢，再面對方氏的責罵，就不當回事，倒是方氏見她恭順，反倒過意不去，罵過幾回，也就停了。

張老太爺到底沒能熬過去，拖了半個月，病情越來越重，漸漸的呼吸困難，食水不進，於一天夜裡，闔上了眼睛。

張家舉喪，搭設靈堂，通告鄉鄰，方氏取了孝衣來與眾人換上，又親筆書信兩封，一封與在外做官的張棟，一封與京城趕考的張梁，叫他兩個趕緊回來奔喪。此時已是夏季，天氣炎熱，出殯迫在眉睫，但張棟張梁二人均是路途遙遠，月餘過去，還不見影子，方氏無法，日夜發愁。

任嬸出主意道：「舅老爺家有錢，年年熱天，地窖裡都是有冰消暑的，二夫人何不回娘家借幾塊來，擱在靈堂上，降一降熱氣。」

此法甚好，方氏大喜，當即遣了家中唯一不用服孝的林依去方家借冰。林依到了方家，求見王氏，向她道明來意。王氏願意借冰，但卻有條件，道：「所謂親兄弟明算帳，何況我們與張家，只是姻親，妳若要借冰，須得先寫個借條來。」

這要求雖不近情理，卻不算過分，但林依做不了主，只得又匆匆往回趕，去叫方氏拿主意。方氏在王氏跟前，從來未贏過，嘆道：「若向其他有錢人家去討，指不定還得拿現錢出來呢，借條就借條吧。」

林依聽她這般講，便取了筆墨來，請她寫了個條兒，攥在手裡重赴方家。這回王氏很爽快，接了借條收好，馬上命人開地窖，搬了兩箱子冰出來，幫林依送到張家去。

這兩箱子冰解了方氏的燃眉之急，令她安下心來，每日守在靈堂，只等張棟張梁歸家。

且說張梁，去年九月秋闈就結束了，他卻一路遊山玩水，過完了年才踏上歸途，不料剛剛入蜀，便接到老父去世的噩耗，他大驚失色，趕緊換了孝衣，馬不停蹄地趕回家中，撲倒在張老太爺靈前，嚎啕大哭。

方氏見他是獨身一人回來的，身旁並未跟著金姊銅姊，心裡不免有幾分高興，但時值孝中，不敢露笑顏，趕緊將頭垂得低低的。

張梁哭了好些時方才停下，跪在靈前朝四面看了看，問方氏道：「大哥還未回？」

方氏搖了搖頭，道：「這都快兩個月了，你才到家，大哥路途更遠，想必還要再過些日子。」說完又擔憂：「不等大哥見爹最後一面，不敢大殮，冰又不夠用了，我還去娘家借些來？」

張梁瞧見了靈堂四個角落擱的冰盆，心道方氏辦事不錯，便點了點頭，叫她自去打理。於是方氏回房，提筆寫借條，交與林依去辦。林依袖著借條，熟門熟路地朝方家跑，暗道，張棟怎地還不回來，這已是第五張借條了，待到喪事辦完，得還多少冰？

又兩箱子冰搬進靈堂，張梁與方氏親自抬了箱子，將冰倒進盆裡。方氏到底是四十來歲的人了，體力不支，待得四盆子冰都裝滿，她已累得直不起腰，但靈堂未撤，她不敢私自去歇息，只好藉口上茅廁，走去偏房小歇。

自張梁回來，銀姊一直安安靜靜，一句話也無，此刻見方氏出去，大好機會擺在眼前，忙行動起來，先悄悄取出袖子裡藏的小瓶，倒出幾滴薑汁，抹在眼角處，再眼淚汪汪地湊到張梁身旁，作了副難忍悲痛的模樣，道：「老爺怎地也不問問，老太爺突然去世，是因何緣由？」

這個張梁還真沒想過，只道張老太爺已近七旬，年事已高，逝世乃是正常，但銀姊既然這般問，肯定有原因，便向她問詳細。

銀姊揉了揉有些疼痛的眼睛，壓低了聲音回道：「老太爺是讓夫人給氣死的，老爺竟是不知嗎？」

張梁一驚，但卻沒信她，斥道：「休要胡說，夫人孝順，乃是村裡公認的。」在他心裡，方氏雖不容人，但侍奉老人，實屬盡心盡力，不然他也不會放心進京，把一大家子都丟給她。

銀姊見他不信，便將方氏賣糧一事講與他聽，道：「若不是夫人賣了糧，害得老太爺失信於人，他老人家怎會氣病？這難道不是不孝？老太爺病在床上時，還這樣罵她來著哩。」

張梁經這風一扇，起了些火苗，立時喚了方氏進來，問她為何要忤逆老太爺，偷著賣糧。

方氏與他夫妻多年，深知他稟性與張老太爺不同，反問道：「咱們的糧食，可不是天上掉下來的，你願意白白分發出去，讓咱們自己吃虧？」

張梁啞口無言，若換了他，也定然不願意，但這話他沒法講出口，便埋怨道：「就算不願意，也當婉轉些，怎可惹爹生氣。」

方氏辯道：「哪裡是我惹了爹生氣，明明是村裡人貪得無厭，怪爹少發了一天糧，這才把他氣病了。」

銀姊瞧得張梁的一點子火氣漸漸地要熄下去，忙添了一把火，道：「老太爺向來是言出必行的人，卻被夫人害得失信於人，一出門就被人指指點點。老爺，你是曉得的，老太爺最愛串門子，卻因夫人把糧賣了，大門都不敢出，他能不氣病？」

她這話，與方氏的其實是一個意思，但側重點卻有不同，聽在張粱耳裡，別有一番滋味，令他思忖起來。

銀姊見目的達到，不再多話，背過身去又抹了點兒薑汁，撲到靈前跪了，哭個不停，叫些個「老太爺太冤」之語。

張粱本沒想怎樣，卻被她這番舉動激著，下不來台，帶了些氣惱問她道：「妳究竟什麼意思？」銀姊住了哭聲，抽泣道：「老太爺病重時，我在跟前侍候，聽得他說，要二老爺休了二夫人呢。」

方氏氣極，大罵她胡說八道，但銀姊之所以敢這樣講，卻是有緣由的，張老太爺病中不忘斥責方氏，讓她輕易不敢近前，照料他的重任，就落在了銀姊與任嬸身上，因此銀姊能聽見那話，也不是不可能。

妻子不同妾室，方家又有錢有勢，豈能說休就休，但事關張老太爺，張粱不敢不慎重，遂命人去喚任嬸來與銀姊作證，但任嬸卻不知躲到哪裡去了，怎麼也尋不到，他只得將此事先按下，等任嬸回來，聽了證詞再作打算。

任嬸尋不到，銀姊無心守靈，尋了個藉口出來，悄悄躲進下人房。晚上任嬸自外頭回來，一推門，見銀姊坐在桌前，唬了一跳，暗嘆，躲了一整天，還是沒躲掉。她取過燈檯，動手點燈，勉強笑道：「銀姨娘今日怎地得閒到我屋裡坐？」

銀姊按住她的手，不許她取燈，冷笑道：「別跟我打馬虎眼，講好的事情，為何反悔。」

任嬸跺腳道：「我啥時候和妳講好了，當時我就沒答應。若二夫人被休，我這個陪嫁也要跟著倒楣，這樣的證人，我才不做。」

銀姊按著她的手站起身來，急道：「老太爺分明講過出婦的話，妳不是也聽見了？又不是我誣陷二夫人，妳為何不作這個證，我這裡少不了妳的好處。」

任嬸使勁兒抽出手來，眼神左右飄移，道：「老太爺病中口齒不清，我沒聽仔細，不曉得講的是什麼。」

銀姊見她當面扯謊，氣道：「妳若不幫我，我去二夫人面前告妳。」

這話唬不住任嬸，她笑道：「銀姨娘，咱們半斤八兩，誰也不是什麼好人，還是省省吧，各自閉嘴，才有好日子過。」

銀姊自來到張家，從來都是錢財開道，就忘了去琢磨其他利害關係，此刻碰壁，才幡然醒悟，任嬸到底還是方氏的人，能收買，卻貼不了心，一到關鍵時候，她還是向著方氏多些。她這時候想通，卻是遲了，沒了證人，若被方氏反告個誣陷，她可真就翻不了身了。

任嬸已在催她出去，免得被人瞧見。銀姊走出門來，被風一吹，才發覺背後出了一層冷汗，冰涼一片。她正躊躇，不敢重回靈堂，忽見林依提著一桶水，在朝臥房走，忙一路小跑過去，跟著她走到房門口。

林依心下詫異，停了腳步不推門，回過身道：「銀姨娘不在靈堂守著，跟著我做什麼？」

銀姊故作神祕道：「有好事與妳講。」

林依將水桶放到地上，退後一步，笑道：「既是好事，銀姨娘可千萬不能告訴我。」

銀姊愣道：「為何？」

林依道：「銀姨娘忘了，妳上回的事，還是我去二夫人面前告的密，妳不怕我又壞妳好事？」

銀姊聽她這般講，還真猶豫起來，林依趁她恍神，忙重提了水桶，閃身進門，不料銀姊反應極快，將身子一側，竟從門邊擠了進來。

林依哭笑不得地望著她，道：「先前妳三番兩次到我屋裡來，累得我被任嬸陷害，還嫌不夠？」

銀姊道：「任嬸陷害妳的話，也就二夫人相信，誰叫她嫌惡妳呢。」

這是實話，林依沒作聲。

銀姊又道：「若這家裡沒得二夫人，妳豈不是就翻了身？」

林依一驚：「妳要做什麼？」

銀姊笑道：「放心，喪天害理的事，我不會做。」她將張老太爺病中之語講了一遍，道：「絕好的機會，是不是？讓二老爺遵從父命，休了二夫人，妳就再不用小心翼翼過活，也不用擔心被她退了親事。」

林依不置可否，只淺淺一笑，問道：「與妳有何好處？」

銀姊不願講實情，只道：「若不是她屢屢壞我的事，我早就重得自由身，獨自快活去了，這份氣，我嚥不下。」

林依暗嘆，這點子忍耐勁兒都無，怎麼作妾？眼見得桶裡的水都涼了，她著急起來，道：「我勸妳熄了這份心思，妳這般不懂得低頭伏小，就算二夫人離了張家，二老爺再娶一位進來，還是不會待見妳。」說完將門拉開，趕她出去。

銀姊哪裡肯走，不僅不動身，反就勢坐到了桌邊，一副你不答應我就不挪窩的架勢。林依見她秉性難改，也不再勸她，自己朝門邊走，道：「我也想通了，與個妾作對，實在不算什麼，我這就去告訴二夫人，妳逼我去作偽證。」

銀姊急得跳將起來，死命扯住她袖子，道：「我沒扯謊，老太爺確是講過這話。」

「這話妳留著與二老爺二夫人講去，我連自己的主都做不得，幫不了妳。」林依拖著她前行幾步，用另一隻手打開門，高聲叫道：「楊嬸。」

銀姊見她真個兒叫嚷起來，臉色突變，忙放了她的胳膊，疾步離去。楊嬸已是聽見了林依喚她，跑過來問道：「撒子事？我怎地看見銀姨娘從妳屋裡出來？」

林依以前就被人誤解，這回不敢再替銀姊隱瞞，將方才事體講與楊嬸聽，苦笑道：「我一向奉行明哲保身，卻屢屢被麻煩找上門。」

楊嬸笑道：「她這回還真沒扯謊，老太爺要出婦的話，我也隱約聽見過。」

林依驚訝道：「真有此事？怪不得銀姊有恃無恐，敢當面與二夫人作對。」

楊嬸朝四周看了看，低聲道：「是真事兒又如何，兩位少爺都大了，方家又有權勢，大夥兒都當那是老太爺的氣話，無人願去作證的，這回銀姨娘要倒楣了。」

林依不解：「父翁要求出婦，兒子可以不聽的？不怕被人說道？」

楊嬸嗐了一聲，道：「妳到底還是太小，不曉得規矩是死的，人是活的。老太爺不過是病重氣話，又不是當面囑咐二老爺，難不成真為了這個，就讓張、方兩家交惡？別忘了，八娘子可還在方家做著媳婦哩。」

原來姻親關係錯綜複雜，休妻不是件簡單的事，林依自嘲一笑，自己果然還是個「新人」，她想了一想，還是有些不解：「銀姨娘平時挺精明的人，這道理她不明白？為何今日行事如此魯莽？」

楊嬸欲言又止，只道那緣由，不好講與未嫁的小娘子聽，不願開口。林依不是個愛打聽的人，但又怕不明情況，被人陷害了去，便將楊嬸拉進屋內，道：「非是我不知羞，只是怕銀姨娘害我，橫豎這裡只有我們兩個，妳講與我聽聽又何妨。」

楊嬸猶豫道：「這事兒我也只是道聽塗說——二夫人要將銀姨娘送人哩，只等老太爺大斂就動手，銀姨娘再不奮力一搏，就要來不及了。」

林依越聽越奇，問道：「二老爺不是發過話嗎，二夫人要是敢送，早就送了，還會等到今日？」

楊嬸含混其詞起來，只道二夫人有十足的把握說服二老爺，詳盡情況卻不肯再透露。

林依追問了幾句，還是未能問出詳細，只好閒話幾句，各自散去。

第二日，林依照舊先到靈堂拜祭張老太爺，卻見靈堂上吵吵嚷嚷，原來張梁見任嬸今日在家，便將她叫來與銀姊作證，但任嬸一口咬定，張老太爺未講過出婦的話。

方氏看了張梁一眼，恨道：「我聽了妳的話，不曾將她賣掉，可她非但不感激，反倒恩將仇報，誣陷於我」

妾室誣陷正妻，乃是以下犯上，縱使張梁有心偏袒，也只得喚過林依，叫她把銀姊鎖進房裡，關個禁閉。方氏還加了一句：「不許給飯吃。」

林依帶了銀姊去偏房，一面尋鑰匙鎖門，一面道：「這回是妳自己太魯莽，可不是我告密。」

銀姊靠在門邊，頹然道：「隔壁村子的方大頭，眼見得就要來了，我伸頭是一刀，縮脖子也是一刀，哪裡還理會是不是魯莽。」

林依正要問她，方大頭是哪個，忽聽見方氏在堂屋喚她，忙鎖好了門趕過去。方氏先向她要了偏房的鑰匙，親自收起，再吩咐她道：「妳且去門口瞧瞧，若是方大頭到了，就將他領進來。」

林依正疑惑此人是誰，聽得她吩咐，忙應了一聲，到門口等著。候了大概一炷香的時間，就有人在門首詢問，林依一問，正是方大頭，後頭還跟著他的一名小妾，她忙把客人領到堂屋，報與方氏知曉。

方氏一見著方大頭，笑顏逐開，命任嬸上茶，又叫林依請來張梁，介紹道：「這是我一位遠房親戚，多年無子，好容易攢錢買了個妾，卻也無消息，真真是愁煞人。」

張梁不知方氏葫蘆裡賣的是什麼藥，漫不經心答了一句：「那另買個試試，興許就有了。」

方氏笑道：「可不就是這樣打算，只是他家不寬裕，買這個妾，已是把錢花光了，哪裡還有閒錢再買一個。」

張梁恍然：「可是要借錢？妳看著辦就是，問我作甚。」

方氏不作聲，只將方大頭看著，方大頭忙站起身，笑道：「誤會，誤會，我不借錢，只是想與你家換個妾使。」

「換妾？」張梁愕然。

方氏見他沒有斷然拒絕，暗喜，道：「我哥哥鄰居家的兒子，不就是換來的妾生的，方大頭就是聽說他們得了好兒，想照著學學，這才來求你。」

張梁一想，確有此事，但他的愛妾，怎能送到別人的懷裡去，真真是折辱人。他正準備斥責方氏，忽地一抬頭，卻瞧見了方大頭家的那個妾，只見她年紀比銀姊小，容貌比銀姊美，腰肢比銀姊細，他瞧著瞧著，就將方才腦子裡想的那些話，嗖地拋到了爪哇國去，另換了別的來講：「別個的妾，是先前生育過的，這才換了來，咱們家的銀姊，還不知詳細，你們不嫌棄？」

方大頭笑道：「成不成的，試試再說，不行就再換回來。」

張梁板了臉，正色道：「我家的妾，看重著哩，豈能由你換來換去。」

方大頭忙道：「反正我家這個妾，生不出兒子，再換回來也無用，你若喜歡，就留著。」

張梁心中歡喜，但又猶豫：「我在孝中，怎能納妾，還是罷了，你另尋他人幫忙罷。」

方氏已是迫不及待地叫林依去領銀姊，又替張梁尋藉口道：「這是換妾，又不是辦喜事，怕什麼。」

張梁向來孝順，還在猶豫，方氏便道：「那先叫她同林三娘住同一屋，待得出了孝再說。」

張梁喜道：「此舉甚妥，就是這樣。」

說話間，銀姊跟在林依後頭進了屋，方氏臉上帶著笑，將她銀主已易的事講了一遍，又連道三聲「恭喜」。銀姊登時面如死灰，絕望問道：「妳不是要等老太爺大殮過後才動手的嗎？」

方氏斥道：「什麼『動手』，莫要講得那般難聽，這是一樁好事，自然越早越好。」

張梁附和道：「確是一樁好事，妳也就當是行善積德了，到了方大頭家，好生與他續接香火。」他說完，又將方大頭家的妾瞧了兩眼，道：「既是到了我們家，以前的名兒就不要再用了，從今往後，叫金姊吧。」

方氏笑著拉過新上任的金姊，將她交到林依手裡，吩咐道：「她先跟妳住著，好生照料她。」

林依應下，帶了金姊回房，打開箱子，翻了一床乾淨被褥出來，準備換上。金姊見她忙碌，攔道：「不必麻煩。」林依以為她客氣，笑了一笑，執意換上，又照著她的身量，將張八娘留下的舊衣取了一套出來，送與她穿。

金姊又是一句「不必麻煩」，見她忙前忙後，端茶倒水，突然怔道：「妳是個熱心的，真不忍害了妳。」

林依正在鋪床，回身笑道：「妳是二老爺的妾，與我何相干，能害著我什麼？」

金姊勉強笑了笑，沒有接話，起身與她一起鋪床。

晚上，林依去廚房提水，楊嬸拉了她問道：「二夫人與二老爺換來的妾，就住在妳房裡？」

林依點頭道：「二老爺給取了名兒，喚作金姊。」

楊嬸噗哧笑出聲來：「還真叫我們說準了，去了銀的，來個金的。」

林依舀著水，心下疑惑，方氏這般費事換妾，為的是哪般，金姊銀姊，不一樣是妾，一樣要同她爭官人？更何況，那金姊比銀姊更有顏色，她不怕張梁愈發不願進她的房？

楊嬸亦是不解，見任嬸也進來提水，便問道：「妳消息靈通，且與我們說說，那金姊，是不是進門前被灌了藥，不能生育的？」

銀姊被換走，任嬸少了進帳，心內正煩悶，不耐煩道：「休要胡扯，二夫人怎會做出那樣的事。」

楊嬸自然曉得她煩惱的是什麼，笑道：「妳急什麼，說不準那金姊比銀姊更有錢哩？」

任嬸開口便道：「她哪有什麼錢，她是……」一語未完，忽見林依彎著腰在灶旁舀水，唬得她一驚，忙住了嘴，提了水匆匆離去。

多年寄居，林依心思敏感，異於常人，她瞧出任嬸與金姊，都有蹊蹺之處，但卻不知關節何在，只能乾著急。

第二日清晨，林依尚在睡夢中，忽聽得外頭任嬸喚她：「林三娘，去廚房幫著做飯。」她揉了揉眼，心下奇怪，天還未亮透，做的是哪門子飯，再說廚下之事，不是楊嬸管著嗎，怎卻是任嬸來喚？

身在別人家，再不情願，也得起床，林依抓過枕邊的衣裳披上，發現另半邊床是空的，她繫腰帶的手，不自覺停了半拍，但不及細想，敲門聲震天，只得匆匆穿好衣裳去開門。任嬸站在門外，眼神卻沒落在她身上，而是越過她的頭頂，朝屋裡掃了幾眼，問道：「金姊呢？」

林依的心猛地一跳，臉上卻是平靜非常，答道：「許是上茅廁去了吧。」

任嬸的聲量高了起來：「什麼茅廁，我才從茅廁過來，一個人也無。」

林依瞟她一眼，道：「沒去就沒去，妳衝我嚷嚷什麼。」

任嬸沒有理她，轉頭朝另一邊叫道：「二夫人，林三娘把金姊放跑了。」

方氏好似等著一般，聞聲立時就趕了來，怒問林依道：「妳吃我家的，穿我家的，為何要吃裡爬外，助金姊逃走？」

楊嬸已在旁聽了一時，插嘴道：「還未四下找過呢，不一定就是逃走了。」

方氏狠狠瞪了楊嬸一眼，卻尋不出話反駁，只得叫她與任嬸兩個，四處去找。林依垂了眼簾，唇邊浮上一絲冷笑，還尋什麼，分明是個圈套。果不其然，楊嬸將菜地都尋了個遍，還是未能找出金姊來。

方氏得意道：「林三娘，妳還有甚好說？」

林依道：「金姊的賣身契在二夫人手裡收著呢，她能怎麼逃？」

楊嬸正替她著急，聽得她這般講，心下一鬆，臉上顯出笑來。不料方氏早有準備，道：「賣身契不是讓妳偷走了嗎，妳休要狡辯。」

林依還要再說，方氏卻道：「留著話與二老爺講去吧。」

任嬸上前一步，拉了林依的胳膊，推推攘攘，到得靈堂。張梁守靈還未結束，忽見一群人湧進來，驚問緣由。方氏叫林依到靈前跪了，向張梁道：「老爺，昨兒我急著來守靈，將金姊的賣身契擱在臥房桌上，不曾想被林三娘偷了去，趁夜將金姊放跑了。」

張梁不大相信：「真跑了？」

方氏點頭，喚過任嬸與楊嬸，道：「我才叫她們尋過，不見人影。」

張梁大為光火，走到林依面前，怒問：「放走金姊，與妳有何好處？」

林依心道，欲加之罪，何患無辭，這緣由，方氏必定已替自己想好了。果然，方氏在一旁代答道：「這還用問，必定是她收了金姊的錢。」

張梁氣道：「我張家並不曾薄待了她，她居然幫著外人。」他在靈堂內疾走了兩圈，將手一揮，命方氏搜房，稱要瞧一瞧金姊到底給了林依什麼好處，令她不顧張家養育情，恩將仇報。

方氏領著眾人出去，臨到林依房門前，悄悄將一張交子塞進任嬸手裡，那意思是，若搜不出錢，就用這個充數。任嬸會意，把交子攥在手裡，同楊嬸去搜房。楊嬸偏著林依，草草將櫃子翻了翻，便道無錢。既是有準備，任嬸也懶得費力，將手伸到衣箱裡攪了幾下，再拿出來時，手上就多了那張交子，裝作驚訝萬分，嚷道：「二老爺、二夫人，林三娘果真收了金姊的好處。」

張梁氣得鬍子直抖，命方氏將林依鎖進房裡，不許給飯吃。方氏忙交代給任嬸去辦，扶著他的胳膊離去，口中稱：「到底養不熟，老爺莫要氣壞了身子。」

楊嬸拉了林依一把，急道：「妳怎地也不辯解兩句？」

林依苦笑道：「色色都替我想好了，我還能辯什麼？」

任嬸看了她一眼，小聲嘀咕：「曉得就好。」說完一把將她推進屋內，鎖上了門。

林依收了交子，放走金姊的事，很快傳了開去，張仲微得知此消息，焦急非常，問張伯臨道：「那交子定是賣絡子的錢，她為何不辯？」

張伯臨先將堆滿絡子的櫃子指了一指，笑話他道：「真是賣絡子的錢？明明是你向我借了去，把給她的。」

張仲微將一方硯臺重重頓了頓，道：「三娘子餓著肚子呢，哥哥還有心玩笑。」

張伯臨見他是真急了，忙道：「傻小子，她是不願把你供出來撒，娘是什麼心思，你不曉得？她若照實講了，那被罰的人，可就要加上你一個了。」

張仲微這才明白過來，原來林依是為了護他，才不開口，他心下感動莫名，暗道，她待我有情義，我卻不能讓她受苦。他抓了硯臺，又是重重一頓，似下定了決心一般，衝了出去。

張伯臨見他舉動有異，追在後頭喊道：「二小子，你去作甚？」張仲微不回頭，答道：「我去與爹娘講明白。」

張伯臨急得原地跳了兩下，直呼「傻小子」，待要追著去抓他的衣襟，卻是沒抓住，只得由他去了。

張仲微狂奔至靈堂，跪倒在張梁與方氏面前，道：「三娘子的錢，不是金姊把的，乃是我瞧著她編的絡子好，非逼著她拿出來賣了，換得的錢。」

他以為把事情攬到自己身上，方氏便會放過林依，哪曉得在方氏眼裡，只要二人有接觸，不管誰主動，都是不可原諒。

方氏臉色陰晴不定，過了一時，突然問張梁：「老爺如何看待？」

所謂先入為主，張梁已認定金姊是林依放走的，心裡恨著她，便不置可否，推道：「家務事，妳自打理，不必問我。」

方氏望著地下的張仲微，很有些恨鐵不成鋼，狠了狠心，喚來任嬸，命她取家法。張家的家法，乃是一條戒尺，還是張伯臨兄弟小時讀書不用功，用來打手掌心使的，方氏下了決心要斷掉張仲微的心思，高舉了戒尺，毫不留情，一下一下，都是實打實。

張仲微的手掌心，很快紅腫起來，方氏到底心疼親兒，遂丟了戒尺，準備再罵他幾句便罷。張梁卻道：「就是他慣著林三娘，才叫她膽子大過了天，連我的妾室都敢放。」

張仲微正在琢磨這話的意思，張梁已抓起戒尺，劈頭蓋臉打了下來，他不敢躲避，硬挺著挨了幾下，只覺得手上、脖子上，熱辣辣地疼。

張梁還要再打，方氏看不下去，撲過去奪下戒尺，命楊嬸將張仲微送回房去。

楊嬸去扶張仲微，後者卻擺了擺手，俯身向方氏和張梁行過禮，才轉身朝臥房去。

張伯臨正在門口張望，見他帶著傷回來，直呼「傻小子」。楊嬸是張仲微的奶娘，偏著他，叫張伯臨莫要再講，自己卻也忍不住，嘆道：「你這是何苦。」他二人一急一嘆，張仲微卻靠在椅子上笑了起來：「娘已打過了我，想必不會再罰三娘了吧。」

楊嬸心道，哪有那般容易，她欲潑冷水，又捨不得，便藉著去廚房與他燉補湯，退了出去。她先到靈堂問過方氏，得了允，再去屋後抓了隻肥雞，宰殺褪毛，收拾乾淨，整個兒擱進鍋裡燉著。正忙著，張伯臨在門口探頭，笑嘻嘻地道：「正巧我也餓了，沾沾二弟的光，勞煩楊嬸多煮一碗飯。」

楊嬸笑著應了，丟了扇爐子的扇子，去掀米缸蓋兒，卻發現米缸已見了底兒，裡頭的米，只夠熬稀粥，不夠煮撈乾飯，她想著，張仲微帶了傷，好歹要吃頓乾的，便再次去靈堂尋方氏，欲向她拿錢買米。

方氏卻不在靈堂，張梁稱她去了茅廁，楊嬸找了一圈沒找著，正欲回廚房，忽聽見幾株大柏樹後傳來低語，正是方氏的聲音，她忙提了裙兒，躡手躡腳走過去，躲在屋簷下，探著脖子偷聽。

方氏的聲音帶著恨意，道：「正是好時機，先關她一天，明兒將她趕出門去。」接話的是任嬸：「趕出去也沒用，婚約擺在哪裡呢，遲早還是要回張家來。如今老太爺不在了，二老爺又不待見她，二夫人何不將這門親事退了，退了親，才算得了是高枕無憂哩。」

方氏斥道：「老太爺還未大斂，咱們就違他的意來退親，叫人講閒話呢，且再等一等，待得出了孝，再作打算。」

任嬸恭維笑道：「二夫人好謀算，她離了張家，怎麼活命，說不定還沒等到二夫人出孝，已先餓死了。」

楊嬸聽到這裡，已是心急如焚，一路跑到林依房前，拍著門道：「三娘子，二夫人要趕你出門哩。」

林依在裡頭應了一聲，再無下文。

楊嬸以為她是被嚇到了，忙安慰了她幾句，又道：「趕緊想想轍，二夫人怕是就要過來了。」

林依苦笑道：「門鎖著，我能有什麼法子，老太爺去了，我又被冤枉著，被趕是遲早的事。」

楊嬸急道：「二夫人從妳屋裡搜出的錢，已被二少爺應下了，他為著此事，被二夫人和二老爺打了好幾下，雙手腫得似包子哩，妳為了二少爺，也不可輕易言棄啊。」

林依一怔，旋即明白過來，張仲微不知此事乃方氏設計，準以為那是賣絡子的錢，這才去認了。她自認對不住張仲微，但卻也只能默默道歉，別無他法。

楊嬸聽不到回應，急得直抹汗，可她也想不出什麼妙計，只得去尋張仲微，將方氏的圖謀告知於他，叫他幫忙想想法子。張仲微聞言且驚且悔，趁著方氏又進了靈堂，奔至林依房門前，將自己去靈堂攬責一事告訴她，自責道：「定是我這般舉動，反惹惱了娘，哥哥講的對，我就是個傻小子。」

林依將實情講與他聽：「任嬸搜出的錢不是我的，乃是她栽贓陷害。」

張仲微聽見，更是後悔自己魯莽，懊惱得講不出話來。

林依聽見外頭沒了聲響，猜到了他的情緒，忙道：「與你不相干的，是我忘了提醒你。」

張仲微將拳攥了一攥，似是下定決心，道：「妳等著，我去勸我娘，叫她莫悔婚，定娶妳過門……」

林依穿越到大宋，已是第三個年頭，深知婚約於一名女子的重要意義，她與張仲微同院兒相處兩年多，說沒有些許感情，那是假的，何況張仲微待她一門心思，實是良人之選，只可惜方氏近些年變本加厲，叫她不敢想像今後會有一位惡婆母。

她深嘆一口氣，打斷張仲微：「別攔你娘，隨她去吧。」

「這是什麼話？」張仲微一愣。

林依又是一聲嘆息：「我們，就這樣算了吧。」

張仲微大驚失色，不顧手上疼痛，死命扒著門道：「妳說什麼，什麼算了？妳不要怕，妳放心，我一定娶妳進門。」

林依滿腹心事，卻不好與他道得，古人崇孝，縱使張仲微百般抗爭，娶她進門，她也得日日在方氏面前侍候，逆來順受，試問，有這樣一個仇人似的婆母，日子能好過到哪裡去。她不是沒想過要改變，也不是沒有努力，只是接連被陷害，接連被冤枉，實在是累了。

張仲微在門外連連追問，卻怎麼也等不來林依的回答，他怕待得久了，被方氏瞧見，只好起身回房。楊嬸正在他臥房門口等著，見他失魂落魄地回來，心裡咯噔一下，忙問：「如何？」

張仲微無力搖頭，進屋癱坐，道：「三娘說……算了……」

「什麼叫算了？」楊嬸急問，張仲微卻似失了魂一般，任她怎麼問也不回答。

楊嬸無法，只得匆匆去尋林依，問她意欲如何。林依坐在地上，背靠著門，道：「二夫人為何趕我，還不是想要退親，我準備……若是她開口，我便應下。」

楊嬸大急，道：「三娘子，莫犯糊塗，且不論二少爺待妳情意如何，單這『退親』二字，就能讓妳再尋不到好人家呀。」

方氏到底是張仲微的親娘，有些話，林依不好與他講，但卻願意同楊嬸倒倒苦水，便道：「這道理，八娘子早就與我講過，我怎會不曉得，只是，哪怕尋個窮人家度日，也比天天受婆母折磨的好。」

楊嬸能夠想像到，若林依嫁入張家，方氏會怎樣待她，她突然覺得詞窮，再講不出勸告的話來。她朝張仲微臥房的方向看了看，猶豫道：「二少爺……」

林依心裡也不好受，打斷她道：「咱們這裡講得熱鬧，若二夫人真個兒要退親，我又能怎地，任人宰割罷了，難不成要我跪倒在張家門首，哭喊著『我要嫁與二少爺』？」

楊嬸仔細一想，前頭還真是無路可走，她也忍不住抹起了眼睛，道：「二少爺小兒時就對妳上了心，日日朝林家跑，前兩年見妳大冬天被族中叔父罰跪，凍得臉色泛青，忙忙地跑回家求了老太爺，這才將妳接到了家中來……」

林依想起曾經過往，自她穿越到大宋，竟沒過一天好日子，除了受苦，還是受苦，好容易有個關心自己的人，也只能落得兩散下場，她想著想著，忍不住落起淚來。

楊嬸聽見哭聲，忙住了嘴，嘆了聲「三娘子命苦」，重回廚下做飯。她前腳走，方氏後腳至，命任嬸將門打開，叫林依收拾行李，明日一早就離開張家。

林依實話實說道：「我獨身一人，撐不起門戶，離了張家，會受人欺辱。」

方氏冷笑道：「關我何事？」

林依朝她跟前走了幾步，道：「我偷金姊賣身契一事，是真是假，夫人心裡清楚；銀姊的『賣身契』，倒是有一張在我手裡，二夫人莫要忘了。」

方氏一驚，忽地記起，自己曾偽造過一張銀姊的賣身契，確是在林依手裡，她生怕林依去張梁跟前翻舊帳，忙命任嬸搜屋子。但林依既然敢講這話，自然是有準備，豈會讓她把物事搜著，任嬸翻箱倒櫃好一氣，還是搖了搖頭。方氏深悔自己辦事不周全，逼問林依幾句，未果，只好長吸一口氣，不甘不願道：「各退一步罷，我不趕妳出門，妳也莫掀我的過往。從今往後，妳搬到偏屋去住，按月把房租和飯食錢，如何？」

林依已不願與她過多糾纏，完全是為了活命，才拿她偽造的賣身契來說事，此刻見這條件尚可，便點了點頭，轉身去收拾行李。

方氏心裡憋了氣，一面朝堂屋走，一面吩咐任嬸：「待吃過飯，將銀姊住過的屋子收拾出來與她住，家具搬空，只留一床一櫃一桌，這個月的房租和飯食錢，記得收上來。」

任嬸心領神會，點頭壞笑道：「她哪裡有錢把，瞧我到時怎麼收拾她。」

一主一僕到得堂屋，桌上已擺好了飯，張梁坐在桌前，黑沉著臉，正在責問楊嬸：「晚上吃稀的也就罷了，為何中午也沒得撈乾飯吃？」

楊嬸回道：「米沒了，下午我去買。」

方氏忙道：「買糧的錢就在我桌上擱著，妳且去取來，吃過飯就去。」又向張梁道：「虧得我把糧食賣了，家中雖說沒了米，但好歹還有錢，若是照著爹的意思全分給村裡人，現下咱們恐怕連稀粥都沒得喝。」

此話正是張梁的想法，但心裡想是一回事，講出來是另一回事，他狠瞪了一眼過去，斥道：「怎可講爹的不是，孩子們還在跟前呢。」

方氏自知失言，忙住了嘴，親手與他盛稀粥。正吃著，楊嬸提了一串錢過來，稟道：「二夫人，這錢不夠使。」

方氏奇道：「又漲價了？」

張梁更奇，問道：「如今一斗米賣幾多錢？」

楊嬸答道：「洪水才過，鬧饑荒哩，一斗米，怎麼著也得五百出頭才買得到。」

張梁吃了一驚：「這般的貴？」又問方氏：「咱們家的糧食，妳是幾多錢賣出去的？」

方氏期期艾艾，不肯作答，張梁追問不已，她實在躲不過，只好開口答道：「那時糧價還未漲得這般厲害，是一百七十文一斗賣的。」說完，她見張梁臉色突變，連忙又補充道：「平日的糧價，只有一百六十幾文，我還多賣了幾個哩。」

平日的糧價，按鐵錢算，大約在每斗一百三十文至一百七十文之間浮動，若是運到成都府，能賣兩百文，如今遭災，正是糧價飛漲的時候，張梁聽到方氏報的價這般的低，氣得差點掀了桌子，指著她的鼻子「妳、妳、妳」了半日，憋出一句話：「妳給我滾回娘家去，免得把我張家敗光了。」

無緣無故被趕回娘家，乃是大恥辱，方氏驚呆住。張伯臨忙拉了張仲微一把，雙雙離桌跪倒，求張梁道：「爹息怒，外祖家是書香門第，娘自小讀書習字，於買賣一事上難免有所欠缺……」

張梁不過是一時氣憤，方出此言，總不能真因為家裡虧了錢，就將方氏趕回娘家去，此時見兩個兒子求情，便就了這個臺階下了，悶哼一聲，不再講話。當家理財，乃是正妻本分，方氏沒有做好，自知理虧，低眉斂目，殷勤服侍張梁吃飯，可惜她上了年歲，遠沒有美妾服侍那般賞心悅目，張梁嫌惡地瞧了她一眼，揮掉她夾菜的手，回房去了。

方氏被打掉了筷子，卻不敢生氣，還連聲吩咐任嬸，叫她把飯菜與張梁送到房裡去。

張家不過小富而已，受不起大打擊，這糧食一買一賣，虧了許多，張梁心中煩悶，吃不下飯，只命任嬸將碗擱下，重回靈堂守著。他在靈堂內走了幾圈，發現四隻大盆裡的冰所剩不多，遂喚了任嬸來，叫她去方家再借一回冰。任嬸是方氏的人，聽了這吩咐，很是高興，暗道，只要二老爺還有求著方家的時候，二夫人就無被趕的煩惱。她走到方氏面前稟明，拿了新書的借條，趕往方家。

不料，王氏卻不肯再借，抖著手裡的好幾張借條道：「已借了五回了，何時是個頭撒，妳去跟妳家二老爺講，先把前頭幾回的冰還清了，再來借第六回的。」

任嬸是從方家出來的，深知王氏稟性，曉得求情也是無用，不如省下時間趕路，於是沒有多話，一路跑著回到張家，向方氏道明王氏意圖。

方氏愁道：「還是熱天，哪裡去尋冰，不如折算成錢還她，咱們一共借過五回，每回兩箱，通共是十箱子冰，妳再去問問，看她要好多錢。」

任嬸暗暗叫苦，雖不算太遠，幾個來回，也是好幾里地，累死個人哩。她不敢抱怨，喘著粗氣又到方家，問王氏那十箱子冰的價錢。王氏卻是會打算盤的，劈里啪啦撥了起來。任嬸瞧著她的手，只覺得眼前一陣眼花繚亂，還未瞧清，已聽得她在報數：「每箱一千文，十箱乃是一萬錢。」

任嬸目瞪口呆：「糧價算高了，一斗也只要五百來文，妳這一箱子冰，比一斗糧還貴？」

王氏輕蔑瞧她一眼，道：「糧食雖貴，卻滿大街都買得著，妳去買一塊冰來我瞧瞧？」

任嬸不吱聲了，整個眉州，家中有地窖儲冰的人家，掰著手指頭數得過來，大熱天的冰，的確是拿錢也買不到的物事。她正煩惱，忽地想起，她不過是一個下人，二夫人遣她來打聽價錢，問到了便罷，至於還不還得起，還是丟給主人去操心吧。她想通了關節，忙不再與王氏費口舌，行禮辭過，趕回家中，將王氏的意思，報與方氏知曉。

方氏聽說王氏要價一萬錢，不敢置信，卻又無可奈何，躊躇再三，覺得這數額太大，自己作不了主，便命任嬸講張梁請來，與他商議。張梁聽得「一萬錢」三字，眼瞪得老大，怒道：「妳娘家訛人。」

其實方氏在心裡，早把王氏罵了好幾遍，但卻見不得別個講她娘家的不是，便還嘴道：「大熱天的，冰是稀罕物件，本來就貴，再說我借冰來，又不是自個兒享用，乃是為了爹，所謂百事孝為先，你怎能因著我為爹花了錢，在這裡發脾氣？」

張梁認定王氏是敲詐，卻被方氏這一番大道理頂得啞口無言，他一腔火氣無處發洩，惱道：「既是妳娘家千好萬好，妳還待在我們張家作甚。」說著喚任嬸，叫她取一萬錢的會子，陪方氏上娘家去住幾日。

無事回娘家，可不就是變相被趕，任嬸著慌，忙道：「家裡有會子，又不是鐵錢笨重，我一人去便得，哪消二夫人親自跑。」說著，自方氏手裡拿過鑰匙，開了錢匣子，取出幾張交子，意欲獨自出門。張梁見一個下人敢違自己的意，更加氣惱，罵道：「你們方家無一人是好的。」

任嬸還要再勸，方氏卻開口道：「就聽老爺的，收拾幾件衣裳，咱們瞧八娘去。」

任嬸瞧著張梁氣呼呼地摔門而去，急道：「我去尋兩位少爺來。」方氏攔了她，篤定道：「冰還沒借著呢，他總有來接我的時候，怕什麼。」

任嬸一拍大腿，喜道：「怎地忘了這碴，咱們這就回去，等著二老爺來借冰。」她覺著方氏抓了張梁的軟肋，無甚擔憂，簡單收拾了兩件衣裳，梳洗的傢伙也不帶，就扶著方氏出了門。

她們到了方家，王氏接著，頭一句話就是問錢，方氏叫任嬸將交子遞與，換回借條來，細細瞧過，當場撕碎。任嬸記掛著張家來接的事，央王氏道：「我們二老爺遣人來，才借冰與他。」

一箱子冰一千錢，多好賺的事體，王氏才不聽她的，收好交子便喚人來，叫他們趕緊送兩箱子冰去張家，笑道：「親家老爺如此爽快，有借有還的，我怎能不借？」

任嬸急得跳腳，衝到外頭去攔挑冰的人。什麼樣的主人，養就什麼樣的下人，那四個挑夫甚是跋扈，看也不看她一眼，隨手一推，將她推倒在地，挑起箱子走了。

兩箱子冰順利挑到張家，幾個挑夫得過吩咐，十分熱情，見張家人手不夠，主動將箱子抬進靈堂，先到靈前磕了頭，再將冰一一倒進四四大盆。張梁很是奇怪，問道：「你們家夫人沒得話講？」為首挑夫答的話，與王氏的如出一轍：「張二老爺有借有還，我家夫人有甚話好講？您家若還有要冰的時候，使人來知會一聲便得。」

張梁見他這般客氣，倒有些過意不去，道：「這兩箱子冰，可還沒打借條。」那挑夫一面將空箱子往外搬，一面笑道：「您家夫人在我家住著呢，打借條不是極便宜的事，您放一百個心。」他走到門口，突然記起王氏的叮囑，回頭補了一句：「張二老爺，咱們夫人說了，天氣愈發熱了，冰要漲價，這兩箱子冰，須得各加一百文，總共是兩千兩百文。」

另一個挑夫拉他道：「方夫人曉得就行了，你有的沒的講這麼些作甚，張二老爺可是大孝子，莫非還會為了兩百文的冰錢與你討價還價？」

張梁滿腹的怨言被堵了個嚴實，氣得渾身直顫，想罵幾句，孝子的帽子又戴著，生怕落了人口實，直到方家的挑夫去得遠了，才走到門口狠罵道：「落井下石，你們方家一屋子的狼。」

楊嬸在屋簷下瞅了好一時，見他罵性正濃，忙一路小跑到林依屋裡，催她道：「趁他們都沒空，妳趕緊收拾物事，錢財什麼的，先拿過去藏好，免得被人瞧見。」

林依感激點頭，將一盒子筆墨紙硯拿出來，勞她先搬過去，再關了房門，爬到床下，使個小鏟子，挖出地下埋藏的三百文錢，再加上黃銅小罐裡的零散鐵錢，總共三百五十二文，她將這錢放到一起，尋了塊巾子包了，塞進衣箱裡。剛忙完，便聽見楊嬸敲門：「三娘子，我來幫妳搬箱籠。」

林依忙去開門，謝道：「虧得有妳幫我，八娘子留給我的衣裳，足有兩大箱，我一人哪裡搬得動。」

楊嬸進了屋，卻不動手，站在牆邊笑得神祕：「我一個老婆子，沒那把力氣，另有人來與妳搬。」

林依朝門外一看，張伯臨與張仲微站在那裡，一本正經：「我們來搭把手。」

林依看了楊嬸一眼，頗有些埋怨，楊嬸曉得她的擔憂，忙道：「二夫人被趕回娘家去了，二老爺在房裡生悶氣，外頭無人的。」

她這話，是為了寬林依的心，卻把門口的兩兄弟唬了一跳，張伯臨幾步衝進屋裡來，急道：「我娘不是回娘家還錢嗎，休要胡說。」

張仲微疑道：「賣糧虧錢一事，爹不是不再追究了，怎會將娘趕回去？」

楊嬸被他們一人抓著隻胳膊，也急了，忙道：「因著二夫人將糧食低賣高買，家裡虧了錢，二老爺已是氣惱萬分，正這當口，方家還來打劫，一箱子冰就要價一千錢，兩位少爺自個兒算算，咱們家通共虧了多少？」

即便兩兄弟對家中錢財數目不甚清楚，也大略能猜到這兩筆錢算在一處，對張家乃是大打擊，怨不得張梁發怒，要將方氏趕回娘家去。親娘被趕，他二人很是難過，俱垂了眉眼，不再開腔。楊嬸暗嘆，方氏再有不是，也是親娘，做兒子的只有護的，沒得嫌的，難怪林依生了退意。她瞧著這場面有些尷尬，忙出聲打岔道：「兩口箱子呢，怎麼個搬法？」

兩兄弟回過神來，想起此行目的，忙將心事按下，先挽袖子，準備搬箱籠。林依悄悄將張仲微的手打量一番，輕聲問他道：「你的手還紅腫著，放著我來吧。」

張仲微搖了搖頭，稱：「不礙事。」

張伯臨取出袖子裡藏的麻繩，道：「咱們有備而來，不消他用手。」

他倆時常幫著家裡做農活，手下很是麻利，三兩下就將箱子綁好，留出麻繩兩頭，繫在一根長扁擔上，一人擔了一頭，輕鬆朝偏房去。

兩只大箱子穩穩當當擱至床下，林依福身道謝，張伯臨張仲微兄弟擔心著方氏，沒有久留，朝正房去尋張梁求情去了。

林依瞧著他們神情憂慮，問楊嬸道：「二夫人真是被趕回去的？不是妳聽錯了吧？」

楊嬸道：「我扯這謊作什麼，妳且瞧著，二老爺不使人去接，二夫人沒臉面回來。」

林依將屋中唯一一把椅子搬來，請楊嬸坐了，自己則坐到床沿上，又問：「一萬錢雖不少，可那是王氏趁火打劫，與二夫人什麼相干，二老爺能為這個就趕她回娘家？」

楊嬸朝她那邊湊了湊，道：「種地的人，都是看天吃飯，今年遭災，明年年成還不知如何，家裡突然短了這麼些錢，吃飯穿衣又不能少，怎麼過活？」

林依擔憂道：「不至於如此吧，大老爺做官多年，總有些積蓄，他馬上就要到家了。」

楊嬸笑了一聲，道：「大老爺自個兒房裡幾口人都養不活，這麼些年，也沒見朝家裡拿什麼錢，等到他們回來，說不定還要靠二老爺呢。」

張家大房的情況，林依也有耳聞，張大膝下僅有一名獨子，常年疾病纏身，全靠湯藥維持，每年花費不少，確是沒得多餘的錢拿回家裡來。

楊嬸見她沒了言語，奇道：「我要靠張家養活，才操這個心，他們敗家，妳不是得高興，為撒子反倒悶悶不樂？」

林依苦笑道：「我片瓦都無，張家敗了，我何處安身？」

楊嬸笑道：「我不過說說罷了，田產還在，哪兒能真敗下來，待到地裡重新種了稻子，轉眼就是錢。」

這話不錯，只要還有田產，就不至於沒飯吃，林依復又高興起來，暗道，怪不得人人有了錢，首先想著的就是置辦田產。

楊嬸見她臉上帶了笑，放下心來，起身道：「妳運氣好哩，二夫人在娘家待著，無人來催妳的房租與飯食錢，趁空想轍，做鞋墊也好，打絡子也好，先把這個月的錢攢齊，免得受她們的閒氣。」她說著說著，一拍腦門，出去了一趟，回來時手裡抓著一把雞毛，笑道：「與二少爺燉雞湯，我把長些的雞毛給妳留著，妳做幾個毽子去賣，也能換幾個錢。」

林依連聲道謝：「若不是楊嬸幫著，我在這家裡，不曉得該如何度日。」

楊嬸擺手道：「順手的事，有撒子好謝的。」她說完便告辭，稱要去廚下做飯，林依送她到簷下，回房時便順手關了房門，一面上栓子，一面想，方氏這時候被趕回娘家，還真是不錯，不然她若是來討房錢，給還是不給？自己手裡雖還有幾百個錢，但若立時就拿出來，難免遭疑，若是不拿，又要受氣，真真是兩難之事，幸好方氏現下不在，正好順理成章地拖上一拖。

她這樣想著，心情就好了起來，栓好門，取出衣箱裡的錢，將零頭還丟進黃銅小罐，只留了個整數重新包好，又翻出小鏟子，爬到床下，挖坑埋錢。挖著挖著，鏟子碰上了硬物，林依不曾提防，震得手指一麻，她愣了幾秒鐘，又下去幾鏟，挖出個紅色雕漆盒子來，她拂去塵土，開了蓋兒一瞧，裡頭竟是幾張官交子，數了數，共有五張，面值都是一貫，總共整整五貫錢。

林依又驚又喜，竟舉著交子，趴在床下發了會兒呆，這錢，多半是銀姊所藏，原來她與自己有共同的藏錢方法，怪不得到她出張家門，方氏也未能搜出錢來。錢盒子既已挖出來了，斷沒有再原樣埋回去的道理，林依想占為己有，又怕他日銀姊上門來討，想著想著，卻又笑了，銀姊如今還是一個妾，出入不自由，哪有機會重回張家，再說這錢也不是她的，乃是張家之物。

這若放在先前，林依定要將錢還給方氏，討她歡心，但如今經歷過種種，她心境早已改變，毫不客氣地將這五張交子收歸己有。紅漆盒子不知是誰人之物，或是銀姊，亦或是張梁，林依怕人認出來，不敢再用，棄之一旁，單將交子和自己的鐵錢攏作一堆，再分作三份，選了三個不同的地方埋了。她把盒子帶出床底，用小鏟子使勁敲了幾下，砸作個面目全非，再溜到廚房，藉著幫楊嬸燒火，塞進了火焰正旺的灶裡，看著它燒為一團灰燼。

她到廚房幫忙，乃是平常，但今日楊嬸卻趕她道：「妳既是要把錢，就不欠張家的，做活兒作甚？」

林依笑道：「力氣又不值錢，算這般細作什麼，我也不為張家，只是想幫幫妳。」這話中聽，楊嬸笑了，但還是將她推出門外，道：「留著力氣去把毽子做了，早些將錢攢齊。」

林依感激她關愛之心，笑著應了，回到房中，先做些灑掃的事體，待得物事歸置整齊，才取出雞毛和鐵錢，開始紮毽子。毽子做好，晚飯也得了，她收拾完桌子，藏好毽子，先去廚房洗手。楊嬸盛了碗稀粥出來，問她道：「妳是去堂屋吃，還是就在這裡吃？」

林依一愣，不解其意。楊嬸解釋道：「二老爺還在生氣，說是不吃了，兩位少爺求了他半個時辰，沒得到答覆，動身去方家了。」

林依朝外望了望，張梁的房門還緊閉著，她接過碗，尋了只板凳坐下，道：「既是只有我們倆吃飯，就在這裡吧。妳也來坐下，一起吃點子算了。」

楊嬸當她是個主子，不肯同桌吃飯，直到林依起身拉她，方才添了碗粥，一同坐下吃了。吃罷飯，林依執意要洗完，楊嬸來趕她，她舉著碗和乾絲瓜瓤子，躲開楊嬸的手，笑道：「毽子已做完，橫豎無事，妳好歹讓我活動下，老是坐著也不好。」

楊嬸無法，只好上前幫她挽袖子，戴襻膊，笑道：「明明是妳幫我的忙，倒被妳講成是我幫妳的忙，這小嘴兒巧得。」她笑完又嘆：「這樣的好媳婦，二夫人卻不要，真真是瞎了……」所謂隔牆有耳，何況廚房門又沒關，林依忙撞了她一下，將話題岔開去。楊嬸會意，又嘆了一聲，搜出些別的話，與她講些如何賺錢的事體。

楊嬸提供的賺錢方法，不外乎是納鞋墊、打絡子，林依才發了筆小財，正想著投資呢，不願再做這些既辛苦又賺不到錢的活計，便問道：「楊嬸，沒有別的事情可做？」

楊嬸奇道：「女孩兒家，不靠這些賺錢，還能做什麼？刺繡織布，妳又不會。」

林依有買田地的念頭，又不願露財，想了想，編了篇話出來，道：「前幾日，我瞧見有人挨家挨戶地敲門，問別個賣不賣田，這是什麼緣故？」

楊嬸答道：「饑荒哩，好多人十來天吃不上一粒米，實在餓得不行，將幾畝薄田賤賣了去，換幾袋子口糧回來，先將這陣子熬過去。」

林依好奇問道：「只能換幾袋糧食？如今田價賤嗎？」

楊嬸反問：「我哪裡曉得價錢，又買不起，妳問這個作甚？」

林依低頭洗碗，裝了不在意的模樣，道：「隨口問問罷了。」

楊嬸未疑其他，道：「妳要想曉得，隔壁去問問便知，他家正想賣田換口糧哩。」

林依笑道：「若是出門碰見，順口問一聲罷了，我也是個無錢的，特特去問這個作甚。」她洗完碗，幫著楊嬸把廚房收拾乾淨，又從缸裡舀了一大鍋水燒著，預備待會兒洗澡。

剛把鍋蓋蓋上，張伯臨在門口探頭，問道：「可有飯吃？」

林依開了櫥櫃的門與他瞧，道：「還是熱的，叫楊嬸與你們送去房裡？」

張伯臨搖頭，朝身後喚了一聲「二小子」，逕直朝小桌邊坐下，叫楊嬸添飯來。

楊嬸瞧著他們兩個狼吞虎嚥，連聲喊：「慢著些，當心噎著。」

張伯臨笑道：「一碗稀粥，通共沒幾粒米，想噎著都難。」

幾人都笑起來，楊嬸又與他盛了一碗，問道：「你們是去舅舅家，這時候回來，怎卻連飯都沒吃？」

林依猜想是方氏一事不大順利，忙扯了扯楊嬸的袖子，叫她莫要再提。張伯臨瞧見了她的動作，卻道：「我娘沒說是被趕回去的，因此舅娘待她還好。」

張仲微接過話頭，到：「我們去求舅舅將冰價降一降，他卻稱病不見我們，咱們氣不過，這才沒吃飯就跑回來了。」

林依對冰價不甚關心，問了句別的：「八娘子還好？」

兩兄弟都不吱聲，林依黯然，楊嬸亦跟著傷心，一時間四人都沉默下來。

待得他倆吃完飯，楊嬸收拾碗筷，林依守著燒水，張伯臨盯著開始冒氣的大鍋看了一時，突然道：「要是製冰同燒水一般容易就好了。」

張仲微道：「製冰也不難，我聽人講，東京滿大街都有商販推著車，賣那加了糖的小碗冰，只不過咱們眉山城太小，冰才成了稀罕物件。」

張伯臨驚喜道：「真的？伯父馬上就要到家，咱們問問他，可曉得製冰的法子。」

張仲微記起張棟是在東京住過的，也歡喜起來，道：「伯父為官多年，肯定曉得，咱們且等他回來。」

林依朝灶裡塞著柴火，心道，製冰本來就不難，買來芒硝，她也會製。但這話，她沒講出來，張家窮困些，她的日子才好過，再者，她也不願去出這風頭，雖說賣冰能賺錢，但她連安穩日子都無法保障，賺了錢遲早也是被方氏奪去，何苦來哉。

張伯臨與張仲微還在興致勃勃地討論製冰的事體，楊嬸聽了好一時，終於忍不住潑涼水：「等到大老爺回來，老太爺就該出殯了，還要你們做出冰來作甚？」

張伯臨聽了這話，立時想轉過來，大失所望，張仲微卻道：「無妨，咱們曉得了法子，製些冰拿去街上賣也是好的。」

張伯臨正附和，楊嬸又一盆子涼水潑過去：「製冰的材料須得幾多錢，二位少爺可曉得，若是人人都買得起冰，還等得到你們來製？」

到底是兩耳不聞窗外事的書生，還不如楊嬸一個奶娘懂的多，林依忍不住抿嘴笑了。張伯臨與張仲微苦惱道：「就沒別的法子把虧空補上了？」

林依舀了水朝門外提，路過他們身旁，順口道：「你們是學子，操這份心作甚，好好念書，中個進士回來，比什麼都強。」這話他倆都愛聽，轉了笑臉出來，說笑著朝臥房去了。

林依將水拎至房內，倒進木盆，邊洗澡，邊思忖，所謂悖入悖出，意外之財，還是早些花掉的好，明日就想個由頭出來，去隔壁家打聽打聽田地的價格。

田產雖有保障，生財卻不快，她也曾想過，做些個一本萬利的事體，但她穿越前，學的乃是公共管理，那些專業課，她掰著指頭數了又數，也沒能尋出個管用的來；穿越文倒是看過幾篇，百度大嬸也時常拜訪，但她來北宋這兩年，見的都是險惡事，深知賺錢易，守財難，像她這般的孤身弱女，恐怕是賺得越多，死得越快。她雖過得困苦，卻是樂觀惜命，想多活幾年的，因此把那些不切實際的念頭全部打消，選了條最穩妥的路來。

第二日，楊嬸來喚她吃早飯，道：「大老爺到了成都，三少爺又病了，二老爺帶著兩位少爺接去了，今兒還是只有咱們倆吃飯。」

林依點頭道：「那還是就在廚下吃，免得將碗筷搬來搬去。」

楊嬸自然樂得便宜，應了一聲，快手快腳將醃菜稀粥擺好，同她兩個吃飯。林依喝完粥，問道：「大老爺一家，今晚怕是就要到了，妳要不要收拾屋子，我與妳搭把手。」

楊嬸攤手道：「按理是該收拾的，可二夫人不在家，我又不曉得安排他們住哪間，怎生是好？」

林依明白她的意思，張棟離家多年，他當初住的舊房間，早就改作了他用，如今正房雖還有兩間空屋，但主人不發話，楊嬸一個下人，哪裡敢擅自作主去佈置。

楊嬸收拾起碗筷，拍了拍圍裙，道：「真是在家嫌，不在家又欠，二老爺哪裡是當家過日子的人，二夫人再不回來，家裡要亂套了。」
林依道：「照妳這般講，二夫人怕是要回來了，我趕緊趁她不在，去城裡把毽子賣了。」
楊嫦笑道：「妳如今是租客，只要把足了房租與飯食錢，哪個能管得著妳去哪兒？」
林依細細一想，還真是這麼回事，她不禁一樂，凡事都有好壞兩面，這算不算得了因禍得福？
楊嫦洗完碗，起身去餵豬，林依幫著她把泔水桶拎到豬圈，再回房取了毽子揣起，但她並未直接進城，而是先走到了隔壁李三家去。李三家窮，僅有三間茅草房，前頭用個籬笆圍起，李三大概下地去了，僅有李三媳婦坐在籬笆院子裡搓草繩。鄉下院子，照例是敞開的，林依不用敲門，直接走進去，打招呼道：「三嫂子，搓草繩哩，我正要去城裡，可有物事要我捎帶回來？」
李三媳婦手下不停，抬頭道：「連肚子都填不飽，哪有閒錢買物事。」
林依搭話未成，想了想，撿起一根麻繩，道：「我替妳把麻繩帶去城裡賣了？」
李三媳婦笑道：「城裡人哪兒會買這個，自家使用罷了。」
又一句話被堵死，林依正感失望，想要另尋由頭，李三媳婦卻似想起什麼，進屋取了一只包袱出來，道：「虧得妳提醒，家裡最後幾件囫圇衣裳，託妳拿去城裡當個死當。」
林依接了包袱，驚訝道：「你們衣裳本就沒幾件，全當了，穿什麼？再說這當的錢，夠過幾日的？」
李三媳婦苦笑道：「能撐一日算一日，田還沒找著買主，不當衣裳能當什麼。」
林依瞧了瞧她那三間屋子，一眼能瞧到低，確是無甚可賣，她暗嘆了一口氣，順著話問道：「近日買田的人不是很多嗎，怎會沒賣出去？」
李三媳婦指了指遠處，嘆道：「價錢沒談攏啊，我們當家的要價三貫錢，別個嫌貴。」
林依旁敲側擊這一會兒，終於打聽到了田畝價格，便道了聲告辭，夾著包袱朝城裡趕，一路上暗忖，張家以前買地時，她在旁聽見過，價最低的田也要二十貫，就算現在遭災，地價賤，恐怕也得十來貫才拿得下來，而李家的地卻只要三貫，實在算不得貴了。

林依到了城裡，先把李三媳婦所託的衣裳當了，再尋到收毽子的店鋪，將兩隻毽子賣了十二文錢，又向掌櫃的打聽牙儈的所在。那掌櫃的見她賣毽子沒有討價還價，心裡高興，便為她指了個道，稱：「那丁牙儈最是守信，從不耍手段的。」

林依歡喜謝過他，順著所指，尋到丁牙儈，道：「我有個姑姑，寡居多年，新近又死了兒子，老來無依，想將幾個錢買畝地，又怕族裡奪了去，因此不敢自己露面，只託我來尋牙儈，代為買賣。」

這番話講得合情合理，加之她本身年紀尚小，丁牙儈不曾有疑，請她坐了，又命個小丫頭上茶，問道：「可有看中的田？」

林依比劃著，道：「那邊村裡有戶叫李三的，正要賣地，我姑姑想去買了來。」

丁牙儈聽了這話，卻擺手道：「李三家我曉得，前幾日才去打聽了來，他家地太貴，不合算。」

林依故意問道：「他家賣幾多錢？」

丁牙儈伸出三根指頭，道：「三貫。」

這話與李三媳婦所言對得上，林依暗道，掌櫃的不欺她，丁牙儈看來的確不是個奸詐人。她託了所謂「姑姑」的名頭，問出心中疑惑：「我姑姑以前買的地，最低也要二十貫，李三家只要三貫，怎地還嫌貴？」

丁牙儈哈哈大笑：「妳姑姑定是個不管家的，李三家的地，一年只收得八斗糧，妳說三貫貴不貴？」

林依明白了，果然是一分價錢一分貨，不過她一共只有五貫餘錢，貧地買了不合算，肥地她又買不起。想到這兒，她有些垂頭喪氣，道：「罷了，我姑姑錢不多，不然也不會看中三貫的地。」

丁牙儈想賺一注中人費，好心提點道：「如今有錢人少，無錢人多，沒幾個有能耐把錢一次付清的，都是分好幾回來給哩。」

北宋也有「分期付款」一說？林依深感意外，問道：「怎麼個分期法，是賣家與買家呀，還是買家與你？」

丁牙儈驚訝道：「不曾想妳小小年紀，竟如此聰慧。」他向林依解釋了一番，原來這兩種分期形式，都是有的，若是與賣家談得妥，就是分次付錢與賣家，不用加利息；若是沒談妥，則先由牙儈墊付給賣家，再由買家分期付錢與牙儈，不過這般行事，須得加些利息，讓牙儈有個賺頭。

林依暗自為古人的智慧感嘆了一番，又道：「聽來是不錯，但我做不了主，須得先去問過姑姑。」

丁牙儈點頭，道：「妳且回去問吧，我先替妳打聽著，若是她還想買，三日後再來問我。」

林依福身謝過他，告辭回家。她先到李三家，把當衣裳的錢並當票交與李三媳婦，再才朝家裡去。張家地壩上，擱了不少箱籠，林依猜想，定是張棟一家回來了，她走到靈堂門邊朝裡瞧了瞧，果見裡頭有幾名眼生的人。楊嬸湊到她身旁，指與她看，最前頭的一老一少，是張棟和他兒子張三郎；後排兩名女子，亦是一老一少，乃是張棟的夫人楊氏，與張三郎的媳婦田氏。

林依驚訝道：「聽說三少爺只比二少爺小幾個月，這般早就娶妻了？」

楊嬸怕被裡頭的人瞧見，把她拉至廚房，才悄聲答道：「三少爺的病，就沒見好過，大老爺納了好幾房妾，也沒再生個兒子出來，生怕他們大房斷了香火，這才早早兒地替三少爺娶了一房媳婦，想盼個孫子。妳方才瞧見沒，三少爺與老太爺磕過頭，起身時都要靠人攙扶，我看他這樣兒，與大房添孫子是無望了⋯⋯」她還要再講，忽地想起林依還是未嫁小娘子，忙住了口，問道：「妳怎地這樣晚才回來？餓不餓，鍋裡還有粥。」

林依將李三媳婦拿來當了藉口，道：「隔壁三嫂子託我幫她當衣裳，我怕當賤了，把城裡的當鋪跑了個遍，這才回來晚了。」

楊嬸盛了碗粥遞與她，感嘆道：「妳是個熱心快腸的，定當有好報。」

林依早就飢腸轆轆，一氣喝完一碗粥，笑道：「都快吃晚飯了，妳還與我留著中午的粥，這才是熱心快腸呢。」

楊嬸最愛與她講話，句句讓人歡喜，她笑著收了碗，道：「我曉得妳餓了，但大老爺一家才到，晚上有好菜，且先留著肚子。」

林依道：「晚上人多，我如今是租客，就不上桌子了，麻煩楊嬸與我分一份出來，我端去臥房吃吧。」

楊嬸正要答話，張三郎的媳婦田氏出現在門口，問道：「哪位是做飯的楊嬸？」

楊嬸見是三少夫人，忙應著上前，道：「我是，才剛與你們搬過箱籠的。」

田氏笑道：「大夫人怕妳不曉得規矩，特遣我來講一聲兒，晚上的飯，須得男女分開吃，往後也是如此。」

楊嬸很有些不高興，道：「我曉得大夫人是東京人，規矩大，只是我們鄉下人家，房屋少，僅有一間堂屋可供吃飯，再沒得多餘去處。」

她這話極嗆人，田氏卻好性兒，絲毫沒生氣，臉上依舊帶著笑，道：「我瞧偏房還剩一間，女眷在那裡吃就好。」

這倒不麻煩，楊嬸點了點頭，道：「使得。」

田氏見她應下，就將手裡的三張單子遞過去，道：「勞煩妳燒飯，這是菜單。」

楊嬸舉著菜單，尷尬道：「我可不識字，怕是要誤了大夫人的差事，不如三少夫人念給我聽聽？」

田氏臉紅起來，道：「我也不識字哩……不過是些平常菜式，妳看著做也成……」

她雖客氣，楊嬸卻不願在大房面前服輸，轉身走到林依面前，把菜單塞到她手裡，道：「三娘子不是識字的？妳來念，我來做。」說完回頭衝田氏道：「三少夫人且回吧，叫大夫人等吃便得。」

田氏離去時，臉上還是紅的，林依奇道：「這位三少夫人倒是好脾性，一點兒沒架子。」

楊嬸低聲笑道：「有架子的小娘子，怎會嫁給藥罐子，那是窮人家的女兒，來沖喜的哩。」

林依沒有言語，原來窮人家，只配給張家沖喜，怪不得方氏千方百計不願娶她了。

楊嬸曉得她是想起了自身，忙將話題岔開，催她念菜單。林依將三張單子大略掃了一眼，只見這三張功能表，各有不同，第一張列的是張棟所喜的菜色，紅燒肉、清蒸魚之類；第二張是楊氏，清炒萵苣、涼拌茭白等素菜；最後一張是張三郎要吃的幾樣清淡湯水。她把菜單念完，笑道：「都是些平常菜式，還特特寫三張單子來，也不怕費墨。」

楊嬸繫了圍裙去擇菜，笑道：「大老爺當官的人，大夫人又講究，規矩多著哩，記得三少爺還小時，他們回來過一趟，不過住了三、五天，人人都盼著他們早些走。」

菜式雖簡單，加起來也不少，林依料想楊嬸一人忙不過來，便取了把刀，來削萵苣皮。楊嬸確是忙碌，也不推辭，道過謝，搬了只小板凳與她坐了。

林依熟練地削著皮，問道：「妳不是說大老爺妾室不少的，我怎一個都未瞧見，只有個小丫頭跟著。」

楊嬸笑道：「定是大夫人趁著要趕路，都打發掉了，不然一大群人浩浩蕩蕩，年底才能到家了。」

二人一面閒話，一面做飯，倒也輕鬆，不多時便將八個熱盤、三個冷盤並兩大碗湯拾掇了出來。楊嬸裝好盤，才想起要分作兩份，忙另取了一套盤碗出來分了，端著去堂屋，又央林依將另一份送到偏房去。

林依應了，捧著托盤到偏房，楊氏婆媳已在那裡坐著了，田氏見她進來，忙起身幫忙，佈置碗筷。

林依放下最後一盤菜，轉身欲走，楊氏卻叫住她，問道：「妳是林三娘？」

林依回身站定，答了聲：「正是。大夫人有什麼吩咐？」

楊氏指了指身旁的凳子，微微一笑：「妳又不是下人，我能有什麼吩咐，且坐下，咱們吃飯。」

林依待要推辭，田氏已將自己面前的碗筷推了過來，道：「我還沒使過，莫嫌棄。」

楊氏馬上皺了眉，責備道：「沒得規矩，叫楊嬸另取乾淨的來。」

田氏不敢有二話，忙起身去辦，林依不曉得她家的規矩，不敢替田氏講話，只半垂著頭，到楊氏身旁坐了。楊氏將她上下打量一番，口中問起的，卻是方氏：「二夫人歸寧還未回來？」

林依點頭，簡短答道：「是。」

楊氏夾了筷萵苣吃了，又道：「還在孝中，就回娘家，方家人不嫌忌諱？」

林依暗道，哪有不忌諱的，想是王氏看在那數十箱冰的分上，忍了下來。她聽得楊氏話中有了埋怨的意味，不敢隨便接話，只將頭更垂深了些。她不答話，楊氏倒也不以為忤，自顧自夾菜，慢慢吃著。

田氏取了碗筷來，擺到林依面前，林依忙起身謝了，再才重新坐下。楊氏看了看窗外，問田氏道：「咱們的行李，還在地壩上擺著？」

田氏點了點頭，道：「問過二老爺了，他也弄不清哪間屋能住人，因此還沒搬動。」

楊氏轉了頭，向林依道：「妳瞧瞧，她不在家，怎麼能行，還是叫二老爺趕緊將人接回來。」

林依暗自奇怪，這話對她講有什麼用，若有心要幫方氏，就叫大老爺與二老爺講去撒。楊氏親自替她夾了一筷子茭白，補充道：「二夫人不在家，今兒晚上還是得對付過去，這家裡妳比我們熟，且先幫著佈置佈置，可好？」

原來繞來繞去是為了這個，這位大夫人大概還不曉得張家最新的格局，林依笑了笑，道：「我倒有心幫忙，卻沒這個能耐，我如今是租住在張家哩，哪兒能為大夫人安排房屋。」

楊氏聽說她變作了租客，很是驚訝，忙問詳細。林依隱了許多細節，將事情來龍去脈大致講述了一遍，聽得楊、田二位俱是感嘆。楊氏擱了筷子，拉過她的手道：「二老爺兩口子都是糊塗的，妳住在這裡，討好他們還來不及，怎會去做得罪人的事體。」不論她是真信還是假信，這話都叫人感動，林依任由她握著手，眼角酸酸的。

一頓飯下來，楊氏問了不少問題，大多涉及張梁與方氏，雖是家常閒話，但林依身分特殊，仍不敢貿然作答，時時斟酌詞句，很是辛苦。楊嬸來收拾碗筷時，林依告辭，楊氏想從腕上擼一對鐲子送與她，卻想起回來奔喪前是去了釵環的，只好吩咐田氏待行李歸置好後，送一匹布料去林依房裡，當作見面禮。林依福身謝過，幫楊嬸端了一只托盤，與她一同出去。

到得廚房，林依直喊餓，楊嬸見托盤裡的幾盤子菜沒怎麼動，便取了副乾淨碗筷遞與她，叫她再吃些，又奇道：「菜還是原封，妳怎麼沒吃飽？」

林依一邊扒飯，一邊回答：「大夫人為人倒是和善，可不停拉著我問東問西，我哪裡有空吃飯。」

楊嬸聞言更奇，道：「大夫人與二夫人一樣，講究吃飯不出聲兒的，怎會飯桌上與妳閒話？」

林依一愣，原來楊氏不是天生話多，而是今日反常，也不知是為了哪般。她雖疑惑，卻未深想，心道，楊氏問的是張梁與方氏，橫豎與自己沒干係，理那許多作甚。

楊嬸待她吃完，收拾了碗筷來洗，還未忙完，田氏來喚，叫她幫著搬行李。林依跟著出去瞧了瞧，原來張棟與楊氏住了張老太爺的那間，張三郎與田氏住了她原先的那間，這般安排，倒也妥當。

在地壩搬箱籠的，只有田氏和楊嬸，林依站在邊上瞧了一時，見她們忙不過來，便上去搭了把手，田氏感激不已，搬完箱籠與楊嬸打賞時，也分了林依幾個。林依暗喜有進帳，並不覺著有什麼，但第二日楊氏得知此事，卻認為田氏是拿林依當下人看待，將她喚去責備了好一時。

田氏挨了教訓，替楊氏送見面禮來時，眼圈還是紅紅的，叫林依好生過意不去，連聲稱自己不介意，安慰了她好一時。田氏見她好相處，便在她房裡坐了會子，扯過布匹上的一截與她瞧，道：「聽大夫人講，這料子做裙子再好不過了。」

林依一笑，道：「不怕妳笑話，這般貴重的料子，我哪捨得自個兒用，拿到城裡能換不少錢哩。」

田氏亦是窮苦人家出身，理解她之餘，愈發覺得她可親，與她又聊了好一時，直到楊嬸來喚她們吃午飯。

林依送她到門口，道：「我就不去了，還是到廚下吃。」

楊嬸卻道：「大夫人才說了，叫妳往後與她們一處吃。」

楊氏抬舉她，她不能不識趣，於是應了，同田氏一起往改作了女眷飯廳的偏房去，楊嬸卻攔道：「今日有事要議，都在堂屋吃哩。」林依與田氏只好改道，朝正房那邊去。

堂屋內，楊氏正在苦勸張梁：「兩口子吵架，常有的事，能值什麼？你們夫妻多年，趕她一回也就罷了，難不成要將她一直擱在娘家，讓左鄰右舍看笑話？」

張梁不聽她的話，但也不敢與長嫂頂嘴，遂望著牆面不講話。

楊氏見他不言語，又指了張伯臨與張仲微兄弟倆，道：「孩子們瞧著哩，趕緊把弟妹接回來。」

張梁還是不作聲，張棟只好親自出馬，道：「你兩口兒間的事，我不管，但總得先把爹的喪事辦完，你不當家，我們又才歸屋，不把弟妹接回來，怎麼行事？」

長兄發話，張梁不得不接，走到門口指著靈堂道：「爹靈前的冰，大哥與大嫂可瞧見了？一箱子冰，一千一百文哩，都是方家趁火打劫，做的好事。你們都叫我把她接回來，可我怎嚥得下這口氣。」

張棟與楊氏對視一眼，齊齊思量，老二這意思，莫不是怪大房沒出錢？他們倒不是小氣人，只是錢本就不多，且張三郎因一路奔波，病愈發重了，藥錢不得不留，實在是沒得閒錢拿出來。

張棟沉吟片刻，吩咐楊氏道：「是我糊塗了，把你的頭面衣裳當一箱子，拿錢來與二弟。」

張梁見他們誤會，忙道：「咱們又沒分家，我出錢你出錢不是一樣。」

張棟打了手勢叫楊氏去取衣箱，道：「我身為長子，卻長年不養家，本就慚愧難當，爹的喪事再不出份力，簡直愧為人子。」

張梁連忙叫張伯臨攔住楊氏，道：「大哥做官，家裡免了雜役，我們都討了你的好呢，多出幾個錢值什麼。你切莫賤當衣裳，又虧了大嫂，又便宜了質鋪。」

張棟見他懇切，且急急忙忙典當衣裳確是不划算，便道：「等我丁憂完再出仕，爹留下的都是你的。」

張梁忙稱不必如此，兄弟倆為遺產推了推去，把接方氏一事忘到了腦後。楊氏咳了幾聲來提醒，卻無人理會，只好問旁邊坐的林依：「二夫人幾時回的娘家？」

這話昨日才問過，這會兒又拿來講，為的是轉回話題，勸張梁接方氏回家。林依雖極不願方氏回來，但老太爺的喪事不能再拖延，只好配合答道：「回去好幾日了，也該回來了。」

張梁是想藉由方氏逼迫方家退還部分冰錢，他存了這個心思，自然不肯輕易答應接她回來，於是對楊氏的旁敲側擊，只當沒聽見。他固執起來，張棟和楊氏也拿他無法，只能等擇機再勸。

當家主母不在，喪事還是得辦，吃完飯，幾人圍坐在桌前，商量張老太爺出殯事宜。林依見沒她什麼事，便幫著楊嬸收拾了碗筷，拿到廚下去洗，才洗了一半，便見張八娘一臉淚痕，扶著門框站在門口，道：「三娘子可得閒，咱們房裡說話。」

楊嬸見她回來，歡喜道：「八娘子啥時候回來的，也不先遣人來個信兒，我好去接妳。妳可吃過飯？見過二老爺了？」

張八娘一律搖頭作答，拉了林依朝她昔日的閨房走。林依拽她轉了個方向，笑道：「我如今住銀姊那間。」

張八娘隨她進屋坐下，問道：「妳怎地搬到偏房住了，可是大伯一家回來，擠著了妳？」

林依忙搖頭，卻不願與張八娘講實情，免得給她添堵——她自家過得都不如意呢。

肆之章　新手地主上路

張八娘心裡裝的另有別的事，見林依不肯講，也不追問，只道：「我娘在舅舅家住了有兩日了，我想叫爹去接她，卻不知怎麼說，三娘教教我。」

林依忙問：「是不是妳舅娘因為這事兒為難妳了？」

張八娘沒有作答，卻伏在桌上哭了起來，林依一見這架勢，就曉得王氏定然是遷怒了，她搖了搖張八娘的肩膀，道：「我曉得妳難受，可這會兒不是哭的時候，且起來想個法子，把二夫人接回來，妳的日子就好過了。」

張八娘勉強止了淚，抬頭道：「我倒沒什麼，只是娘在舅舅家，成日與舅娘吵架，又吵不過她，我瞧著不好受。」

林依問道：「吵什麼？王夫人要趕二夫人走？」

張八娘卻搖頭，道：「才不是，舅娘說，前頭的那十箱子冰，也各加一百文，就替我娘出這個頭，可我娘不願意，舅舅與舅娘都罵她沒出息，這才吵了。」

原來是方氏心向婆家，惹了娘家人不高興，林依明白過來，教她道：「將這話到妳爹面前講去，叫他曉得妳娘是護著張家的。」

張八娘接著搖頭，道：「我出來時，也是這般想，我娘卻說我爹不吃這一套，只要舅娘不降冰價，他就不會去接人，我實在想不出別的法子，這才來尋妳商量。」

林依伸手摸了摸張八娘身上，瘦得只剩一把骨頭，拉著她胳膊細看，手腕處還有一塊青紫，她急忙問道：「他們打妳了？」

張八娘回道：「不是，是表哥又要去勾欄，我攔了一下，被他順手一推，撞到床柱子上了。」

林依急道：「這還不叫打？妳娘沒話講？」

張八娘垂頭道：「娘已夠不順了，怎好與她添煩惱。」

林依在方氏那裡吃虧不少，實在是不願意幫著出主意救她，但終究還是不忍心看著張八娘苦上加苦，便道：「接妳娘回來，全在妳身上，妳現在就去二老爺跟前，說妳是被趕回來的。」

張八娘驚訝道：「我不是被趕回來的，這不是扯謊？」

林依好笑道：「為了妳娘，說一回謊又如何？」

張八娘猶豫了好一時，被林依催著起身，又在堂屋門口磨蹭了會子，才走進屋去，先拜見張棟一家。不等她開口，楊氏先驚訝問道：「不年不節，老太爺又還沒定出殯的日子，妳怎地回來了？」

張八娘頭一回說謊，正心內不安，見她先發問，大鬆一口氣，結結巴巴回答道：「舅……舅娘說，我……我娘不回張家，我也不必回……回方家了。」

張梁先驚後恨，認為方家是仗著方睿新謀了官職，才這般仗勢欺人，便慫恿張棟出面，壓他一壓。張棟苦笑道：「他謀的官雖小，卻是在任，我已丁憂在家，如何對付？」

張梁愈發恨得直捶門板，欲衝去方家為寶貝閨女討說法。楊氏常在官場夫人間周旋的人，善於看人神色，她一直盯著張八娘，瞧出些端倪，便叫張棟拉住往外衝的張梁，責備他道：「你去方家這一鬧，最後吃虧的還是八娘，你又不能時時刻刻在方家盯著，她婆母若遷怒，你也瞧不著。你要真為她打算，就趕緊把弟妹接回來，咱們好生辦喪事，她也能過安穩日子。」

張梁到底心疼女兒，有些意動，卻又猶豫，林依在門邊瞧了一時，走進來抓了張八娘的手腕與他瞧，添火道：「二老爺再不去接人，她小倆口還要鬧彆扭。」

楊氏忙應和道：「極是，她婆母苛待，你還能去講兩句，小夫妻吵架，你做岳丈的，總不好意思摻和，還是趕緊息事寧人的好。」

張八娘在家時，是捧在手心的，哪個敢動她一指頭，張梁瞧見她手腕上的傷，心如刀絞，只得忍氣吞聲，帶了張伯臨張仲微兄弟兩個，去方家接方氏。他到得方家，叫兩個兒子去與方睿和王氏周旋，自己則喚來方正倫，狠罵了一通，逼他保證往後不跟張八娘動手。

王氏見他教訓自家兒子，很是不滿，但岳丈教訓女婿，她也不好說什麼，便向方氏道：「妳就要回去了，還有兩箱子冰錢未付，先結清了帳再走吧。」

張梁聽了這話更是來氣，但張八娘還在張家等著方家去接，只好再次忍氣，叫任嬸回去取了兩千兩百文的交子並鐵錢來，丟到王氏面前，道：「一文不曾少妳的，趕緊叫方正倫去我家把八娘接回來，往後須得好生待她，不得打罵，否則我跟妳方家沒完。」

方正倫不願動身，嘀咕道：「又不是我趕她回去的，自己回來就是，還要人接。」

張梁不信，又要罵他，王氏看在冰錢的分上，忙推方正倫道：「管她是為什麼回去的，橫豎也沒幾步路，你去接一趟罷了。」

方正倫藉機向她討了五百錢，不情不願地套了個車，也不等張梁和方氏，獨自先走了。張梁站在大門口直跺腳，罵方氏道：「瞧妳這好侄兒，自己坐車，叫我們走路。」

方氏的腳，還沒站在張家的地上，不敢反駁，任由他一路行，一路罵，張伯臨與張仲微想勸又不敢，著實難受，只得尋了個藉口，先一步朝家奔去了。待得張梁與方氏回到家中，張八娘已叫方正倫接上了車，與他們照面也不曾打一個就絕塵而去。張棟與楊氏見了，齊齊搖頭，直稱他們不識人，招了這麼個目無尊長的女婿。

張八娘的親事，乃是方氏一力促成，她生怕張梁借了此事又要罵她，忙幾步上前，拜見哥嫂，又拉著田氏的手，問長問短。楊氏將滿臉不耐煩的張梁瞧了一眼，向方氏道：「咱們商量了一中午，也沒定出個主意來，專等著妳來家操持呢。」

楊氏是有封號在身的，方氏對她很是恭敬，忙謙虛了幾句，道：「長嫂為尊，我哪敢定奪，不過提些建議罷了。」二人親親熱熱攜了手，朝堂屋裡去，倒把張棟張梁兩個大男人撂在了後面。

自方氏歸家，一切井井有條起來，很快就選定了出殯的吉日，大斂、下葬，接著做頭七。張家人手短，林依看在張老太爺分上，幫了幾日忙，十來天後才得了閒，進城去尋丁牙儈。

她不是什麼大主顧，丁牙儈倒也沒嫌她來得遲，取了張契紙出來與她瞧，道：「上回妳提李三家，我又去瞧了一趟，他家除了八斗糧三貫錢的劣地，還有兩塊好的，但總共只得兩畝，一畝年產四石，要價七十貫，另一畝年產兩石，要價二十貫。」

林依驚訝道：「四石只比兩石多一倍，這價錢可不止貴一倍。」

丁牙儈笑道：「四石算是高產，所以他家指望著這畝地賺大錢，妳不必理會，要買就買兩石的那畝。」

林依嘟囔道：「我姑姑總共也沒幾個錢，二十貫還是太貴。」她假稱要回去問姑姑的意見，繞到李三家的地看了看，又向周圍的人打聽一番，得知他家的確有兩塊好地，產量價格與丁牙儈所稱相差無幾，遂知丁牙儈沒有欺她，隔日揣了交子又進城去，要做這樁買賣。

丁牙儈與林依商定了分期付款的細則，又寫了一張收條，叫她先付個訂金，待他將諸項事宜打點妥當，最後由她姑姑在地契上按個手印。林依瞧著各項並無紕漏，正要掏錢，丁牙儈無意問了一句：「妳家姑姑可是女戶？回去跟她講，若不是女戶，就趕緊挑個妥當人，預備簽地契。」

林依一愣：「何為女戶？」

丁牙儈答道：「無夫無子，是為女戶。」

林依忙道：「我姑姑寡居，又沒了兒子，該當是女戶。」

丁牙儈笑道：「哪裡有這般簡單，要去官府立了戶籍才算。」

原來女戶不用服勞役，許多人會混水摸魚，是以不能隨便立戶，要官府派人來察看定戶方可。

林依失望道：「莫非我姑姑不是女戶，就不能自己在地契上按手印？」

丁牙儈搖頭，道：「除了女戶，女人都是不上戶籍的，如何買田地？」

林依愣神了，原來北宋女人都是黑戶，那像她這樣的，還真是砧板上的魚肉，被人賣了都無處申冤。她越想越怕，忙向丁牙儈打聽大宋戶籍是怎麼個定法。丁牙儈倒也耐心，一一與她道來，原來每逢閏年，縣令責成耆長、戶長與鄉書手上門錄核實各戶稅產、物力、丁口、定出戶等，推排家產，升降戶，重造一次「閏年圖」，即戶口版籍，「閏年圖」上還要註明已服差役名目，再張榜公布最後編造成冊。

他講解時，林依就在暗自琢磨，等到講完，她已理出初步打算，道：「閏年造戶口，那不是三年才登記一次，今年時候不對，我姑姑怕是買不成田了，得等改立了女戶才好行事。」

丁牙儈見她是誠心想買田地，也樂得有門鐵板釘釘的生意做，便指點她道：「若真想改戶，不必等到兩年後，拿些錢交與戶長，他自會幫妳辦妥。」

林依猶豫問道：「須得花費不少吧？」

丁牙儈想了想，道：「大概三貫錢能成事。」又道：「女戶實惠多著哩，人人都想立，官府就靠這個收錢，妳等到造戶籍時申報，花費還多些。」

林依心裡有了譜，鄭重代「姑姑」謝過丁牙儈，與他約好，待她姑姑立了女戶，還來他這裡買田。

林依頭一回曉得，她孤身弱女也能有份法律保障，雖然不知這份保障有多牢靠，但有了戶籍，就算有了根，不必再一有風吹草動就擔心受怕，比浮萍似的四處漂，不知好了多少倍。她出了城，一刻也沒耽誤，直接朝戶長家中去，道明身分，稱自己想要立女戶。

她雖是個小人物，但所寄居的張家卻是村中大戶，戶長每年要上張家好幾趟，一眼就認出了她，問道：「妳立女戶一事，張家可知曉？」

林依反問道：「須得他家同意？」

戶長擺手道：「那倒不是，只是……」

他話只講一半，林依卻明白了，定是他怕張家不同意，事後來尋麻煩。她暗嘆了一口氣，捧上一百文鐵錢，央道：「張家巴不得我出門，如今只肯讓我租住呢。」

戶長還在猶豫，戶長娘子走近一步，接了林依的錢，道：「這事兒我曉得，剛才還瞧見張家的任嬸四處尋林三娘，要向她討租錢。」

戶長聽得娘子如此說，沒了疑慮，但又嫌百文鐵錢太少，便只將些女戶難立的話來講。林依哪裡不曉得他用意，但卻不願把得太多，反吊了他胃口，遂道：「我在村裡住了不只一日兩日，處境如何，戶長也曉得，不如你報個實在價錢，我若是把得起，就勞煩你幫忙，若是把不起，只能罷了。」

戶長笑道：「妳小小年紀，倒是爽快人。」戶長娘子自己也養女兒，有幾分憐惜她，便推了戶長一把，道：「我做主了，三貫錢，若是沒得錢，就先欠著，不收妳利息。」

林依大喜過望，連連點頭，若能先欠著，自然好得很，免了別個懷疑不說，還能多些錢來買田。戶長見她同意，便取過紙來，問她會不會寫字。林依點頭，接了紙，卻不落筆，道：「我多與戶長五百文，你應我一件事，可好？」

戶長問道：「何事？難辦的可不成。」

林依道：「我立女戶一事，不願讓別個曉得，張榜公布時，戶長能否幫我掩飾則個？」

不過是將名字隱下，這有何難，戶長當即應下。林依便提筆寫了一張欠條，上書三貫五百文。戶長娘子捧過印泥，叫她按了個手印，立戶之事就此定下。

林依欠了錢，心情卻無比愉快，一路哼著歌兒回到家中，直覺著任嬸的苦瓜臉都十分耐看。她心情好，任嬸更來氣，將她堵在院門口，不許她進門，責問道：「妳到哪裡閒逛去了，豬也沒餵，院子也沒掃，我尋遍了村子都不見人，妳以為我同妳一樣無事，尋妳尋著玩？」

林依根本不接話碴，橫豎三合院兒沒有院門，從旁邊一繞，繼續朝前走。最羞辱人的，不是與之對罵，而是根本不睬她。任嬸自覺受了輕視，急忙橫跑幾步，攔住林依去路。林依被迫停了腳步，不悅道：「我才去賣了毽子，正要去尋二夫人交房租與飯食錢，妳在這裡阻三阻四做什麼。」

自銀姊轉了別家，任嬸收入銳減，聞言暗自一琢磨，就換了笑臉上來，熱切問道：「毽子值錢嗎，賺了多少？」

待林依交了錢，吃的就是自己的米，懶怠敷衍她，不耐煩道：「我有必要與一個下人講這些？」

任嬸臉色微變，卻不肯放棄，繼續道：「二夫人正陪著大夫人逛呢，哪有閒工夫理你，且把錢給我，我替妳交去。」

給妳？轉到方氏手裡時還能有整數？林依抬頭，望了望右手邊，方氏扶著楊氏，正順著屋簷朝這邊來，她故意提高了聲量，斥道：「妳背著二夫人做了多少件不得人的事，別以為我不曉得，我哪敢把租金交與妳。這裡交付，轉頭妳就能瞞下小半去，二夫人吃虧不說，還要埋怨我把得少。」

林依以前特特提醒方氏留意任嬸，她不肯相信，此時這「無意」聽來的話，她卻信了幾分，扭頭朝院門口望了幾眼，喚道：「任嬸，三少夫人在廚下煎藥呢，妳還不去幫忙。林三娘可是要交房租，且隨我到房裡來。」

任嬸臉上閃過一絲驚訝，忙應了一聲兒，不甘不願地朝廚房去了。林依跟在方氏和楊氏身後，隨著她們慢吞吞的步伐，到得房內，待她們坐定，方才問道：「還不曾問過二夫人，租金與飯食錢怎麼個演算法。」

方氏道：「放心，不欺妳。」說著取了紙筆來，邊算邊道：「妳住的屋向陽，還搭了好幾樣家什，房租算妳每月三百文。」

這還不算欺負人？林依忍不住開口駁道：「白日裡都恨不得要點燈，哪裡向陽了？家什也只有一床一櫃一桌而已。」

方氏面露尷尬，卻不甘道：「妳每日洗澡，還使了我家木桶並木盆。」

這也要算？林依一愣。

同為張家人，楊氏坐在旁邊，替方氏臉紅，插話道：「她那間偏屋，就在豬圈隔壁，實在算不得好。」

方氏敬重楊氏，乃是面兒上情，見她插手二房家務事，很是不喜，道：「就只剩兩間偏屋，另一間照大嫂的意思改作了女眷飯廳，總不能拿吃飯的地兒與她住的屋子調個個兒。」

楊氏替林依講話，確是越權，話一出口就在後悔，但聽了方氏這話，卻被激起了性兒，心道，這院子乃是祖屋，按理大房也有一半，雖張棟發了話不要，但妳不能不給，這是兩碼事；既是兩房的屋，憑什麼只能由妳二房作主？她心裡生氣，面兒上卻若無其事，講起閒話道：「那年我隨大老爺在開德府住著，共賃了三間屋，每間兩百文，我嫌價貴了，與房主討價還價好一時，才減了五十文下來。」

她語氣雖淡，講的話卻有深意，開德府乃是河北城市，賃錢兩百文尚且嫌貴，方氏這眉州鄉下偏屋，卻要價三百文，真真是天價了。方氏臉色不虞，正要發話，楊氏卻又道：「我看三間糧倉都空著，不如收拾一間出來，與林三娘居住。」

這話聽在方氏耳裡，又是大有深意，糧倉為何都是空著的，乃是她理財不當所致，還因此氣死了張老太爺。她心下發虛，但實在是不滿大房擅自作主，因此還是沒忍住話，開口道：「那幾間都是好屋，價錢貴些。」

楊氏看了她一眼，道：「我不收她的錢。」

方氏急了，站起來道：「大嫂怎可將我家屋子白白與她住？」

楊氏聽得「我家屋子」一詞，愈發不悅，道：「按說張家房屋，本就該有我們幾間，只不過我們長年在外，叫你們占了去。舊事不提也就罷了，怎麼我將出間偏屋來與親戚住住也不行？」

方氏這才記起，這院子，乃是張老太爺蓋的，不是二房一家之物；至於林依，那是老夫人的族親，張老太爺親自接到家裡來的。楊氏的話兩層意思，她都不好反駁得，急到不行，只得湊近兩步，悄聲道：「大嫂，非是我駁妳的面子，只是咱們家正缺錢哩，能有錢賺，為什麼不賺？」

楊氏板了臉道：「再沒錢，也不好意思賺親戚的錢，再說她還小，哪裡來的錢？若我沒記錯，她與妳家仲微還有婚約在身呢，妳怎可如此苛待她？」

方氏聽她這話講得嚴厲，懶得再顧臉面，還擊道：「大嫂不當家，自然不曉得柴米油鹽貴，這麼些年，你們大房從未朝家裡拿過錢，我想方設法添些進帳，妳還要攔著，是何居心？」

楊氏瞧她一副要吵架的樣子，不願與她鬥嘴跌了身分，只與旁邊侍立的小丫頭流霞遞了個眼色，吩咐道：「講了這半日，嘴乾得很，且沏壺茶來。」

林依感激楊氏替自己講話，正要幫忙去廚房打熱水沏茶，卻見流霞逕直走到擱茶壺的桌邊，裝作不經意地朝臉盆架子上看了一眼，叫道：「不想小小眉山城，竟有這般好的澡豆與牙粉賣。」

方氏表情頗不自然，道：「那是大嫂託人捎回來的。」

楊氏臉上隱隱有了笑意，流霞卻還沒完，又一個「不經意」，路過方氏妝台，感嘆道：「難怪二夫人臉上顏色好，原來有這樣澄淨的胭脂。」

方氏愈發尷尬，道：「那也是大嫂捎回來的。」她見楊氏的笑容露了出來，猜到這是花招，氣道：「這些個小物件，能值幾個錢，能養家侍奉老人？」

楊氏未在公婆面前盡過孝，在這話面前矮了一頭，不敢作聲。流霞卻道：「二夫人當家有功，可張家的田地，也不是妳一人的。大老爺雖沒拿錢回來，但也沒向家裡要過錢，說起來你們花銷的那些，裡頭有大房的一份哩。」
方氏氣極，罵道：「妳一個奴婢，有妳講話的分？」
流霞絲毫不懼，還嘴道：「妳背著老太爺賣掉的幾倉糧食，裡頭也有大房一半。」
方氏抓起個茶盞欲摔，又捨不得，想打流霞兩下，又不敢動楊氏的人，又氣又急，險些內傷。
楊氏忙道：「是我的丫頭不懂規矩，頂撞了弟妹。」說完斥了流霞幾句，命她到地壩跪著去。
林依偷瞧窗外，見流霞面色平靜，無絲毫不忿，猜想，這大概也是設計好的？果真是官宦人家，不消言語得，幾個眼色就能成事。
方氏再惱火，見楊氏主動罰了丫頭，也無話可說，但她對楊氏白給屋林依住的提議，實在是不贊同，遂自倒了一盞茶，學楊氏一般慢慢啜著。林依瞧她二人全穩坐不動只品茶，覺著好笑。明明是自己來交租金，怎地演變成了家產之爭？
她在一旁站到腿麻，見她倆還沒開口的意思，只好主動問道：「若是二位夫人不得閒，我明日再來？」
方氏聽她講的是「二位夫人」，不是「二夫人」，臉色一沉，道：「妳租的是我的屋，與大夫人何干。」
楊氏指了個凳兒，叫她坐下，問道：「妳在那屋裡住了幾日？」
林依還不知大房二房之爭，誰人能勝出，不敢輕易就坐，仍站著作答：「正好半個月。」
楊氏點頭，道：「這半個月的錢，我替妳出了，往後妳搬到向陽的那間糧倉住，我叫流霞幫妳收拾。」
林依瞧見方氏的臉色愈來愈暗沉，心內忐忑大過喜悅，猶豫問道：「那租賃錢……」
楊氏揮手道：「不消把得。」

林依不知是應下，還是回絕，把方氏看了一眼，再看一眼，決定跳過這節，另問其他：「二夫人，飯食錢如何算？」

這話問得好，方氏來了精神，也不理楊氏，提筆自算，道：「算妳每日吃米兩升，菜肉八兩，再加上柴火佐料等物，一月下來，正好一貫錢。」

楊氏今日似要與方氏爭到底，道：「她小小的人兒，一天一升米都吃不完，哪裡來的兩升？咱們孝中，桌上少見葷腥，怎地還收肉錢？」

方氏被她幾句話頂住，索性摔了筆，問道：「那依大嫂看，該幾多錢合適？」

楊氏回道：「如今米價確是貴些，但菜蔬卻是自種的，花費不了多少，一個月四百文，很是公道。」

房租不收錢，飯食錢只要四百，方氏氣得想拍桌子，費了大氣力才忍住，道：「此事太過重大，我須得與二老爺商議才能定奪。」說完便將林依朝外趕，叫她明日再來。

楊氏先起了身，林依落後幾步，二人一前一後出得門來，走到地壩上。楊氏笑道：「一共才幾個錢，此事真真是重大。」

林依不語，方氏此舉，可不是僅為了幾個錢，而是想漫天要價，好叫她自動自覺離開張家——這在方氏眼裡，事關兒子親事，自然是再重大不過的事了。她對楊氏還不甚瞭解，不敢將這話講出來，只福了一福，謝道：「承蒙大夫人錯愛，那間屋子，不管我有無福氣住進去，都是感激的。」

楊氏一笑，沒有多話，轉身朝流霞走去，道：「起來吧，今日難為妳。」

流霞爬起來，搖頭道：「是二夫人欺人太甚，明明是祖屋，被她講成二房的。」

林依聽到這裡，心道，楊氏今日舉動，不是為爭家產，就是為爭一口氣，至於免費把屋她住，不過是順帶。既是這樣，有她什麼事，還是不要摻和的好，於是向楊氏告了個罪，轉身回房，栓了門，取出懷裡交子和欠條，算起帳來。

所欠戶長三貫五百文，並未約定期限，無須著急，倒是李三家的那畝地，得趕緊買下來，免得饑荒過去，就該漲價了。上回她與丁牙儈約的是先付訂金一貫錢，簽好地契，這一貫錢就算作中人費；田地總價二十貫，一年內付清，分期次數不限，這個分期付款，乃是與賣家的約定，但林依謊稱她「姑姑」不便露面，便只將錢交與丁牙儈，由他轉交李三。

林依算了算，手裡的五貫多錢，甚至可以暫時不動，以作本錢，做點別的小生意。她喜孜孜地藏好交子和欠條，突然想起，房租和飯食錢還沒付呢，若是楊方之爭方氏獲勝，那就得每月拿出一貫多錢去，照這樣，一切計畫全得泡湯。她從喜笑顏開想到垂頭喪氣，無精打采地倚坐在床邊，望著木門發呆。

天色漸晚，楊嬸在外敲門，喚道：「三娘子，去吃晚飯啊。」

林依回神嘆氣，拉開門道：「二夫人不自在哩，我不去觸霉頭。」

楊嬸壓低了聲兒，道：「瞧出來了，板了半天的臉，還把任嬸訓了一通，也不知為何。」

任嬸吃癟，林依還是高興的，笑道：「我去廚下吃。」

楊嬸擺手道：「是大夫人叫我來喚妳的，妳怎可不去？」

林依嘆道：「我還在二夫人手下討生活呢，豈敢順了大夫人，得罪二夫人？」

楊嬸卻道：「理那許多作甚？守孝要守足二十七個月，大夫人一時半會還走不了，妳就先傍她這尊佛，撿兩年便宜再說。」

林依琢磨一時，感嘆道：「果然當局者迷，還是妳想得通透，反正二夫人不論我怎樣討好，都入不了她的眼，不如跟著大夫人謀些實惠。」

楊嬸把她朝飯廳那邊推，笑道：「就是這個理。」

林依進得飯廳，當面一張八仙桌，楊氏坐在上首，方氏與田氏打橫，她上前行過禮，到下首落座。

方氏愣了愣，問道：「妳怎地來了？」

楊氏輕描淡寫答道：「我叫她來的。」

方氏忍了氣，又道：「大嫂，她不過一個租客，同主人家一桌吃飯做什麼？」

楊氏駁道：「她是租客，又不是下人，為何不能與咱們一起吃飯，又不是不給飯食錢。」

方氏飯食錢還未收到手，哪肯讓林依在桌上舉筷子，衝她道：「妳端去房裡吃。」

楊氏不慌不忙道：「端去房裡吃也使得，只是這飯食錢，是不是得減幾個？」

方氏只差加錢，哪裡肯減，只好讓林依留下把飯吃完。她慪了一肚子的氣，根本吃不下，略動了動筷子就離桌回房，叫任嬸去請張梁。張梁正在吃飯，不肯就來，半個時辰後肚子填飽，才晃進臥房。方氏見他這般拖拉，急道：「咱們的房屋就要被大房奪去了，虧你還吃得下。」

張梁挑了把交椅坐下，又叫任嬸搬了張凳子與他擱腿，惋惜道：「房裡沒個妾，連捶腿的人都無。」

方氏氣道：「我在與你講正事。」

張梁不耐煩道：「婦道人家，無事就愛瞎想，大哥都說了，家產一分不要，誰來與妳爭奪？」

方氏急道：「大哥哄你的哩，大嫂今日才逼我把糧倉分一間與她，好送給林三娘住。」

張梁不曉得楊氏心思，探起了身子，奇道：「好端端的，大嫂衛護林三娘做什麼？」

方氏見他心思終於轉了些過來，暗喜，也尋了把椅子坐下，端了茶來吃，道：「管她是為什麼，反正房屋都是咱們二房的，大嫂做不了主，這事兒你得與大哥說道說道。」

張梁將方氏瞧了幾眼，忽地想起她的秉性，急問：「妳不會已跟大嫂吵過了吧？」

方氏端了茶盞遮住半邊臉，含混道：「也不算吵，爭了幾句而已。」

張梁聞言氣極，提起腿下的凳子，直直丟過去，方氏正低著頭吃茶，不曾留意，待到聽見聲響，已來不及躲開，那凳子邊邊將她額角狠擦了一下兒，撞得她眼冒金星，昏頭昏腦。

任嬸聽見動靜，跑了進來，見方氏額上好大一個包，唬了一跳，連忙上前去瞧，稱要去尋遊醫。張梁好歹是個讀書人，不願讓別個曉得他打娘子，便道：「請完遊醫，順路把她送回娘家去。」

方氏忙拉住任嬸，道：「幸虧是圓凳子，沒得角，並不怎麼疼，妳且先下去，莫要聲張。」

張梁胸中之氣未消，惱道：「蠢貨，就不該把妳接回來。」

方氏額上疼痛，倒吸了幾口氣，氣道：「我護著家裡也有錯？」

張梁又罵了幾聲「蠢貨」，問道：「咱們的兩個兒子，將來是種田，還是做官？」

方氏有些莫名其妙，不知他為何突然提兒子，答道：「州學每年的束修可不少，花了那麼些錢，自然是想他們奔個好前程的。」

張梁恨得牙根癢，氣道：「既然曉得兒子們將來是要做官的，那妳去得罪大嫂做什麼？咱們親戚裡，就只有我大哥與妳大哥是個官，瞧妳大哥那副德性，將來肯定是指望不上的，再不把我大哥攏著些，怎生是好？」

他將道理講明，方氏頓悟，若兩個兒子有出息，做了官，少不得要靠人提攜，靠人照拂，她明白朝中有人好做官，卻還是嘴硬，道：「你怎麼就曉得我大哥指望不上，他可是正做著官的人，你大哥還在丁憂，兩年後在哪裡還指不定呢。」

張梁恨不得再提個凳子丟過去，罵道：「瞧瞧妳方家是如何待八娘的，他們苛待我閨女，難道會厚待我兒子？再說他自家也有兒子，豈會將我兒子放在前頭。」

這話不假，外甥哪有兒子親，張棟雖也有兒子，卻是個病秧子，少不得要將心血花在親侄兒身上。

方氏再尋不出話來反駁，垂著頭坐了一時，道：「我頭疼得緊，先去歇歇。」

張梁好似沒聽見，拽了她的胳膊拖到門口，指著外頭道：「去與大嫂陪個不是，她不領情，妳不許回來。」

方氏做慣了當家主母，猛然要她去低頭，有些難為情，躊躇著不肯挪步。張梁朝她後背心猛推一把，催道：「還不趕緊去，若是大嫂已歇下，妳就自回娘家去吧。」說完頓足捶胸，懊惱道：「不該將八娘嫁去方家，害我如今休不得妳，妳這樣的媳婦，又敗家，又得罪人，真不曉得留著有什麼用。」

方氏被張梁逼著，磨蹭到屋簷下，掏了條巾子勒住額頭，掩住那渾圓的大包，才到楊氏房前敲門。小丫頭流霞出來，將她接了進去，報與楊氏知曉。楊氏正半躺在榻上，由田氏捏著肩膀，聽得稟報，便叫田氏住了手，抬身坐直，請方氏坐下。

方氏沒做過道歉的活計，不知如何開口，扭捏了半晌，尋了個話頭，道：「大嫂尋了個好兒媳，著實孝順。」

楊氏見她這般，還道她有話不好叫人聽見，便遣了田氏與流霞下去，才問：「弟妹這般晚來我屋裡，有什麼事？」

房中沒了外人，方氏膽大了些，結結巴巴將張梁叮囑她的話講了，又道：「都照大嫂吩咐的辦，還望大嫂大人不計小人過，莫與我一般見識。」

楊氏不曉得張梁才拿凳子砸過她，還以為她是真心所致，很有幾分觸動，忙將出場面話自責了幾句，又恭維了幾句，直到見她臉上勉強露了笑意，才喚田氏來送了她出去。

流霞進來，接了方才田氏的手，繼續替楊氏捏肩膀，楊氏瞇了會子，吩咐道：「妳去講與林三娘知曉，叫她明日搬屋。」

流霞忙應了，穿過地壩，敲門進到林依房間，道了聲恭喜，笑道：「大夫人一心為妳打算，好容易說動了二夫人，把對面的糧倉騰一間與妳住，每月的飯食錢，也只收妳四百文。」

林依沒想到楊氏真個兒爭過了方氏，驚喜道：「當真？替我先謝過大夫人，明日再當面拜謝。」說著摸了幾個錢出來，塞進流霞手裡，口中稱：「莫嫌棄。」

流霞忙推辭道：「妳孤身一人，年紀又小，每月四百文也不少哩，還是留著自花。」

林依聽她講得誠懇，便將錢收起，另取了個毽子來謝她，道：「我也沒什麼好物事，這小玩意，妳留著閒時耍吧。」

流霞接了，反福身稱謝，又道：「三娘子明日幾時搬家，來喚我一聲兒，我與妳幫忙。」

林依想傍楊氏這株大樹，自然有心與她的丫頭結交，又見流霞懂禮節知進退，對她很有幾分好感，便留她坐下，閒話幾句。流霞卻不肯坐，只站著說笑，道：「我是大老爺拿一瓶流霞酒與人換來的，大夫人便與我取了這個名兒，喚作流霞。」

林依贊道：「大夫人有學識，流霞是個好名兒。」

流霞聽得她讚譽，抿嘴笑了，又道：「我們大夫人好著呢，待人從來和和氣氣不紅臉的，這幾日，實在是二夫人欺人太甚。」

林依不明用意，不敢輕易接嘴，便轉了話題，另將張三郎的病來問她。流霞嘆了口氣，道：「三少爺的病，躺在床上不動，隔日還要犯一回，這回回來奔喪，路上奔波勞碌，他哪兒禁得起這個折騰，昨日郎中才來瞧過，說他……」

話未完，門外楊嬸在喚：「流霞，大夫人問妳怎地還不去回話。」流霞忙應了一聲兒，向林依辭過，推門去了。

林依栓好門，寬衣上床，想到每月省下了不少錢，心內激動，翻來覆去，好一會兒才睡著。

第二日早飯時，方氏未露面，稱頭痛病犯了，在房內歇息。楊氏關切道：「想是老太爺喪事操勞，累病了，正巧替三郎請的郎中今日要來，叫他順路與二夫人也瞧瞧。」

田氏起身應了，道：「媳婦記著。」

流霞瞧著二房的下人都不在，便湊到楊氏跟前，悄聲道：「聽說二夫人不是頭裡面疼，乃是外頭疼。」

外頭疼？楊氏想了又想，猶豫問道：「長癤子了？昨晚她來，我沒瞧見呀。」

流霞笑道：「好大一個癤子，昨日被她頭上的巾子掩著，咱們才沒瞧見。」眾人都不解，齊齊拿眼望她，她抬手在額角比劃幾下，道：「碗口大一個包，聽說是被二老爺砸的。」

楊氏瞪了她一眼，斥道：「胡說，二老爺讀書人，怎會朝娘子伸手。」

流霞挨訓，忙垂了頭，退到後面去。

楊氏側頭，朝林依笑道：「我這丫頭，什麼都好，就是嘴碎。」

林依回道：「我瞧著倒好，大夫人會挑人。」

楊氏見她會講話，很是高興，笑道：「妳是個聰敏人，不枉我送妳間屋住。」

林依正欲起身相謝，楊嬸衝了進來，急急忙忙喊道：「大夫人，不好了，三少爺吃飯時摔了。」

楊氏聞言大驚失色，丟了筷子，帶著田氏與流霞，顧不得大家儀態，提著裙子衝去了堂屋。林依意欲跟去，楊嬸卻攔住她，悄聲道：「我瞧著三少爺是不大好的模樣，妳別去觸黴頭。」

林依猶豫道：「我才得了大夫人恩惠，豈能不去幫忙？她們只帶了一個丫頭，恐怕人手不夠。」

楊嬸急道：「妳是未嫁小娘子，他是已成親的少爺，妳幫哪門子忙？休要再提，惹人笑話哩。」

林依光想著報恩，忘了這層，若真去幫忙，指不定就有人亂嚼舌根子，這年歲，名節勝過性命，她驚出身冷汗，連忙福身，鄭重謝楊嬸提醒。楊嬸擺手道：「謝個撒子，我哪能看著妳吃虧。走，我幫妳搬屋去，免得多住一天，叫二夫人管妳要房錢。」

二人一同出門，朝林依臥房去，途經廚房，瞧見流霞已在生火煎藥，楊嬸欲去搭把手，林依卻將她拉走，悄聲道：「妳記得我的名節，怎不曉得替自己打算？妳可是二房的人，與三少爺煎藥作什麼，萬一他……牽連到妳怎辦。」

楊嬸在鄉間待了一輩子，哪想過這般複雜的事體，眼中滿是不相信，但還是依了林依，不再理會煎藥一事，逕直去幫她搬家什。張仲微不知從哪裡得來了消息，她們前腳進屋，後腳他就來了，想跟進去，又不敢，站在門口言之鑿鑿：「那櫃子妳們肯定抬不動，還是我來。」

林依回身看著他，想的卻是別的，這屋裡僅有的三件家什，都是方氏之物，若是搬了過去，保不準要被她追討價錢，不如不搬的好。張仲微被她直直瞧著，還道她是在留意自己，又是興奮，又是臉紅，心道，她到底還是念著我的，上回講的，全是氣話。

林依見他莫名其妙臉就紅了，很是奇怪，將他又瞧了兩眼，道：「你且回去罷，我不搬家什。」

張仲微驚訝道：「那邊糧倉可是空的，妳不搬家什，怎麼過活？」

他不明白林依想法，楊嬸卻瞧出來了，推他道：「三少爺犯病了，你是他堂兄，該過去瞧瞧。」

張仲微直道那邊有人照料，擋在門口不肯挪窩，林依見他還不如楊嬸明白，只好將話講明，道：「這些家什，都是你娘的，我要搬去的屋子，乃是大房的，怎好把你們二房的物事帶去？」

張仲微疑惑道：「大房的屋？我怎沒聽說，不是我娘把給妳住的？」

林依沒好氣白了他一眼，抱了個早就紮好的包袱，站到他面前：「讓開。」

張仲微不知這叫遷怒，讓她臉上冷冰冰的表情唬住，連忙朝後退了一步，讓出道來。楊嬸也拎了兩只大包袱，路過他身旁，嘆道：「瞧這樣兒，三娘子是真鐵了心了，你且回去吧。」

張仲微扯住她袖子，不許她走，急道：「胡說，妳怎知她……她……」

楊嬸舉高了包袱與他瞧，道：「裡頭是衣裳，她把衣箱都騰空了，不願喚你們來幫忙。」

張仲微張了張口，沒法出聲，他還想藉著搬衣箱，賴著與林依幫一回忙呢，卻不曾想她把這條路也給堵上了。

楊嬸瞧著他默默離去，念叨幾聲「造孽」，將包袱與林依送了過去，又同她合力搬了衣箱，把衣裳重新歸位。這間糧倉，比林依先前住的偏房大上許多，卻只地上擺了兩只衣箱，更顯得空蕩蕩。楊嬸憂道：「連個床也無，妳晚上怎麼睡覺？」林依朝屋後指了指，道：「搬幾束稻草來，二夫人該是不好意思收錢。」

楊嬸撇嘴道：「那可說不定，還不如去尋大夫人，叫她好事做到底。」

楊氏正為張三郎的病焦頭爛額呢，怎好這時候去求她，林依搖了搖頭，走到後面去抱稻草。待她再回來時，楊嬸眼神頗有些怪異，問她道：「妳尋過戶長了？」

林依素來與她相厚，聞言倒也不慌，穩穩地答道：「尋戶長作甚，只是去找過戶長娘子，求她教我些賺錢的門道，聽說她最是會生財的。」

楊嬸放下心來，拍著胸口念了聲「阿彌陀佛」，道：「唬煞我也，還以為妳想與戶長家做小。」又笑道：「戶長娘子賺錢，靠的是戶長關係多，妳哪裡學得來。」

林依問道：「我不過去尋過戶長娘子一回，妳怎地就曉得了？」

楊嬸回道：「她才剛來過，叫妳上她家走一趟。」

林依一驚，忙問：「她上家裡來了？」

楊嬸搖頭道：「不曾，只在外頭站著，我請她來家坐坐，她只是不肯。」她說著說著，臉上又現了緊張神色，道：「她的賺錢法子，哪有能教妳的，尋妳去做什麼？妳可千萬莫要耳根軟，聽信別個的鬼話，妾哪裡是個人哩，做不得的。」

林依聽她勸誡真切，心下感動，挽了她胳膊，笑道：「銀姊我是瞧見了的，比二夫人聰敏百倍，最終還是吃了虧，我哪會去走她的舊路。」

楊嬸見她明白，欣慰點頭，走到牆邊替她鋪稻草，又催她道：「戶長娘子得罪不起，既是她叫妳，妳就快去吧，這裡有我。」

林依摸了摸胸口，五張會子貼身帶著，不怕楊嬸無意翻出來，便謝了一聲，動身朝戶長家去。

戶長家整整齊齊一座三合院，與張家不差上下，迎面一間敞亮堂屋，戶長正坐在桌邊，翻看幾本冊子，戶長娘子從豬圈裡出來，一眼瞧見林依站在院門口，忙上前招呼，道：「怕妳添麻煩，去尋妳時特意沒進去，只叫了楊嬸出來。」

林依謝她道：「多謝妳費心費神，若是此事瞞得好，待我賺了錢，明年還來謝妳。」

戶長娘子大概是收禮收慣了，一點不客套，只關心問道：「妳有賺錢的法子了？」

林依愁道：「正是還沒想出來哩，妳見多識廣，可有好主意教我？」

戶長娘子引著她進屋，道：「女人家，除了養蠶織布，還能做甚，再頂多繡幾朵花兒罷了。」

林依不過隨口一問，本也沒指望她答出什麼來，聞言便只一笑，上前幾步，與戶長行禮。戶長招手叫她近前，指了桌上的一張紙與她瞧。林依探頭一看，那張紙雖大，上頭只書了「丁帳簿」三字，墨跡還未乾透，顯然是戶長特特寫來與她看的。她雖認得那三個字，卻不知曉意思，便望向戶長，請教詳細。

戶長解釋一番，原來丁帳簿專門記載納稅戶財產狀況，作為按戶等徵發賦稅徭役的依據。林依奇道：「我身無分文，也得納稅？」

戶長道：「立女戶有規矩，須得有財產，才能立戶。」

林依暗怒，上回來怎沒提這個，哄她打了欠條才講，幸好她有準備，道：「若是戶長願意幫我辦成，我借錢也要去買一畝地，充作財產。」

「一畝地？」戶長失聲而笑，原來大宋糧食產量不高，沒得二十畝的農戶，都只能算作貧下之民，這區區一畝地，根本無法糊口，能算得什麼財產？

林依知曉了原委，很是尷尬，自己煞費苦心要買的地，在戶長眼裡，連財產都稱不上。戶長娘子惦記著林依方才許的謝禮，推了戶長一把，道：「她才多大點子，有畝把地不錯了。」

戶長很聽娘子的話，聞言便收了笑，正色提筆，一面問詢林依，一面在方才那張紙上書寫，記下她的籍貫、姓名與財產。林依瞧著他收筆，問了他幾句，得知女戶賦稅大約是畝輸一斗，她默默算了算，計畫中的那畝地，年產兩石，共計二十斗，拿一斗出來交稅，這賦稅，還真不算輕。

她謝過戶長，告辭回家，過了不到四、五日，戶長娘子藉著來看望張三郎，與她送了本戶帖來。這戶帖即是北宋的戶口本，上錄有財產詳細情況。林依瞧過，暗樂，田還未到手，戶帖上倒先有了記錄，戶長也算是神通廣大。她將戶帖捂在胸前好一會兒，激動的心久久不能平復，直到門外楊嬸在喚，她才匆忙將其藏起，走出門去。

楊嬸指了指正房，道：「二夫人找妳。」說完又指了指院門口，好奇問道：「三娘子好個會賺錢，這才幾日功夫，就買了家什來。」

林依一頭霧水，想要問她詳細，又怕方氏等著，只好將疑惑壓下，先去見方氏。方氏額上還勒著巾子，躺在榻上，臉色很是不好看，她將林依上下打量一番，道：「果真是飯食錢收少了，都有餘錢打家什了。」

林依見她們都提家什，愈發不解，忍不住問道：「什麼家什，我怎麼聽不懂？」

方氏沉著臉道：「少跟我裝，櫃子桌子都運到家門口了，妳還不承認？」

林依忍了這些年，實在是受夠，一想如今自己住的乃是大房的屋，飯食錢也已交過，為何非要遭這冤枉氣，便硬邦邦回道：「大夫人與我住的屋子，沒得家什，我自出錢打了幾樣，這有什麼好說道。」

方氏與林依處了這幾年，還從未見過她頂嘴，一時竟愣住了，待得回過神，真個兒是又氣又惱，連頭上的大包都在隱隱作痛，這要放在以前，她寧肯林依去張梁面前抖露銀姊的假賣身契，也要趕其出門，但如今林依住的乃是大房的屋，與她毫不相干，奈何？

林依瞧了她幾眼，曉得她拿自已無可奈何，便問：「二夫人可還有事？無事我先出去了，家什還等著擺放呢。」

方氏氣得講不出話來，只曉得捶楊沿，林依不再睬她，潦草行了個禮，自推門離去。

因方氏方才提及家什在院門口，林依便穿過地壩去瞧，果見有幾樣家什擺在那裡，一張小圓桌、四只圓凳、一只矮櫃子，還有一張書桌，配著一把椅子。她正瞧著，楊嬸走來，悄聲問她道：「妳真個兒有能耐，這幾樣，花費了不少錢吧？」

林依好笑道：「我才交了飯食錢，那有多的去買這些。」

楊嬸不信，道：「在我跟前妳還沒實話？若不是妳自己，哪個會那般心細，還搬張床來？」

林依抬頭再瞧，院門外果然還有一張木床，卻不是偏房擱的簡陋木板床，而是與張八娘閨房內的那張一模一樣。她奇道：「莫非是大夫人助我？」

楊嬸搖頭道：「郎中昨日才來過，稱三少爺熬過今年都是難事，大夫人正忙著哭呢，哪有空來理你的家什。」說完又問一句：「真不是妳自個兒買的？」

林依毫不猶豫，張口就要答「不是」，突然心中一動，想起些什麼，忙將原話嚥了回去，改口道：「是我賒來的，方才二夫人喚我去，就是為此事罵我。妳可千萬莫要傳出去，免得她更加不高興。」

楊嬸朝正房那邊看了一眼，不滿道：「住屋沒得家什，買幾樣有什麼，又不是花得她的錢，真是管得太寬。」

林依想了想，將方才頂撞方氏的情形講與她聽，道：「我今兒也以下犯上了一回，只怕二夫人下個月不把飯我吃。」

楊嬸笑道：「她捨不得那四百文錢。」

林依也笑了，笑完又望著堵了半邊院門發愁，桌子她與楊嬸兩個，倒還搬得動，可櫃子與床，怎生是好？楊嬸沒等她想出法子，先替她拿了主意，跑去喚來張伯臨與張仲微，先抬了木床進屋。林依本欲阻攔，另喚隔壁小子來幫忙，張伯臨與張仲微卻跟串通好了似的，齊齊不理她，埋著頭只朝屋裡衝，抬著整張床，還跑得那般快，叫她追不上。

任嬸瞧見這邊情景，忙跑進方氏屋裡，報與她知曉。方氏氣上添氣，先叫任嬸去喚張仲微，張仲微卻忙著琢磨床是靠著左牆好，還是右牆好，根本不理她。方氏聽得回報，又添一重氣，要親自去抓人，不料躺得久了，猛一起身，眼前黑得很，忙扶著任嬸站了好一時才緩過氣來，待她扶著任嬸的手，一步一扶額地走去林依房裡，張仲微早就搬完櫃子離去了，讓她撲了個空。

林依才擺好桌子，笑瞇瞇站在那裡，客氣道：「二夫人來瞧我的新屋？快來坐坐。」

方氏站在門口，朝裡掃了幾眼，只見幾樣家什擺得恰到好處，叫她氣不打一處來，信口胡謅道：「妳哪裡來這許多錢買家什，別是偷拿了張家的錢吧。」

她雖未落座，林依還是遵著禮節，斟了一盞茶，捧到她跟前，笑道：「二夫人貴人多忘事，我納鞋墊，打絡子，賺錢著呢，不是還有幾百錢妳替我保管著，不知二夫人何時能還我？」

方氏胸口急劇起伏，想尋話來罵，偏偏當初她奪錢時，確是拿的這藉口，無法反駁。沒話講得，付諸行動，她抬手揮掉林依手中的茶盞，氣憤出門。林依瞧著那只瓷盞在沒鋪磚的泥地上滴溜溜轉了幾圈，朝著桌邊滾去，撞上了桌子腿，在盞沿上磕出個小缺口來。她急忙趕到門邊，衝著方氏的背影叫道：「二夫人，這盞子可是妳自個兒摔破的，我不賠錢。」

她眼瞧著方氏腳下一個踉蹌，半歪到任嬸身上，突然心情大好，轉頭瞧見目瞪口呆的楊嬸，猶豫了下，問道：「我很小心眼兒，是也不是？」

楊嬸回過神來，突然一拍大腿，讚道：「就是這般才好，妳又不是下人，何苦低三下四奉承她。」

林依一笑，提了水來擦桌椅板凳，心道，往後我憑一雙手吃飯，再也不瞧誰人臉色。她哼著小調，手下俐落，直擦了個窗明几淨才停手，又翻了條張八娘的舊裙，拆開改作窗簾，掛了上去。

晚上，林依正愁床上無被褥，楊嬸就送了套半舊的過來，道：「不是全新的，但我前幾日才拆洗過，莫要嫌棄。」

林依忙謝道：「哪裡話，正擔心晚上得睡木板哩。」

楊嬸幫著她鋪好床，道：「我明日再與妳送床草墊來，睡著軟和。」

林依福身笑道：「虧得有楊嬸。」忙完，拉她坐下吃茶，問道：「二夫人可曾罰了仲微？他若因我受罰，叫我怎麼過意得去。」

楊嬸眼神閃爍，轉頭瞧了瞧外面，起身道：「天黑了，我回去歇著了。」

林依一把拉住她道：「妳來時天已黑了，休要瞞我，到底怎麼了。」

楊嬸被她扯住，無法動身，只得重新坐下，嘆氣道：「白日裡二夫人要罰二少爺，被大夫人瞧見攔下了，我往妳這裡來時，瞧見她又朝二少爺臥房去了，也不知要做什麼。」

林依聞言，忙推她道：「妳不是他奶娘？趕緊去救他。」

楊嬸奇道：「妳非我要講，講了又不自己去？」

林依暗道，我又沒打算嫁進張家，去惹人誤會作甚。楊嬸隱約猜到她心思，便道：「我哪有不想去的，只是做娘的打罵兒子，天經地義，誰人攔得起？」

林依還是推她，道：「妳且去躲著瞧瞧，若只罵幾句，隨意打幾下，也就罷了，若是瞧著不對，就去知會大夫人。」

楊嬸暗道，先前楊氏攔下方氏，不過是順路，哪會特特去管這門子閒事。她雖這樣想，但到底也是放心不下張仲微，便依了林依的話，趁黑躲到張仲微臥房窗外，拿指頭沾了唾沫戳破窗戶紙，偷眼朝裡瞧去。

屋內，方氏端坐桌旁，任嬸侍立一邊，地上跪著張仲微，正在辯解：「就是隔壁鄰居，有難搭把手都是該的，我與三娘子搬兩樣家什，實在算不得什麼。」

方氏似被氣到，不顧儀態拍了桌子，怒道：「她是你什麼人，能叫你為了她與娘親頂嘴？」

張仲微抬頭瞧了她一眼，又迅速低頭，語氣裡帶了羞澀，道：「她，她是我……婚約……」

這話沒頭沒尾，方氏卻聽明白了，指著他向任嬸道：「瞧這不孝子，明曉得我不中意林三娘，還非要提婚約，且瞧著，明兒我就稟明二老爺，退了這門婚。」

任嬸笑道：「二夫人莫生氣，妳想想，此事二老爺必是同意的，有甚好擔心？」

方氏大概是想起了張梁對林依的態度，嘴角帶了笑，點了點頭。

張仲微聞言大急，抬起頭道：「娘這話差矣，我要是退了這門親事，才是不孝哩。」

方氏又一次拍了桌子，罵道：「胡說。」

張仲微辯道：「此事是祖母在世時訂下的，我若退親，逆了她的意，這不是不孝？」

楊嬸看到這裡，心提得老高，暗道，這糊塗孩子，當面頂撞方氏作什麼，她奈何不了林依，難道還奈何不了自個兒兒子？

果然，方氏怒不可遏道：「你是在指責我對老夫人不孝？」

楊嬸嘀咕道：「妳對老太爺不孝，滿村都傳開了，還怕多上一條？」

方氏不曾聽到這話，兀自為張仲微生氣，命他在原地跪上一夜，想通了，明早再去請罪。楊嬸急了，雖才初秋，但夜裡還是涼的，這在冷冰冰的地上跪上一夜，明兒準要生病，再說那膝蓋也受不了啊。她來不及去知會林依，先跑去楊氏房裡，求道：「大夫人，二夫人要罰二少爺跪一夜，怎生是好？」

楊氏為張三郎的病心煩意亂，不肯管別人兒子的事，閉眼躺在榻上，道：「白日裡攔了一回，已是盡力了，再無能耐。」

楊嬸又苦求幾句，楊氏始終不開口，無法，只得去尋林依討主意。林依聽她講完，好笑道：「上回是戒尺，這回是罰跪，倒也換了個花樣。」

楊嬸嘲諷笑道：「那是她才被砸了個大包，沒得力氣來打。」她候了一時，見林依毫無思考的模樣，急道：「妳不想想法子救二少爺？」

林依奇道：「這還要人救？又沒人盯著他，夜裡睡一覺，明日早些爬起來再跪，不是一樣？」

楊嬸頓足道：「妳又不是不曉得，咱們家，大少爺最倔，二少爺最老實，二夫人叫他跪一夜，他絕不會只跪到三更。」

林依沒了言語，嘆氣道：「深更半夜，能有什麼法子，總不過是去求人，妳挨著去求兩位老爺，若是求不動，就只能讓他跪了。」說完腹誹不已，這個張仲微也太老實過頭，真真是愚孝了。

楊嬸一路小跑，本想先去求張梁，轉頭一想，他是個贊成退親的，怎會去救張仲微，於是調了個方向，去張三郎房裡尋張棟。張棟聽她講了此事，還在猶豫，張三郎卻道：「夜裡涼哩，何苦家裡再添個病人。」

張棟聽著兒子聲音有氣無力，心裡一酸，便答應下來。夜已深，他不好直接去尋方氏，只喚了張梁出來說明，張梁對兄長，向來只有聽從的，問也不問，就遣任嬸去叫張仲微起來。

楊嬸尾隨任嬸，親眼瞧見張仲微爬了起來，這才將高提的心放下，去回報林依，叫她知曉。林依嘀咕道：「挺簡單一件事，非叫他弄得複雜化。」

楊嬸抹著額上的汗，笑道：「老實總比滑頭好。」

林依不與她爭辯，卻叮囑道：「往後若是仲微再要與我幫忙，妳可得攔著他，這般被二夫人罰來罰去，可不好耍。」

楊嬸也是怕了方氏，忙點了點頭，突然想起偷聽來的言語，忙將方氏要退親一事講與她聽。

林依卻不擔心，笑道：「她那是氣話，還未出孝，二老爺不會由著她在孝中生事。」

楊嬸急道：「孝期說長不長，說短不短，妳得早作打算。」

林依見她比自己還急，忙安慰她道：「放心，我自有打算。」

楊嬸曉得她一向是有主意的，聞言稍稍放心，辭了出去。

對於自己的這門親事，林依自做張家租客，就已想好了該如何行事，只是在此之前，須得先賺錢。她心中有目標，任什麼事也影響不到心情，躺到床上舒舒服服睡了一覺，第二日起了個大早，到城裡尋到丁牙儈，照著之前談好的價錢，買下了李三家年產二石的一畝地。她雖借用的是莫須有的「姑姑」名義，但地契上簽的名字，其實就是「林依」，絲毫不影響兩年後報上「閏年圖」。

林依躲在屋裡，將加蓋了官府印信的地契反覆讀了好幾遍，再小心將其與戶帖放在一起，以備來年造「閏年圖」之用。再過個把月，就是秋收，連丁牙儈都讚她這畝地買得划算，如今糧價雖降了些，但一斗至少也能賣到四百五十文大鐵錢，一石十斗，二石二十斗，這畝地的出產，毛利九千文。

林依獨自一人坐在桌邊傻樂了半晌，才想起那地裡的稻子，不會自己飛上來，須得有人去收，不過這也不難，大不了再託丁牙儈雇個人來幫忙。事不宜遲，雇人須得趁早，雖還不到收穫季節，但總得有人照管。她頭回當個小小地主，等不得第二日，當即起身，又朝城裡去。

丁牙儈聽過她來意，替她出主意道：「現下等著秋收罷了，雇佃農實在划不來，不如我叫李三幫妳盯著，待到秋收完，妳把幾個辛苦錢與他，若是他活兒做得好，明年妳再雇他。」

眨眼田地主戶變客戶，林依暗發幾聲感慨，福身謝丁牙儈好心提點，讓她不花冤枉錢。從丁牙儈家出來，她順著商鋪林立的街道，尋到一家專賣家什器皿的，照著自己房中的那幾樣挑了，指給掌櫃的瞧，問道：「共需幾個錢？」

掌櫃的瞧她年小，又作村姑打扮，懶怠出聲，只伸出三根指頭晃了晃。林依默念，三千文，也不還價，轉身回家。

隔日，戶長來張家送「由子」，順路把林依的也捎了來，悄悄塞給她。林依低聲謝過，藏進袖子，若無其事回房，打開來看，原來這「由子」即是一張「納稅通知單」，上列她應繳的秋稅數額，共九升糧食。她將「由子」與地契等物疊放一起，仔細藏好，直覺得再世為人後，頭一回有了些許安全感。

林依藏好「由子」，走到書桌前去取紙筆，卻翻出一張竹紙來，唇邊不禁泛上苦笑，撫了好一會兒，才提筆記下一行：三千文。她將寫了字的紙條裁下放好，捧著腦袋又開始算帳，她手中的五貫餘錢，交過飯食錢，付過中人費和頭一期買地錢，尚餘兩貫多，她本想拿這錢去做點小生意，但如今獨立城戶，手邊總要留些錢應急，再者女孩兒家，拋頭露面終是不妥，只得將這想法按捺下來。

轉眼一個多月過去，地裡的稻子熟了，金燦燦的惹人喜愛，林依想著手裡馬上就能有錢，興奮得好幾夜沒能睡著。這日，張家二房都下地去了，大房則帶了張三郎去成都府求醫，家中只得林依一人，她正在屋裡坐著練字，忽聽得外頭有人喚她，出去一看，原來是丁牙儈。她怕被人瞧見，急急忙忙地問：「丁牙儈尋我有事？」

丁牙儈道：「去問問妳姑姑，收稻子要使用的鐮刀呀，半桶呀，是她出，還是李三出？」

林依在張家瞧慣了佃農做活，一聽就明白，回道：「我姑姑前兒才與我講過，叫李三家出吧，她照規矩多加幾個錢。只是她怕被人疑心，不想把穀子運到自家去曬，怎辦？」

丁牙儈指了指隔壁，道：「拖到李三家去曬，他家已無田，沒得穀要曬，不怕弄混。」

林依猶豫道：「我姑姑不知他信不信得過……」

這事兒丁牙儈可不敢打包票，因此也猶豫起來，想了會子，把張家地壩一指，問道：「聽說妳租住在這裡，既是房屋能租，地壩租一塊使不使得？」

林依眼一亮，糧食曬在自己眼皮子底下，再好不過，高興道：「好主意，還勞煩你出面，去與這家二夫人講，她就在田頭上，我帶你去。」

丁牙儈問道：「妳姑姑能出幾個錢？」

林依想了想，答道：「我估摸著她只能出十文。」

丁牙儈笑道：「張家有田數百畝，哪裡瞧得上十文錢，不如我叫李三去說，如何？」

林依歡喜道：「如此甚好，丁牙儈到底是做慣中人，想得周到。」

丁牙儈接了她遞過的十文錢，尋到李三，叫他去向方氏租地壩。李三袖著錢，去與方氏講了，方氏瞧不上那十個錢，但鄉里鄉親，又是鄰居，這點子忙怎能不幫，便收了錢，許了他地壩一角。

林依聽得丁牙儈回報，很是高興，又央他道：「待糧食曬乾過秤時，叫李三就在這裡稱，可好？」

丁牙儈爽快應道：「這有何難，我去與他講一聲兒便得。」

林依福身謝了，送了他幾步，怕人瞧見，未到院門便回轉，暗忖，李三為人還未得知，在田裡時也須得盯著，不然誰曉得他會不會趁收稻時，偷瞞下幾斗糧？有了這般思慮，到了隔日，大夥兒朝地裡去，她便也跟著，眼瞧著李三要收割到她的那畝田，第二日便起了大早，走去他家，向李三媳婦問道：「三嫂子家還未忙完？」

鄉間習俗，收稻時節，都是左鄰右舍齊幫忙，收完你家收我家，此時李三家已聚了不少來幫忙的鄰居，就同在自己家一般，也不消主人招呼，自取碗盛飯，吃飽便去地裡忙碌。

李三媳婦取了個碗遞與她，笑道：「三娘子也來我家幫忙？」

林依走去灶間盛飯，笑答：「三嫂子莫嫌我力氣小。」

旁邊有個媳婦子笑道：「力氣小飯量也小，三嫂子虧不了。」眾人都笑起來，林依捧了碗出來，覺著這裡的氣氛，比張家好多數倍，也跟著說笑起來。等著做活的人，吃飯都很是迅速，眨眼都擱了碗起身，準備朝地裡去，林依跟在他們後頭朝門外走，卻被李三媳婦叫住：「三娘子，咱們先把碗洗了。」

林依極想早點去收自家的稻子，但李三媳婦明顯是要照顧她，她不能不領情，便停了腳步，回轉灶間，幫著刷碗。李三媳婦將林依打量幾眼，讚道：「三娘子生得好模樣。」

林依被人稱讚，心裡高興，但還是作了嬌羞狀出來，免得被人覺著太過孟浪。李三媳婦又問道：「妳家還有些什麼人？」

林依將洗好的一摞碗擱進櫥櫃，苦笑道：「若是還有人，豈會寄居張家。」

李三媳婦疑道：「妳不是有個堂叔的？」

林依道：「休要提他，大冬天的罰我跪在外頭，差點沒把我凍死。」

李三媳婦面露憐惜之色，洗過兩個碗，又問：「三娘子十三了吧？」

林依答道：「過完這個年就十四了，三嫂子倒記得清楚。」

李三媳婦笑道：「我家大小子只比妳大三歲，所以記著了。」她洗了兩只碗，繼續發問：「三娘子平日在家作甚呢？」

林依道：「女孩兒家，還能作甚，不過是做些小活計罷了。」

李三媳婦笑得十分歡快，連聲道：「甚好，甚好。」

林依看她一眼，奇道，我做活計，妳高興什麼。洗完碗，她隨著李三媳婦下到自家地裡，心想著收益，手下格外俐落，李三媳婦不時拿眼瞧她，樂呵呵道：「三娘子農活也幹得好。」

林依那世亦是長於鄉間，就算後來念了大學，寒暑假也是要回家幫忙做農活的，割稻子自然不在話下。她聽得李三媳婦讚揚，謙虛道：「哪裡比得上三嫂子。」

李三媳婦見她嘴甜，愈發笑得歡，招手叫來她家大小子，安排他與林依一道幹活。

鄉間民風雖開放，可也沒特特要自家兒子與個未嫁小娘子一道幹活兒的，林依心思本就細膩，瞧到這裡，早將李三媳婦的用意猜了個七七八八。李家大小子她時常見到，黑瘦矮小，大字不識，她雖已打消嫁入張家的念頭，可也不願……

正想著，聽得有人喚她，抬頭一看，原來是楊嬸，她爬上田埂，問道：「楊嬸來送水？」

楊嬸點頭，順手也遞了一碗與她喝了，奇道：「這不是李三賣與別個，又轉佃回來的地，妳在這裡幫忙做什麼？」

林依瞧得四周的人都離得遠，便扯了個謊道：「李三媳婦說人手不夠，喚了我來。」

楊嬸點頭道：「隔壁鄰居，幫幫忙也是該的。」

林依心思轉動，暗道，要打消李三媳婦的念頭，楊嬸真是再合適不過的人選，遂將李三媳婦方才的舉動講與她聽，道：「都是些閒話，但她笑得奇怪，我這心裡總毛毛的。」

楊嬸過來人，一聽這話，再將李三家大小子一瞧，便知怎麼回事，氣道：「準是想討妳做媳婦。他家沒了地，大小子沒著落呢。」言罷覺著不妥，林依還是未嫁小娘子呢，忙道：「妳不消理會得，且先躲一躲，我去與她講。」

林依自然樂意，謝了她，尋了個小林子去吹風。楊嬸提著瓷壺，走到離李三媳婦近的那邊，笑問：「三媳婦可曾見到我們家三娘子？」

李三媳婦抬手抹了把汗，奇道：「不是才剛與妳講話的？」

楊嬸道：「可不是，眨眼就不見了人，我特特與她送水來，也不多喝一碗。」

李三媳婦咂舌道：「我說妳怎麼走到了我們這邊來，原來是與林三娘送水，妳待她倒是沒話講。」

楊嬸故意壓低了聲道：「她與我們家二少爺有婚約在身，咱們家將來的二少夫人哩，我能不巴著些？」

李三媳婦明顯愣了一愣：「外頭傳的竟是真的？」

楊嬸重重點頭：「自然是真的，不然誰拿名節開玩笑，這可是咱們老夫人在世時親自訂下的。」

李三媳婦接著低頭割稻，嘀咕了一句：「可惜了。」

楊嬸聽了個正著，趕回林依身旁，啐道：「也不瞧瞧自個兒，窮得賣了地，哪有資格道可惜。」

林依攔她道：「莫這樣講，我也是個窮人，被她瞧上正常不過。」

楊嬸撇了撇嘴，道：「我瞧那些有錢人家的小娘子，還比不得妳。」

「楊嬸，妳這顯見得是偏著我啊。」林依玩笑道。

楊嬸笑了起來，囑咐她莫要累著，仍朝張家地頭去。林依重新下到田裡割稻子，李三媳婦瞧見她回來，想起方才楊嬸的話，吩咐她家大小子道：「那邊打穀去。」

這話提醒了林依，要曉得他們有無瞞報，盯著打穀才是關鍵呢。她抬眼看去，打谷的地兒，就在這塊田另一頭，一人抱著捆才收割下來的稻子，將稻穗那頭擱在半桶上，李家大小子就掄了棒子，使勁敲打，讓穀子落到桶裡。林依怎麼看怎麼覺著不對勁，她那世家中，已是機器脫穀，但小時還是見過人工勞作的，像這般敲打，總覺著少了一樣物事。

中午時分，李三媳婦做好飯送到田間來，吩咐他家大小子道：「趁著得閒，去砍幾根竹子，晚上叫你爹做個曬架。」

林依聽見這話，得了提醒，回憶半日未果的物事，終於記了起來，忙走到李三媳婦跟前，比劃道：「何不多砍幾根，做個打穀架，把稻子倒掛在上頭打，豈不比人扶著便宜？」

打穀架甚為簡單，李三媳婦一聽就明白，歡喜應了，趕去追上她家大小子，吩咐他去做。下午再下田忙碌時，因打穀架省了個人力出來，收稻速度快了許多，傍晚時分，林依的這畝田已然收割完畢。

李三瞧著太陽還未落山，便將滿滿兩籮筐穀子使根扁擔擔了，挑到張家去曬。林依收完自家稻子，再沒了興致幫忙，謊稱勞累得緊，隨著李三回到張家。她臥房有扇窗，正對著地壩，遂將窗簾半掩，掇了個凳兒朝窗前坐了，托腮望著自己的那片兒糧食傻笑。

太陽落山時，李三媳婦來收糧，張家人也正好收工回家，任嬸一面收穀子，一面問李三媳婦道：「聽說全村百來戶，就數妳家伙食最好？」

李三媳婦將張家廚房瞧了一眼，道：「哪裡話，怎敢與妳家比。」

任嬸一手攬著簸箕，一手插腰，陰陽怪氣道：「若不是伙食好，怎會叫我家有人吃裡扒外？我張家地裡正缺人手哩，她倒好，跑到別家去幫忙。」

李三家如今是佃農，說不準明年就要租種張家田地，哪裡有底氣來回嘴，李三媳婦低著頭，匆匆將穀子裝好，喚了李三來擔走了。任嬸猶覺不過癮，嘴裡罵個不停，楊嬸極想回兩句，但方氏就站在跟前不言不語，叫她不敢這個口。

林依如今住的是大房的屋，二房趕不得，飯食錢業已把足，口糧扣不得，方氏黔驢技窮，只好尋了這樣個站不住腳的藉口，且還不敢指名道姓，只敢遠遠兒地叫罵。林依瞧著聽著，只覺得好笑，她正準備將窗簾拉起，忽見張仲微將張伯臨拽著，拖到任嬸面前，道：「哥哥，你奶娘這般叫罵，實在沒道理，我們張家都是讀書人，你不能由著她，沒得辱沒了門庭。」

張伯臨對兄弟，向來是有求必應，當即向任嬸道：「妳不曉得我娘不喜吵鬧？張家沒得妳這樣的潑婦，再罵，叫我娘將妳送把別家去。」他比張仲微心眼子多，曉得先將方氏抬得高高的，果然，方氏被他這話堵著，只得不情不願開口，責備任嬸道：「妳消停些，趕緊收糧。」

任嬸雖挨了訓，卻曉得自己討了方氏喜歡，臉上絲毫不見狼狽，端著簸箕，將背挺得直直的。楊嬸暗地裡朝張伯臨豎了豎大拇指，指了指他，又指了指張仲微，意為叫張仲微向他學著點。

林依倚在窗前，嘴角啜著笑，彷彿看一出熱鬧劇碼，主題與自己無關。張仲微的目光朝這邊投來，她忙閃身躲進簾後，直到瞧見地壩上無人，才走了出去，到廚房拎水洗澡。

過了幾日，糧食曬乾，李三來稱過，比預期的兩石還多了三、四斗。林依裝著幫忙，親眼瞧著他將糧食送去了城裡，隔日便起了大早，去見丁牙儈。

丁牙儈見著她，笑道：「妳還真是手腳快，我昨日才把李三擔來的糧食賣了，今日妳就到了。」

林依接了交子，一張張數著，笑道：「我姑姑正缺錢使，催著我來，沒得辦法。」賣糧的錢，一共一萬零三百五十文，她默算會子，福身道：「多謝丁牙儈，這糧食賣的是最高價哩。」

丁牙儈將一包留種的稻穀遞與她，擺手道：「舉手之勞，何足掛齒，往後還要靠妳多照顧生意。」林依接了，又數出一百文錢，請他轉交李三作工錢，再將交子疊好，藏進懷裡，又將零散鐵錢使個破爛布袋子裝了，準備離去，丁牙儈卻喚住她問道：「妳姑姑不用繳秋稅嗎，怎地不留點子糧食？」

林依回頭一笑，答道：「今年豐收，糧價馬上就要降了，待到繳稅時，再來街上買。」

這行情，丁牙儈也有預料，因此才先替她將糧食賣了，但聽得這番見解從個女孩兒口中講出，難免驚訝。林依瞧見他臉上神色，忙將此事推到她「姑姑」身上，這才混了過去。

林依帶著「巨款」回到張家，栓門藏錢，鋪紙記帳。今日糧錢，加上往日積蓄，總計一萬一千八百餘錢，她提筆算了算，一年的飯食錢，須得四千八百文，開春後還得買農具，加上日常用度，至少需留足六千文；再還掉一部分欠債，手頭所剩無幾。

這般下去，不是辦法，開源還是節流？按說住在鄉下，沒得拿現錢吃飯的道理，但她現下自己沒得廚房，就算有米菜，也無法做得飯，節流一項行不通。開流，繼續做活計十文十文地賺？林依堅決搖了搖頭，她托腮苦思冥想，忽地一拍腦袋，真真是遠的想得到，近在眼前的卻沒瞧見，自己不是還有一畝地，怎能由它空到明年春天去。她那世村中，家家戶戶都是收完稻子種青菜，待到十月裡，再種冬小麥，雖是穿越了，氣候土質卻無甚變化，那世能種，這裡定然也能種。

林依越想越覺得有奔頭，隔日就去地裡施了底肥，謀來白菘種子撒了。她專心致志幹活兒，不曾留意，任嬸自她從茅廁裡擔農肥起，就一路尾隨在後，待她種完白菘回到張家，馬上被方氏叫了去。

方氏自家務農，卻嫌她身上有臭味，只許她遠遠兒站在門口，問道：「那塊地是哪個的？」

林依早已想好說辭，忙道：「我賣絡子掙了幾個錢，又瞧著那塊地現下正空閒，便租了來，種點兒白菘。」

方氏笑起來，向任嬸道：「我還從未聽說過水稻田裡種菘的，真真是奇談。」

任嬸迎合道：「怕是她拿不出下月的飯食錢，缺錢缺慌了。」二人齊聲笑起來，方氏對她一陣冷嘲熱諷，又問道：「妳種白菘我管不著，但偷我家農肥作甚？」

林依沒料到她連兩桶糞肥也要計較，無奈之下，只好將個好處拋與她，道：「二夫人的地，種不種白菘？若是不種，租幾畝與我，再搭些農肥，可好？」

任嬸搶先嘲諷道：「誰與妳一般傻，要種那勞什子。」

方氏沒急著出聲，心道，自家田地，空著也是空著，租把她折騰，能賺幾個錢，何樂而不為；再者，她種得越多，賠得越多，到時兩手空空交不出飯食錢，豈不正遂自己心意？她想到這裡，轉了笑臉出來，道：「我家田留著還有用處，騰不出空來，但妳要賺錢，我哪忍心不助妳，每畝且算作一百文吧，妳要租幾畝？」

她在盤算，林依也在盤算，租種張家田地，本是靈機一動，但細細思量，租田來種卻是好處多多，來年種水稻前，村中田地都是空著，略講一講價，租金定然十分便宜；農閒時節，雇幾個佃農，價錢想來也不貴，通共算下來，賺頭極大。

她臉上笑容，比方氏更盛，討價還價道：「二夫人，我打絡子不易，錢不多，只出得起五十文錢，妳若願意，我將妳家百畝地，盡數租下。」

每畝五十文，百來畝地至少能收入五千文，但張家今年糧食賣了不少錢，方氏不缺錢使，就想要高價，咬定一百文不鬆口。林依也不多話，轉身就走，她越想越覺得租田是個好主意，暗道，反正種白菘一事已讓方氏曉得，索性多租幾畝地，大幹一場。她心裡想著，腳下就沒停，直接向戶長家去，走到半道，卻又思忖，私下租地，若是到時他們瞧見賺頭來反悔，怎辦，還是尋牙儈，辦個合法手續的好。

她抬頭瞧了瞧天色，離日頭下山還早，便轉了個方向，直奔城中，來尋丁牙儈，玩笑道：「昨日你才說要我照顧生意，今日就與你送來了。」

丁牙儈笑問：「妳姑姑還要買什麼，不是我誇口，只要她想得到，我就與她買得到。」

林依答道：「我姑姑想租幾畝地，雇幾個人來種。」

丁牙儈臉上現出疑惑，奇道：「這時節租地做什麼？」

林依笑道：「容我先賣個關子，待得你再去我們村子，便曉得了。」

丁牙儈久做中人，知曉進退，見她不願開口，也便罷了。待林依付過中人費，丁牙儈又遞過一張紙，讓她付個訂金，再拿回去請她姑姑簽名。林依暗忖，租契不同地契，乃是一式兩份，到時村中熟人見到契紙上「林依」二字，哪有不傳的，與其讓丁牙儈去疑心，不如自己先挑明。

她思及此處，便朝丁牙儈一笑，問他要了筆，從容簽下「林依」二字。不料丁牙儈見多識廣，絲毫不以為怪，了然一笑之後，反關心她道：「妳租地耕種，若賠了本倒還罷了，要是真賺了錢，不怕人人都來擾？」

林依苦笑道：「怕，我現下就在心慌。」

丁牙儈奇道：「那妳還租？」

林依抬頭道：「被人算計死，總比餓死強。」她來時路上就已橫下了心，橫豎是沒得出路，與其畏畏縮縮遭人欺負死，餓肚子餓死，不如先摟些錢在懷，享受幾日衣食無憂的生活，再來操心旁的煩惱事。

她決心已定，步子格外有力，昂首挺胸回家，不料才到家門口，就聽得任嬸喚她道：「林三娘，二夫人喚妳。」

林依走進方氏臥房，只見她一手按紙，一手提筆，似在算帳。她略站了站，沒等方氏抬頭，便問道：「二夫人尋我何事？」

方氏抬頭，筆尖仍未離紙，道：「咱們先前談的價錢，還可以商量，算妳每畝七十五文，可好？」

林依既已委託了丁牙儈，懶怠理她，嘟囔道：「我只出得起五十文，哪有多的拿出來。」她哭了窮，方氏不好逼她，待要降價，又捨不得，不甘不願地放她去了。

沒出幾日，丁牙儈將事情辦妥，託人捎帶消息來，請了林依進城，把一遝租地契紙遞與她簽名兒，道：「村裡的田都空著，聽說有人租，差不多都是肯的，但妳本錢不多，又還得留錢買農肥，因此只替妳租了一百畝，依的就是妳出的價，每畝五十文，直租到來年三、四月間；我與他們講的都是活話，妳若嫌多，退些也不妨。」

林依早就算過帳，就照著張家白菘地的產量，勤些施肥，一畝地至少能產兩千斤白菘，按每斤兩文錢算，毛利四千文。照這般，成本並不難收回，林依似乎能聽見鐵板兒叮噹作響，忙道：「一百畝我全要了。」她運筆如飛，一會兒功夫就將數十張契紙全部簽好，又問：「我沒雇過菜農，如何把工錢，還要請教丁牙儈。」

丁牙儈道：「我已替妳物色了幾個又會種菜，人又老實的，講的是三七分成，妳看使不使得。」

三七分成，乃是佃農種糧分成的老規矩，林依接過名單一一看了，點頭道：「使得，我信得過丁牙儈，就是這幾個人。」她掏出會子，將租地的錢付清，又向丁牙儈打聽了一家誠信的種子鋪，將白菘、豇豆、黃瓜等種子各買了幾包。待到她回到村中，還未到家，先被戶長娘子拉了去，問她道：「三娘子，妳租那許多地作甚？」

林依揚了揚手裡的種子，答道：「種點子白菘。」

戶長娘子聞言，反應同方氏如出一轍，雖未出言嘲諷，卻是滿臉懷疑之色，還好心勸她道：「三娘子，我曉得妳急著用錢，可也別拿種地當兒戲，虧了本怎辦？妳欠我家的錢，遲些還沒得事，莫要著急上火……」

林依不願深談，打斷她道：「我還沒謝妳將地租我哩，不留幾畝也種幾棵？」

戶長娘子連連搖頭：「我多大人了，可不學妳鬧著玩。」

林依笑了笑，稱家中還有事，與她別過。

張家院門口，任嬸正在專程候林依，見她進來，幾步上前，質問她道：「咱們家的米，白把妳吃了？寧肯租別家的地，也不租我們家的。」

林依懶得與她爭辯，道：「去跟二夫人講，五十文一畝，若是願意，就去城中尋丁牙儈。」

她態度一強硬，任嬸反倒膽怯，嘴也不敢回，逕直去方氏跟前，將她意思轉達。方氏不甘心，親自到林依房中，先問：「聽說妳租了不少地，哪裡來的錢，打絡子掙得了那許多？」

林依如今不是白吃白住，懶怠理她，隨口編了個理由：「城中借了高利貸。」

這般胡謅的藉口，方氏居然信了，且暗暗竊喜，望她種菜失敗，欠上一屁股債。她存心想要林依多欠幾個，便道：「妳住著張家的屋，吃著張家的米，多出幾個錢不應該？」

林依暗道，屋是楊氏的，飯食錢不曾欠，虧妳好意思將這話講出口。她裝了副為難模樣，道：「非是我不願意，只是里正與戶長，都只賺了五十文，若是妳家把多了，豈不是擺明讓他們吃虧，萬一向我追討差價，那可吃不消。」

方氏不甘心，出主意道：「咱們悄悄兒地辦，不叫他們曉得。」

林依不耐煩道：「二夫人，我這可是加了官府印信的紅契，妳要不讓別個曉得也行，牙儈的封口費，妳出。」

方氏還真把這敷衍的話聽了進去，默默算了算，發現是個虧帳，垮了一張臉，起身回房。

不出一會兒，任嬸過來，站在門邊道：「五十文就五十文，一百二十畝地，都租與妳。」

林依卻道：「已租了不少，實在不差這幾畝，不過既是二夫人要求，少不得要給面子，貼錢租下來。」

任嬸氣哼哼地去了，到方氏面前將話轉述，方氏要賺林依這幾個錢，能把她怎樣，心裡添的幾分氣，反撒到任嬸身上，令她叫苦不迭。

種菜比種糧簡單許多，第二日，林依聚齊雇農，將種子分發完，即日就開工，只兩日功夫，兩百二十畝地盡數種完。她每日早中晚都到田邊巡視一回，細細叮囑雇工們小心看守，一是防著病蟲害，二是防著有人存心搗亂。她卻是多慮了，工錢既是三七分，菜種得越好，雇工們賺的錢越多，且又是農閒時分，他們除了種菜，沒得別的活兒做，每日恨不得蹲在菜地裡，根本不消人吩咐。

林依怎麼也沒想到，她租種張家田地這件事，在大房一家自成都府回來後，引起了軒然大波，直接成為大房二房爭奪田產的導火索。

八月中旬，大房幾口人趕回家來過中秋節，還在路上時，便聽人講了林依租地一事。待得落屋，張棟與楊氏，齊齊來尋二房兩口子，一個問：「咱們家的地，全租出去了？」另一個緊接著：「一畝只租得五十文？」

這兩句責問，張梁聽到還罷了，方氏卻是滿心不悅，想要回嘴，又怕張梁的板凳，只得忍氣吞聲擠出個「是」字來。

張棟聽了這回答，頓足道：「無知，愚蠢，我雖未聽說稻田裡種菜蔬，但福建與蘇杭那邊，七、八月收完稻子，十月裡就是要接著種冬麥的，我還想著趕回來知會你們，將地留到十月去，誰曾想全租出去了，真是好事叫別個占全了。」

方氏暗道，若是有心，離家前怎地不說，事後責備人，算什麼本事。她抬眼瞧了瞧張梁，見他並沒有反駁的意思，只好將話強嚥了回去。

楊氏瞧他兩口子都不作聲，就把考慮已久的話講了出來，道：「過年前把家分了吧。」

張梁聞言一驚，心道，大哥你不是講過不要家產等語的？他自詡讀書人，不好意思將這話講出來，只拿一雙眼睛瞧張棟。

張棟卻避開了他的目光，以手攥拳湊到嘴邊咳嗽兩聲兒，道：「你侄子瞧病，花了不少錢，成都府郎中的藥費，現如今還欠著，往後走，不知還要花多少，我現下丁憂在家，沒得進帳，只能指望爹留下的那幾畝田了。」

方氏再忍不住，搶在張梁前頭道：「田間事務，你們從來不管，就是今年收稻子時，你們在哪裡，只有我們二房一家從早忙到晚。」

她這責備，卻讓楊氏得了提醒，道：「稻穀也有大房一半，咱們付工錢。」

爭田爭糧，不是張棟本願，實在是虧空太大，支撐不下來了，他將張梁拉到一旁，歉意道：「待得出仕有俸祿拿，還將田還你。」

一半的田地實在太多，張梁捨不得，又不願與張棟把關係鬧僵，為難道：「大哥，我們二房人多，多分幾畝，可使得？」

張棟正要點頭，楊氏把他拽到一旁，道：「三郎每日須得參湯養著，能多一文錢也是好的，咱們可只有這一個兒。」

這話聲量不小，張棟料得張梁也聽見，回頭面露歉意，勉強一笑：「二弟，看在你侄兒面上。」

張梁左右為難，不知如何作答，方氏替他解憂道：「大哥，非是我們不願意，只是你兩個侄兒，再過兩年就要赴京趕考，路途遙遠，那許多盤纏，指望著從田裡出來哩。」

張梁覺著她這一番話講得極好，連連點頭。張棟還要再講，楊氏卻將他袖子扯了一扯，道：「再爭無宜，明兒再說吧。」

二人回到房中，張棟猶自長嗟短嘆，又是為兒子的病發愁，又是覺著同兄弟爭奪田產，過意不去。楊氏與他夫妻多年，最是明白他心思，斟了杯茶遞到他手裡，出主意道：「田是爹留下的祖產，本就該有咱們一份，算不得搶奪。你若覺著難辦，明日我去請里正來判，他說該分咱們多少，就是多少，絕不二話，如何？」

張棟想了一想，覺著這主意真不錯，歡喜讚道：「夫人高明。」

楊氏一笑，上前與他寬衣，二人同枕睡了。第二日，張棟親自去請了里正來，叫他做個評判人。張梁兩口子見里正來家，有些心慌，到底祖產兄弟平分乃是規矩，他們想多分一成，站不住理。方氏趕緊喚了楊嬸下廚，整治了一桌好酒席來，請里正朝上席上坐了。

伍之章　純情愣二少

里正吃著酒，極是為難，這兩兄弟的心思，他都明瞭，張棟要求祖產平分，合乎規矩，沒得說道，但張梁離得近，往後田間地頭，須得相互幫忙的地方多著呢，不想個法子偏他幾分，說不過去。他左一杯又一杯，將那一壺酒吃乾，帶著些醉意向張棟道：「祖產平分，合乎規矩，就算鬧到官府，也是這樣分法，沒得說道，不過你兄弟在家，擔得更多，那幾畝地，若不是他一家日日忙碌，指不定早荒了，是也不是？」

這是大實話，張棟與楊氏都齊齊點頭。里正接著道：「依我看，今年收下的糧食，全歸二房，只當大房謝禮，如何？」

這話講得漂亮，大房失了糧，二房卻得承情，張棟兩口子又點了點頭。里正見他們通情達理，笑容滿面，帶領眾人下到地裡，重新丈量田地，共一百二十餘畝，按著上中下三等搭配平分，兩房各分了六十餘畝。

張棟與張梁講了些客氣話，攔了楊氏，陪著里正離去。

方氏傷心至極，坐在田埂上不肯走，道：「咱們家上下六口人，只得六十畝地，不知養不養得活。」

張梁亦是心疼，安慰她道：「且忍忍吧，省著點過，待得兒子們中舉做了官，就有奔頭了。」

科考兩年後才開，方氏想不到那麼遠，只惦記著眼前日子不好過，抱怨道：「我隨嫁田百餘畝，因你每回科考都要去趕場，為湊盤纏，陸陸續續將幾十畝好水田都賣了，剩下的一半全是旱地，不然倒還好過。」

張梁好容易給她點子好臉色，卻聽她講出這番話來，直覺得男人面子盡失，氣得撇下她，轉身就走。

方氏見他惱了，趕緊追上去，講了一路好話，還是沒換來他的笑臉。二人一前一後到家，卻發現里正未走，仍端坐堂屋中，張棟見他們回來，面露尷尬神色，張了張口，欲言又止，經楊氏扯了兩回袖子，才出聲道：「二弟，里正好不容易來一回，不如將這屋子，也一併分了，免得他再跑一趟。」

張粱吃驚，方氏惱怒，雙雙站定在門口，忘了落座。里正略曉得些張家事體，見他這般，就將院中讀書的張伯臨張仲微兄弟指了指，笑道：「他們兄弟倆倒是和睦，書又念得好，來日高中，可別忘了叫我來吃一杯酒。」

張粱聽了這話，終於回神，將手伸到方氏後背處拍了一掌，低聲道：「莫得罪大哥，壞了兒子們前程。」

方氏一股子怨氣無處發洩，轉身欲走，又怕自己不在，好屋子全讓大房分了去，猶豫再三，還是側身往桌邊坐了，氣鼓鼓地道：「分就分，一排正房，一人一半，堂屋中間砌牆，三間存糧的屋子，廚房，茅廁歸我們，其餘的與大哥大嫂。」

這樣分法，乍一聽挺公平，仔細一想，卻大有貓膩，正房倒還罷了，三間糧倉是耳房偏房中最大的三間，需特別佈置的廚房茅廁也叫他們分了去，相當於大房只分得了幾間小空屋。

楊氏自許是朝廷命婦，不願與她爭這些個小物事，與張棟交換一個眼神，點頭同意下來。方氏覺著終於爭贏了一回，興高采烈起身，親自去廚下治酒，留里正晚上吃飯。張棟張粱兄弟二人，花了兩日功夫，將各項手續交割完畢，楊氏則趁這兩天，請了泥瓦匠來，砌灶台，挖茅廁，將廚房設在了二房廚房斜對面，茅廁則與他們的緊挨著。

兩房人馬搬屋的搬屋，挪家什的挪家什，忙碌三五日，終於將各項事宜全辦妥，從此一家人變作兩家人，各過各的小日子。

林依被吵鬧了好幾日，終於得了清閒，美美睡了一覺起來，到院子裡散步，晃到並排兩間茅廁前頭，不禁莞爾一笑，這家還真是分得徹底，往後地裡的農肥，得分別向兩家買了。

她踱到楊氏臥房前，問守門的流霞道：「大夫人在？」

流霞點頭，進去通報了一聲兒，掀簾兒請她進去。林依行過禮，抬頭打量，屋內佈置，與楊氏先前所住別有不同，桌上鋪了桌布，一隻小香爐冉冉生煙，旁邊擱著一串佛珠，待她坐下，發現椅子上都細心搭了布墊子，以防秋日椅涼。

楊氏當她是個客，叫流霞端了茶來，笑道：「這些物事，先前準備擺出來，卻又只有一份，擔心二房說道，如今分了家，再不怕了。」

林依吃不慣茶餅子熬的茶，略嘗嘗做了個樣子便放下，問道：「我看大夫人新砌了灶台，是要單獨開伙？」

楊氏讓流霞把自己面前的一碟子點心端到林依那邊去，答道：「既是分了家，自然是各吃各的。」

林依笑道：「我住在大夫人這邊，卻是在二夫人那裡吃飯，好不方便，不如自下個月起，我將飯食錢交與大夫人，占大夫人一個便宜？」

楊氏點頭應了，笑道：「妳又不是不把錢，休講這等話。」

林依講完事情，起身欲告辭，楊氏卻留她道：「我正愁無人說話兒，三娘子若是無事，陪我聊幾句？」

林依覺著她比方氏和藹可親許多，講話也不累人，便點頭笑道：「我哪有什麼事，天天作耍，只怕談吐入不了大夫人的眼，嫌我粗鄙。」

流霞插嘴道：「只這兩句，就顯見得會講話了。」

楊氏笑起來，問她點心好不好吃，又叫流霞取了成都府帶來的橘子與她，林依也不客氣，剝了皮，一面吃，一面與楊氏閒話。聊了一時，楊氏似隨口提起，問道：「聽聞三娘子租了好些地，每畝只需五十文錢？」

林依心跳快了一拍，她租得的張家田地裡，如今有一半是大房的，難道楊氏想要提價？若是別個來講這話，她是不怕的，加了官府印信的契紙，豈是說改就改的，只是楊氏白與了她一間屋住，不給幾分面子，講不過去。

她琢磨一時，答道：「大夫人說笑了，五十文錢別個哪肯租把我——凡是租了地與我的人家，我都要高價買他幾擔農肥，算起來每畝七十文不止了。」

楊氏驚訝道：「妳哪裡來的那麼些錢？」

林依笑道：「租地的錢是借的，至於農肥錢——大夫人是聰敏人，我也不瞞妳，農肥錢又沒寫在契紙上，我都是先欠著，待得菜熟上市賺了錢，再來結帳。」

楊氏好生將她打量一番，感嘆道：「我看妳才是聰敏人，小小年紀，竟有這份見識，如此膽量。」

林依苦笑道：「什麼見識膽量的，皆因逼出來的，橫豎是個死，不如搏一場。」

楊氏卻搖頭：「餓死的大有人在，有幾個想得出妳這法子？」

林依忙道：「我也不過是試試罷了，能不能成還兩說呢。」她怕楊氏繼續問下去，趕忙轉了話題，道：「今後少不得也要向大夫人買幾擔農肥，價錢與別家一樣。」

楊氏通透之人，聞言便不再問，只道：「不買也使得，我誠心留妳坐坐，倒像問妳要錢似的。」

林依心道，這位大夫人講話，也算中聽的，往後在她家搭伙，想必要好過許多。她與楊氏又聊了幾句，見她面露倦態，便辭了出來，朝方氏屋裡去。方氏面前擺著筆墨，正在紙上寫寫畫畫，兩道眉毛皺成了山峰，林依笑問：「二夫人又在算帳？」

方氏聽見問話，抬頭道：「妳來得正好，我家糧食短了，往後飯食錢要加價。」

林依故意道：「糧價不是在降嗎，飯食錢怎麼反要漲？」

二房少了一半的田地，方氏算帳算得正心煩氣躁，不耐煩道：「我說漲就漲，妳愛吃不吃。」

林依順著她的話道：「那就不吃吧。」說完轉身就走。方氏見她反應如此乾脆俐落，愣道：「妳不吃飯，要成仙？」

林依站在門口，回頭笑道：「我凡夫俗子一個，哪能不吃飯，大夫人家不是單獨開了伙，我上她家吃去。」

方氏摔了筆，呼地站起身來，罵道：「妳個忘恩……」

「大夫人早就邀過我，被我給推了，今日乃是二夫人趕我走，才作了如此打算，怨不得我。」林依不待她罵完，出言打斷，說完，頭也不回地朝大房那邊去了。

方氏氣得不輕，轉頭罵任嬸：「妳出的餿主意，這下可好，白丟了四百文。」

任嬸頭一回受這樣重的責罵，自覺丟了老臉，縮到牆角不敢作聲。方氏罵了好一氣，直到口乾舌燥才消停。任嬸一瞧見她臉色稍霽，又上前進言，道：「林三娘以前在二夫人面前，哪敢講個不字，自從大夫人來家，她就硬氣起來了。這回飯食錢一事，肯定也是大夫人唆使的。」

方氏覺著此話有理，但想起張梁的叮囑，想起兩個兒子的前程，還是斥責了任嬸幾句，命她不可再提。

中秋過後個把月，張三郎病重，楊氏四處問人借錢，重金購買千年老參，張梁得知後，與方氏商量，二房拿錢出來買一支整的，送與大房去。方氏緊攥錢匣鑰匙，堅決不同意，道：「人參得多少錢，犯不著為了侄兒把給親兒備的錢花掉，再說成都府郎中都說他沒幾日活頭了，還花這冤枉錢作甚。」

張梁心內也是猶豫，因此不曾硬搶，與她磨了三五日，還沒等磨出結果，大房那邊傳來消息，張三郎去了。張梁望著院門口又掛白，將罪過全推到方氏身上，劈頭蓋臉罵了一通。方氏又恨又委屈，告了個身子不爽利，自己躲在房內不說，還不許兩個奶娘去幫忙。

張棟中年失子，悲痛難忍，一夜之間鬚髮白了大半，楊氏成日以淚洗面，悶在房內茶飯不思。兩位主人沉於哀傷主不了事，方氏又不搭把手，雖有張梁與兩個兒子忙前忙後，但他們向來都是不理事的，往往是越幫越忙。張老太爺去世時，林依幫著料理過，還記著些規矩，加之張三郎是小輩，又無後，喪事簡單許多，她惦記著楊氏免費與她屋住的恩情，主動前往幫忙，無形中竟挑起了大樑，指揮上下幾個人，將各項事務打點得妥妥當當。

待得喪事辦完，流霞去向楊氏稟報，讚道：「林三娘好個能幹人，我看三少夫人都比不過她。」

楊氏臉上老態盡顯，疲憊道：「她大字不識，拿什麼與林三娘比，我興興頭頭娶她進門與三郎作正室，巴望她能沖喜，到頭來還是一場空。」人已逝，多講也無益，楊氏雙手捂臉，又落起淚來，流霞正要勸些「節哀」的話，楊氏卻自取帕子抹了淚，吩咐道：「雖是白事，也不可失了禮數，去尋一樣過得去的物事，送與林三娘。」

流霞聽命，取了鑰匙去開箱，翻來翻去，卻連一匹整布都翻不出來，好容易尋出只小瓶兒，捧到楊氏面前，道：「送與林三娘插個花兒？」

楊氏連連搖頭：「平常送禮還罷了，這是正經謝禮，怎可送不值錢的玩物。」

流霞怕她傷心，不敢講箱中空空如也，只得裝了樣子又去翻尋，楊氏自個兒悟過來，勉強起身去瞧，見值錢之物一樣也無，這才記起，為了張三郎的病，他們大房已是欠了一堆債，能當的都當了，哪裡還拿得出像樣的謝禮來。

流霞瞧她臉色不好，忙扶了她重新坐下，安慰道：「咱們如今有地，來年細細耕種，待收了糧食就好過了。」

楊氏指了指林依臥房，道：「眼下怎辦？」

流霞道：「林三娘不是那樣的人，大夫人還沒收她租屋的錢哩。」

楊氏沉吟片刻，嘆道：「罷了，外債還未還清，先將這人情欠著吧。」說完，遣了流霞過去，代她謝過林依。

流霞走到林依屋裡，將楊氏謝意轉達，又爬下磕了個頭，林依頭一回受人跪拜，不由自主想去攙她，想了一想，還是將這不符合社會潮流的想法壓下，端坐受了這禮，再才與之閒話，問道：「三少爺走前吃了好幾支人參，花費不少吧？」

流霞一愣，道：「三娘子真是神機妙算，我們大夫人才剛為錢財俗事煩惱呢。」

林依有心，將此話記下，暗忖，田裡的菜轉眼將熟，待得賣了錢，助楊氏一把。

九月下旬，先種的一畝白菘熟了，林依聽得佃農來報，即刻動身去城中，還尋丁牙儈，笑道：「託你的福，白菘收了幾斤，我沒得功夫天天進城來賣，勞煩你幫著尋個收菜人。」

丁牙儈先謝了她再次照顧生意，只收了一半中人費，幫她尋了個可靠的收菜老闆，談好每兩斤白菘五文錢。這價錢比林依設想的還要高，她喜出望外，向丁牙儈謝了又謝。

丁牙儈卻道：「妳莫高興太早，這才頭一回，因此價格高些，等到妳再運來，白菘太多，可就賣不了好價錢了。」

過不了幾日，林依還要來麻煩他，因此也不隱瞞，笑道：「兩百畝地，頂多有三畝相同的，我把能種的品種，全給種了，想來價壓不了哪裡去。」

丁牙儈面露訝然，進而顯出佩服神色，林依與他打過多次交道，曉得他要講什麼，忙先出聲道：「我生在鄉間，長在鄉間，種菜要多種幾種，這般簡單道理，自然是明白的。」

她雖如此說，丁牙儈還是由衷讚道：「難為妳怎麼想得來。」

林依謙虛了幾句，問過收貨地點，便起身辭去，走到街上，尋了家文籍書店，買了幾本農書，帶回家去看。

第二日收菜，引來無數人圍觀，林依親自到田間督陣，瞧著幾個佃農將白菘過秤。戶長娘子豔羡不已，後悔道：「當初我還笑話妳，不曾想賺了大錢。」

田埂上無數人在，林依忙藏拙道：「幾株白菘而已，能值幾個錢。」

旁邊有那別有用心的，就嚷嚷道：「好肥的白菘，撿棵家去，正好晚上無菜下飯。」

佃農們擔心分成變少，自然是不肯，然而人數懸殊，哪裡攔得住，眼見得那手腳快的，已跳下田去了。林依面色急變，鄉間是有不成文的規矩，但凡收了菜採了果，要挨家挨戶送幾個，但此時人極多，若是一人採一棵，那這菜乾脆就不要賣了。大秋天裡，她急得出了一身汗，忙向戶長娘子投去求救目光，然而後者正在為自個兒目光短淺而懊惱，根本沒瞧見，她正要走去明說，忽聽得田間傳來一聲痛呼，轉頭一看，那偷拿白菘之人捂著手，原地跳個不停，口中大罵：「張仲微，虧你還是個讀書人，竟操傢伙打人。」

張仲微手執一根長門栓，攔在田間，不許偷菜人過去，大聲反駁道：「你拿菜不經主人允許，那叫『偷』。」

他年紀不大，個子卻高，手裡又有「武器」，那人怕再挨打，不敢繼續朝前走，罵罵咧咧道：「又不是你家田，多管閒事。」

張仲微極想說，這是我未過門媳婦的田，卻又不好意思開口，紅著臉將林依看了一眼，兀自橫著門栓站立不動。有一佃農走過來，將偷菜人掉落在地的白菘拾了去，道：「林三娘無父無母，全仗這畝菜過生活，你們這許多人，一人拿一棵，還叫不叫人活命了？」

他這話講得有理，邊上有那明白人，連連點頭，另幾個佃農趁機又道：「咱們都是苦哈哈，替人種菜，賺幾個辛苦錢，各位都是鄉里鄉親，與咱們留條活路吧，家裡上有老下有小哩。」

大多人都是吃軟不吃硬，見他們有求饒之意，都道：「罷了，誰也不容易，自家又不是沒菜吃，何苦拿他們的。」

林依見圍觀之人漸漸散去，緊繃的神經猛一鬆，腿一軟，竟跌坐到田埂上。

張仲微拎著門栓跳上來，關切問道：「怎地了？我扶妳回去？」

林依避開他伸出的手，自個兒爬了起來，又是感激，又是抱歉：「多謝你相助，又要累你受罰了。」

張仲微不解，奇道：「這話怎講？」

林依朝張家方向努了努嘴，道：「方才任嬸就在人群中，定是全瞧了去，傳到你娘耳裡，能不罰你？」

張仲微面色絲毫沒改，滿不在乎道：「罰就罰，我不怕。」

林依氣他老實，跺腳道：「你好歹也生個心眼兒，若是再罰跪，無人時就歇一歇。」

張仲微認定她是在關心自己，喜笑顏開，老老實實應了一聲：「哎。」

林依哭笑不得，趕他道：「趕緊回去吧，耽誤越久，罰得越重。」說完丟下他，自走到另一邊去督工。一佃農見她過來，上前詢問：「擔心一天賣不完，只收了小半，先拖去城裡，賣完再收？」

林依笑道：「不必，全收了，城中自有人買。」待得一畝菜收完裝車，她親自押到城中，尋到收菜人，盡數賣了。幾個佃農當場就領到了工錢，喜不自禁：「咱們還擔心這多菜賣不完要爛掉，不想林三娘好本事，眨眼功夫錢就到手。」

林依道：「整賣不比零賣價高，你們不介意才好。」

佃農們連連搖頭，道：「還有那麼些菜未熟，忙的日子在後頭，哪有閒工夫來賣菜，如此甚好。」

林依笑道：「我也是這般著想。」

賣完菜，幾人高高興興回村，佃農們還車的還車，下田的下田，林依囑咐了幾句，自回家關窗栓門，躲起來算帳。這畝地共產兩千三百斤白菘，每兩斤五文錢，共計五千七百五十文，除去中人費與佃農工錢，尚餘三千九百余文。她多年寄居習慣，不愛手頭留太多錢，加之應急錢還未動，便將這三千多錢全拿去還了部分欠款。

照這般下去，債務很快就能還清，還能有不少結餘，林依心情愉快，秤來兩斤瓜子兒，拿去廚房炒了，自己留下半斤，半斤送楊氏，半斤送田氏，還剩的半斤，裝了一袋兒，拎去與楊嬸：「帶回去與孫女兒。」

楊嬸謝了她，欣慰道：「妳跟著大房，倒還好些，換做二夫人，豈會白費柴火與妳炒瓜子。」說完開了袋子，抓出一把遞與林依，二人坐在屋前就嗑起來。平常過年才有這些炒貨吃，楊嬸一氣嗑了一大捧，才意猶未盡地將袋子紮起，笑道：「留著些，不然回去沒得了。」

林依道：「什麼好物事，趕明兒再炒。」

楊嬸笑話她道：「怎麼，菜地賺了錢，財大氣粗起來。」

林依拿了片瓜子殼丟她，笑道：「也就是妳，別個看我給不給。」

一老一少玩鬧一時，忽見方氏在房前晃了一下兒，林依記起那日田間之事，忙問：「二少爺這幾日沒被二夫人罰？」

楊嬸聽她不叫「仲微」，改稱「二少爺」，曉得她是故意疏遠，不由得先嘆了口氣，再才回道：「妳指二少爺在田間為妳出頭一事？二夫人哪裡顧得上這些，只恨盯不住二老爺呢。」

林依奇道：「二老爺怎地了？」

楊嬸朝正房那邊瞅了一眼，壓低聲音道：「妳每日在菜地裡忙，竟是不曉得？二老爺見天兒地朝村東頭跑，任人攔都攔不住。」

原來今年豐收之年，家家戶戶都賺了幾個錢，便有牙儈瞧準了鄉間商機，帶了一車人口到村中販賣，那些插草標的人中，有男有女，有老有少，但卻是年輕女孩兒居多，因此勾得久無妾室的張梁，忍不住朝那邊跑。

林依聽完，更是驚訝了幾分，問道：「二老爺去瞧女孩兒作甚，難不成想納妾？他可是正守著孝呢，家中不能辦喜事。」

楊嬸撇嘴道：「誰曉得，乾過眼癮也不定。」她見院中無事，索性拉了林依起來，道：「咱們也去瞧瞧熱鬧。」

田間菜未熟，林依正無事，於是點頭，隨她去了。到了村東頭一瞧，好個熱鬧景象，黑壓壓一片，全是男人們，個個瞧得津津有味，時不時還指點幾下。林依挨著瞧去，里正、戶長、張梁……村中稍有些錢的，都位列其中，她將楊嬸扯了一把，問道：「怎地不見有女人來瞧？」

楊嬸笑道：「家中錢財，都在女人手裡掌著，她們不來，男人怎麼買人？」

林依想了想，明白過來，也笑道：「原來個個都長了心眼子。」

她倆在旁邊講話，正巧被戶長聽了去，打趣張梁道：「你家娘子捏著錢還不放心，派了奶娘來盯梢。」

里正昨日才買了個十來歲的女孩兒回去做小，聞言也來笑話張梁：「怪不得張二夫人不來揪你回家，原來怕來了，被你討錢買人。」

張梁面紅耳赤，辯道：「我正居喪，豈可買妾，莫要瞎說。」

戶長與里正擠眉弄眼，笑道：「哪個叫你買妾，咱們明明講的是丫鬟。」一眾男人哄堂大笑，個個來望張梁，張梁面兒上下不來，走到被賣的幾個女孩兒跟前，挑了個最水靈的，中氣十足地衝牙儈喊道：「這個丫頭，我要了。」

楊嬸在旁雙手合十，念道：「阿彌陀佛，又糟蹋一個。」

林依踮腳瞧那女孩兒，年紀比她大不了多少，不禁皺眉道：「楊嬸，妳不攔著些？」楊嬸得了提醒，連忙擠進人群，扯住張梁袖子，勸道：「二老爺，二夫人才抱怨家裡短錢使，莫要再朝家裡添人了，添張口，多費幾多糧食……」

林依眼一閉，這話勸的可不高明，再睜眼時，果見張梁氣憤伸手，將楊嬸推了個踉蹌，嚷嚷道：「一個下人，胡言亂語。」周圍有人在笑話張家無錢，更是讓他著惱，血湧上頭，一時激憤，竟又挑出三個來，道：「四個丫頭，咱張家男人，一人配個丫頭，正好。」

楊嬸一驚，忙要再勸，卻又被推了一下，跌倒在地，她老胳膊老腿兒，不敢再上前，只好眼睜睜瞧著張梁帶著四個丫頭和牙儈朝張家去了。林依擠進人群，將楊嬸攙了出來，關切問道：「摔到哪兒了，可要看遊醫？」

楊嬸搖頭道：「無妨，哪有那樣嬌氣。二老爺往家裡去了哩，二夫人定要發脾氣，咱們趕緊回去看看。」

林依扶著她朝前走，卻將腳步放慢了，道：「咱們不去觸這霉頭，待二夫人發過脾氣再進去。」楊嬸摸著還隱隱作痛的胳膊肘，點頭依了她，二人慢吞吞行至張家門首，只在院門外躲著不進去。

張梁已將人帶至方氏跟前，方氏站在堂屋門口聽他講了緣故，並未吵鬧，但卻強拗著不付錢，牙儈見狀，只好到張梁身後，將那四個丫頭拉了過來，道：「既是把不起錢，我再帶回去，戶長說還要挑一個哩，莫耽誤了我的生意。」

張梁方才就是被激著一氣挑了四個，這要是又被領回去，豈不是更丟臉，他連忙大步邁過去，攔住牙儈去路，軟聲央道：「且等等，我去取錢。」他方才吼過方氏，無果，這回就換了套路，將她拉至背人處，好聲好氣解釋道：「我瞧妳在家辛苦，送個丫頭來服侍妳而已。妳想想，我還守著孝呢，怎麼納妾？」

這話還算中聽，又還占些理，方氏緩了神色，問道：「服侍我，一個盡夠，你買四個作甚？」

們。」

張梁臉色泛紅，道：「既是丫頭，只有咱們買，顯得小氣，因此我多買了幾個，分與大哥和兒子

兒子是親生，買兩個丫頭使喚，方氏無話講，但聽說還有一個是要送與張棟的，那眉毛就挑了起來。張梁急著叫她掏錢，忙道：「任妳請誰幫個忙，也要送份禮去，兒子們往後還要指望大哥，能不先巴著些？」

每每有事，總是這套說辭，方氏氣惱瞪他一眼，但還是看在兒子分上點頭允了，隨即走下臺階問牙儈：「一個丫頭幾個錢？」

牙儈見張梁說動了她，先暗地豎了豎大拇指，又讚了聲：「這位夫人好賢慧。」再才報了個價錢：「四個丫頭都是容貌出挑，每個一貫錢。」

方氏一瞧那四個丫頭都是貌若春花，心裡一百個不願意，聽了這價錢，更是轉身就走，道：「咱們家一農戶，買了丫頭是要做活的，要她長得好看作甚，且領回去。」

牙儈生怕失了生意，拉了一個丫頭與她瞧，道：「手腳也靈便，最難得的是老實。」

張梁一旁幫腔道：「年紀都只十三四，妳想怎麼調教，就怎麼調教。」

這話方氏愛聽，扯過一個細打量，瞧手腳，瞧眼神，又問了幾句家住何處，為什麼被賣等語，再向牙儈討價還價道：「十來歲的女孩兒，吃的多，力氣卻沒一點子，我買來虧得很，每個兩百文，就買下。」

牙儈愣道：「妳這殺價也太狠了些。」

張梁見方氏把這價還得沒譜，忙道：「各退一步，五百文吧。」

牙儈不大願意，方氏就開始挑毛病，這個手太嫩，那個狐媚子。牙儈聽得急了，道：「狐媚子算什麼毛病，當作妾賣，人人爭著要哩。」

大概是流霞通風報了信，楊氏走出門來，道：「你這女孩兒，除了長得好些，曲兒也不會，舞也不會，哪個大老爺願意買回家去作妾，哄誰呢。」

方氏見她幫自己還價，很是詫異，側頭望了她一眼。牙儈抬頭一看，見楊氏雖著素衣，卻有雍容氣度，她正揣摩如何回嘴，流霞在一旁插話道：「我們大夫人乃是東京人氏，什麼沒見過，你少要搜尋些假話來哄人。」

牙儈被戳中心思，尷尬一笑，不敢再講，就依了張梁的價格，收了兩千文，將四個小丫頭賣與了張家。

因楊氏幫忙還了價，方氏看她順眼許多，就不等她回屋，將個容貌最出眾的丫頭領到她面前，笑道：「大嫂家三口人，卻只一個丫頭服侍，向來諸多不便，咱們特特多買了一個，送與妳使喚。」

楊氏也不推辭，只問：「真個兒送與我？」

方氏點頭：「是。」

楊氏又問：「隨我處置？」

方氏將這丫頭的賣身契遞了過去，笑道：「既是大嫂的丫頭，要打要罵自然隨妳便。」

楊氏接了賣身契，謝過她，道：「弟妹所贈，自然要與幾分顏面，哪能說打就打。」她見方氏面有得色，很有些瞧不起她，垂了眼簾，扶著流霞的手重進屋裡去。

張棟正在桌前看一封昔日同僚來信，見她領了個新丫頭進來，抬頭問道：「哪裡來的？」

楊氏朝椅子上坐了，道：「外頭動靜你竟是沒聽見？二弟領回來，弟妹送的。」

張棟將那丫頭打量幾眼，面露滿意之色，揮手叫流霞領了她下去，再向楊氏打商量：「兒子去了，妳總得讓我留個後，原先那幾個妾，久無生育，賣了也就罷了，這一個，且當丫頭養幾年，待得出了孝，與她開臉放到我屋裡，可好？」

楊氏閉眼想了想那丫頭的容貌，搖頭道：「二十七個月的孝，只剩兩年，那丫頭我剛問過，她才十三歲，再過兩年也只得十五，怕是不好生育哩。再說咱們外債未清，哪來的閒錢多養一口人，不如先轉手賣掉，待得出孝，我另與你挑個好的。」

張棟捨不得，但各方各面考慮一番，還是楊氏的話更在理，轉念一想，反正楊氏在納妾一事上從不攔著他，早納遲納都是一樣，遂道：「依妳，還是喚方才那個牙儈來，免得麻煩。」

楊氏應了，喚進流霞，命她去問林依牙儈何在。流霞去過，回報道：「林三娘講，就在村東頭，圍著一大圈人的就是。」楊氏聞言，便叫她帶著那丫頭，去尋牙儈退掉，流霞領命去了。

那牙儈本不願意，口稱貨已售出，概不退換。但那丫頭容貌上好，不等流霞與他辯解，先被另個有錢老爺瞧上，流霞是個靈活人，便不再提退貨，直接改賣了他人，反倒多賺了五十文，回去報帳，叫楊氏狠誇了幾句。

方氏贈了個最好看的丫頭與大房，擺明了要瞧楊氏笑話，正在房裡偷著樂，卻見任嬸跑進來道：「二夫人，大夫人真是厲害人，轉頭就將妳送的丫頭賣掉了，大老爺吭都不曾吭一聲。」

方氏不信，親自走去楊氏房裡，四面溜一眼，問道：「怎不見新丫頭在大嫂跟前侍候？」

楊氏先道歉，再道：「缸裡沒了米，妳大哥硬要將妳送的丫頭賣掉，我一個沒攔住，只好由他去了。」

方氏將懷疑擺在了臉上，道：「天下男人一個樣，大哥會主動賣丫頭？是大嫂賣的吧？」

楊氏一笑，也不爭辯，回頭喚流霞與二夫人斟茶。方氏見她默認下來，心內佩服大過氣惱，不由自主羨慕道：「大嫂真真好本事，乾淨利索賣了丫頭，還不見大哥抱怨。」

楊氏啜了口茶，嘆氣道：「遲早是要納的，總要續香火。」嘆完又勸方氏：「我是為了子嗣，無可奈何，妳有兒有女，由著二弟買個丫頭來家作甚，若真是缺人做活，左鄰右舍無事做的媳婦子多的是，雇兩個來家便成。」

她一力勸方氏也將新丫頭賣掉，方氏自己也極願意的，但摸了摸額角，昔日的大包雖已消退，卻似還在隱隱作痛，她怕賣了張梁心頭好，又要惹來皮肉苦，思前思後，道：「我要做個賢慧人呢。」

楊氏與流霞捂嘴偷笑，她還渾然不覺，頂著一張不甘願的臉起身告辭。她蔫蔫地回到房內，張梁正在與兩個兒子分發丫頭，她見那三個樣貌都差不多，便沒多話，由著張梁行事。

張伯臨與張仲微一人分得一個丫頭，二人兩兩對望，都是莫名其妙，張伯臨膽子大，直接問張梁：「爹，別個讀書，都是書童跟著，為何咱們卻是丫頭？」

張仲微連連點頭：「叫個丫頭磨墨捧書，帶到書院去，好不丟人。」

張梁被兩個兒子的話臊紅了臉，但他們是無心之語，又不好發作得，只好胡亂應答：「哪個叫你們把丫頭當書童使，這是瞧你們大了，送與你們疊被鋪床的。」

他將通房丫頭一職講得極隱晦，張伯臨到底大些，聽明白了，有些不好意思，但更多的是歡喜，笑著謝了父親賞，拉著張仲微出去了。

張仲微卻還是沒想明白，腳跟著腳，跟到張伯臨屋裡，指著自己的那個丫頭問張伯臨：「哥哥，我有奶娘服侍，要她疊被鋪床作甚？」

張伯臨忙著打量自個兒的丫頭，懶得理會他，不耐煩道：「虧你讀了那麼些書，自己琢磨。」

張仲微老實應了一聲，準備回房翻書，向文中求答案，張伯臨卻又叫住他，興致勃勃問道：「你瞧我這個丫頭長得像不像顏如玉，我喚她如玉可好？」

張仲微哪裡曉得取名兒的講究，隨口答道：「哥哥說好，定是好的。」

張伯臨聽他也說好，便向那丫頭道：「從今往後，妳就喚作如玉。」

新得了名兒的如玉脆脆應了一聲，取過桌上茶壺晃了晃，道：「空了，我去廚下燒滾水，與兩位少爺煮茶。」

張伯臨見她機靈又懂事，大喜，眼神隨著她出門去，直望到拐角不見影兒，才將目光收了回來，拉著張仲微道：「你這丫頭，可想好了名兒？」

張仲微懵懵懂懂，撓了撓頭，道：「我問問三娘去。」

張伯臨朝他胸前搗了一拳，道：「這等小事，你還要去問林三娘，沒得出息。」

張仲微不慣與兄長頂嘴，只道：「我還不大明白，且等我回房想想。」他別過張伯臨，領著自己的丫頭回到房內，想了好一時，還是不明白張梁為何無緣無故要送個丫頭與他，去翻了幾本書，聖人們也沒給出答案。他困惑坐到窗前，眼睛望向林依臥房方向，問那丫頭道：「妳會些什麼活計？」

那丫頭打了個呵欠，答非所問：「跟著牙儈趕了一晚的路，困得緊，能不能先讓我睡一覺再回話？」

張仲微嚇了一跳，朝後一縮：「妳這丫頭好沒規矩，這裡可沒得床與妳睡。」

那丫頭轉頭看了看，牆邊就有一張床，她將手一指，道：「那不就是，二少爺莫要小氣。」

這若換作張伯臨，聽了這話定然歡喜，但張仲微卻很不高興，斥道：「妳這丫頭也太膽大妄為，且站好了回話。妳到底會些什麼活計，若是什麼也不會做，我還將妳送還給爹。」

一個是風華正茂的少年，一個是年近半百的糟老頭子，那丫頭略一想就作了選擇，連連擺手：「別，可別再把我送回去，我本事可大了，你能講得出，我就做得到。」

張仲微暗道，總算答了句正經話，又問道：「疊被鋪床，會不會？」

那丫頭忙點頭。

張仲微稍感滿意，接著問：「種地會不會？」

那丫頭明顯一愣，猶豫著答道：「不會……我學……」

張仲微笑道：「有上進心，甚好。」他又朝窗外瞧了瞧，林依房間的窗子開著，想必有人在家，這就把丫頭與她送去，幫她種田，真真是美事一樁。他笑呵呵地站起身，領了那丫頭朝偏房去，叮囑道：「我送妳去林三娘處服侍，妳須得聽話，不然打妳。」

那丫頭似是困極，邊打呵欠邊點頭，也不知有無聽進去。

林依在屋裡瞧見他們過來，忙起身攔到門口，問道：「這是作甚？」

張仲微將那丫頭朝前一推，笑道：「爹送我個丫頭，說是替我疊被鋪床，我那裡有楊嬸服侍，哪裡用得著她，因此送來與妳使喚。」

他不懂「疊被鋪床」之意，林依卻是懂的，看著他傻乎乎的模樣，自己羞紅了臉，沒好氣道：「我不要。」

張仲微最怕被她拒絕好意，急道：「為何不要？妳這裡正缺人手，我才剛問過她，雖不會種地，但卻是肯學的，妳費心教教她，叫她做些粗使活計，自己豈不輕鬆些？」

林依望著他半晌無語，張梁送的通房丫頭，被他遣來做粗活，這是故意變相表衷心，還是真不明白這丫頭的功用？她想起張梁是買了四個丫頭的，問道：「你哥哥是不是也分了一個？」

張仲微點頭道：「是，已取了名兒喚作如玉，這個我還沒取，留著妳來吧。」

林依暗罵一聲「傻瓜」，道：「我自己還養不活呢，哪有口糧來養丫頭，你趕緊領回去。若是不懂使用，就問你哥去。」

張仲微一片好心被拒，神情沮喪，又不甘就此離去，賴在門口不肯就走，道：「妳總往城裡跑，累得很，身邊有個丫頭，叫她代為奔波，豈不美哉？」

林依聽了這話，有幾分意動，田裡出產越來越多，事務也愈發繁忙，確是需要一個傳話人，但牙儈還在村裡，自去買一個便得，何苦非要張仲微的？遂堅決搖頭，道：「多謝你提醒，我這就去村東頭尋牙儈，買個丫頭使喚。」

張仲微不滿，嘟囔道：「現成有一個，何苦多花錢。」

一個硬要送，另一個就是不收，楊氏立在耳房門口瞧了多時，向身後侍立的田氏道：「我瞧林三娘平日裡挺精明，這回怎地糊塗起來，難得仲微有這個心，她為何不收下。」

田氏想起已去的張三郎，先前也是有個通房的，便道：「大戶人家，進門前有個把貼身服侍的人，也屬正常。」

楊氏看她一眼，面露不悅。流霞察言觀色，忙道：「我瞧二夫人行事，通無大家作派，像她這般不做手腳，就把通房丫頭送與兩個兒子，萬一庶子生在嫡子前頭，多不好看。」

楊氏帶了笑意，微微點頭，誇道：「還是妳明白。」

流霞得了讚揚，笑道：「我去勸一勸三娘子，叫她領了二少爺的情？」

田氏插道：「只怕二夫人要惱。」

「有理。」楊氏也誇了她一句，轉身回房，命流霞請來林依，勸她為今後打算，收下張仲微的丫頭。

林依暗自驚訝，楊氏並非愛管閒事之人，今日真心替她打算，為的是哪般？

楊氏見她不作聲，又道：「可是怕二夫人耍橫？我先出面將那丫頭買下，再轉贈於妳，可好？」

林依對自身婚事，早另有打算，婉言辭道：「二少爺不是那樣的人，不消如此行事。」

楊氏叫了聲「糊塗」，急道：「男人就是那貓兒，哪有不偷腥的，趁著他現下還算純良，先將他收服住，不然將來有妳後悔的。」

林依聽得這般真心勸告，心下十分感動，若不是她無心嫁入張家，楊氏所言，就正是她心中所想。她鮮得人關心，臉上難免現了感激之色，楊氏看在眼裡，還道她是被自己勸轉過來，欣慰一笑，朝流霞使了個眼色。

流霞何等機靈之人，立時會意，悄悄走了出去，四面一望，張仲微還苦守在林依房門口。她忍著笑走過去，將楊氏要買他丫頭之事講了，又悄聲道：「大夫人想要送個丫頭與林三娘，這才來尋妳買。」

張仲微關鍵時刻沒犯糊塗，聽明白了，歡喜道：「替我謝過大伯母。」

二人將轉買轉賣的手續辦妥，流霞回房，把新的賣身契放到林依身旁的小几上，看了楊氏一眼，笑道：「咱們大夫人瞧妳沒人服侍，送個丫頭與妳。」

林依自然堅辭不收，楊氏苦勸道：「莫要意氣用事裝什麼賢慧，聽我一句勸，我不害妳。」

林依暗道，我曉得妳是好心，只是張仲微收不收通房，與我不相干。她這裡不願意收，起身欲溜，楊氏卻道「長者賜不可辭」，硬把丫頭的賣身契塞進她手裡，道：「二夫人那裡妳不用理會，自有我應付。」又吩咐流霞：「我瞧那丫頭眼睛四處亂轉，只怕不是個安分的，妳送林三娘回去，順便替她敲打敲打。」

那丫頭不好降服，林依並不曉得，但楊氏既知曉，為何還要贈送？林依心中奇怪感覺愈盛，卻始終摸不著頭腦。她正琢磨如何辭掉楊氏好意，流霞已走到她跟前，朝門邊做了個「請」的手勢，她無法，只好朝楊氏福身一謝，告辭回房。

路上，林依問流霞：「我哪裡入了大夫人的眼，叫她如此關照我？」

流霞但笑不語，只道不是壞事。她口風嚴，林依也無法，只能作個水來土掩兵來將擋的心理準備罷了。

流霞得過楊氏吩咐，到了林依房門口，先將那丫頭叫出去訓話，道：「妳的新主人林三娘，最是個能幹的，別瞧她年紀小，賺錢本事大，妳若好生服侍，少不了妳的好，若不入她的眼，罰起來也是沒人救妳的。」

那丫頭眼珠子飛轉，連連點頭。

林依瞧著流霞講完，將一張一貫的交子遞了過去，道：「大夫人是好心，我哪好意思白受恩惠，這丫頭算我買下的。」

流霞推道：「三娘子這是叫我回去挨罵。」

林依將交子疊了，塞進她荷包裡，道：「多了一張嘴，添些飯食錢總是該的。」

流霞想了一想，沒有再辭，道：「那我回去問過大夫人，若她不願收，我還與妳送回來。」

林依笑道：「她不收我也不收。」她瞧著流霞離去，轉身回房，先將門掩起，把賣身契藏了。不多時外頭有人敲門，她應了一聲兒，那丫頭便進來，趴下磕頭。

林依沒使喚過下人，不知如何應對，半晌道了句：「起來吧。」

那丫頭以為她故意立威，有些誠惶誠恐，垂手侍立一旁，小心翼翼問道：「三娘子有無吩咐？」

林依走到書桌旁，取了本書翻了翻，道：「先與妳取個名兒吧。」她拿的是本《齊民要術》，隨手翻到一頁，指了一處，瞧來是個「麥」字，笑道：「巧了，正好收完菜要種麥子，不如就叫冬麥吧。」

得了新名兒的冬麥嫌這名字土氣，又不敢反駁，低低應了個「是」字，再不作聲。林依瞧在眼裡，也不說她，只吩咐道：「冬麥，去楊嬸那裡借一床鋪蓋，晚上妳就在我床前打地鋪。」

冬麥神色一變，試探問道：「三娘子是要我上夜？」

林依饒有興趣地瞧她，道：「夜裡無須妳服侍，是我只得這一間屋，沒有多的床來與妳睡。」

冬麥不信，指著屋外道：「我瞧有好幾間空屋，怎會沒多的床？」

林依坐到桌旁，順手翻那本《齊民要術》，道：「那都是張家的，我姓林哩。」

冬麥疑惑道：「妳不是張家親戚？」

林依答道：「不過遠親而已，我在這裡賃屋住。」

冬麥臉上的不屑神色，藏也藏不住，站在原地不動身，不知在想什麼。林依故意道：「怎麼，後悔跟了我？還是二少爺那裡好？」

冬麥再無恭敬態度，大膽直視她一眼，沒有作聲。林依只當沒瞧見，頭都不曾抬，對著書輕輕一笑：「借完被褥，再去廚下幫流霞劈柴，預備做晚飯。」說完也不管她有無聽見，自顧自看書。

冬麥盯了她一會子，見她沒反應，便輕手輕腳溜了出去。不多時，楊嬸來敲門，問道：「三娘子，那個叫冬麥的，是妳轉了幾道手買的丫頭？」

林依點頭，道：「辭不過大夫人，只好收下。」

楊嬸直點頭，道：「收下是該的，只是她正在那邊草垛下躲著閒聊呢，妳怎地不派活計與她？」

林依笑道：「派了，妳莫理會她，我自有打算。」

楊嬸還有許多話想講，但正忙活晚飯，沒得閒暇，只得叮囑她好生管教丫頭，轉身回廚房。

夕陽西下時，流霞來喚林依吃晚飯。林依問她道：「我新買的丫頭冬麥，有無去幫妳劈柴？」

流霞搖頭：「不曾見到。」

林依便道：「勞妳將廚房看緊些，不劈完那些柴，不許她吃飯。」

流霞了然，捂嘴一笑：「省得，林三娘放心。」

進得飯廳，楊氏已朝上首坐了，田氏在擺碗筷，桌上一盤小蔥拌豆腐，一盤炒白菘，外加一碟子辣醃菜。那白菘是林依田中出產，便笑問：「我種的菜，可還中吃？」

田氏笑道：「比城裡賣的強百倍。」

楊氏也笑：「只怕城裡小販賣的白菘，全是姓林。」

屋裡人都笑起來，流霞將一張交子遞與林依，道：「我可是遵照吩咐問過大夫人了，大夫人不收，怪不得我。」

楊氏笑嗔：「這丫頭被我慣得無法無天。」

林依不接，也不提買丫頭的錢，只道：「總不能白住又白吃。」

楊氏想了想，道：「錢妳還是收回去，妳田裡若有多的菜，拿些來吃，如何？」

幾棵小菜能值幾個錢，看來楊氏存心讓她欠人情，林依暗嘆，點頭道：「大夫人偏我。」

楊氏一笑，吃了幾口菜，朝四周一望，問道：「新丫頭何在？」

流霞曉得林依要使手段立威，忙道：「三娘子給取了名兒了，喚作冬麥，現下使她到廚下劈柴去了。」

楊氏點頭，笑道：「多了冬麥，妳倒學會躲懶了。」

流霞妝了害怕模樣，連聲道不敢，直朝林依身後躲，惹來楊氏大笑。

飯畢，林依回房，趁著天還未黑，接著看書，還未翻幾頁，冬麥進來，半是氣憤半是委屈，問道：「三娘子，流霞為何不許我吃飯？」

林依頭也不抬：「柴未劈完，沒得飯吃。」

這話聲量不大，卻是斬釘截鐵，冬麥隱約覺到林依不是好拿捏的主兒，忙將頂嘴的話收起，道：「我吃飽才有力氣，三娘子且讓我吃完再劈。」

林依不回話，側了側身，直接將後背對著她。冬麥在門口軟聲相求好一時，還是沒能得來回應，只得認命轉身，回廚房劈柴。待到她劈完柴，腰酸手軟，勉強捏住筷子將冷飯扒了，才想起被褥一事。回房一看，地上不僅沒得地鋪，還被丟了一地的瓜子殼兒。

林依坐在桌邊，邊嗑邊與楊嬸閒聊，見她進來，吩咐道：「掃地，再去提水，我要洗澡。」

冬麥不情不願，挨在門邊不動身，楊嬸半抬身子，舉手欲打，這才將她嚇去了廚房。林依瞧著她背影，皺眉道：「不是個能吃苦的，且等我明日將她賣了去。」

楊嬸道：「妳田裡正是忙的時候，既是缺人使喚，何苦費事。正好二老爺嫌他那個丫頭太過老實，妳何不去與他換了來。」

林依問道：「怎麼個老實法？」

楊嬸礙著她是未嫁小娘子，講得隱晦，只道：「二老爺叫她服侍，她不肯，這不是老實。」

林依暗道，原來是不肯與張梁做小，倒是個有些骨氣的。

楊嬸又道：「二老爺還嫌她手上有繭子，不夠細嫩，我瞧著倒是個能做活的，正好助妳。」

林依暗自點頭，嘴上只道：「明兒我去瞧瞧。」

二人正聊著，冬麥提水回來，將桶擱在外頭，取了掃帚慢吞吞掃地。楊嬸瞧她這副懶模樣，氣道：「妳還真是受教訓不長經驗，不怕三娘子將妳賣掉？」

冬麥聽了這話，臉上竟顯出歡喜神色，道：「我先前人家，乃是大戶，雖為丫頭，卻也沒吃過苦，三娘子留著我，於她於我，都沒益處，倒還不如將我賣了，各自便宜。」

楊嬸還要再罵，林依攔道：「人各有志，實誠人我卻喜歡，總比委屈留著，背後捅我一刀的強。」說完又向冬麥道：「妳且等等，明日我便去尋牙儈，遂了妳的願。」

冬麥將信將疑：「當真？」

林依笑道：「妳也說了，各自便宜，我為何騙妳。」

楊嬸本就覺著賣了冬麥的好，便道：「若是不信，我作個證人。」

冬麥得了這幾句話，竟如獲珍寶，爬下就磕頭，再起來時，如同變了個人，又勤快，又殷勤。林依哭笑不得，與楊嬸感嘆幾句，送了她出去。

是夜，屋裡猛然多了個人，林依不太放心，怎麼也睡不著，睜眼到天亮。雞叫三遍，她將冬麥喚了起來，遣她到廚房幫流霞做早飯，這才趁空瞇會子。不想這一覺好眠，直睡到日上三竿，她起床揉眼，見冬麥正坐在桌邊打盹，問道：「怎沒喚我吃早飯？」

冬麥一個激靈醒來，忙站起來回話：「二房的任嬸把大房的廚房砸了，咱們都沒吃早飯，中飯有沒得吃，還不一定。」

林依驚道：「任嬸好大膽子，敢砸大房的廚房？她為何要砸，二夫人又怎麼說？」

冬麥回道：「二夫人說她是失心瘋，已關進柴房去了。」頓了頓，又道：「誰信哪，昨兒還好好的，今日就發瘋？還不是因著大夫人買我時沒把錢，被二夫人攛掇的。」

林依一愣：「二少爺白送給大夫人的？」

冬麥點頭，側耳聽了聽，道：「二夫人罰了二少爺的跪，又去尋二老爺吵了。」

林依走到窗前，將窗子推開一道縫，果然聽見方氏的聲音自正房那邊傳來：「都是你嬌慣兒子，把個丫頭也就罷了，怎連賣身契一道給了？這下可好，丫頭被他傻裡傻氣白送與了大房，叫林三娘撿了個便宜。」

林依聽了一時，嘲道：「今日還算客氣，沒上門來鬧。」

冬麥卻道：「早就要來的，被大夫人攔了。」

林依暗惱張仲微，為什麼不收楊氏的錢，白叫兩處人受方氏閒氣。又怨楊氏，多管閒事，與她找麻煩。更恨自己，住了楊氏的屋，硬氣不起來，明知不是好事，還得應下。

她生了會兒悶氣，問冬麥道：「我將妳送與二老爺做通房，可好？」

冬麥不願跟個糟老頭子，欲搖頭，又想，若是賣與牙儈，還不知下個主顧是窮是富，倒不如抓個實在的。

林依見她點頭，便領了她到方氏房中，道：「二夫人，莫要吵鬧，我與妳五百文。」方氏本沒指望能將這錢收回來，此刻見她這般爽快，又嫌五百文太少，坐地起價，要加收五十文。林依道了聲「使得」，接著就數錢。

方氏正歡喜，忽聽得林依道：「我記得還有三百餘文在二夫人這裡『保管』，就照五百五十文，我補個差額。」說完將百來文鐵錢丟到桌上。

方氏轉眼吃了算計，正要發作，林依已扯著冬麥走到張梁面前，也不直說送他通房，只道：「承蒙二老爺照顧多時，無可回報，只好送個丫頭與妳，還望莫要嫌棄。」

話音剛落，冬麥就自動自覺朝張梁拋了個媚眼兒。張梁收到那秋波，半邊身子都酥了，直悔當初挑錯了人，忙將門口立的丫頭喚進來，推給林依道：「莫叫別個說我白收小輩的禮，我拿這個與妳換。」

方氏正想上前阻撓，聽見這話，停住了，心道，來一個，去一個，與先前也沒什麼不同。

張梁的話正合林依心意，不論這丫頭是否如楊嬸講的那般好，一個換一個，至少不吃虧。她將冬麥留下，領著原屬張梁的丫頭出來，順道繞到二房廚房門口，向楊嬸道：「買丫頭的錢，我已付給二夫人了，妳去叫那傻小子別跪了。」

楊嬸見她換好丫頭，很是歡喜，忙應了一聲，朝張仲微房裡去了。

林依帶了那丫頭回房，問道：「妳叫什麼？」

那丫頭垂頭回道：「二老爺不喜我，不曾取名。」

林依又取了農書來翻，道：「甚好，如此便我來取吧。喚妳青苗，可好？」

青苗趴下磕頭，謝她賞名兒。

突然外頭傳來吵鬧聲，林依叫青苗出去打探一番，原來是冬麥嫌自個兒名字土氣，央張梁換一個，張梁欣然同意，正要拈鬚耍文，方氏卻道，一個丫頭配個土氣名字正合適，冬麥不知攛掇了張梁什麼，就叫他與方氏吵了起來。

林依正聽青苗講述，楊嬸在窗外探頭，嘻嘻笑道：「丫頭換得正合適。」

林依作勢萬福，謝她的好主意。

楊嬸朝院門口指了指，道：「我可不是來說笑的，有人尋妳哩，說是替妳種菜的。」

林依還不知青苗底細，不敢留她一人在屋裡，遂帶著她一起出去，問那尋來的佃農道：「何事？」

那佃農喜氣洋洋道：「這幾日暖和，地裡的菜提早熟了，我來問三娘子一聲，今日收，還是擱幾日？」

林依喜道：「自然今日就收，城裡收菜人等著哩，白放著爛掉了。」

她帶了青苗，隨著那佃農匆匆趕往田間，放眼望去，那景象比收第一畝白菘時更為壯觀，數十輛板車，滿裝著黃瓜、豇豆等菜蔬，馬不停蹄地朝城裡送，一輛車往往要倒騰好幾個來回才算完。

青苗跟著林依瞧了一時，問道：「三娘子，妳不跟去城裡盯著些，叫他們瞞報怎辦？」

這正是考校她的好時機，林依隨手指了輛板車，叫她跟去，到收菜人那裡盯著，待到菜賣完再回來。

晚上青苗歸家，帶了一遝收據與林依，讚道：「三娘子好心思，交一車菜，收一張條，都是不見現錢的，難怪妳不急著跟去。」

林依笑而不語，接了收條，道聲辛苦，接下來幾日，還讓她去押車。待得兩百餘畝菜盡數賣完，林依親自去了趟城裡，與收菜人對帳，瞧得數目分毫不差，暗自點頭，暫將賣青苗的心壓下，留在身邊作個幫手。

林依菜地豐收，楊氏亦是興高采烈，領著田氏與流霞，親自動手收拾了一間乾爽透風的房間，將青苗送來的各式菜蔬儲了半屋子。流霞聽聞林依此番賺錢不少，十分好奇，擺完菜，留住青苗問道：「妳家三娘子掙錢不少吧？」

青苗笑道：「我一個丫頭，哪裡曉得這些。」

流霞又旁敲側擊問了好幾遍，還是什麼也沒問出來，只得放她去了。

田氏感嘆道：「林三娘調教得好人兒，口風這般嚴實。」

楊氏臉上竟現滿意之色，與流霞道：「林三娘果然不錯，誰曾想她轉眼換了丫頭，自己得了助力，討好了二老爺，還與二夫人添了堵，真真是一箭三雕，咱們不曾看走眼。」

田氏明白婆母心中打算，疑慮道：「爹正當壯年，還要納妾……」

楊氏打斷她的話，語氣不善：「先前的幾個妾為何生不出兒子，緣由妳不曉得？教了妳這些年，還是個榆木腦袋。」

楊氏待誰都是和和氣氣，唯獨對著寡媳沒有好臉色，田氏委屈垂頭，直咬下唇。流霞忙打岔道：「大老爺早上不是說有事與大夫人相商的，咱們這就過去？」

楊氏待這個丫頭，倒比兒媳好些，聞言收了怒色，叫她去請張棟，自己則由田氏扶著，走到他們大房那邊的堂屋坐下。

張棟進屋，先朝四壁瞧了兩眼，嘆道：「都怪咱們窮了，要分這勞什子的家，把個堂屋也變小一半。」

楊氏瞧他一眼，道：「若沒分家，要事敢在堂屋裡講？就是藏到臥室，還要惦記著關窗呢。」

張棟一想：「那倒也是。」就笑了，走到八仙桌上首坐下，道：「今年地裡收的糧食，全與了二弟，咱們分得的那幾十畝地，要等到明年秋天才有出產，這年把的時間，吃什麼？」

楊氏點頭嘆道：「豈止沒得吃，借的外債，利滾利的，不加緊還清，苦日子還在後頭。」

張棟將花白鬍鬚捋了一捋，問道：「夫人與林三娘相熟？」

楊氏笑道：「她住著咱們的屋，又在咱們家搭伙，豈有不熟的。」說著朝一間偏房指了指：「那屋子堆的菜，就是她拿來的。」

張棟捋鬍鬚的手停了下來，道：「正是要與夫人商議這個——她用來種菜的地，裡邊有咱們的幾十畝呢，妳去與她說說，租金咱們不要了，將地還回，如何？」

楊氏問道：「老爺有打算？」

張棟點頭：「福建、浙江的友人前後途經眉州，將我要的兩樣種子都捎了來。」

楊氏慢慢轉著茶盞蓋子，道：「林三娘那裡只怕不好講，她小小年紀，卻頗有心眼，租地用的，乃是加了官府印信的紅契。」

張棟抱著僥倖：「她住著咱們的屋，沒要她的賃錢……」

楊氏打斷道：「這院兒裡如今住的三戶人，就數她最有錢，賃錢她不消眨眼就能補上。」

張棟起身，繞著八仙桌踱了兩圈，想出個主意來，道：「田裡又沒加蓋，咱們種什麼，別人一看便知，不如拿一樣種子出來與林三娘作人情？」

楊氏撫掌讚道：「甚好，她租地兩百餘畝，咱們那幾十畝與她而言實在不起眼，能換一樣種子，再好不過。」

主意雖是張棟提的，他卻有些不捨，猶自念叨：「說來是咱們虧了，我這種子，尋遍成都府也買不著。」

楊氏笑嗔：「一把年紀，與個女孩兒計較，她可是仲微未過門的媳婦，肥水不流外人田。」

張棟對兩個侄兒寄望頗高，聽得她如此講，復又高興起來，喚過流霞，命她去請林依。

林依此時正躲在屋裡算帳，剛算出眉目，就聽得流霞來喚，稱大老爺大夫人有請。她正好有筆生意要與張家大房做，便收拾好新算盤與筆墨，帶著青苗朝大房堂屋去。

流霞先一步進門通報，引她們進去，笑道：「方才問青苗，她嘴嚴，現下三娘子就在這裡，我可要大膽再問一句，賺了幾多錢？」

楊氏斥她無理，聲量卻是輕的。林依便明白這屋中眾人，都揣了顆好奇的心，遂道：「瞧著熱鬧而已，收益要分佃農三成，每畝成本又高，哪有賺什麼錢。」
正主自己不願講，流霞也就住了嘴，上茶，侍立。
林依笑問：「我叫青苗送來的那幾棵菜，大老爺大夫人瞧著如何？我田裡還留了半畝，若是吃完，再去摘。」
楊氏道了多謝，望張棟一眼，將他們想收回田地一事講了，玩笑道：「三娘子這回賺了不少，還留著地作甚。」
林依面兒上微笑，心裡清楚，兩百餘畝菜，賺的雖不少，但實在也算不得太多，除開佃農工錢、租地成本與農肥，還清戶長與李三欠款，尚餘八百多貫，照著當下時價，僅能買二十來畝地，堪堪夠個女戶立戶標準。雖賺了些，但她還有冬麥未種，因此捨不得還回田地，不過，張棟要收回，卻是為哪般？她將疑惑問出了口，道：「大老爺要田作什麼？」
張棟不答，卻反問：「三娘子留著田又是要作什麼？轉眼就入冬，種菜可是行不通了。」
村中大半田地都握在林依手裡，她有恃無恐，便照實答道：「不瞞大老爺，我要再種一樣糧食。」
張棟驚訝道：「莫非妳也想種——」
他到底做過官的人，十分謹慎，話講一半，又嚥回去了。
楊氏嗔怪看他一眼，既是要與林依一個人情，又吞吞吐吐作什麼，便道：「咱們在蘇杭一帶住過，那裡鄉間田地，都是種完稻子還要種小麥的。」
張棟點頭道：「眉州氣候雖有不同，但也不算太冷，想來也能種，因此咱們想試試。」
林依有些驚訝，原來大宋已有水稻冬麥套種，只不過沒有傳到四川罷了；看來她想賺大錢，只能趁這一回，等到明年，家家戶戶都跟風，糧價可就要降了。思及此處，她愈發不願將地還回，忙道：「我與大老爺想到一處去了，也是想種冬麥呢。」

張棟不信，問道：「妳哪裡來的種子？」

這顯見得是沒種過田的人問的話了，林依笑道：「北邊雖不種水稻，但種冬麥的人多著呢，隨便託個行商便能買到，有什麼難的。」

張棟本還以為冬麥種子是稀罕物，欲拿來與她作交易，不想人家早就買得了，方法比他的還簡單些。他稍感尷尬，不敢再賣關子，直接命流霞把另一樣種子取了來，擺到林依面前，問道：「林三娘可識得此物？」

林依仔細看了看，只辨得出這是稻種，卻從未見過，老實搖頭道：「不認得，還望大老爺賜教。」

張棟見她不識，開心笑了，道：「這是占城稻。朝廷從福建一帶取了種子，正在蘇杭試種，我特特託人捎了些來。」

雖是一新品種，林依卻沒有多興奮，試想，若是這占城稻米好產量高，她在那世怎未聽說過。於是問道：「這稻子大老爺可曾種過？產量高不高，產的米好不好？」

張棟笑道：「妳倒真是個會種地的。」

原來這占城稻確實粒小米差，有錢人是不屑於吃的，但其卻有幾樣好處，一是耐旱，二是不擇地而生，三是生產期短，自種至收僅五十餘日。

林依暗自琢磨，旱地可種，不占水田，倒是項不錯的優點。

張棟瞧了瞧她臉上神色，笑道：「我贈妳占城稻種，妳將我家六十畝地還來，如何？」

林依疑道：「大老爺自己不種？」

張棟笑道：「種，但我們只有兩畝旱地，搶奪不了妳的生意。」

林依暗道，做過官的人，果真狡猾，這占城稻就算種了，也只有災年才能賺大錢，平日裡誰會放著好米不吃，來買差米。窮苦人家，興許真會將自種的水稻賣掉，來買占城稻米吃，以省下差價，但與窮人家做生意，賺來賺去也沒幾個錢，林依瞧不上眼。

她雖不願要占城稻，再將田地提早還與張家大房，但卻另有一樁生意要做，便直截了當問道：「大老爺、大夫人，可想賺錢？」

大房債臺高築，張棟自然是想的，被她直白問來，卻有些不好意思，將眼望向了他處。楊氏沒那許多面子要顧及，問道：「聽三娘子這口氣，是有生意要照顧我們？」

林依聽她用了「照顧」一詞，連稱不敢，問道：「大老爺與大夫人是要長久在這鄉間住著，還是只待到出孝？」

楊氏笑道：「自然只到孝滿，大老爺還要出仕的。」

林依心中歡喜，又問：「待到離去，你們分得的這幾間屋，總不好空著，是準備賣呀，還是租呀？」

楊氏明白過來，朝張棟笑道：「三娘子向咱們買屋來了。」

此話一出，林依也明白了，敢情大房缺錢缺得緊，不願租，只願賣。

張棟卻搖頭：「賣了屋，咱們住什麼？」

林依早就考慮過這個，忙道：「若大老爺真肯賣，咱們先立個契，待到你出仕，咱們再交割。」

張棟還未點頭，楊氏先讚道：「如此甚好。」

林依又道：「我瞧你們還有屋空著，除了我現住的，再將空屋先交付兩間，可使得？」

想要還債，賣屋來錢最快，楊氏極願意的，但此屋乃是祖產，張棟另有別樣感情，有些捨不得，不說賣，也不說不賣，捋著鬍子只不作聲。楊氏見狀，只好稱他們還要再商議，命流霞先將林依送回去。

流霞將林依一直送到房門口，卻不就走，許是擔心她到別處去買屋，大房少了收入，笑道：「大老爺不過是一時想不轉，待大夫人勸勸就好了，咱們的屋子，三娘子定然買得了。」

林依並無到別家買屋的念頭，但為了往後壓價方便，還是滿不在意道：「若大老爺不願意，也不必強求，我聽說村中好幾戶人家有房要賣呢。」

流霞見她真有到別處買屋的打算，急著回報楊氏得知，匆匆告辭離去。

楊嬸從旁聽見，待她一走，便走過來急道：「三娘子，可搬不得，離了張家，單門獨戶的遭人欺負，別說夜半敲門聲叫人心裡慌，只要有個賴皮朝咱們家門首多走幾遍，閒言碎語就夠人受的了。」

楊嬸雖與林依相厚，但畢竟是二房的人，林依不願向大房買屋一事讓她曉得，便道：「不消買獨屋，昨日戶長娘子說她家有空屋要賣，我住到戶長家去，還有哪個敢欺負？」

楊嬸聞言更急：「三娘子，戶長家好幾個兒子哩，妳同他們住一個院子，別人怎麼看？到時只怕比單獨住更惹人閒話。張家畢竟是親戚，妳住在這裡才沒得人嚼舌根子。」

林依見她是真關心自己，不免感動，忙道：「不過白說說，我又沒答應。」說完喚青苗：「那兩塊料子呢，妳不趁著楊嬸在這裡，向她討教討教？」

青苗應著去開箱子，取出兩塊料子，一塊回紋淺藍棉布，一塊未染粗麻布，捧與楊嬸瞧，笑道：「昨日三娘子去城裡買了兩塊布料，我卻不會裁剪，勞煩楊嬸教教我？」

楊嬸最是熱心助人，且那剪下的邊角廢料還能拿回去與孩子們黏鞋面，便爽快應下。青苗收拾了桌子，騰出地方，與她兩個現裁起來。林依在一旁瞧著，默默盤算接下來的事務，冬麥、屋子、婚約……還未理出頭緒，屋外有人探頭：「林三娘在嗎？」

林依還未扭頭去瞧，青苗先擱了剪子，稟道：「是隔壁張六嫂子。」

林依見是鄰居，自起身相迎，叫青苗繼續做活。

張六媳婦卻不落座，只站在青苗與楊嬸中間瞧著，嘖嘖羨慕：「三娘子賺大錢了，還未過年就扯布做新衣裳。」

她往那裡一站，擋住了青苗手腳，青苗不敢推她，嘴噘得老高。林依好笑，忙掇了個凳兒，將她拉到一旁坐下，指了青苗道：「哪裡是我要做新衣裳，是這妮子只得一套舊衣，連換洗的都無，她身量比我高些，我的衣裳她穿不得，說與她做套新的，她卻扭捏不肯要，我只好自己也做一套，她這才肯了。」

楊嬸插道：「這是她知規矩，哪有主人穿舊衣，丫頭卻換新衣裳的。」

張六媳婦不懂得什麼主人丫頭的規矩，一時冷了場，在凳子上左挪右挪好一會兒，終於開口道：「三娘子那些田，可還要種別的？」

林依以為她是同楊氏一般，想要回田地，仔細想了想，自己租種的田地裡，並無她家的，不禁疑惑。楊嬸在旁笑道：「張六媳婦，妳同三娘子打什麼啞謎，有話直說。」

張六媳婦得了催促，大著膽子道：「我家幾口人，全閒著無事做，不知三娘子地裡要不要添人。」

林依地裡還要接著種小麥，確是需要增添人手，但兩百餘畝地並不算太多，十名男丁已足夠，而這時節，各處田都閒著，只有她這裡有活兒做，因此來求她的人極多，用來登記的紙上，人名已列得密密麻麻。林依將原委解釋給張六媳婦聽，道：「六嫂子，我先將妳記下，但報名的人太多，輪不輪得上妳家，我不敢打包票。」

張六媳婦沒得拒絕，已是歡喜，忙起身道謝，回家等消息去了。

過了一時，楊嬸教完裁剪，青苗照著林依吩咐，把邊邊角角收攏作一堆，交與她帶了回去。林依走到桌邊，翻了翻青苗的手藝，笑讚：「妳學得倒快，想來過不了多久，咱們做衣裳就不用再麻煩楊嬸了。」

青苗得了誇讚，有些不好意思，離了桌邊，來幫林依折那張人名登記單，問道：「三娘子，妳順著排，人滿為止，豈不省事些，何苦非要記下來。」

林依教她道：「他們雖然都種田，本事卻參差不齊，等再過幾天，妳照著這張單子，去細細打聽，只挑那田種得好的，作個記號，若是有人種過小麥，更好。」

此法甚好，青苗佩服，卻不敢接差事，道：「我不識字。」

林依笑道：「認字不難，咱們這就學起來。」

她朝書桌邊坐了，重新展開單子，教青苗認那上頭的人名。鄉間村民，大多沒有名字，僅以姓氏加排行呼之，總不過是些張三李四之類，極好辨認，加之青苗年小，記性不錯，不多時就將數十個名字認全了。林依逗她，以「神童」呼之，叫她紅了臉，扭身躲了出去。

林依一面笑話，一面收拾桌子，將還未裁完的布料收起來。正忙著，李三媳婦領著她家大閨女，名喚大妞的，走了進來，驚訝道：「三娘子怎麼自己動手？」說著就衝將上來，快手快腳地幫著拾掇。

林依連忙攔她，將布料剪刀等物接了過來，道：「我自己來，妳不曉得地方。」

李三媳婦在旁立著，有些不自在，左右望了望，問道：「三娘子的丫頭呢？真是不像話，自己躲懶，叫主人忙活。」

林依收好桌子，請她坐下，道：「青苗另有事做，不是躲懶，再說這點子事，我自己做便得，沒那麼嬌氣。」

李三媳婦卻道：「那怎麼成，三娘子如今是金貴人，處處須得人服侍。」

她將身後的大妞朝前扯了一把，瞪她道：「來時怎麼教妳的？」

大妞膽子小，心裡又不願意，嘴一癟就要哭。李三媳婦罵了聲「沒出息」，又把她藏到身後去，回頭衝林依笑道：「我這大閨女，極老實的，三娘子稍稍教著些，準比青苗強。」

林依有些雲裡霧裡，問道：「三嫂子這是作甚？」

李三媳婦笑道：「三娘子只一個青苗，哪裡夠使喚，我家大妞又勤快，又聽話，我將她賣與妳作丫頭，可好？」

林依暗自苦笑，她那兩百多畝菜地，看著熱鬧，可又不是自己的，待得明年春天租期滿，還不知拿什麼糊口呢，如今有個青苗幫著跑腿，免去拋頭露面煩惱，已然足夠，哪還有閒錢再養一個。這些事體，她不願講與一個外人知曉，只道：「三嫂子，不是我說妳，饑荒已過，今年年成又好，妳賣兒賣女做什麼。」

李三媳婦連忙擺手：「莫瞎說，我只賣女，不賣兒，兒子要留著種地哩，只閨女是賠錢貨。」

林依聽著，愈發覺得不是滋味，起身道：「我這裡不缺人使喚，妳趕緊把大妞領回去。」

李三媳婦猶自嘮叨大妞好處，不肯就走，林依只好威脅道：「妳家田種得不錯，我本還打算繼續雇你們，妳若再講，我可就另尋別人了。」

這時節，除了林依這裡有事做，哪裡還佃得到田，李三媳婦曉得撿了芝麻丟了西瓜的典故，這才閉了嘴，三步一回頭地去了。

林依瞧著她們走出院門，長出一口氣，正欲喚青苗，卻發現她就挨在門邊，遂不悅道：「既是在這裡，方才怎麼不進來解圍？」

青苗垂頭絞衣角，道：「我還道三娘子會收下大妞呢。」

林依奇道：「我這裡又不缺人手，無緣無故的，我買她作甚？」

青苗囁嚅道：「李三家兒子多，三嫂子偏心，大妞時常吃不飽飯的……」

林依好笑道：「她吃不飽飯，與我什麼相干，我自己還在別人家搭伙呢。」

青苗不敢頂嘴，默不作聲，到了晚上，還是照常把自己那碗粥留下一半，與大妞送了去，林依睜一眼閉一眼，當作沒瞧見，只暗地叫流霞多煮一把米。

李三媳婦賣女的消息傳開去，竟使許多人動了心，賣的不成，就換雇的，見天兒有人上門，問林依雇不雇女使。林依見人見到頭疼，索性將房門一關，把青苗留在外頭作門神，自蒙頭白日睡大覺。

青苗怕吵著她，不敢守在房門口，只朝院門前站了，見一個，擋一個。期間有幾個地痞無賴上門鬧事，被張仲微揮著門栓趕開，張伯臨笑話他道：「我瞧你似個守門的鍾馗。」張仲微不為所動，任他笑話，仍抱著門栓杵在門口。張伯臨腦子活絡，教了他一招：「去尋里正，抓他幾個，便老實了。」

張仲微依他所言，去了，里正家的地也正被林依租著，自然肯幫忙，抓了幾個帶頭的混混懲治一番，果然就很好些。

楊氏把這些瞧在眼裡，回房勸張棟道：「你瞧仲微一心護著林三娘，他們又有婚約在身，待得他們成親，你賣的這幾間屋，還是姓張。」

張棟還是猶豫：「不賣，是大房的，賣了，就變作二房的了。」

楊氏瞄他一眼，故作輕描淡寫狀：「我看仲微那孩子不錯。」

張棟臉一沉：「少打歪主意，侄兒再好，也好不過親兒。」

楊氏不願與他傷了夫妻和氣，忙道：「隨口說說罷了，又不是不與你納妾。」

張棟「嗯」了一聲，走到桌邊看書信，瞭解朝中局勢。

楊氏走近些，道：「二弟買的那丫頭，是不是收了房了？你這做大哥的，須得勸著些，他一介白衣，不怕出事，你卻是還要出仕的，若是有人不懷好心，藉此朝上進讒言，怎辦？」

陸之章　各自的謀算

孝期同房，乃是不孝，村人不講究這個，但張棟為官，卻怕有人藉此作祟，他心中警醒，感激楊氏細心，便道：「賣屋一事，我再想想。」

楊氏揚眉一笑，親自倒了盞茶擱到他手邊，靜悄悄退了出去。

張棟琢磨，這等事體，若要提醒，宜早不宜遲，萬一那丫頭在張梁孝期生出個小子來，可就難辦了。他這般想著，當即起身去尋張梁，婉轉提醒他，守孝期間要清心寡欲，獨臥書房。

張棟同張梁雖是兄弟，但長年分隔兩地，不夠瞭解，他若直說是為了仕途考慮，張梁決計不會不聽，但他只將迂迴的言辭講來，張梁哪裡聽得進去，只道冬麥是灑掃丫頭，根本沒有收房。張棟也是有過妾的人，一眼瞧去就曉得他沒講實話，不禁氣惱，但張梁也是四十來歲，兒子老大的人了，能將他怎辦，除了多提醒，別無他法。

張棟暗恨張梁迷戀女色，起了疏離之心，加之高利貸的利息著實嚇人，楊氏再勸他賣屋時，就勉強點了頭。他們屋中商議，沒提防後牆根有任嬸偷聽，將這消息告知了方氏。

一邊是大房，一邊是林依，方氏豈能甘心成就他們好事，在屋內焦躁走了兩圈，瞧見院門口有鄰居媳婦子路過，連忙走去打招呼，與之閒聊，大聲講些：「有的人沒得出息，斷了子嗣也就罷了，落到變賣祖產的地步，真真是丟祖宗的人。」

張梁聽到了這話，但他不知大房要賣屋一事，還當她講別個，便只朝外望了一眼，接著叫冬麥磨墨，趁機調笑一番。

大房兩口子聽見方氏之語，反應各有不同，楊氏氣惱，張棟卻是羞慚，忙忙地打消了賣屋的念頭，道：「賺錢一事，另想辦法吧。」

方氏指桑罵槐畢，靜悄悄候了幾日，密切注意大房動靜，見他們沒了賣屋舉動，暗喜，忙喚來張仲微吩咐：「家裡短錢使，你去向林三娘借些來。」

二房雖少了一半的田，但今年百畝地的糧食，全歸了他們，怎會缺錢？分明是方氏眼紅林依賺了錢，要去占便宜。張仲微慢慢漲紅了臉，將頭扭向一旁，默不作聲。

方氏見他無聲抗議，臉一沉，欲發火。任嬸忙道：「林三娘獨身一人，帶那許多錢，不當心丟了，被人搶了、騙了，怎辦？二夫人不是要借錢，只是想著，林三娘既在張家住著，少不得要照顧些，替她保管財物，是該當的。」

方氏聽著這話，覺得無比悅耳，連連點頭。張仲微不答應，也不頂嘴，梗著脖子，一副天塌下來也不張口的模樣。方氏見他強脾氣，氣道：「準是與你哥哥學的。」

「哥哥」張伯臨乃是任嬸帶大的，她聽了這話，難免有幾分不舒服，便道：「二夫人乃是一番好心，何不親自去與林三娘講，她必定感激的。」

方氏自恃書香門第出身，不願特特為此事上門去，猶豫不決，道：「林三娘先前在我面前就不甚恭敬，如今有錢在手，愈發不會把我放在眼裡，我去了，她哪有好臉色與我瞧，一片好心也要被她當作驢肝肺。」

任嬸附到她耳邊，悄聲道：「二夫人，正是她不懂尊卑上下，妳才要去調教，不然今後進了門，如何壓她，不如現在就拿出婆母的款來。」

方氏看了張仲微一眼，先叫他下去，再才道：「休要胡說，什麼婆母不婆母的，這婚，還是要退的。」

任嬸愣道：「林三娘如今有錢，二夫人還要退親？」

方氏不屑道：「她那兩百畝地，全是租來的，頂什麼用。」

任嬸想起，方氏自身嫁妝，乃是整十車，外加水田百畝，雖因張梁屢次趕考和張八娘出嫁而所剩無幾，但她心氣兒還在，確是瞧不上林依的那幾個錢。既是瞧不上，為何還要去占便宜？任嬸到底跟了方氏多年，略一想就明白過來，定是方氏怕林依手裡有了些許家底，反倒不好退親，因此要想方設法讓她再度變窮。

任嬸向來與林依不對盤，樂得看方氏踩她，便一力攛掇，陪著方氏朝林依房間去。

林依房門緊閉，青苗站在門口，一身新衣，滿臉興奮，行禮道：「二夫人，三娘子在試衣裳。」

方氏不願站在門口等，有些不高興，向任嬸道：「不就是穿了件新衣裳，瞧把這妮子高興的。」這話任嬸卻沒接，暗自撇嘴，自去年到現在，她一件新衣都沒見著呢。

青苗捏著衣角，羞澀道：「我長這麼大，還沒穿過新衣裳呢，這是頭一回。」

林三娘竟待下人這般好，還未過年就有新衣穿，任嬸暗暗嫉妒，朝後退了一步，縮到方氏後邊去。方氏卻瞧不起林依行事，心道，不過用件新衣收買人心罷了，能叫什麼本事。

二人各自想心思，吱呀一聲，門開了，青苗忙通報道：「三娘子，二夫人來了。」

林依似沒聽見，先吩咐：「門軸該上油了，待會兒向流霞取些來。」

任嬸瞟了方氏一眼，忙道：「多大點子事，何須麻煩流霞，回頭我與妳送來。」

無事獻殷勤，非奸即盜，林依暗誹，將方氏讓了進去。方氏謹記著此行目的，明瞧著林依不甚恭敬，也不生氣，落座問道：「聽說前幾日有潑皮在門口鬧事？」

林依想起張仲微為她解難一事，心存感激，瞧在他的面兒上，換了笑臉出來，命青苗上茶，道：「多虧二夫人照顧，才不曾讓人欺負了去。」

方氏對此回答十分滿意，直接進入了正題，道：「這些人隔三差五在門前晃悠，總叫人不放心，妳辛辛苦苦好容易賺了些錢，若被他們搶去，可真真是傷心了。」

林依隱隱猜到她來意，笑道：「張家大戶，誰人敢上門來搶錢，不要命了。」

這不是方氏期許的回答，她愣了一愣，才道：「妳年小，他們騙術高明……」

林依正色打斷她的話，道：「二夫人這是哪裡話，雖是在鄉間，亦有男女大妨，我又不認得他們，話都不肯講一句的，怎麼被騙？二夫人莫要拿我的名節開玩笑。」她故意現了十足惱色，將茶盞蓋子重重一丟，捧了盞子吃茶，再不理人。

方氏明曉得她小題大做，卻又不好反駁，只得道：「萬一被人偷了去，怎辦？」

林依盯著她，心道，只怕要防的，不是外人，乃是內賊。方氏被她瞧得心發慌，又捨不得就走，只好忙忙地道出真實意圖：「妳那錢，我替妳保管著，豈不穩妥些？」

林依忍不住笑起來，方氏之前藉口替她保管財物，連三百文也不放過，這回又來故技重施，也不怕人笑話。錢放在身上，確是叫人不放心，但林依早有買田計畫，因此無甚憂慮，紅契在官府有備案，就算丟了也不怕。這話她可不願與方氏講得，只道：「二夫人忘了，我租地的錢，乃是借的高利貸呢，這回賺的錢，還完欠債，就只夠租屋吃飯的，哪還有剩的讓賊來偷。」說完馬上伸胳膊，稱收菜勞累了，需要歇一歇，不等方氏再開口，就叫青苗送客。

方氏未能達成目的，氣呼呼地出來，腳步匆匆，欲回房生悶氣，任嬸卻拉住她道：「二夫人且慢，妳瞧咱們這幾間房。」

方氏氣頭上，有些不耐煩，推她道：「住了幾十年的屋，有甚好看。」

任嬸抬手，指點幾處，執意要她瞧。方氏見她面有喜色，不知其用意，只好耐了性子，順著所指，一一瞧去，東邊一間偏房，一間耳房，俱是糧倉；西邊耳房亦是糧倉，再加廚房並茅房。任嬸指的這幾間，正是二房所有，方氏奇道：「怎麼，我們分得的房屋，沒得大房的好？」

任嬸喜孜孜，笑道：「怎會，就是比大房的好，我才指與二夫人瞧——」話講一半，流霞在朝這邊來，她忙拉了方氏回房，將門窗關起，這才接著道：「二夫人，我且問妳，林三娘手裡有錢，哪裡買不到屋，為何非要買大房的？」

方氏朝椅子上坐了，抬手示意她倒茶，道：「這還用問，只有張家才能保她平安，且無人講閒話。」

任嬸斟滿茶，遞到她手中，先拍了一記：「二夫人英明。」又道：「她是要住在張家，又不是非大房不可，咱們二房的屋子更大更亮敞，為何不買咱們的，非要買大房的？」

方氏一頓茶盞，斥道：「胡說，祖產豈可隨意變賣，再者，若林三娘真在張家扎根，將來怎好趕她？」在方氏看來，這主意真叫糟糕透頂，她瞧著任嬸，越瞧越不順眼，忙揮手將其遣了下去。

任嬸出來，走到牆根處，碰見楊嬸，大倒苦水，講方氏阻撓大房賣屋，自家卻不肯趁機賣，又抱怨個不停，活兒多月錢少，一年到頭見不到一件新衣裳。楊嬸同她一樣感受，又忍不住地樂：「十來歲的丫頭的新衣，也惹妳眼紅？」

任嬸老臉一紅，啐她一口，上屋後躲懶去了。楊嬸有心要幫林依，瞧著任嬸轉過牆角，便悄悄朝張仲微屋裡去，將方才聽來的事轉述與他，又道：「大老爺沒了親兒，就屬侄兒最親，你去幫著求幾句，指不定就肯了。」

能替林依出力，張仲微眼都不眨，當即起身朝大房屋裡去，尋著張棟，一語不發先行大禮。張棟還以為又是方氏發威，要他去救場，忙扶了他起來，問道：「你娘又罰你了？」

張仲微不會繞些彎彎道道，直言求道：「大伯一間正房並兩間偏房都空著，何不賣林三娘幾間？」

楊氏就在旁邊坐著，聽見這話，暗道，若不是你娘使壞，早就賣了，哪消你來求。因當著人面，不可言其父母之過，這話她不好講出口，只隱晦道：「二郎，你娘講的有理，祖產豈能隨意變賣，惹人閒話。」

張仲微雖老實，卻不笨，一聽這話，便隱約猜到此事與方氏有關，但他身為人子，知道又能如何，只能憑己之力加緊勸張棟：「大伯，三娘子不是外人，她……她……與我有婚約……」一句話結結巴巴講完，他已是滿面通紅，卻不敢低頭錯過張棟表情，眼睛一眨不眨盯著他。

楊氏面有讚嘆之色，含笑看了他幾眼，幫著勸張棟道：「這孩子實誠，難能可貴，他都忍羞來求你了，你是他親大伯，不該幫著些？」

其實張仲微並不理解林依為何要買屋，在他看來，她遲早要嫁入張家，若有錢，辦幾樣嫁妝倒還罷了，置屋業實在是多此一舉。但既是林依有願望，他當然要助一臂之力，眼瞧著張棟臉上神色琢磨不透，他連忙道：「若他日有出息，定當報答大伯。」

這時的張棟，賣屋的心思已有了七八分，只是礙著方氏言語，抹不下面子，又實在是怕她那張嘴，四處去亂講。楊氏瞧出他所想，便道：「咱們只悄悄兒地簽契約，對外只稱借與她住，待得你孝滿出仕，就說她是請來看屋的，如何？」

張棟猶豫，小聲問她：「正經買的屋，被說成欠我們人情，林三娘願意？」

楊氏曉得林依苦處，笑道：「只怕林三娘更不願別個曉得。」

果然遣流霞去一問，林依不但滿口答應，且反過來叮囑他們莫要走漏了消息。

房內眾人聽得回報，張仲微喜上眉梢，朝著張棟楊氏拜了下去。張棟雖同意賣屋，心裡卻並不怎麼好受，虛扶了他一把，垂頭走了出去。張仲微終於幫到了林依，心中雀躍，向楊氏又謝過，方才告辭。

楊氏吩咐流霞去請林依來，微微側頭，瞥見田氏立在窗前，定定瞧著，臉上神色，一半落寞，一半羨慕。楊氏不悅，重重咳了兩聲，問道：「瞧什麼？」

田氏驚得渾身一顫，勉強笑道：「二少爺癡情人，林三娘好福氣。」

楊氏面無表情：「那是她命好，不像妳是個沒福氣的。」

流霞不在，無人插科打諢來解圍，田氏老老實實立著，聽楊氏責罵，直到林依進來，方才脫身。

林依覺出房中氣氛不對，瞥了一眼田氏，見她眼圈紅紅，要落淚又不敢，不禁感嘆兒媳難為。

流霞請她坐下，斟了熱茶來，笑道：「我們大夫人同二少爺兩個，輪番勸了大老爺好些時，才叫他點了頭。」

林依一愣：「二少爺？」

楊氏笑道：「二郎一心向著妳，羞到臉紅，還來求大老爺。」

林依心中裝了另外一事，與張仲微有著十分干係，打算買屋之後，講與楊氏知曉，求她幫忙，此刻聽說了此事，萬分感動，不免猶豫起來。

楊氏見她一臉為難，問道：「可是錢不夠？無妨的，反正有四間房要兩年後才能交付，妳先付一半便得。」

林依忙搖頭，定了定神，道：「我要不了那許多房，大夫人就將空著的三間賣我便得。」

楊氏急用錢，自然想都買，但她一時交不了房，講不起話，只好點頭，道：「正房一間，偏房兩間，全蓋的是瓦，共九貫，如何？」

林依一聽這價錢，唬了一跳，怎這般便宜？

楊氏見她驚訝，忙補充道：「銅錢，足陌。」又笑：「在外慣了，忘了這裡使鐵錢。」

林依明瞭，默默計算，銅錢與鐵錢，乃是以一抵十，換算過來，就是九十貫，所謂足陌，即是每貫一千文足，共計鐵錢九萬文。這價格，說高不高，說低不低，林依本可還價，但她白住大房房屋幾個月，想還一個人情，於是便未還價，答應下來。

楊氏確是急需用錢，見她連價都不還，料到她是存心助人，朝她感激一笑。

她們都是能書會寫，不消勞煩別人，即刻命流霞捧上筆墨，將契紙寫好，林依當初買田、立戶時，遮遮掩掩，生怕別個曉得，如今賺錢到了明處，反無甚顧忌，大大方方提筆，簽下了自己的名字。

楊氏自林依要買屋，就料到她立了女戶，此刻見契紙上果然簽的是「林依」二字，便向流霞笑道：

「林三娘仔細人，這置辦嫁妝若換做別人，定是不拘寫哪個族中至親的名字，哪會特特去立個戶籍。」

林依聽了這話，恍然，怪不得無人驚訝她買屋一事，敢情都當她在置辦嫁妝。她心中另有打算，不願這誤會繼續下去，遂一面慢慢摺契紙，一面斟詞酌句。

楊氏瞧她這般，猜到她有話要講，便命田氏與流霞退了下去。林依折好契紙再抬頭時，發現屋內只剩了她與楊氏兩個，不禁暗讚一聲，好個玲瓏人。

她琢磨了這一會子，開口時卻先扯了句旁的：「房契還需請個中人簽名才算作數。」

楊氏沒料到這話，一愣，笑道：「此事不宜走漏消息，咱們就請二郎來，可使得？」

林依聽她提張仲微，目光一黯，垂下頭去，艱難開口：「大夫人，我有一事相求——我想與張家退親，身邊卻無雙親幫我，能否勞動大夫人替我去說說？」

楊氏驚道：「這是為何？」

林依苦笑：「這門親，遲早要被二夫人尋機退掉，與其等她上門，不如我先提。」

楊氏明白過來，被退親的女子，總會讓人疑心有什麼毛病，哪還尋得到什麼好人家，只有主動去退，占個先機，才是兩說。

林依坐在楊氏側面，面容平靜，雙手卻緊攥著裙帶，微微顫抖。楊氏是過來人，瞧得這幕，便知曉她還是捨不得，只不肯委曲求全罷了。

林依久久未得到回應，便起身道：「是我魯莽，叫大夫人為難了，且當我不曾講過。」

楊氏淡淡一笑：「準備尋媒人去？」

林依心思輕易被她猜到，不禁怔住。楊氏抬手，叫她坐下，微微側頭，似在回憶：「誰不是這樣過來的，當年大老爺出仕，老夫人卻不許我跟去，使得我年過三十才生頭胎，差點沒把這條命斷送了。三郎三歲頭上，老夫人要留他在身邊親自養活，不許他跟著我們去任上，我們離家不出三日，三郎突發急病，深更半夜，鄉間又無郎中，等到奔去城裡請了來，已是延誤了病情，不然三郎怎會終日泡在藥罐裡，叫我白髮人送黑髮人。」

林依欲安慰她幾句，但她口中的「老夫人」，乃是林依族親，叫她不知怎麼張口，只得掏出塊帕子，遞了過去。

楊氏拭了眼淚，沒勸林依要忍耐，卻道：「妳這門親，若換作我，也是要退的。」

林依正以為她要答應幫忙，她卻又道：「大老爺同意把祖屋賣與妳，皆因妳遲早是張家人，若妳退親，這門生意，怕也是做不成了。」

林依暗自權衡，買屋重要，還是退親重要？張仲微待她，自然是好的，但若要她與方氏成為一家人，簡直不敢想像。她的手撫過腰間白玉環，突然想起浸在苦水裡的張八娘，忍不住打了個冷戰，問道：「大夫人，若我退親，還能繼續在妳家租屋搭伙嗎？」

楊氏聽得這話，便知她是鐵了心了，嘆息一聲，點頭道：「妳與二房退親，與我大房何干，自然一切照舊。」

林依放下心來，將房契掏出，當著她的面撕作粉碎，隨後起身行禮，道：「勞煩大夫人。」

楊氏望她良久，心中有話，卻還不到時候，只得點了點頭，道：「我伺機與妳去說，妳也莫要著急，等我消息便是。」

林依曉得，方氏主動退親是一回事，被退親卻是另外一回事，斷不會輕易同意，於是點了點頭，謝過楊氏，轉身辭去。途經廚房，楊嬸正在煎藥，見她臉色不對，忙問出了什麼事。林依哪肯講退親一事，便反問道：「與何人煎藥，哪個病了？」

楊嬸扇著爐子，瞧她一眼，道：「秋燥，二少爺喉嚨的老毛病犯了，有些咳嗽。」

林依在爐前左挪兩步，右挪兩步，晃得楊嬸眼花，抗議道：「三娘子作甚？無事就來幫我煎藥，莫要亂晃。」

林依似在等這話，忙應了一聲，蹲下，去接蒲扇。楊嬸還道她又開始待見張仲微，喜上眉梢，將位置讓與她，笑道：「煎好妳去送，他就在房裡。」

林依忙道：「我不過瞧妳辛苦，幫忙罷了，莫要與他講，藥也還是妳去送。」

楊嬸不解，嘟囔道：「二少爺待妳如何，妳不曉得？送個藥，叫他高興高興也好。」

林依苦笑，張仲微待她種種，她自然都記得，人心又不是鐵打的，何況本就有些感情在，哪有不感動的，但她竊以為，既不選擇與他在一起，何苦給些無心暗示叫他誤會，欲拒還迎，最為不齒。

她一面看爐子，一面與楊嬸閒聊，待得藥煎好，提了一句：「乾咳無痰，服藥無甚效果，不如拿淡鹽水早晚漱口，只怕還好些。」

楊嬸一向信服識文斷字之人的話，馬上開了櫃子取鹽來沖鹽水，暗道，林依連張仲微是怎樣咳法都清楚，想來對他還是有意的，大概是礙著方氏，才刻意裝作滿不在乎。

林依朝外看看，見無人，便掏出三張交子，塞進楊嬸荷包，道：「幫我交與二少爺。」

楊嬸正想著那些，就見她塞紙張，還道是書信一封，大樂，忙應了一聲，端著托盤，快步朝張仲微房裡去。

張仲微接過四四方方的一遝紙，聽說是林依所書，藥都顧不得吃，忙把楊嬸遣出，先來看信，歡歡喜喜展開一看，卻原來是三張交子，共三貫錢。他不知林依為何突然送錢與他，一陣雲裡霧裡，跑到廚房問楊嬸，楊嬸也講不上來，建議他去當面問林依。

張仲微袖了交子，到林依房前晃了晃，卻沒見著人，正準備去田間找找，張伯臨的丫頭如玉經過，見他立在林依房前，好心告訴他道：「林三娘就在屋後，挑小麥種子哩。」

張仲微謝過，自後門出去，繞至屋後，果見林依守在一隻大籮筐前，一面挑種子，一面指點青苗：

「只挑粒大飽滿的，莫教他們把癟殼的也種下田去。」

張仲微凝著青苗，不好開口，打過招呼，在旁磨蹭一時，向林依道：「妳叫青苗下去，我問妳件事。」

林依曉得他要問什麼，但她的兩百餘畝田，地已整好，底肥也已施足，立等播種，需趕著挑種子，只好歉意道：「勞你等一等，十天內冬麥得下地，不然錯過了播種時機。」

張仲微雖未種過小麥，但農時不等人的道理十分懂得，聞言點頭，但卻不走，在籮筐的另一邊蹲了，幫她們挑種子。

林依擔心方氏或任嬸瞧見，忙道：「你回去等，我挑完再來尋你。」

張仲微以為她嫌自己不會，問道：「可是挑小麥種子與挑水稻種子不同？妳教我呀。」

林依搖頭，朝牆那頭指了指，道：「小心又挨跪。」

張仲微脖子一梗：「我不怕。」

林依嘆道：「你不怕，我怕。」

張仲微頹然，方氏確是無理攪三分的人，若瞧見他在這裡，連著林依一起怪罪，極有可能的事。他垂頭喪氣起身，蔫道：「晚飯後再來尋妳。」

林依隨口應了一聲，頭都沒抬，手下速度依舊，倒是青苗不忍，將張仲微背影瞧了幾眼，道：「二少爺有些失望呢，三娘子，妳與他多講兩句又能怎地。」

林依將挑好的一簸箕種子倒進空籮筐裡去，用眼神示意她趕緊幹活兒，道：「哪裡有空，今兒不把種子挑出來，明日就開不了工。」

青苗連忙回神，專心挑種子，問道：「若是天黑前挑不完，咱們要打夜工？」

林依語氣堅決：「那是自然，除非想餓肚子。」

青苗一聽任務繁重，忙去廚下借了兩隻小板凳，與林依一人一個，坐下幹活。主僕二人直忙到天黑，還未完工，匆匆扒了兩口飯，回房掌燈，繼續忙活。

張仲微見她們忙碌，不忍再去打擾，直到瞧見兩百餘畝的小麥種子全部下地，才去尋林依，將她攔在田邊的小竹林裡。

林依左右瞧瞧，這環境若被人看見，夠被誤會一場的，便不等他發問，主動解釋道：「那是家具錢，我也不曉得具體幾多，若是少了，你與我講，回頭添上。」

「什麼家具？」張仲微問道。

林依見他口中發問，眼睛卻望著別處，一看就是心虛模樣，忍不住笑道：「不會扯謊就別講，我屋裡的家具，不是你買的？」

「不是。」張仲微臉紅，卻把交子還到她手中，抵死不認。

林依將交子捏了捏，道：「你不收錢也罷，但買家具的錢，哪裡來的？」

張仲微道：「找村中木匠做的，也沒花幾個錢。」此話一出，他臊得別過頭去，方才還不承認，此刻卻不打自招。

林依暗笑一氣，轉身朝林外走，張仲微忙道：「我還沒問完。」

林依只得停住，背靠一株老竹，聽他言語。

張仲微繞到她面前，盯著她的臉，認真問道：「為何總不理我，我哪裡不好？」

林依垂了頭，猶豫再三，還是沒講她託楊氏退親一事，只嘆息一聲：「不是你不好，是你娘……她待我如何，你也瞧見了，無事還要為難我幾回，若我理你，日子更不好過。」

提及方氏，張仲微語塞，將地面一層竹葉踢了幾腳，道：「是我考慮不周，我來想辦法。」

林外傳來話語聲，似是佃農來林邊歇息，林依怕被人瞧見，雖不相信張仲微有解決之道，但還是胡亂點了點頭，先一步離去。張仲微照著她吩咐，留了一刻鐘，方才走出林子，朝家裡走去，才到房門口，就聽見如玉喚他：「二少爺哪裡去了，叫我一陣好尋，大少爺找你瞧文章呢。」

張伯臨臥房就在他隔壁，兩步即到，走進門去問：「哥哥又新作了文章？」

張伯臨招呼他坐下，取了支筆與他，道：「我詩作雖勝你一籌，文章卻不如你，勞你幫我改一改。」

張仲微也不謙虛推辭，接筆，逐字逐句讀去，圈了兩三處出來，笑道：「我寫的那篇，還不如這個，哥哥真是精益求精。」

張伯臨將書桌上擱的一張名帖拿起來，抖了一抖，忿忿道：「還不是爹，非要我們寄文章給李簡夫，我雖不屑於此，但若寫的不濟丟了臉面，終歸不好。」

張仲微訕道：「怪我沒把他名帖收好，叫爹瞧見了。」

原來張梁有一日考校兒子們學業，在張仲微書房看見李簡夫名帖，得知他對張伯臨頗有賞識，驚喜交加，當即要遣兄弟倆去雅州拜訪，但孫子與祖父守孝，須得一年，孝期未滿，不好出門，便改作命他們一人作篇文章，先寄去與李簡夫瞧，請他指點一二。

作文章，張伯臨與張仲微都不怯場，但卻不屑於巴結權貴。張仲微老實，雖有不滿，但也無甚怨言；但張伯臨性子直，膽子又大，文章雖是作了，卻每日要把李簡夫罵上數遍，捎帶著還要埋怨張梁。

張伯臨取回文章，照著張仲微的指點一一改了，喚進如玉，命她重新洗筆磨墨，預備他謄寫文章。張仲微講了幾句「爹也是為了我們好」等語，張伯臨擺手道：「我又沒怪你，念叨這些作甚。」言罷喚如玉：「口渴，倒茶來吃。」

如玉應著，忙丟了墨條來倒茶，朝張伯臨嬌羞一笑。張仲微愣頭愣腦，心道不過遞個茶，有什麼好笑的。張伯臨對他擠眉弄眼，努嘴道：「可曾後悔把丫頭送出去了？」

張仲微搖頭，暗道，我才不要有個傻頭傻腦的丫頭，沒事衝人笑。他走到書桌另一邊，接過如玉手中的活兒，將她遣出去，又命她隨手關門，轉頭向張伯臨道：「哥哥，我有一事請教。」

張伯臨口中問：「何事？」眼睛卻朝外面瞟，兄弟磨墨，哪有美人兒來得賞心悅目。

張仲微嘆了口氣，將方氏不待見林依之事講了，問道：「哥哥可有辦法，叫娘親喜歡三娘子？」

張伯臨將個筆帽拋了拋，撇嘴道：「這哪能怪娘，誰人會喜歡兒媳與自己頂嘴？」

林依在方氏面前不甚恭敬，那也是被欺壓狠了，不得不反抗，她被方氏冤枉那回，張仲微是瞧見了的，難道這樣，也不能有絲毫怨言？

張仲微道出心中疑惑，張伯臨立刻作了肯定答覆：「那是當然，兒媳在婆母面前，自當恭順，不能有半個『不』字。你若真想叫林三娘進咱們張家門，就勸她忍耐些，你自己在娘親面前，也莫要執拗，一味惹她生氣，只有哄得她開心，親事才有指望。」

張仲微聽得一愣一愣，只是逆來順受這招，對方氏有用嗎？林依一日無錢無依靠，她就一日瞧不上，再恭順又有何用。張伯臨瞧出他心中所想，道：「伯父與我們講過諫議大夫的家訓，你忘了？」

張仲微回想一時，背道：「子甚宜其妻，父母不悅，出；子不宜其妻，父母曰，是善事我，子行夫婦指禮焉。」

張伯臨見他磨墨磨得心不在焉，搶奪過來，道：「可知曉意思？」

張仲微的腦袋垂了下去：「娘不喜三娘子，我再喜歡，也得出婦。」

張伯臨道：「既然曉得，就順著娘些，與她作對有甚好處。」說完朝窗外招手，叫如玉進來磨墨。

張仲微得了建議，起身告辭。順從方氏，他能做到，但難與林依啟齒，著實煩惱。他在房前焦躁走來走去，被流霞瞧見，進去報與楊氏知曉，楊氏略一思忖，吩咐道：「請二少爺進來說話。」

流霞得令，出去請張仲微進來。張仲微進屋行禮，見只有楊氏在座，便問張棟。楊氏笑道：「你伯父才讀完同僚來信，寫回信去了。」

張仲微道：「伯父雖丁憂，卻仍關心朝中之事，叫人佩服。」

楊氏擺手道：「走了為官這條路，身不由己罷了。」

說話間流霞端上茶來，楊氏笑道：「嘗嘗我這茶，比你家如何。」

張仲微心中有難事未解，哪裡嘗得出味道來，胡亂吃了一口，道：「果然好，伯母哪裡買來。」

楊氏瞧出他是客套，也不介意，道：「這是自東京捎來的。」

「東京繁華，難怪。」張仲微一面順著她的話朝下講，一面疑惑，好端端的，楊氏為何特特尋他來閒話？

楊氏掀蓋吹了吹，慢慢啜著，突然問了句：「二郎可曾想過去東京？」

張仲微不好意思一笑，答道：「自然想過，後年科考開場，我與哥哥，都想赴京一試。」

楊氏歡喜道：「你有志向，甚好，必能高中進士及第。」

張仲微謙遜兩句，沒了話講，靜坐不語。他臉上寫滿煩惱，一瞧便知，楊氏故意問道：「既是要參加科考，為何不回房讀書，在門口晃什麼？」

張仲微雖喚楊氏一聲伯母，但多年才見，並不相熟，不大願意與她講心事，只道：「謝伯母教誨，我這就回去背書。」

楊氏見他真個兒起身，忙道：「且慢，讓我猜猜，可是與林三娘鬧了不愉快？」

張仲微一愣，沒有作聲。

楊氏自顧自道：「女人怕婆母，人之常情，若是有出息中進士，謀個官當，帶了她去任上，豈不兩兩快活。」

張仲微不由自主接道：「這個我曾想過，可那也得我娘先答應迎娶三娘子過門。」

楊氏隻字不提林依要退親一事，只道：「二郎，與你打個賭，只要你考中進士，我就能讓林三娘嫁你，如何？」

張仲微先是歡喜，可仔細一琢磨，這賭約於楊氏並無好處，她為何好心幫自己？他向來不會拐彎抹角，心中有疑惑，就直接問了出來。以楊氏精明，怎會做無利之事，但她只是微笑：「我拿你當親兒，替你打算，你倒疑心起我來了。」

張仲微聽出她話語裡有怨氣，不敢再問，又想，不論如何，考個進士總沒有錯，於是謝過楊氏，回房苦讀。

流霞收拾了茶盞，道：「二少爺一門心思都在林三娘身上，二夫人卻想方設法要退親，林三娘半句話也不敢與他多講，他怎沉得下心來讀書。」

熏爐裡有塊香餅燃著，楊氏盯著那煙望了一時，出聲道：「林三娘在哪裡？」

流霞自窗子朝外望了一眼，回道：「在家呢，我請她過來？」

楊氏搖頭道：「不必，我去瞧她。」

她站起身來，扶了流霞的手，朝偏房那邊去，進得屋內，一陣淡淡香氣撲面而來，原來是桌上一只粗瓷瓶，插了一把野菊花；四面環顧，一床、一桌、一櫃，床下隱約可見兩只衣箱，房內陳設，實為簡陋，但靠窗卻有一張書桌，有筆，有紙，一隻竹節做成的筆筒，立在算盤角上。林依正坐在桌邊，捧著本書，專心致志翻看。

青苗自外面回來，瞧見楊氏與流霞靜靜立在門口，忙上前招呼，往屋裡讓。林依聽見聲音，這才曉得來了客，忙起身相迎，笑道：「看書入了神，竟沒瞧見大夫人。」

楊氏落座，接了青苗遞過來的茶，望向書桌，問道：「什麼書叫三娘子這般入迷？」

林依大方取了書與她瞧，原來是本《齊民要術》，道：「眉山城到底小地方，我買了好幾本農書，只有這本看得，其他都是胡謅。」

楊氏笑道：「妳不曉得，許多寫農書的人，自己根本沒下過地。」她將書隨手翻了幾頁，仍還與林依，道：「我那裡有本《四時纂要》，妳若想看，我叫流霞取來。」

林依歡喜謝她，又驚訝問道：「大夫人也看農書？」

楊氏道：「大老爺在任上時，也曾置過幾畝地，後來三郎病中缺藥錢，才賣了。」說完命流霞回房取書，又吩咐青苗：「我那裡農書有好幾本呢，妳隨流霞姊姊去瞧瞧，看哪些三娘子沒的，就拿來。」

這分明是要支開下人，好與林依講話，青苗卻轉不過彎，兀自道：「我認不了幾個字，哪裡曉得三娘子要什麼……」一語未完，被流霞硬扯著出去了。

自家丫頭不夠機靈，林依有些不好意思，面兒上訕訕的。

楊氏善解人意，忙道：「老實些才可靠。」

林依一想也是，不然為什麼拿冬麥換了她來，遂展顏笑了，又道：「大夫人所來何事？是退親一事，二夫人不同意？」

楊氏親自起身，關了房門，再才重新坐下，道：「退親的事，我沒與二夫人講。」

林依奇怪，問道：「為何？」

楊氏道：「二郎正在苦讀，以備後年科考，此時提退親一事，勢必叫他分神，因此我沒去講。」

這層干係，林依真沒想過，此時經楊氏一提，覺得有理，不由自主地輕輕點頭。楊氏瞧在眼裡，道：「妳與二郎的婚事，乃是老夫人訂下，老太爺也點過頭的，此時尚在孝期，就算二夫人要提退親，也至少是在兩年後。」她講完理由，又與林依商議：「既然如此，妳何不再等上兩年，就當是為了仲微前程。」

林依素來心細，想到張仲微前程與她楊氏何干，為何如此熱心快腸？因此，她雖認同此話，但卻未立時同意，先問：「是仲微求大夫人來與我講的？」

楊氏搖頭，道：「是我自己的主意，仲微是我侄兒，自當替他考慮。」

林依暗忖，楊氏用心不可得知，但講的這些話卻是有道理，於是便答應下來。楊氏將張仲微前程看得極重，見她點頭，很是高興，拍了拍她的手，起身告辭。林依亦起身，問道：「天氣一天比一天冷了，青苗還在地上睡著，指不定哪天就病了，我看大夫人還有一間偏房空著，可否一併租與我，我拿來與青苗住。」

楊氏正是缺錢的時候，有人要租屋，哪有不肯的，忙點頭應下，又道：「每月百文，如何？只消把那間的錢，妳現住的這間，還是不收錢。」

林依福身謝過，送其到門口，待青苗回來，遣她去送賃錢時，卻是照著兩間房的價。楊氏收了錢，在手裡掂量，問流霞道：「妳覺著林三娘是什麼意思？瞧我們家窮了，有心幫一把，還是不願欠我人情，免得拿人手短？」

流霞認真想了一時，笑道：「依我看，林三娘有大智慧，自然是兩者兼有。」

楊氏也笑起來，道：「這樣才好，我寧願她心眼子多些，也不要個蠢物。」

田氏就在一旁，這話有含沙射影之嫌，叫她神色黯然，默默退至自己臥房，大哭了一場。只可惜人人都有事情要忙，誰有功夫來搭理一名寡婦，獨自傷心罷了。

林依雖不信楊氏好心，但還是將她的話聽了些進去，再與張仲微打照面時，不像先前那般冷顏，免得令他難過，影響了讀書的心情。張仲微以為她心思回轉，反倒安定下來，全心投入備考，每日除了背書，就是寫文章，輕易不踏出房門。方氏瞧在眼裡，喜在心裡，與張梁玩笑道：「男人都是一時的熱度，沒幾日就倦怠，你看仲微，如今只在房裡苦讀，根本不搭理林三娘。」

這玩笑話著實沒水準，叫張梁聽了難受，遂板了臉斥道：「妳身為仲微娘親，竟講得出這種話，虧得你們方家還自詡書香門第。」

方氏最惱他張口閉口「你們方家」，頓時也黑了面，指使任嬸把冬麥掐了幾下，威脅道：「別以為我不曉得你們搗什麼鬼，莫忘了還在孝期。」

張梁惱羞成怒，反擊道：「外頭謠言紛紛揚揚，都道爹是被妳氣死的，我念妳為張家育有兩個兒子，只當沒聽見，妳倒好意思指責起我來。」

任嬸在旁默默念經，罷喲，你們二位，大哥不消講得二哥，這些事體抖落出去，丟死個人，還是都睜一隻眼閉一隻眼算了。

方氏罵不過張梁，又怕他丟板凳，便將氣撒在了冬麥身上，罵道：「好吃懶做的妮子，杵在那裡作甚，還不去田裡把地翻一翻。」

冬麥是丫頭，就算與張梁有私，也不敢在正室夫人面前頂嘴，只得委委屈屈轉身朝門口走。張梁認為方氏是在給顏色他瞧，譏笑道：「咱們家的田，不是都租與了林三娘，哪裡還有地可翻。」

方氏見他當著下人的面嘲諷自己，火氣竄得老高，還嘴道：「怎麼沒得田，我隨嫁田裡不是還有幾畝旱地？若不是你三年一趕考，花費驚人，變賣了我的田，還有水田給她翻哩。」

哪個男人不忌諱別個講他吃軟飯，私下埋怨也就罷了，她竟當眾掀人老底，特別是冬麥還在場。張梁此刻殺了她的心都有，遂將任嬸冬麥都趕了出去，關了房門，與方氏一架大吵。

任嬸走出門來，立時聽到裡頭傳來砰砰之聲，連忙跑到牆邊站定，不許任何人靠近。她顧及方氏臉面，冬麥卻是幸災樂禍，走到廚下，站在門口道：「楊嬸，我來幫妳做飯。」

此話一出，別說楊嬸，就連隔壁廚房門口擇菜的流霞都驚訝：「今兒日頭打西邊出來了，冬麥竟要下廚。」

冬麥說是來做飯，不但不進門，反倒往後退了兩步，好讓流霞聽得更清楚：「二夫人正與二老爺不對盤呢，我哪敢去觸霉頭，這才來廚房躲躲。」

女人天生愛八卦，流霞不由自主抬頭，朝正房那邊望去，楊嬸手裡還舉著鍋鏟，也跑了出來，倚門遠望。冬麥暗笑，還嫌場面不夠大，又去張伯臨房門口，向如玉悄悄招手。

如玉心裡，自己是跟張家兒子的，冬麥是跟張家老子的，矮了一輩，於是對冬麥頗為尊敬，見她招手，連忙擱了墨條，跑出去問道：「冬麥姊姊有事？」

冬麥「好心」道：「二夫人正與二老爺吵架，妳暗中提醒大少爺些，免得他誤打誤撞跑了去，被哪個遷怒都不好。」

如玉謝過她，卻不回房知會張伯臨，先朝東邊張望，嘖嘖道：「還真是在吵，聽得見聲響，也不知二夫人惹了二老爺什麼。」

冬麥又是一陣好笑，站在地壩四顧，還有楊氏婆媳與林依主僕沒通知到，楊氏平素待人雖和氣，卻是不怒自威，她不敢去招惹；田氏是個寡婦，她不願搭理。再一想到林依，突然記起，方氏之所以與張梁吵起來，起因就與林依有關，冬麥雖嫌林依窮，有些瞧不起她，但對她將自己送與張梁，還是有些感激的，遂走到青苗房前問道：「林三娘在家，還是在田裡？」

青苗回道：「冬麥正出苗，三娘子怎會在家，自然是在田裡看著。」一句講完，才意識到面前這位也叫「冬麥」，噗哧一聲笑了。冬麥最嫌自己的土氣名字，聽見笑聲，狠瞪了她一眼，才轉身去田裡。

林依正在田間忙碌，指揮眾佃農劃鋤，以防土壤板結。冬麥站在田埂候了一時，見眾人都只埋頭做活，無人睬她，只得兩手合攏作喇叭狀，高喊一聲：「三娘子。」

林依聽見叫喚，抬頭一看，見是冬麥，還道方氏又生事，忙上前問道：「何事？」

冬麥故作神祕，非要她爬上田埂，才附耳道：「二老爺與二夫人為了妳，正在家吵架呢，聽說還動了傢伙。」

張梁因金姊一事，恨著林依，因此在對待林依的態度上，與方氏根本沒有分歧，豈會因她而吵架。林依根本不相信冬麥這話，敷衍道：「多謝相告。」說完就又下田，仔細查看小麥鬆土情況。

張梁不喜林依，冬麥並不曉得，猶自嘮嘮叨叨，眼見得林依漸行漸遠，索性也跳下田去，跟在她身後道：「三娘子，妳如今也是小有資產的人了，怎受得了二夫人那般詆毀妳，還不趕緊回去，與她理論一番。」

林依忙得連水都沒空喝，哪有精力來搭理她，一個轉身，瞧見她兩片嘴開開合合，實在心煩，暗道，禍水東引的招數，使得這般明顯，打量誰是傻子呢？她朝左右望望，自一名佃農那裡取來鋤頭，塞進冬麥手中，道：「我看妳閒得緊，想必二夫人沒與妳派活兒。正好我這裡缺人手，勞煩妳幫忙翻翻地，中午我管飯。」

冬麥最怕髒活重活累活，連忙把手背到身後去，道：「我不會。」

林依不依不饒，非要把鋤頭塞給她，嚇得她轉身就跑：「二老爺叫我呢，我得趕緊回去。」

佃農們大笑，皆道：「張家的地雖多上幾畝，可還不是農戶，怎養了個連地都不會翻的丫頭。」有一人見識廣些，道：「你們都是村人，那是專門與張二老爺暖床的。」

其他人不懂「暖床」含義，紛紛問詢，那人得意，一面鬆土，一面高聲講解。

林依聽得他們越講越不堪入耳，不好站在一旁，抬頭一看，已近正午，於是起身回家，準備吃午飯。她進得院門，不由自主朝正房方向瞟了一眼，只見張梁坐在堂屋裡，楊嬸正在上菜，卻不見方氏身影，再朝旁邊臥房一看，房門是緊閉的，想必是她還未出來。

回到房內，青苗端上水，捧過澡豆，林依撮了一點兒揉起泡沫，將手洗淨，走去吃飯。大房飯廳，原本設在偏房，但如今那間改作了青苗臥房，因此各女眷都到楊氏臥房吃飯。

林依到時，楊氏已在上首就座，田氏打橫，待她行過禮，流霞笑道：「大夫人瞧三娘子這幾日辛苦，特特向隔壁張六家買了幾枚雞蛋，炒了一盤，三娘快來嘗嘗味道如何。」

林依忙著道謝，楊氏卻責備流霞：「什麼好物事，還特特拿出來講，三娘子在二房搭伙時，飯食比咱們的強上百倍。」

林依在田氏對面坐了，笑道：「在大夫人這裡吃白菜蘿蔔，也比在那邊吃肉香些。」田氏語氣帶著些幽怨，道：「林三娘就是會講話，難怪大夫人喜歡妳。」

林依聽著這話味道不對，沒敢接，一笑帶過，與楊氏商量道：「二房伙食好，全靠養豬養雞，他們養得，我們也一樣能養，等到開春，咱們把豬和雞都養起來，只怕桌上的肉比他們的還多些。」流霞與青苗都是勤快人，不待楊氏開口，先連連點頭。楊氏道：「養雞倒使得，養豬恐怕不能，剩下的兩間偏屋，一間要作糧倉，一間堆著菜。」

林依問道：「正房不是還空著一間？把菜挪去可使得？」

楊氏腦中，沒有正房用作雜房的道理，遂道：「不如妳將正房租去，騰出偏房來改作豬圈。」

林依才不願與方氏挨得近近的，出入都要與她打照面，便堅決搖頭，道：「大夫人不願用正房，也使得，咱們在屋後另搭個豬圈，如何？」

楊氏還是搖頭：「養豬不比養雞，難著哩，豬是要吃糧食的。」

豬吃粗糧，的確是一般人家的養法，正因為如此，村中養豬人家，只限於大戶，沒得百來畝地的人家，根本不敢搭豬圈。

林依夾了一筷炒雞蛋，道：「雞能吃菜，豬也能吃，還有，漫山遍野的豬草多著呢，每日叫丫頭們去打上幾筐，盡夠了。」

楊氏不信肥豬光靠吃草吃菜就能活，便道自家信佛，又在孝期，養幾隻雞與林依換換口味便得，養豬實在不必。林依勸服不了她，無法，只得甘休。

三人飯畢，挪到旁邊吃茶，流霞來收拾飯桌，問道：「大夫人，聽說二夫人病了，咱們要不要備一份禮，去探望探望？」

楊氏與田氏都還不知方氏與張梁吵架一事，俱驚訝道：「早上還好好的，怎麼突然就病了？」

流霞朝額上指了指，笑道：「上回是這裡，這回不知是哪裡起了包。」

楊氏明白過來，敢情是兩口子幹了架。

流霞道：「分家時二夫人霸道，咱們吃了虧，這次定要去探病，趁機奚落她一回。」

田氏面露不忍，道：「何必，得饒人處且饒人。」

楊氏對於田氏之言，向來是要反駁的，這回卻讚賞點頭，道：「遠觀笑話尚可，落井下石，不是聰敏人所為。」

林依在旁聽著，暗道一聲受教，心生幾分佩服。

方氏這一病，張家安靜許多，林依頓覺背後少了一雙眼睛，趕忙進城，將賣菜賺的錢買了十來畝水田，順路教青苗如何與牙儈談價，如何立契。

此時兩百餘畝小麥已全部出苗，林依帶了青苗，每日在田裡查苗，發現有缺苗斷壟的，立時補中浸種催芽的種子。佃農們從沒見過這般仔細的種法，嘖嘖稱奇，也有些吃不著葡萄嫌葡萄酸的人，或不屑一顧，或講些風涼話。

林依被方氏冷嘲熱諷慣了，聽了倒不覺得什麼，青苗卻是年小氣盛，每每氣得不輕，與人吵嘴不停，往往要林依停了工去勸架，頭疼不已。

一日，李簡夫來信，稱收到張伯臨與張仲微的文章，十分喜愛，邀請他們來年赴雅州一聚。張伯臨與張仲微並不當回事，張梁卻是欣喜若狂，捧了書信與張棟瞧，道：「這可是李太守親筆所書。」

張棟亦是高興，道：「看來李太守極為賞識大郎二郎，明年他們出孝，正好去雅州一趟，只是我們重孝在身，不得隨往了。」

張梁微微有些失望，但還是道：「他們也大了，獨自出門無甚要緊，待得兩年後我們出孝，正是開考之年，我帶他們赴京前，再親自去拜訪李太守。」

張棟瞧著兄弟有兩個好兒子，春風得意，說不羨慕，是假的。想起早逝的張三郎，難免黯然，又不好顯露，還要強打精神與張梁出謀劃策，將以前聽來的李簡夫喜好等事，講與他聽。

張梁自覺攀上了權貴，兒子前程有望，欲開席設酒，宴請親朋，但時值孝期，不得鋪張，只得從簡，命楊嬸拾掇了一桌好菜，請大房一家吃飯。林依不在被邀之列，大房又沒開伙，正愁午飯無法解決，就見如玉端了只托盤來，站在門口笑道：「我到廚房揀了幾樣菜，也不知合不合三娘子胃口。」

林依忙叫青苗把托盤接過來，又請她進來坐坐。如玉也不推辭，進得屋來，卻不落座，只站著說話，問道：「三娘子近日忙呢？」

如玉還是頭一回進林依房門，林依料得她有事，又感念她送飯來，便道：「無事瞎忙活，妳有事？」

如玉道：「若是青苗得閒，我想請她教我一樣活計。」

林依好奇問她要學什麼，她卻扭捏著不肯答，林依見她這副模樣，猜到與張伯臨有關，便不再問，道：「青苗白日裡要下地，妳若不是要緊事，我叫她晚上去尋妳，可使得？」

如玉歡喜道：「不消她去尋我，我自來找她。」

林依應允，晚上特意沒安排青苗的活兒，讓她去會如玉。但還沒掌燈，青苗就哭喪著臉回來了，一問才知，原來如玉是要她幫忙繡雙鞋墊，許諾十文錢，但她卻不會這活計，錯失賺錢的機會。

林依道：「她既有十文錢，再添上些，到城裡買一雙便得，何苦尋妳來做？」

青苗回道：「她說有個什麼『吃』的物事要繡上去，外頭買不到，這才到處求人。」

吃的？林依捧著腦袋想了好一時，走到書桌旁取了本詞集來與青苗瞧，問道：「可是這樣的？」

青苗認不得幾個字，只大略記得形狀，猶豫著點頭：「大概就是這個。」

林依問道：「她要納鞋墊與誰？」

青苗噘著嘴道：「除了大少爺，還能有誰。」她還在為沒掙到十文錢懊惱，林依瞧著好笑，便道：「如玉要繡哪首詞，妳去要了來，我教妳納鞋墊。」

青苗驚喜道：「三娘子會？」

林依點頭：「楊嬸教的。趕緊去，再耽誤就要掌燈了，十文錢可打不到燈油。」

青苗忙應了一聲，飛奔而去，轉眼帶了張紙回來，遞與林依瞧。林依接過來一看，上頭寫著兩句：「臉慢笑盈盈，相看無限情。」原來是首情詞，瞧上去還是張伯臨的筆跡，林依一問，果然是他寫來贈與如玉的。

青苗羨慕道：「大少爺待如玉真好，特特寫『吃』送她，她還與我念了個什麼『書中自有顏如玉』，說那個『如玉』就是她，真是鬧不懂，她怎會進到書裡去？」

林依笑道：「不是『吃』，是『詞』。至於書中為何有顏如玉……待得農閒，我多教妳認幾個字，妳也讀上幾本書，就懂得了。」

青苗點頭，認真瞧她納鞋墊，看了一時，突然疑惑道：「我雖不懂什麼『詞』，但也曉得是好東西，可如玉為何要將它繡到鞋墊上，任大少爺的臭腳丫子踩？」

林依忍俊不禁，丟了才繡幾針的鞋墊，伏在桌上一陣大笑，青苗不明白，也跟著傻笑一氣。

過了幾日，鞋墊繡好，如玉付了錢，另加兩文封口費，將那鞋墊以自己的名義送與了張伯臨。張伯臨見那上頭繡了詞句，直誇如玉知情識趣，又拿到張仲微面前炫耀，道：「誰叫你把個丫頭送了人，不然也有人與你繡鞋墊。」

其實因他們即將遠行，楊嬸早就繡了好幾雙鞋墊送過來，但那都是些「萬字格」，哪有這雙「情詞」鞋墊好看，張仲微嘴上講著不在乎，其實心裡羨慕得緊，第二日就將林依堵在了麥田旁的小竹林。

此時方氏仍在裝病，任嬸在跟前侍候，沒了這兩個盯梢的，林依沒像往常那般急著躲開，問道：「有事？」

張仲微盯著地上的一根竹筍，道：「馬上要過年了。」

林依不知其意，茫然點頭：「是，怎麼？」

張仲微仍盯著那根竹筍瞧：「過完年我就要動身去雅州了。」

林依依舊茫然，去雅州，並未出蜀，算不得遠行，為何特特講這個？她想不出答詞，只得傻傻講了一句：「一路順風。」

張仲微一腳踢斷竹筍，提高了些聲量：「我要去雅州了。」

林依從沒見過他這般磨磨唧唧，也不耐煩起來，道：「有話就直說，沒話我可就走了。」

張仲微見她真要轉身，忙道：「路遠……費鞋哩……」

林依琢磨好一陣，試探問道：「你沒鞋穿？這個我可不會，買雙與你？」

張仲微面露歡喜，連忙道：「不必，做雙鞋墊便得。」

林依哭笑不得，繞半天圈子，就為雙鞋墊，為何不直截了當講來，這可不像他的性格。

張仲微磨蹭一時，扭捏道：「如玉才給我哥哥繡了雙帶詞的，妳也與我繡一雙。」

林依見慣了直愣的張仲微，頭一回瞧見他害羞模樣，很覺得有趣，盯著他漸紅的臉瞧了好一時，才笑著應了，問道：「你要繡哪首詞？」

張仲微聽了這話，竟惱起來，氣鼓鼓道：「這妳還來問我？」

林依明明沒有做錯事，卻莫名有了心虛感覺，不敢去看他的眼，胡亂應了一句，故作鎮定重回麥田，隨手撈了把鋤頭，開始翻地。

青苗在旁驚呼：「三娘子，我們在澆冬水，妳翻地作甚，把麥苗都折斷了。」

林依慌忙丟了鋤頭，道：「我有些不舒服，先回去歇歇，妳在這裡多盯著點。」

青苗瞧她臉上潮紅一片，真似病了，忙問：「我去請遊醫？」

林依連忙搖頭，一路跑著回家，踏進房門，突然有疑惑，若沒有張仲微這層干係，楊氏還會不會爽快租屋與她住？抬眼四顧，那床，那櫃，都是張仲微雪中送炭，還有桌上昂貴的竹紙，細心裝訂的字帖……收摘白菘，張仲微替她攔下偷菜人……潑皮上門，全靠張仲微相擋……她林依如今能安然住在這裡，受著張家庇護，能說不是因為張仲微？但她卻一味拒絕，一味將他往外推，美其名曰長痛不如短痛——一面享受著他帶來的好處，一面如此姿態，是否有忘恩負義之嫌？是否比欲迎還拒更加可恥？

林依越往深處想，越發痛恨自己，不知不覺陷入深深迷惑，取了針線來繡鞋墊，更是不曉得要繡什麼詞，才能表達自己的矛盾心情，最後索性什麼也沒繡，留了一片空白。

鞋墊繡好時，方氏裝病結束，開始出房門，四處巡視，林依不好親自與張仲微送去，只好託了青苗代辦。青苗見了那雙空白鞋墊，大惑不解，道：「三娘子巧手，為何不繡朵並蒂花兒上去？」

林依白了她一眼：「詩詞妳不解意，花兒倒是懂得。」

青苗一縮頭，忙將包好的鞋墊接過來，拿去送與張仲微。

張仲微接了包裹，迫不及待打開，卻見一片空白，不僅無他想要的詞句，甚至連朵花兒也不見，疑惑道：「三娘子不會繡？」

青苗一挺胸：「才不是，我們三娘子手巧著呢。」

張仲微將鞋墊晃了一晃：「那這是為何？」

青苗搖頭：「你讀書人都不曉得，我怎麼知道。」

待她離去，張仲微獨坐苦思，仍得不出答案，欲去問林依，又無奈方氏盯得緊，只得走到隔壁，向張伯臨請教。張伯臨正盯著如玉新換的花襖兒出神，想以此為題，作首好詞，聽了張仲微所問，心不在焉道：「滿腹心思，不知如何道得，自然是空白一片。」

這便是所謂旁觀者清？隨口之語，反無意猜中。

張仲微聽了這話，再瞧門外站崗似的任嬸，若有所悟，自此以後，無事再不去招惹林依，以免與她添麻煩。

麥田裡澆過冬水，家家戶戶開始忙年，有錢的宰豬，無錢的殺雞。地裡已無什麼要緊事做，只等來年麥苗返青，林依每日便只去田邊查看一遍，餘下時間，忙著幫張家大房準備過年物事。

這日，張家二房殺年豬，照規矩請左鄰右舍、相熟親友吃豬血飯，方家亦在被邀之列。林依本以為他們不會來，不料張八娘卻得了王氏特許，由方正倫陪著，回娘家來了。林依喜出望外，不顧方氏也在，朝堂屋坐了，聽張八娘言語。原來她已有孕三個月，王氏這才放了她回來。林依打心裡替她高興，方氏激動得跟著楊氏念起了佛，張梁則不顧重孝在身，在外與方正倫吃了個大醉，直呼閨女有指望。

方氏心情好，看誰都順眼，與張八娘講完話，許她去林依房裡敘舊。林依小心翼翼扶了張八娘胳膊，慢慢走著，張八娘笑道：「不過懷了身子，什麼大事。」

林依不聽，依舊慢慢走，張八娘且嗔且笑，反攙了她胳膊，親親熱熱到房中坐下，互訴別後生活。

林依瞧張八娘臉上都是笑，便放心先發問：「方正倫如今待妳可好？」

張八娘成親不算久，講起這些，還帶些羞意，只將頭點了點，道：「自我有了身孕，就不曾去過勾欄，只收了個通房。」

這叫待她好些？林依張口結舌，正欲「點醒」她，忽地想起在她心中，男人納妾是天經地義的，這想法放在大宋，確是沒錯，但她柔弱，又無甚心眼兒，林依很是擔心她能否彈壓得住，遂婉轉提醒道：

「妳能容人，是妳賢慧，但須記得妻妾有別，莫要太慣著她。」

張八娘笑道：「我自真心待她，她也定當真心待我，彼此誠心相對，自然和睦。」

林依歷經太多磨難，平素的性子，不自覺帶著些漠然，但一到張八娘面前，就急躁起來，恨不得跳起來敲她兩下，好把她敲醒。她曉得，有些話對張八娘講是徒然，遂忍了下來，只問她些孕期趣事，待到她辭去，才悄悄去尋方氏，將方正倫新收了通房的事講了，又道：「八娘子說她要真心待那通房，若那通房好，倒還罷了，若是個壞的，八娘子豈不要吃虧，有些話，我說了她不聽，二夫人勸著她些。」

方氏曉得林依與張八娘相厚，所言應是真心話，她欲親自回娘家與王氏理論，但無奈尚在孝期，不好出門，便招來任嬸，面授幾句，遣她代行。

任嬸得令，朝方家而去，稱她是代方氏來探望張八娘，王氏懶怠見她，直接叫她去了張八娘房裡。張八娘才從娘家回來，就見任嬸又來探望，雖驚訝，但仍歡喜，拉著她講個不停。任嬸一面搭話，一面留神立在張八娘身後的通房，只見她面兒上表情雖還算恭敬，但一雙眼卻不甚安分，但凡張八娘要茶要水，她服侍起來總似慢了半拍。

任嬸將這情景牢記在心，回報方氏得知，方氏大怒，顧不得什麼孝期不孝期，跑回了娘家去，指責王氏道：「八娘子懷著身孕，本就辛苦，妳既為婆母，又是舅娘，不體諒她些也就罷了，還塞個狐媚子到她房裡去，萬一惹她動了胎氣，如何是好？」

王氏看在未出世的孫兒分上，讓著她三分，好言辯解：「那丫頭性子好，又細心，平常只在八娘身前侍候，都不大朝正倫跟前去的。」

方氏家中是有個冬麥的，哪裡肯信她的話，不管王氏怎麼講，她反覆只有一句話：「賣了那通房。」

王氏暗罵，給妳臉不要臉，氣道：「八娘身子沉重，沒法服侍正倫，我撥個通房與他，不是正理？

妳既瞧不慣我挑的通房，那就請你們張家送個來。」

方氏細琢磨，覺得這主意不錯，回去與張梁商議道：「反正正倫是要收通房的，與其讓他娘安插心腹，不如我們自己送個過去，也讓八娘有個臂膀。」

張梁頭一回覺得方氏還算有些頭腦，贊同道：「咱們閨女性子柔弱，是該送個跋扈的過去，幫著她些。」

方氏開心笑了，將門外閒站的冬麥一指：「就是她，如何？現成的通房，不消再去花錢買。」

張梁立時黑面，但他與冬麥交情在暗，不好明說，便道：「冬麥與八娘不熟，只怕不服她管教。」

任嬸也悄聲提醒：「二夫人，那妮子狡詐著呢，萬一反幫著舅夫人，怎辦？咱們還是挑個既信得過，又與八娘子交好的人兒過去。」說完，直朝外丟眼色。

方氏不瞧，也曉得她所指何人，張梁亦是心知肚明，沒有作聲，來了個默認。方氏猶豫道：「她與仲微還有婚約在身，送她去做通房，是否不妥？」

張梁瞪她一眼，道：「哪個叫妳去送，咱們怎能做出那等事體。」

「那……」方氏疑惑。

張梁罵了句「蠢貨」，道：「明明是她自己要去的，她自願悔婚，去與方家做小，與我們什麼相干，說起來還是我們吃了虧。」

方氏興奮起來：「那我們等天黑了行事？」

張梁莫名其妙：「為何要等天黑？」

方氏一怔：「天黑才好綁了她去……」

「蠢貨。」張梁終於忍不住罵出聲來，「妳嫂子又不是不曉得她與我們家有婚約，妳硬綁了去，她會敢收？」

「那怎辦？」方氏虛心求教。

張梁道：「去與她多講些好處，再訴訴八娘子的苦，她那人，吃軟不吃硬。」又提醒道：「莫要蠢頭蠢腦自己跑去，遭人詬病，叫任嬸去講。」

方氏點頭，吩咐任嬸幾句，命她把預備過年的瓜子果子等物抓了一盤子，端去林依房裡。

任嬸站在林依房門口，笑道：「二夫人看大夫人並未預備這些，特特叫我與妳拿了些過來。」

林依才不信方氏有這般好心，但依舊笑臉相迎，將任嬸讓了進來。青苗接過盤子，卻擱到櫃頂上，另取了一只四格攢盒出來，放到桌上。林依把攢盒朝任嬸那邊推了推，笑道：「我也備了幾樣過年吃食，任嬸嘗嘗。」

任嬸一看，卻只認得一樣五香瓜子，另幾樣都沒見過，經林依介紹一番才知，那一樣是杏片，一樣是獅子糖，還有一樣是香糖果子。

任嬸先前在方家，後來又到張家幾十年，這兩家都有些錢，因此她一向以大戶人家的奶娘自稱，自詡見過世面，此時卻讓這幾樣果子襯得村起來，於是很不高興，疑道：「眉山城可沒這些賣，妳哪裡得來的？」

林依笑道：「這是東京果子，大老爺同僚途經眉州，捎帶了幾樣來，大夫人可憐我，便送了我些。」

任嬸不信：「大夫人與二房更親，稀罕果子怎會只送妳，不送二夫人？」

林依奇道：「怎麼沒送，還是我陪著流霞去的，難道二夫人沒端出來與你們嘗嘗？」

任嬸不曾想到，林依也會使挑撥離間，立時中招，暗罵方氏還不如林依大方，幾樣果子都捨不得端出來與人瞧。她腹誹畢，倒還記得此行目的，將林依屋內家什指了一指，裝了憐惜口吻，道：「三娘子這屋子，可真夠簡陋的。」說著又拉過她的手細瞧，嘖嘖道：「瞧這雙小手，都磨起了繭子。」

林依見了她這副虛假模樣，渾身雞皮疙瘩，唬得直想逃，連忙不動聲色把手抽出來，道：「只要吃得飽飯，苦些何妨。」

任嬸故作鄙視狀：「妳就這麼點志氣？我們家冬麥，穿的吃的，都比妳強些。」

林依懶得去猜她用意，無論她如何講，只是一味微笑。任嬸從方家富貴，一路講到做通房丫頭的好處，再抹著眼淚哭訴張八娘苦楚。聽得她講張八娘，林依也是淚水漣漣，但所謂可憐之人必有可恨之處，張八娘若真能狠下心來和離，張梁未必不幫她，不過如今孩子都懷上了，再講什麼都是無益。

任嬸講到口乾舌燥，瞧林依表情正傷心，暗喜，問道：「妳去方家，幫扶八娘子一把，可好？」

青苗在旁傻傻問道：「三娘子在張家住得好好的，為何要去方家？」

任嬸笑著拉了她的手，打量一番，笑道：「妳也是個好樣貌，隨三娘子一齊去方家，她做妾，妳做通房丫頭，可好？」

林依想道歉，可就是愧疚不起來，終於還是忍不住笑了：「瞧她這爆脾氣。」

這話實在是無理，林依正要開口相斥，青苗先跳將起來，猛朝任嬸頭上敲了個爆栗。這一下兒，聲音十分響亮，別說任嬸，連林依都懵了。頓了幾秒，任嬸反應過來，捂著額頭大罵：「林三娘，瞧妳養的丫頭。」

話是指責，語氣卻是誇讚，青苗雖遲鈍，這個還是聽出來了，笑嘻嘻抓了柄量尺，又要朝任嬸頭上打，任嬸到底長她許多，不甚怕她，反奪了量尺，照著她臉上去。

林依一個箭步上前，抓住任嬸胳膊，怒道：「在我屋裡打我的丫頭，無法無天了？」

任嬸是個下人，聽了這話還是膽怯，遂收了手，但卻不甘心，嘴裡不乾不淨罵著，又道：「我好心與妳謀出路，妳們反恩將仇報。」

林依冷笑道：「好個出路，虧妳講得出口。我田裡麥子種著，大夫人的屋住著，隔壁屋裡堆的還有我的菜蔬，除非油脂糊了心，才到別人家去為奴為妾。」

任嬸並不知她早立了女戶，還暗中買了田，嗤道：「不過種了幾畝麥子，什麼了不得的事，那田又不是妳的，待到來年開春，妳賣麥子的錢能過幾時？」

青苗鬥嘴，從不肯認輸的，聽了這話，極想將林依買田的事講出來，好扳回一局，但她早就得過林依叮囑，不敢造次，憋得好不難受，欲上去將任嬸打出去，力氣又沒她大，正焦急間，忽見流霞與楊嬸經過，忙高聲求助：「任嬸耍潑，快些來幫忙。」

任嬸氣道：「死妮子，明明是妳先動手，倒污蔑於我。」

說話間楊嬸與流霞已到了門口，盯著任嬸的手，齊聲道：「任嬸，妳敢以下犯上？」

任嬸順著她們的目光朝下一看，原來那柄量尺還在她手裡握著，登時百口莫辯，急得面紅脖子粗。

楊嬸問道：「出了什麼事？」

林依與楊嬸流霞都交好，又曉得她們嘴嚴，便將任嬸勸她去方家做通房一事講了。楊嬸就站在任嬸旁邊，聽了講述，將她重重推攘一把，罵道：「三娘子是什麼身分，妳不曉得？這樣的話，怎好意思講出口，哪個教妳的。」

任嬸看她一眼，嘀咕道：「誰教的，妳不曉得？」

同為張家二房下人，楊嬸立時哽住，不好再朝下講。她肯打抱不平，林依已是感激，瞧得她為難，忙道：「飯還未做罷，楊嬸趕緊去吧。」

楊嬸沒能幫到忙，有些不好意思，應了一聲，拽著任嬸去了。流霞是大房的人，無甚忌諱，走進來問道：「任嬸怎麼耍潑了，沒傷到三娘子吧？」

青苗噗哧笑了：「我哪能讓她碰著三娘子，她頭上的那個包，還是我敲的呢。」

流霞方才不曾留意任嬸頭上，笑問：「左邊還是右邊，與二夫人先前那個，配不配？」

這二人都是愛幸災樂禍的主兒，你問我答，講得極開心。聊了一時，流霞抬頭道：「三娘子，她們欺負妳，妳與大夫人講去。」

林依暗道，若方氏時不時指使任嬸上門來鬧，夠讓人心煩的，不如真向楊氏訴一訴苦，就算她不願替自己撐腰，幫忙講兩句話也是好的。主意打定，遂命青苗鎖門，主僕二人跟著流霞，到楊氏房裡去。

楊氏坐在佛龕前，一手撚佛珠，一手敲木魚，見她們進來，便叫田氏來接手，自去與林依講話兒。林依將方才之事講了，道：「我獨自一人，身邊只有個半大丫頭，任嬸這般來鬧，真是叫人害怕。」

楊氏神情嚴肅，虛詞一句未講，便答應與她出頭。

林依沒料到她這般爽快，喜出望外，謝了又謝才辭去。楊氏待她一走，就吩咐流霞：「去請大老爺來。」

流霞領命而去，尋到張仲微房裡，將張棟喚了回來。

張棟有些不悅：「何事火急火燎，我正教二郎寫文章呢，莫要為些雞毛蒜皮的小事叫我，耽誤了二郎前程，如何是好。」

楊氏道：「他的前程就快被他娘毀了，你教他寫再多文章也無用。」

張棟曉得楊氏不是個輕打誑語的人，連忙問緣由。

楊氏便將任嬸勸說林依去方家做通房一事講了，又道：「二房兩口子太過糊塗，這樣的餿主意也想得出來，二郎未過門的媳婦去方家做通房丫頭，我們張家還要不要臉面了？」

「方家？可是方睿家？」張棟與方氏的哥哥方睿同在官場，打過交道，知曉他是個怎樣的人，急道：「此事若被方睿曉得，必要拿來做文章，若被他宣揚得人盡皆知，我還有臉再出仕？」

他氣得鬍子一陣亂抖，不消楊氏出主意，自去尋了張梁，好一通斥責。張梁再三打包票，稱方睿不知此事，才讓他稍稍消火。

張棟道：「你張口閉口兒子的前程，真牽扯到時，萬事不管不顧，再這般下去，我看這科舉也不必考了。」

張梁不以為然，道：「林三娘自毀婚約，願去方家做通房，與仲微前程什麼相干？就算我們退了親，別個也說不起。」

張棟氣道：「你要退親，就正正經經地退，為何要做這些個齷齪事？萬一有人一口咬定你逼良為妾，就等著吃不了兜著走吧。」他一想到張梁差點毀了自己仕途，恨不得像小時一般揍他兩下。

張梁琢磨一時，開始意識到自己做了蠢事，忙向張棟賠禮道歉，惡狠狠道：「都是那無知婦人惹禍，看我罵她。」

張棟瞧他這般，還真以為那是方氏主意，他不好去弟媳面前責罵，只得叮囑張梁對方氏嚴加管束。張梁連連點頭，將他送到門口，轉頭便喚了方氏來，真把她痛罵一通，道：「成事不足敗事有餘的賤婦，我是叫妳去勸，不是叫妳去與林三娘幹架，這下可好，讓她一狀告到大哥大嫂那裡，叫我被大哥好一頓罵。」

方氏正準備為任嬸頭上的包，去找林依討說法呢，還未出發，卻聽見這話，道：「此事與大房什麼相干，他們管的也太多了些。」

張梁將張棟講的厲害關係，轉述與她，道：「不論是林三娘，還是妳哥哥，只要咬定我們逼良為妾，大哥的仕途和兒子們的前程，就全讓妳給毀了。」

方氏擇輕避重，嘀咕道：「我哥哥怎會是那樣的人。」

張梁沒搭理她，悶坐吃茶，過了一時，道：「妳親自帶任嬸去與林三娘賠禮，就稱方才之事是下人不聽話，擅自作主，與妳無關。」

嫁禍任嬸，方氏不是頭一回所為，無甚話講，但叫她親自去與林依賠禮道歉，她哪裡願意，道：

「家裡事情一堆，我分不開身，讓任嬸自去領罪便得。」

張梁突然覺得，與此人講話，真真費力，還不如板凳好使。果然，他將個凳兒一舉，方氏就飛也似的出去，喚來任嬸，叫她扮作哭喪臉，一齊朝林依房裡去。到得房門口一瞧，林依正在教青苗剪窗花，一張吉祥福字，一張「年年有餘」，紅豔豔著實可愛，方氏也不想想自家孝中能不能貼，就以此起了話頭，扯著嘴角笑了一個，道：「三娘子手真巧，與我家也剪幾個？」

才指使下人來鬧過事，轉眼就來討窗花，青苗不明白這是什麼邏輯，不招呼，不倒茶，只坐著不動。林依仰頭笑道：「瞧我這丫頭，被慣壞了，二夫人快請坐。」

方氏狠瞪青苗一眼，強按著沒發作，朝桌邊坐了，將張梁所教一一講述，又叫過任嬸，讓她向林依道歉。任嬸這才曉得為何要她扮個哭喪臉，大恨，又不得不開口，含含混混講了幾句毫無誠意的道歉話。

林依曉得她們是做樣子，懶得深究，點一點頭，此事就算揭過。方氏見她沒有不依不饒，想到在張梁那裡得以交差，輕鬆起來，真露了笑容，和善講了幾句不鹹不淡的話，帶著任嬸離去。

青苗朝門邊啐了一口，問林依道：「三娘子，妳瞧她們這樣兒，哪裡有一絲誠意，妳為何不許我告訴二少爺，叫他與二夫人理論去。」

林依嚴厲道：「二少爺正苦讀備考，怎能讓他分神。」

青苗不敢再提這碴，但嘴卻噘了老高，忿忿道：「那她這般欺負咱們，就這樣算了？」

林依道：「惹她作甚，能離多遠離多遠。」

這話青苗贊同，點頭道：「她就似條瘋狗，逮誰咬誰，的確還是繞著走才好。」

林依笑著拍她一下兒，道：「休要胡說，小心被人聽去，我可救不了妳。」

青苗朝她扮了個鬼臉，又道：「大夫人好本事，竟能讓二夫人上門道歉，我先前可是想都不敢想。」

林依重執了剪子剪窗花，暗道，這就是所謂背靠大樹好乘涼？雖說楊氏護她用意不明，但也顧不了那許多了，能擋一時是一時吧，再者，楊氏與她之間，既無矛盾，又無利益爭奪，想必內裡藏的，不是害人之心。

窗花絞完，青苗送了一份到楊氏房裡，楊氏見後十分喜愛，卻無奈尚在孝中，貼不得這紅豔豔的物事，但她還是命流霞去廚下熬糨糊，好與林依貼窗花。青苗謝過她，到廚下幫忙，待得糨糊熬好，端回來與林依兩個把窗花貼了。

送林依去方家的計畫失敗，方氏在家看了一圈，再挑不出合適人選，此時又近年關，只得先將這事兒按下，待過完年再作打算。

過了幾日，除夕至，張家大房二房一商議，覺得雖已分家，但年還是得在一起過，楊氏提議兩家分頭做菜，再拼作一桌，方氏正不願與大房共廚房，便點頭應了，各自遣了下人去忙活。

大房廚下，流霞與田氏齊齊上陣，林依帶了青苗也來幫忙，他們這邊四人，隔壁卻只有任嬸與楊嬸兩人，聲勢高低立現。任嬸瞧了不爽快，故意提了條臘肉到門口顯擺，裝作驚訝狀問流霞：「妳們怎連臘肉都沒得？」

大房臘月二十八才湊足錢買了塊豬肉，來不及熏，自然沒得臘肉，流霞氣不過，還嘴道：「妳這肉倒是好肉，只不知有幾多能進妳嘴裡。」

青苗最愛與人吵嘴，忙走出來幫腔：「咱們肉雖不多，下人卻能分到一半哩。」

自張家二房少了田，方氏確是變得小氣，任嬸說不起嘴，訕訕回了廚房，又是生氣，又是抱怨，講個沒完。

流霞與青苗站在門口放聲大笑，林依道：「妳們也消停些。」

田氏也道：「當心她去向二夫人告狀。」

流霞道：「三少夫人膽子也太小，我們是大房的人，二夫人管得到我們頭上？」

田氏覺得她語氣不甚恭敬，欲斥責，又不敢得罪楊氏跟前的紅人。

林依見她眼角開始泛紅，忙打圓場道：「大過年的，一團和氣，一團和氣。」

田氏勉強笑了一笑，稱去燒火，藏到了灶後去。

青苗心實，忙道：「三少夫人，哪能叫妳燒火，快放著我來。」

林依猜到田氏是要躲著去抹眼淚，連忙攔了青苗，遣她去河邊洗菜。

流霞撇了撇嘴，悄聲與林依道：「三媒六聘來的正室夫人，卻膽小如鼠，不怪大夫人瞧不上。」

林依不肯講他人是非，沒有接話，自走到砧板前把肉切了。待青苗回來，她瞧見那些菜蔬水靈靈，又想到都是自己所種，一時手癢，搶過流霞手裡的鍋鏟，炒了個黃瓜肉片，燒了個麻婆豆腐，又拿白菘打底，做了一大碗水煮肉片。

流霞與青苗瞧得直流口水，待她一做好，就忙忙端了上去。林依極有成就感，除了圍裙，也去堂屋吃飯。不料因通房一事未成，方氏對她懷恨在心，指使任嬸將她攔在了門口，道：「妳如今並不在我家寄養，只不過是個租客，怎好與房東一起團年。」

楊氏不悅，但考慮到林依身分特殊，還未成親就與夫家一起過年，確是不妥，便沒作聲。

張仲微急道：「娘，何必計較這麼多，也不是外人。」

方氏道：「怎麼不是外人？」

張仲微欲道「這是我未過門的媳婦」，又怕當著眾人的面，林依會害臊，急得直朝張伯臨使眼色，央哥哥救場。張伯臨正欲出聲，林依已自轉身離去，青苗跟在她後頭，邊走邊回頭罵道：「誰稀罕你們家的年。」

柒之章　張家議親

二人回到房內，林依托腮發呆，青苗猶自氣憤：「二夫人真不像話。」

林依道：「是我自討沒趣，不過這年，還是要過的。」說著起身，帶了青苗重回廚下，把方才做的幾盤菜，原樣做了一份，端去房中擺了一席。

青苗年小，見了滿桌子的菜餚，立時又高興起來，忙著擺筷子，搬凳子。林依指了個座兒與她，道：「就我們兩人，不立什麼規矩，妳也坐吧。」青苗應了一聲，與自己拿了個碗，在下首了，主僕二人同桌過年。

房內到底只有兩人，任青苗如何講笑話，說趣事，還是顯得冷清，最後越講越顯得無趣，就變作二人默默吃菜，側耳聽遠處的鞭炮聲。

突然有人輕叩窗櫺，將二人嚇了一跳，青苗朝林依那邊縮了縮，大著膽子問道：「誰在那裡？」

張仲微的聲音自外傳來：「是我，三娘子在不在？」

青苗看了林依一眼，見她輕輕點頭，便走去將門打開，道：「二少爺怎麼來了，快過來說話。」

張仲微連連擺手，道：「快些把門關上。」

原來門一開，就有燈光漏出來，容易讓方氏瞧見他在這裡，因此只敢躲在暗處，隔著窗子喚林依。

林依見他多了個心眼，曉得防著方氏，很是高興，走到窗邊，輕聲道：「天冷，你們又還在吃年飯，跑出來作甚？」

張仲微盯著窗紙上的剪影，眼睛一眨不眨，道：「我來瞧瞧妳，妳把窗子開道縫。」

林依依言，把窗子稍稍開了些，就見外頭遞了只酒壺進來。她伸手接住，入手溫暖，原來是燙過的酒。張仲微道：「天冷，吃些酒暖暖身子。我娘她……」

林依只知道謝，後頭那句，就不知如何去接，青苗在旁插話道：「罷了，二夫人就是那樣的人，我們都曉得，三娘子不會怪到二少爺你頭上去的。」

林依嘟囔道：「妳倒曉得。」

張仲微在外聽見，立時覺得飄雪的天也不那麼冷了，全身暖烘烘。他朝窗邊貼了貼，低聲道：「妳放心，我一定考取進士，謀個官做，帶妳出蜀，就同大伯與伯母一般。」

若林依未曾聽過楊氏的故事，這話定能讓她歡欣鼓舞，但如今講來，已無法輕易將她打動。不過他能有這份心，不再做那婆媳和樂的幻想，倒是難能可貴，林依笑道：「我等你金榜題名。」

張仲微咧著嘴笑了，自在外樂呵一陣，望見任嬸出來，連忙講了一聲「我走了，再來看妳」，隨後藏在屋簷暗處，一路小跑奔回堂屋去，接著吃年飯。

林依將窗推開一道縫，站著望了許久，直到青苗提醒她酒快冷了，才重回桌邊坐下，親自滿斟兩杯酒，與青苗乾了。

青苗一杯熱酒下肚，身子暖起來，話也多了，單手托腮，嘻嘻笑道：「三娘子，二少爺真乃妳良配。」

林依一愣，笑罵：「妳曉得什麼叫良配，哪裡聽來的。」

青苗朝外一指：「聽如玉講的，她總說她與大少爺是良配。」

林依教導她道：「莫要聽她混說，她一個丫頭講出這話，實在不夠尊重，妳別跟她學。」

青苗連連點頭，又道：「二少爺待三娘真好，等妳將來嫁過去，咱們就不用冷清清過年了。」

林依不是大宋小娘子，一聽見嫁人字眼，就要藏起躲起，只是覺得奇怪，問道：「妳才罵過二夫人，轉眼就盼我嫁過去，作何道理？」

「三娘子怕到二夫人面前立規矩？」青苗又一杯酒下肚，已有些醉意，擺著手道，「任妳嫁到哪一家，都有婆母在，二夫人這還算好的，至少知曉根底，還有大夫人護著妳，若嫁個不知明細的，那才叫苦哩。」她一氣講完，趴倒在桌上，睡了過去。

林依望著她稚氣未脫的臉，不得不承認，這話也有幾分道理。她將青苗扶到她房裡睡下，再將碗筷等物事收拾了，送到廚房去，路上遠遠兒地朝正房方向望了一眼，堂屋裡還是熱熱鬧鬧，不時有猜酒拳的聲音傳來。

除夕夜，照例是要守歲的，林依不願獨自靜坐，想了想，包了個紅包，走去放到青苗枕邊，再回來擦了擦臉，也上床睡了。

初一大早，她是被青苗驚喜的叫聲吵醒的，待得穿好衣裳，一開門，青苗就衝了進來，高舉著那只紅包，叫道：「三娘子，妳看這個。」

林依笑著看她，青苗樂了一時，才反應過來：「是三娘子放的？」真夠遲鈍的，旁人能進到她房裡去？林依白了她一眼。青苗連忙爬下磕頭，講些恭喜的話，又自嘲道：「越長越回去了，竟忘了一進門就要磕頭的。」

林依被她情緒感染，笑得歡快。青苗磕過頭，打了水來，服侍她洗過臉，主僕二人到楊氏房裡去拜年。楊氏受過她的禮，開口先道歉：「昨日不是我不幫妳，實在是……」

林依忙道：「不怪大夫人，是我魯莽，本就不該去。」

今日元旦，不好講些不開心的話題，楊氏便不再提，只微不可聞一嘆。

林依與田氏相互拜過年，流霞捧上一只五辛盤、一壺椒花酒。那五辛盤，乃是五樣不同的辛辣菜蔬，拼裝在一隻大盤中，宋人認為，食用這五種菜蔬，能散發體內五臟指氣，有益身體健康；那椒花酒，則是在除夕夜，取三七粒椒，並柏葉七枝浸酒而成。

昨晚張仲微送來的，便是這椒花酒。林依接過流霞遞過來的杯子，飲了一口，覺得還是昨日的味道更好些。

楊氏道：「這酒本該除夕夜裡吃，但昨日總尋不到機會與妳送去，只得留到今日。」

林依暗自微笑，昨日，她已經飲過了呢。

鄉間正月裡，除了走親訪友，聚眾賭博，別無其他。

轉眼過了元宵節，在林依觀念中，這便是工作時間到了，這日，她正準備去田邊轉轉，才出房門，便瞧見方氏站在屋簷下，指揮任嬸與楊嬸拆豬圈。她見冬麥在一旁看熱鬧，走去一問才知，原來自分過家，張家二房田地少了一半，擔心今年糧食不夠開銷，不想再養豬，索性就將豬圈拆了。

林依瞧著心癢，顧不得與方氏有舊怨，走過去道：「別忙拆，二夫人這豬圈，賣不賣？」

方氏只聽過買屋的，沒聽過買豬圈的，她還以為林依沒得戶籍，買不得田，嗤笑道：「妳能養得起豬？別仗著賣菜賺了幾個錢就張揚起來，我勸妳還是省著些花，不然等幾畝地租約到期，就等著坐吃山空吧。」

林依懶得與個蠢人置氣，將問題又重複了一遍。方氏暗道，自家的屋，才不要賣與她，但她既想養豬，自敗糧食，為何不成全她？於是答道：「不賣，租倒是使得。」

林依問道：「租金怎麼算？」

方氏答道：「一年十二個月，共兩千文錢，一次把足。」

一頭豬養成，也不過賣個三千文，方氏的豬圈要價兩千文，真是獅子大開口，林依價都不願還，扭頭就走。

二房下人的待遇，如今是一日不如一日，任嬸與楊嬸巴不得家中能有進帳，忙齊齊上前勸方氏：「二夫人，豬圈空著也是空著，租與林三娘，賺幾個租金，多好的事。」

方氏道：「又不是我不租，是她自己不願意。」

楊嬸叫道：「那般貴，她哪裡租得起。」

任嬸幫腔：「會拿錢出來租豬圈的，恐怕僅她一人了，二夫人千萬莫放過賺錢的機會。」

方氏被她兩個嘮叨到不行，只好遣了任嬸去與林依談價錢。林依見到任嬸，冷聲道：「又想把我說與哪家？」

任嬸是揣著小心思來的，可不敢得罪她，陪著小心道：「那都是二夫人指使，我一個下人，哪裡敢反駁，三娘子體諒則個。」

這也是個無事獻殷勤，非奸即盜的人物，林依瞧她一眼，問道：「所來何事？」

任嬸將方氏叫她來談價的事講了，又道：「三娘子，我幫妳說服二夫人，將那豬圈五百文租與妳，如何？」

價錢一下降了四分之一，林依將信將疑，道：「妳有這本事？」

任嬸笑道：「有沒有本事的，反正包在我身上，不過……三娘子可得與我幾個辛苦錢。」

原來在這兒等著，既是有所求，林依反倒放心了，問她要幾多。

任嬸伸出三根指頭，道：「三百文。」

林依走到門邊，笑道：「我也不是非租豬圈不可，不如拿這事兒去講與二夫人聽，興許她一高興，打發我幾個賞錢。」

任嬸跺腳，急忙把她拉回來，道：「兩百文，不能再少了。」

林依砍掉一半：「一百文，愛租不租，我在屋後搭個茅草棚，一樣能養豬。」

任嬸道：「茅草棚，妳也不怕豬被偷走了。」

林依道：「偷了也與妳無關。」

她口氣極硬，任嬸也無法，裝了樣子要走，偏她真是一副不在乎的模樣，最後只得應了這一百文，去方氏面前當說客。方氏聽了五百文這價錢，大幅擺手，連聲道：「不租！不租！」

任嬸與楊嬸丟了個眼色，突然轉了話題，道：「楊嬸，我家孫子病了，借幾個錢與我。」

楊嬸馬上介面，叫苦連天：「上個月月錢還沒發呢，哪有閒錢來借妳。」

方氏這才想起月錢拖欠這回事，臉上表情僵硬起來，任嬸又好言相勸，講些錯過這村就沒這店等語，楊嬸也在旁幫腔，兩人好說歹說，終於把價錢談了下來。

林依等到回信，大喜，先與了方氏五百文，再悄悄塞給任嬸一百文，又聽說楊嬸亦有幫忙勸，也想與她一份辛苦錢，但楊嬸堅辭不受，只得罷了。

青苗與流霞聽說林依租了豬圈，一起來瞧，幫忙收拾，將已拆掉的圍欄重新裝回去。流霞一邊幹活，一邊擔憂：「養豬要花費糧食，妳地裡小麥還未收呢，怎麼養？」

林依與她講過豬草的事，無奈她總不信，只得胡亂答道：「先養著，到時再說。」

青苗卻是對林依極為信服，道：「三娘子連我都養得活，養豬自然不在話下。」

哪有人將自己與豬相提並論的，林依與流霞聽了，笑作一團，她自己卻恍然不覺，也跟著笑了一氣。

豬圈收拾妥當，林依謝過流霞，與青苗兩個回房，道：「明日咱們進城，去買豬仔。」

青苗卻道：「不消去城裡，我那日與戶長家的婆子閒話，聽說他們家豬仔養多了，恐糧食不夠吃，正想賣呢。」

林依笑道：「妳倒是消息靈通。」

青苗得了誇讚，十分歡喜，連聲催林依快走，免得去遲了，豬仔被人買光了。

村中養豬人家，掰著指頭數得過來，哪有那許多人去抓豬仔，但青苗興奮，催得緊，林依只好依了她，立時動身朝戶長家去。

正月裡拜年時，林依才與戶長娘子送了份大禮，以作封口費，因此她這回見了林依，極其熱情，拉開引路的婆子，親自帶她去豬圈瞧。豬圈裡正巧有個婆子在餵豬，幾隻小豬爭搶著朝食槽裡拱。林依見有一隻爭搶得最凶，便命青苗抓來，看其四肢，聽其叫聲，最後滿意點頭，與戶長娘子談價格。

戶長娘子是曉得林依底細的，心知她賣菜賺了錢，肯定是買了地，指不定來日就是村中另一大戶，她由此高看林依一眼，報價時就十分公道，連青苗回去時都稱讚戶長娘子人好。

林依抓回豬仔的頭一件事，就是給豬圈門上了鎖，此舉本正常，卻引來張家二房眾人不滿，因此鄉間豬圈裡面就是茅廁，這一鎖，叫他們到哪裡方便去？因此事事關重大，方氏親自來與林依商量，道：「沒聽過誰家豬圈門還上鎖的，妳這是防著誰呢？」

林依一笑：「又不是防著二夫人，妳急什麼。」

方氏哽住，強辯道：「我只租了豬圈與妳，沒租茅廁。」

林依地裡正需要農肥，多個茅廁，少花多少錢，才不聽她這番強詞奪理，道：「我租的是那間偏屋，不是豬圈。」說著叫青苗拿她們的租契出來瞧，上頭果然寫的是偏屋一間。

方氏語塞，忿忿回房，遣任嬸去耍潑，任嬸才拿了林依一百文的人，哪裡肯去，道：「又不是什麼大事，咱們還有偏房空著，叫冬麥取鋤頭，再挖個茅坑出來。」

方氏本不願吃這虧，但她正愁無處折騰冬麥，聽了這話，面兒上雖還沒表情，心裡卻樂開了花，遂將冬麥挖茅廁一事交與任嬸去辦，叮囑道：「須得挖得深深的，莫叫她偷懶。」

任嬸領命，去尋冬麥，交待差事。冬麥沒錢賄賂任嬸，只得去向張梁求助，但任嬸道：「挖茅廁是大事，咱們都要上陣，並不是只有她。」

冬麥到底沒過明路，在正經事上，張梁不好公開護著她，只得好言勸了幾句，叫任嬸領她去了。冬麥握著鋤頭，有氣無力地掄了幾下，卻發現只有她一人做活，忙問：「不是說妳們都來的？」

任嬸道：「楊嬸要做飯。」

做飯亦是正經事，不做就要餓肚子，沒得說道，冬麥就把任嬸一指，道：「那妳怎麼只站著不幹活？」

任嬸笑道：「怎麼沒幹活，二夫人與我派的活兒，就是監督妳。」

冬麥又氣又急，上前扒她，欲衝出門去尋張粱。任嬸力氣比她大許多，只輕輕一推，就叫她坐倒在地，反手迅速將門關上，栓了了起來。冬麥摔疼了，叫嚷起來，想讓張粱聽見，任嬸上去捂她的嘴，道：「農戶家的下人，哪個不幹活兒，叫妳挖個茅坑，妳就喚二老爺，丟人不丟人？」

冬麥被捂住了嘴，講不了話，嗚嗚直叫，任嬸怕她驚動張粱，不敢鬆手，但這樣又做不了活，想了一想，便掏出條帕子，塞進她嘴裡。但這樣有什麼用，塞了嘴，又不好綁手，轉眼冬麥就趁她不注意，將帕子掏了出來，撲到門邊大叫。

任嬸慌忙去攔她，又是捂嘴，又是抓胳膊，好不忙活。

過了一時，外頭果有人敲門，冬麥得意非凡，忙自個兒將頭髮抓得更亂些。任嬸忐忑不安去開門，門外站的卻不是張粱，而是方氏。方氏走進來，也不關門，就敞著門笑道：「二老爺陪大老爺出門踏青去了，怕是晚上才能回來，就算妳要告狀，恐怕也得等上一等了。」

冬麥在正室夫人面前不敢放肆，忙垂頭道：「冬麥不敢。」

方氏瞧她幾眼，責罵任嬸道：「我叫妳看著她幹活兒，沒叫妳與她幹架。」

任嬸辯道：「她不聽話。」

方氏道：「不聽話，咱們張家自有家法。妳一個奶娘，又是我陪嫁，不比一個小丫頭體面些，與她打鬧，成何體統。」

任嬸忙應了一聲，臉上帶笑，得意望冬麥。冬麥倒是能審時度勢，聽說張粱不在，立時換了副模樣，與方氏磕頭道：「是我氣盛，不該跟任嬸一起抱怨二夫人，就衝上去與她扭打。二夫人放心，我一定好好做活。」

任嬸急道：「我何時抱怨過二夫人？」

冬麥道：「怎麼沒抱怨，妳才剛不是說二夫人拖欠了妳月錢？」

方氏的目光，在任嬸與冬麥之間來回，沒個定處。任嬸跟她多年，一瞧這模樣，就曉得她信了冬麥的話，急得直冒汗，忙不迭送地辯解。

方氏在冬麥前面，還是與任嬸留了臉面，道：「休要胡說，任嬸自小跟著我，怎會講埋怨的話，定是妳這妮子想躲懶，編了謠言出來。」說完還讓任嬸盯著冬麥挖茅廁，自回房去了。

任嬸回身，望著冬麥冷笑，反手又是將門一帶，衝上去欲打。冬麥一邊躲閃，一邊威脅：「妳抱怨二夫人的，可不只那幾句，妳有本事就將我打死，不然只要我有一口氣在，就要去二夫人面前告狀。」

任嬸高舉的巴掌，在空中猶豫一時，最終還是落了下去。她在張家資歷最老，今日卻叫個丫頭降服住，心內堵得慌。冬麥見她吃癟，變本加厲，只要她催著幹活兒，就將告狀的事搬出來講。任嬸拿她無法，只得背了身子，由著她去。

冬麥比鄉間的正經小娘子都生得嬌弱，哪裡是挖茅坑的料，直到太陽落山，屋內的地面也只去了一層皮。方氏叫過她責罵，她卻委委屈屈：「二夫人，不是我躲懶，實在是沒力氣。」

張梁此時已回來，護她道：「她確是沒氣力，妳叫任嬸幫她。」

方氏一氣，又想吵架。任嬸想起上回她身上的傷，暗急，都說吃一塹長一智，這位夫人怎地就是不長呢。她連忙上前勸阻，悄聲道：「二夫人，懲治冬麥，來日方長，先把茅廁挖好是正經，不然總借用大房茅廁，農肥都便宜他們了。」

方氏一想，確是不能讓大房占了好處，便點了點頭，暫時放過冬麥，另命任嬸與楊嬸明日早起，去挖茅廁。

第二日晚上，茅廁建成。第三日晚上，任嬸臉上掛了彩，據說是方氏失手跌了茶盞，被碎瓷片子劃的。青苗在其他幾個丫頭那裡打聽到消息，回來與林依道：「誰信呢，摔個茶盞子，能摔到臉上去？」

晚飯後，流霞亦講了此事，楊氏無甚反應，田氏卻悄聲與林依感嘆：「我先前還道官宦人家規矩多，羨慕二房鄉間生活，不想她們罰起人來，更為厲害，不像大夫人，頂多責罵罷了。」

林依道：「家家有本難念的經。」

田氏點頭，與她閒話幾句。

楊氏吃了半盞消食茶，問道：「三娘子，豬養得如何？」

林依答道：「過得去，年尾應是有肉吃。」

楊氏又問：「妳養的豬，真只吃了草？」

林依道：「還搜羅了些米糠來，摻著餵。」

楊氏聽後，還是滿臉懷疑神色，道：「實在不行，就去買點糙米來餵。」

林依應了，又問她雞仔養得如何。楊氏稱是流霞在養，她不知詳情。流霞送林依回去時，笑道：「大夫人瞧著別人養還成，自己養就嫌髒，只需我把雞窩搭在屋後頭呢。」

林依不甚意外，楊氏生在東京，長在東京，又是官夫人，不願擺弄這些事體，實屬正常。

氣溫回暖，冬麥返青，佃農們忙著化鋤追肥，林依與青苗輪流在田裡盯著。

方氏不種小麥，水稻播種又還沒到時候，清閒得很，就又動了幫張八娘挑「幫手」的念頭，帶了任嬸，親自進城尋牙儈買了個樣貌一般，看似忠心老實的丫頭，與方家送了去。

張伯臨與張仲微兄弟即將動身去雅州，每日裡除了念書，就是準備見李簡夫時要呈獻的文章。大房一家沒了兒女，無事可操勞，深居簡出，讓人瞧了，很有幾分心酸。

這日林依終於得閒，便與青苗商量，在屋後開墾一塊菜地，種點菜蔬，以備日常食用。青苗立時就去尋鋤頭，道：「三娘子好主意，我看張家大房一家子都不是務農的料，菜也不曉得種，雞餵得也不肥，哪有住在鄉間卻買菜來吃的。」

林依問道：「種了菜，妳每日除了打豬草，可又多了一項活計，忙不忙得過來？」

青苗道：「忙得過來，我又不是冬麥。」

林依想起挖茅廁的事，就笑了，也取了把鋤頭，與她兩個去屋後翻地，燒火頭，忙碌了兩日，墾了三大塊菜地出來。青苗進城買來種子撒了，道：「墾過頭了，我看等菜出來，決計吃不完，還能拿些去城裡賣。」

林依笑道：「去城裡一趟，來回一個多時辰，只要妳不嫌累，就去賣吧，得來的錢是妳的。」

青苗大事卻不糊塗，道：「三娘子有錢，我才過得好，自己攢那許多私房有什麼用。」

林依見她懂事，很是欣慰，暗道還是老實人好，易管教，更貼心。

待得菜苗出土，長勢極好，屋後突然多了幾塊綠油油的菜地，引得張家下人，隔壁鄰居，齊齊來瞧。李三媳婦邊瞧邊道：「這塊是黃瓜，這塊是茄子，這塊是冬瓜。」

張六媳婦讚道：「難怪張家有錢，真真是會過生活，屋後的空地，還要種上幾株菜。」

楊嬸笑道：「咱們家哪有這樣的能人，這是林三娘種的。」

任嬸嘀咕道：「這可是咱們張家的地，她墾了出來，不怕二夫人責怪？」

青苗就在她旁邊，道：「這地上又沒寫個張字，明明是無主的，胡說什麼。」

任嬸正要發作，楊嬸拉了她一把，指著菜地旁的屋子道：「這兩間是大房的，屋後的地就算有主，也與咱們二房不相干。」

任嬸一瞧，果然如此，她哪敢與大房唱反調，只好住了口。

林依笑道：「以前稻田裡種菜時，因著要賣錢，沒與各位鄰居送，等這回菜熟，隨便來摘。」

大方作派，誰人都愛，連任嬸都露了笑臉。

青苗待她們離去，與林依悄聲道：「我看那任嬸沒安好心，等菜長起來，我須得把她盯緊些，免得菜都被她收去了。」

這話雖有些孩子氣，卻是正理，依任嬸那樣性格，還真做得出來，林依點了點頭，道：「暗中盯著便是，面兒上情做足，免得被人說咱們小氣。」

青苗應了，還等著菜熟再將任嬸盯緊，不想任嬸動作飛快，轉眼就到方氏跟前講了，方氏因冬麥告狀一事，看任嬸頗不順眼，淡淡應道：「不就是幾塊菜地，多大點事，她豬都養了，種幾株菜還值得妳特特跑來與我講？」

任嬸聽出她語氣中的疏離，忙想了個主意來討她歡心，道：「二夫人，咱們家的雞，正愁沒菜吃哩，我放到林三娘菜地裡去？」

與林依使壞，方氏向來不會拒絕，正苦惱豬圈成日鎖著，下不了手呢，如今機會就在眼前，不容錯過，便將頭點了點，又叮囑道：「等她們下地再去，別被人瞧見。」

任嬸應了，出去一面做活，一面盯著林依房門方向，直候了兩三日，才尋到機會，急急忙忙跑到屋後，將二房養的幾隻雞從東面轉移到西面，放到林依的菜地裡去。

等到林依與青苗晚間收工回來，菜地裡已是一片狼藉，青苗急得直哭，大罵：「哪個缺德鬼做的？等我揪住來，叫妳好看。」

林依也氣，在菜地來回走了幾步，撿起一根公雞尾羽細看，青苗湊過來瞧了幾眼，道：「我曉得了，定是任嬸幹的。這是二夫人家的雞毛，隔壁幾戶，都沒得這樣顏色的雞。」

她是個火爆脾氣，話音未落，人已竄了老遠，尋任嬸算帳去了。林依追過去時，兩人已然吵開，青苗扭著任嬸胳膊，罵道：「黑心腸的賤婦，不看好妳家的雞，放到我們家菜地亂啄。」

任嬸狡辯道：「妳哪隻眼瞧見是我們家的雞？大夫人家也養雞，妳怎不說是他們家的？」

青苗將那根雞毛舉到她眼前，大聲道：「這是妳們家的雞身上掉的毛。」

任嬸有些心虛，朝後退了兩步，道：「胡扯，誰曉得妳從哪裡撿來的。」

青苗氣道：「就是在我們家菜地撿的。」

任嬸道：「誰人作證？」

青苗朝後一指：「三娘子也瞧見了。」

任嬸舒了口氣，笑道：「誰曉得妳們是不是主僕串通一氣。」

青苗見她不僅不承認，反咬一口，氣得衝將上去，與她扭住一團。林依連忙喚楊嬸幫忙，將青苗從任嬸身上扯下來。青苗不服氣，大叫道：「她使壞。」

林依打量任嬸，見她身上衫子，被潑辣的青苗撕了道口子，便責備青苗道：「妳打歸打，也當小心點，把任嬸的衣裳扯破作甚，不曉得她就這一件衣裳嗎？」

她是藉機奚落任嬸，青苗卻沒聽出來，愣愣道：「就這一件？去年過年，二夫人沒與她做新衣裳嗎？」

這話聽在任嬸耳裡，比方才林依那句更加刺耳，暗中將小氣方氏大罵一氣，臉上還不敢帶出來，免得又出現冬麥告狀一事。

林依見她臉上紅一塊白一塊，便見好就收，帶了青苗回到屋後，重整菜地。

楊嬸也來幫忙，悔道：「我在廚下聽見雞叫，就該出來看看的，不然菜地也不至於被她糟蹋成這樣。」

林依道：「罷了，補種還來得及。」她擔心方氏與任嬸再次搗亂，便命青苗尋來帶刺的枝條，連夜為菜地圍上了籬笆。

籬笆擋牲畜沒得問題，卻擋不住人，不出幾日，菜地裡又現被雞啄過的痕跡，青苗仔細查看一番，原來有一處籬笆被人扒了個洞出來，大小正好能容一人貓腰通過。林依聽得青苗報信，前去查看，氣道：「難為她吃得苦，也不怕被刺戳著。」

青苗二話不說，又朝院子裡衝，要去尋任嬸幹架。林依拉住她道：「吵也沒用，她照樣使壞，咱們先想轍，把菜護起來。」

青苗犯難，道：「田裡事更多，總不能成日在菜地守著，不如告訴大夫人？」

林依搖頭，道：「咱們沒得確鑿證據，大夫人也無法。」

主僕二人一面收拾菜地，一面想法子，但直到菜地整好，籬笆也補全，還是沒想出好方法來。晚飯時，楊氏聽說菜地之事，問了幾句，道：「那日妳們吵架我就瞧見了，可無真憑實據，我也不好幫得妳。要不我叫流霞白日裡幫妳們盯著？」

林依忙道：「流霞多的是事做，哪能叫她費功夫，多謝大夫人關心，我自己再想想法子吧。」

楊氏於務農一事，拿不出什麼好建議，便點了點頭，由她自己去解決。

林依與青苗回房，一坐一立，透過後牆的窗子望菜地，不知明日回來，地裡會不會又是一片狼藉。正發愁，門外傳來嗚嗚狗叫，二人驚訝回頭，原來是張仲微抱著只半大黑狗，站在門口。

林依先朝正房那邊望了一眼，不見方氏，亦不見任嬸，這才迎過去道：「哪裡來的狗？」

張仲微道：「聽說妳菜地總有雞來啄，我去養狗人家討了隻回來，與妳看菜地。」

林依還未接話，青苗已歡歡喜喜將黑狗接了過來，道：「好壯實的狗，只是小了點，還唬不住人。」

張仲微大概也聽了傳言，曉得雞啄菜地一事是方氏所為，聽了青苗這話，臉色就有些泛紅，道：「人是唬不了，趕雞足夠了。」

青苗還是擔憂，將黑狗放下地，摟著牠望林依，道：「會不會叫任嬸抓了家去，宰來吃？」

還真是有這可能，林依想笑，但念及這是張仲微一片好意，只能憋著。

張仲微尷尬道：「狗長得快，不出幾個月就大了，人見了也怕。」

青苗笑道：「我家菜長得更快。」

張仲微窘在那裡，「我、我、我」了半晌，憋出一句：「我與妳看著。」

青苗看了看他，又看了看地上的黑狗，不顧林依在旁，笑彎了腰。

林依心有感激，不願張仲微窘迫，忙狠瞪一眼過去，才令她止了笑。

張仲微彎腰抱起黑狗，囁嚅道：「那我還回去……」

林依攔住他道：「留下吧，我好生餵著，轉眼就大了。」

張仲微笑了，把黑狗遞給青苗，道：「不必與牠吃肉，餵飯菜便得。」

林依曉得鄉間貓狗都是素食餵養，不以為怪，遂點了點頭，叫青苗去廚下瞧瞧還有沒得剩飯在。

青苗喚了黑狗跟她走，那狗卻不動，便道：「狗不同貓，還是取個名兒的好。」

林依問張仲微：「這狗一窩幾隻？」

張仲微道：「大概七隻，牠是最小的。」

林依笑道：「生得這般黑，就叫黑七郎吧。」

張仲微訝然，哪有給狗取人名兒的，但他瞧著林依是歡喜模樣，不但沒發表意見，還違心讚了一句：「好名字。」

青苗蹲下，拍了拍黑七郎的腦袋，道：「可聽清三娘子的話了？從今往後，你就叫黑七郎。」說著起身，喚了一聲「黑七郎」，那狗果真就隨她去了。

林依驚喜道：「真是通人性。」

張仲微得意笑了，又道：「我三日後動身去雅州，妳可有物事要我捎帶？」

林依道：「你路上小心，平安歸來便得，到時我去送你。」

張仲微卻搖頭道：「不必，被我娘瞧見，又要給妳難堪了。」

林依見他有了這覺悟，心中驚喜，展顏笑了。

張仲微看著她笑臉，捨不得離開，卻無奈院中有兩名盯梢人，指不定什麼時候就要出來，只得三步一回頭地去了。

不多時，青苗領黑七郎吃過飯回來，真擔心任嬸將牠捉了去吃肉，不敢把狗窩搭在戶外，便尋了個竹筐子擱到她房裡，墊上乾稻草，把黑七郎抱了進去，又在筐邊擱了碗清水。

雖有了狗，但卻還小，不管用，林依依舊犯愁，正絞盡腦汁想法子，敲門聲響，開門一看，原來是田氏。田氏可從來不登門的，林依頗感意外，忙招呼她進來坐。

田氏卻搖頭，稱自己是不祥之人，只肯站在門口，道：「三娘子若不嫌我粗笨，我來替妳看菜地，如何？」

林依道：「怎敢勞動三少夫人。」

田氏一笑：「什麼三少夫人，我在娘家時，過得比妳還苦，沒有哪天飯是吃飽了的。」頓了頓，又道：「妳種了菜，到時還不是大家一起吃，我不能白占妳便宜，就幫妳看菜地吧。」

林依瞧她神情，倒是真切，又想，她若不是誠心，又何必大晚上地跑來，便點頭應了，福身謝她。

第二日早上，青苗聽說田氏願意幫忙看菜地，很是高興，特意跑去，又講了一通謝辭，倒讓田氏不好意思起來。

自菜地有了人看，方氏再不好搗亂，林依的幾棵菜，總算保了下來。

且說張伯臨遠行頭一日，如玉又來央求，要他帶自己一同前往，見風景，長見識。張伯臨樂得一路有美人兒相伴，便去向方氏講了。方氏向來只管張梁的妾與丫頭，不大理會兒子的，很爽快就點了頭。

張棟聽說此事，很有意見，尋到張梁與方氏，道：「學子出行，頂多帶個書童，哪有帶丫頭的？」張梁認為帶丫頭是小事，不願為此與兄長鬧矛盾，便點了頭，答應去與張伯臨講。方氏不滿大房連她的兒子都要管，雖未開口，卻是全程都唬著臉。

張棟見弟妹與他臉色瞧，便拉了張梁出門，私下與他道：「自我聽說李簡夫賞識大郎二郎之事，就特意與同僚去信，打聽了一番，原來他家長女正值婚齡，卻一直未覓到滿意夫婿，因此我估摸著，他定是瞧上了大郎或二郎，想招為東床，這才力邀他們去雅州。」

這消息雖作不得準，但還是讓張梁激動起來，幾欲講不出話，半晌道了一句：「好事。」

張棟曉得張仲微是有婚約在身的，便問道：「他瞧上的是大郎還是二郎，你可曉得？」

張梁想起張伯臨賦詩與李簡夫之事，答道：「是大郎伯臨。」

張棟又問：「他可曾訂過親？」

張梁道：「曾許過娃娃親，但那家小娘子命薄，前幾年去了。」

張棟連聲道：「甚好，甚好。」他笑著攜了張梁，同到張伯臨房中，與他細講李簡夫喜惡，告訴他若李簡夫發問，該如何作答。張伯臨道：「我叫仲微來一起聽。」

張梁卻笑呵呵地擺手道：「不必，你聽你伯父講便是。」

張伯臨不同張仲微，乃是機靈之人，心知有蹊蹺，便纏著張棟與張梁，直問緣故。這是喜事，張棟也不瞞他，與張梁兩個你一語我一言，將打聽到的消息講了。

張伯臨聽了，面兒上表情並不好看，張梁以己心度他意，胡謅道：「聽說李太守家的小娘子，生得十分美貌。」

但這也沒能讓張伯臨高興起來，他正欲再說，張棟嫌他講話太過輕薄，咳了兩聲，將他拉了出去。

方才如玉就在房裡，將他們的談話聽了個全，待他們一走，就走去推張伯臨，酸溜溜道：「二老爺講的你沒聽見嗎，李家小娘子美哩，你為何還拉個苦瓜臉。」

張伯臨聽出她話裡的醋意，忙摟了她入懷，嬉皮笑臉道：「再美也美不過妳。」

如玉抿嘴笑了，道：「少哄我開心，你遲早要娶個正室回來，叫我立規矩。」

張伯臨正色道：「這叫什麼話，所謂尊卑有序，難道妳不該立規矩？」他最是講究這些，覺得如玉有了逾越之心，再瞧時就不再覺得她嬌媚可愛，遂將她推開，走到隔壁張仲微房裡去坐。

張仲微瞧見哥哥進來，忙起身讓座，問道：「哥哥寫的文章，收拾好了？」

張伯臨坐下嘆氣，道：「我恨不得連夜趕幾篇不入眼的出來。」

張仲微奇道：「這是為何？」

張伯臨將李簡夫招東床一事講了，道：「我本不信，但大伯與爹講得有鼻子有眼，叫我心下忐忑。」

張仲微還是不解，道：「就算李太守瞧上了你，有什麼不好？難道他家小娘子生得不好？」

張伯臨搖頭，道：「爹說生得美貌。」

張仲微問道：「那你為何不願意？」

張伯臨道：「她是官宦家女兒，我卻一介布衣，被娘子壓過一頭，你願意？」

張仲微聽不懂：「只要她人好，為何不願意？」

張伯臨抓了本書，朝他頭上敲了兩下，想教他開開竅，道：「成親哪有你想得那般簡單，你看咱們娘，對林三娘橫挑鼻子豎挑眼，若我真娶了李太守家的小娘子，就輪到他們家對我這樣了。」

他一提林依處境，張仲微就明白過來，道：「這話不假，但你若是考個功名，不就沒這顧忌了？」

張伯臨白了他一眼，道：「李家幾世為官，富甲一方，有權有勢，就算我中個進士，也要被他們家壓一頭，我才不願意。」

張仲微此時能理解他，但還是勸他以功名為重，就算不願娶李家小娘子，也不能拿差劣文章與李簡夫瞧，以免影響前程。

張伯臨十分奇怪，自家兄弟明明是同他一樣，不屑攀炎附勢的，今兒怎麼這般看重起李簡夫來？他哪裡曉得，張仲微極想帶林依出蜀，心中有執念，想法自然就有些變了，雖還沒到奉迎的地步，但卻很想給李簡夫留下個好印象。

張伯臨是自己來尋他講話的，這會兒卻被他嘮叨到頭疼，只好道：「好文章，就好文章。」張仲微笑著送他出去，道：「哥哥放寬心，大伯與爹也不過是聽說來的消息，作不得準，說不定李太守家的小娘子早就覓了良人了。」

這話倒能寬解人，張伯臨稍稍寬心，回房歇息去了。

他們出發那天，林依記著張仲微的話，沒有去送，只站在大路旁的小山崗上，遠遠朝他們揮了揮手。兄弟倆頭一回出遠門，又無長輩在身邊，俱是興致勃勃，張仲微雖愛那風景，卻更急著去見李簡夫，便一心只想趕路；但張伯臨存心要讓李簡夫瞧不上他，非拖著要先遊覽山水，甚至還在一條不知名的溪邊撿了塊奇形怪狀的石頭，當作見面禮送與了李簡夫。

合該他與李簡夫有緣，後者最愛收集奇石，見了那塊石頭，愈發喜愛起他來，不但將石頭擺在了博古架上，還請了夫人出來相見。張伯臨一見李簡夫夫人出來，便暗叫一聲糟糕，看來張棟所言非虛，李簡夫真在為女兒挑夫婿，這定是瞧上他了。他一想到可能要娶個後臺太硬的娘子回家，心思大亂，勉強作了幾篇李簡夫指定的文章，拉著張仲微，匆匆告辭。

他們前腳到家，李簡夫的信後腳就到了，張梁親自拆了信，捧去與張棟同讀，李簡夫在信中稱，他極為賞識張伯臨，欲與張家結親，問張梁是否同意。張梁看完信，連答兩聲：「同意，同意。」

張棟心裡也高興，卻瞧不上兄弟這般猴急模樣，遂道：「不卑不亢，才是正理，李太守並不喜太過小意的人。」
張梁忙點頭，應了個「是」字，又問：「官宦人家都是如何行事？大哥教我。」
張棟好笑道：「又不是皇家，能怎麼行事，一樣要尋媒人去提親。」
張梁一想到就要與李簡夫結為親家，激動得話都講不全，結巴起來：「那、那我這就去城裡。」
張棟欲道「不用這樣急」，但瞧到他那滿臉興奮之色，就沒講出口，由著他去了。天大的喜事，也不是自家的兒子，他立在窗前，看著二房家忙得人仰馬翻，面露惆悵。
楊氏瞧在眼裡，朝他身旁站了，自言自語道：「這樣的好兒子，把一個與我就好了。」
張棟不知是未聽出話中深意，還是沉浸在羨慕之中，竟未出言反駁，只輕微皺了皺眉。

張梁思忖，李簡夫乃官宦之家，自己即將與之結親，規格也要高些才好，於是先請張棟執筆，代他寫了一封「求婚啟」，再才遣任嬸去城中請媒人。
第二日上午，一身穿粗布衣，頭挽一窩絲的媒人現身張家，見了張梁，不問青紅皂白，先將自己吹噓了一番。她們這樣的王婆，做媒為生，早練就巧舌如簧可謂是：開言成匹配，舉口合姻緣，醫世上鳳隻鸞孤，管宇宙單眠獨宿。傳言玉女，用機關把臂拖來；侍案金童，下說詞攔腰抱住。調唆織女害相思，引得嫦娥離月殿。
那媒婆徐娘半老，尚餘幾分顏色，張梁聽得津津有味，待她大篇廢話講完，才道：「我家將與李太守家結親，欲遣妳往雅州一趟。」
媒婆根本不知李太守何許人也，仍搜羅出許多恭維的話，將張梁捧到了天上去。張梁聽完，已是飄飄然，當即道：「就是妳了。」
媒婆幾句話就得了差事，眉開眼笑，領過賞錢，即刻回家收拾行李往雅州去，見到李簡夫，道明來意，奉上張梁的「求婚啟」。

李簡夫看過，與夫人季氏笑道：「妳還道張家大郎桀驁不馴，恐不會答應這門親事，妳看這『求婚啟』不是來了？」

季夫人不以為然，道：「李家名號擺在那裡，他不動心也難。」

他們長女李舒乃是夫人親生，於是看過「求婚啟」，先回後院問女兒意見。季夫人道：「妳爹看中了張家大郎，不知妳意下如何？若是瞧他不上，就罷了，咱們再覓好的。」

李舒自十五歲及笄就開始挑夫婿，一直高不成低不就，一晃今年就十七了，心內很是著急，便垂頭羞道：「上回我已躲在簾子後瞧過了，就是他吧。」

季夫人嘆氣：「模樣倒是好的，攀上我們李家，前程也少不了，只是妳這一嫁，就要住到鄉下去受苦。」

李簡夫不悅道：「人好就成，待得他及第，女兒一樣是官宦夫人。妳若怕她受苦，多帶些妝奩與下人去便得。」

季夫人沒了言語，遣丫頭出去，向媒婆討來草帖，由她口述，李簡夫執筆，填上李舒生辰八字，曾祖、祖父、父親三代官職及隨嫁田產奩具。

媒婆接到填好的草帖，事情辦成一半，興高采烈回眉州，下鄉到張家，見了張梁，自紅抹胸內取出一幅五男二女花箋紙，笑道：「我沒白花你家的錢，事情辦妥，待你問吉完畢，我再去雅州。」

所謂問吉，即男家收到草帖後，以女家草帖上女孩兒的生辰問卜或禱籤，得吉無剋，方回草帖。此舉名為卜成婚雙方屬相生辰是否相符不相剋，實際上是看女家門第及其隨嫁資產奩具是不是符合自己心意。張梁能與李家結親，在他看來，乃是祖上顯靈，求之不得，哪還消問吉，遣任嬸去城裡尋了個卜卦的瞎子掐了掐，走了個過場，便將草帖填好，交與媒婆帶去雅州。

因男女雙方家長俱是情願，媒婆腳程又快，沒過幾日，就到了交換定帖的時候。

定帖交換次序，與草帖相反，先由男家出具，張梁捧著帖子，犯了難。原來定帖上除了要填張伯臨的年齡生辰，還需寫上父母官職封號，詳列聘禮數目，他不曉得家中底細，便去房中問方氏。

交換草帖，並未問過方氏意見，她早就憋了一肚子的氣，聽了張梁發問，不予作答，反道：「這門親事，我不同意。」

張梁第一反應便是，這婦人瘋了，第二反應是，要拎板凳砸人。

方氏一縮：「伯臨是我生的，我養的，成親這樣大的事，你都不知會我一聲。」

張梁這才想起，卻是漏掉了這一碴，便放了凳子，笑道：「太過歡喜，混忘了。」說著將李簡夫家底向她透露一番，又道：「咱們娶到這樣一位有身分的兒媳，往後妳在村裡愈發有頭臉，連裡正娘子都要高看妳一眼。」

這番說辭，極具說服力，方氏心動，問道：「李簡夫真是太守？」

張梁答道：「他已歸隱，但幾個兒子都在朝為官，祖上三代也都有官職。」

方氏自己嫁的不算好，回娘家總覺得抬不起頭，想到若娶了這樣的兒媳，便能在王氏面前扳回一局，張八娘的日子興許也就好過些，臉上就堆了笑，推張梁道：「那你還磨蹭什麼，趕緊取定帖來填。伯臨年紀也不小了，咱們上年就把婚事給辦了。」

張梁將定帖遞與她，埋怨道：「誰叫妳賤賣一回糧食，聘禮一欄，我都不曉得如何填。」

方氏挑了眉毛，道：「拿不出聘禮，明明是因為分了家，要怪只能怪大房。」

要緊事在前，張梁不願與她爭吵，瞪去一眼，道：「把帳本取來，讓我看看家底。」

方氏也極想早些把光鮮的兒媳迎進門，遂偃旗息鼓，拿鑰匙、開櫃門、取帳本。張梁翻一頁，眉頭皺一下，翻一頁，皺一下，方氏看得膽戰心驚，怯怯問道：「還過得去吧？」

張梁桌子一拍：「積蓄全無，這叫過得去？難怪下人們總抱怨吃不飽，穿不暖。這幾年的家，妳是怎麼當的？」

方氏怕他又拎凳子，朝後退兩步，離遠了些，才道：「我還有些嫁妝……」

「哄誰呢？」張梁把牆邊一指，「嫁八娘子時，不是都陪了去？難道妳還有一份嫁妝在方家？」

提到方家，方氏眼一亮，忙道：「我回娘家去借。」

此法不錯，方睿大概也想攀上李簡夫，想必是肯借錢的，但張梁一想到借冰事件，就將借錢的念頭掐滅了，道：「找妳哥哥借錢，恐怕比高利貸的利息還高呢。」

方氏在這種事上，是理虧的，不敢硬辯，想了想，另生一計，道：「與大房打個商量，填田產時，把他們家的那六十畝也加進去，至於聘禮，也叫他們借些，反正他們又沒兒子，留錢作甚。」

張梁道：「他們欠債都未還清，哪有餘錢來借妳？」

這是實情，方氏洩了氣，道：「還是向我哥哥借吧，向他道明李簡夫厲害，想必就不會要利息了。」

張梁覺得此法甚妙，立時手書一封，又喚任嬸來教了她好些話，遣她去方家借錢。她去得巧，正好方睿在家，聽了來意，竟發起脾氣來，氣道：「你們竟要與李簡夫結親家，還有臉來向我借錢？」

任嬸不明所以，還要再講，方睿不分由說，叫來幾個身強力壯的婆子，叉起任嬸，將她丟了出去。任嬸摔了個屁股墩，眼淚汪汪，一瘸一拐回到張家，向張梁與方氏哭道：「老命差點丟了，我再也不去方家。」

張梁驚怒，但一樣不明緣由，直到張棟相告才知，原來朝中有黨派之爭，方睿與李簡夫正巧分屬不同陣營，乃是政敵。張梁埋怨張棟道：「有此等事，大哥怎不早說。」

張棟道：「他與你姻親而已，什麼大不了的事。」

張梁道：「我家八娘子嫁在他家呢，我們要是與李家結親，方家必將遷怒於她。」
張棟為官之人，向來只分利害關係，哪裡理會這等事體，遂道：「兒子要緊，還是閨女要緊？錯過李家，你再想與大郎挑個身世這般好的媳婦，可就難了。」
張梁猶豫起來，在窗前躊躇。張棟繼續勸道：「嫁出去的閨女潑出去的水，兒子才是終身依靠，再說八娘不是有孕了嗎，待她生了嫡子，一樣好過，不消靠得你。」
張梁的心，一時偏兒子，一時偏閨女，挪來挪去，最終還是停在了兒子這邊，下定決心道：「這門親，結定了。」隨後又犯愁：「大哥，聘禮沒著落哩。」
張棟聽了這話，也愁起來，道：「我有意助你，只可惜自家債也沒還清。」
張梁想了一時，道：「我們家如今僅有六十畝田，只能算個下戶，聘禮就填銀三兩、彩緞三表裡、雜用絹一十五匹，如何？」
張棟點頭道：「使得，李家看中的是大郎人品，家世在其次。」
張梁又道：「定帖上還要填男家田產，我將大哥的那六十畝也算進去，填個一百二十畝，可使得？」
張棟又點頭：「使得，這樣填好看些。」
張梁將兄弟倆商議的結果告訴方氏，方氏歡喜，親自磨墨，讓他填定帖，笑道：「還是娶媳婦好，聘禮費得少，哪像嫁閨女，恨不得傾家蕩產。」
其實時下娶婦，也是先問資裝厚薄，只不過這門親事是李家先提的，張梁才敢大膽而已，他抬頭瞪了方氏一眼，斥道：「休要混說。」
方氏等他填完定帖，仔細將墨跡吹乾，收好，第二日交與媒婆，再次遣她往雅州去。
他們這邊忙活來忙活去，親事都成定局，卻無一人想到要問張伯臨意見，甚至都沒去知會他一聲，媒人幾次來回，他都恰在書院，沒有碰上，因此一直不曉得消息。

這裡林依與他偶遇，想起青苗打聽來的小道消息，遂道了聲：「恭喜。」

張伯臨驚訝問道：「喜從何來？」

林依奇道：「你即將迎娶李家小娘子進門，這不是喜事？」

張伯臨不信：「瞎說，我都不曉得的事。」

林依朝旁邊一看，冬麥正經過，遂喚了她過來，指著張伯臨問道：「大少爺是不是要娶親了？」

冬麥笑道：「是，聽說定帖都送去雅州了，恭喜大少爺。」

張伯臨呆愣一會兒，一語不發，直奔堂屋，扯住方氏袖子問道：「娘，我何時定的親，我怎麼不曉得？」

方氏對這門親事，不甚滿意，便只朝張梁努了努嘴，道：「我也不知，問你爹去。」

張梁惱火方氏的態度，先瞪了她一眼，再才向張伯臨道：「就是李太守家的小娘子，你不是曉得嗎？」

張伯臨大急：「我不曉得，你們都瞞著我。」

張梁不以為然，道：「婚姻大事，父母之命，媒妁之言，本來就沒你什麼事，萬事有父母替你打點呢，你只等著拜堂便是。」

這點方氏也贊同，點頭道：「伯臨，莫要著慌，新郎禮服我已請城裡裁縫做去了，定叫你滿意。」

張伯臨與他們講不通道理，著急上火，扭頭就走，直奔臥房，將倚在床上的如玉一把扯了起來，怒道：「死妮子，成日只曉得睡，這樣的大事，妳也同他們一樣瞞著我。」

如玉委屈道：「我也不是有意，確是這兩日身子倦怠，昏昏沉沉直想睡，我也不知怎麼了，大少爺究竟所指何事？」

張伯臨將家中替他定親之事講出，問道：「妳當真不知？」

如玉搖頭道：「我這幾日都沒怎麼出房門，真不知此事，不是有意瞞大少爺。」

張伯臨心道，她的確沒道理瞞他這些，便不再追究，獨坐桌邊生悶氣。如玉也不願他娶個太硬氣的正室進來，遂朝他身旁挨了，道：「大少爺別光顧著生氣，你若真不願娶李家小娘子，就趕緊想轍。」

張伯臨悶聲道：「聽說定帖都下了，還能想什麼轍？」

如玉俯下身，湊到他耳邊，如此那般幾句。

張伯臨聽了，疑道：「能成行？」

如玉道：「二少爺與二夫人再怎麼替你作主，總不能幫你把堂也拜了。」

張伯臨天生膽子大，想了一時，便道：「就是這般，妳口風嚴些，若有事，就去尋二少爺商量。」

如玉見他同意自己的主意，高興應了，關上房門，與他收拾了幾件衣裳，又依依不捨纏綿到天黑，方送他去了。

第二日早飯時，方氏見張伯臨的位子空著，便問任嬸：「大少爺呢？」

任嬸這幾日天天被遣往城裡，忙暈了頭，也不知張伯臨去處，便喚了如玉來問。如玉病怏怏的，頭也未梳，慘白著一張臉，回道：「我身上不爽利好幾日了，怕病氣過給了大少爺，因此好幾日不曾往他屋裡去，並不曉得他哪裡去了。」

方氏瞧她臉色確是不好看，便信了，仍放她回去，另叫任嬸去尋。任嬸尋了大半日，沒找著，又怕他是直接去書院了，趕去一問，也是沒人。晚間張仲微回來，問方氏道：「娘，哥哥還未尋著？」

方氏臉上並無急色，道：「這樣大個人，怎麼說不見就不見了？」

張梁氣道：「昨晚不見的，難道還有人來綁他，定是自個兒躲起來了？」

張仲微問道：「哥哥為何要躲？」

張梁道：「你哥哥不知好歹，不願娶李太守家的小娘子，可惜你那門親還未退成，不然將她說與你。」

張仲微忙道：「我不退親，我不要李家小娘子。」他生怕張梁還要再說，轉身飛也似的跑了。

方氏心道，娶李太守家的小娘子，還不如林依呢，至少好拿捏。

張梁不知她心思，見她穩坐不動，問道：「妳怎麼不去尋，難道是妳將他藏起來了？」

方氏道：「要藏早就藏了，能等到定帖下了才藏？」

這話有理，張梁不再質問，開始琢磨張伯臨可能藏的去處。方家？他與方睿不親。鄰居家？已找過了。山上？山上並無人家，荒山野嶺，無法住人。他把所有張伯臨可能去的地方都想了一遍，又尋了一遍，還是不得所蹤。

過了幾日，李家的定帖都到了，張伯臨還是未找著。相對張梁的急躁，方氏悠閒得很，與任嬸笑道：「到底是我生的兒子，曉得他娘不喜這門親事，才故意躲了起來。」

張伯臨是任嬸帶大的，她頗為自豪，道：「大少爺孝順，哪像二少爺，只曉得與二夫人對著幹，都是楊嬸教壞的。」

提起張仲微，方氏也頭疼，遂皺了眉不說話。突然如玉出現在門口，扶著門框哭道：「二夫人救我。」

方氏瞧她一副站不穩的模樣，忙命任嬸過去扶她，問道：「怎地了？」

如玉抹著淚道：「從今兒早上起，吐了好幾回，膽汁都嘔了出來，二夫人，我是不是要死了？」

方氏與任嬸都是過來人，對視一眼，笑了。方氏道：「任嬸，趕緊扶她去歇著，叫楊嬸請遊醫去。」

任嬸笑著應了，小心翼翼扶了如玉回房，親自與她蓋上被子。如玉一臉茫然，問道：「二夫人為何待我這樣好，我真要死了？」

原來方氏在她心裡是這樣的人品，任嬸直想笑，忙忍住了，道：「傻妮子，二夫人喜愛妳呢，妳是大少爺的丫頭，她那是愛屋及烏。」

如玉放下心來，吐了一口氣，又問：「那我這是怎麼了？」

未得定論，任嬸不敢瞎說，只道：「放心，沒得大礙，且等遊醫來。」

過了一時，楊嬸領了遊醫進來，任嬸幫如玉捲起袖子，露出手腕，擱在床邊，請遊醫診脈。遊醫伸出三根指頭，按了一會兒，起身抱拳，道聲恭喜：「這位娘子不是病，乃是有喜，已經兩個多月了。」

如玉與張伯臨相好，到底未過明路，聞言，登時紅透了臉，翻身朝裡面。

楊嬸送遊醫去方氏處領錢，任嬸拍了如玉一下兒，笑道：「天大的喜事，妳臊個什麼，趕緊隨我去二夫人面前，叫她與妳開臉，與大少爺做妾。」

如玉坐起身來，道：「我既做出此事，少不得要厚了臉皮，討個名分的，不過我是什麼身分，頂多求個通房罷了，哪敢奢望做妾。」

任嬸只是笑，道：「妳信我一回，二夫人必定叫妳做妾。」

如玉不知她為何如此篤定，忐忑著隨她去了，跪倒在方氏面前，羞道：「請二夫人責罰。」

方氏心裡樂開花，親手扶了她起來，笑道：「這是喜事，我怪你作甚。」說著命任嬸搬凳兒，叫她坐了，又命楊嬸去廚下燉雞湯。

如玉受寵若驚，坐在那裡，不知作何言語才好。方氏不等她開口討名分，主動道：「這可是張家長孫，妳有功的，等伯臨回來，我與妳擺上兩桌酒，抬妳做個正經妾室。」

如玉且驚且喜，又朝地上跪，方氏忙將她攔住，嗔道：「妳如今身子嬌貴，莫要動不動就跪，往後見了我，都不必行禮。」

如玉平日冷眼旁觀，對方氏有幾分了解，方氏待她越好，她越不安，待到出來，她拉著任嬸問道：「二夫人若是想懲治我，勞煩任嬸通風報個信，我定當報答。」

任嬸曉得方氏心思，拍著她的手笑道：「且放一百個心，二夫人是真心待妳好，妳只消記得她的恩情，凡事站在她那邊便得。」

如玉有些聽不懂，道：「我是張家人，不站在她那邊，能站到哪邊去？」

任嬸但笑不語，將她送回房去，又叮囑了好些注意事項，方才離去。如玉靠在床邊發了會兒呆，將方才情形一一理順，才記起方氏說要抬她做妾，是得等到張伯臨歸家後。她想了想，起身去尋任嬸，含羞問道：「任嬸，妳可曉得，有了身子，要幾個月才顯懷？」

任嬸將她腰身打量一番，道：「這可不一定，有的人三個月就顯了，有的卻四、五個月才顯。」

如玉咬了咬下唇，追問道：「到底是三個月，還是四、五個月？」

任嬸笑了：「各人自有不同，該顯時不就顯了，這有什麼好問？」

任嬸是張伯臨奶娘，如玉拿她當了半個自己人，小聲道明擔憂：「遊醫說我這都兩個多月了，萬一三個月就顯懷，挺個大肚子擺酒，羞煞人哩。」

任嬸曉得方氏不願張伯臨回來成親，便安慰她道：「生了兒子才得名分的妾多著哩，休要擔心。」

如玉雖願意做妾，但只願做有臉面的，因此不愛聽這話，沉默一時，辭別離去。她回到房內，思忖半晌，還是去尋了張仲微，道：「我瞧二老爺與二夫人成日著急，大少爺一直這樣躲下去，也不是個事。」

張仲微問道：「妳曉得他躲在哪裡？」

如玉不肯講那主意就是她出的，故意裝作想了一想，道：「我隱約聽大少爺提過，後面有座山上，有所破廟……」

張仲微曾同張伯臨一道去過那裡，一聽就明白，道：「我曉得了，我這就去叫他回來。」

第二日，張仲微到書院告了半日假，上山尋到張伯臨，勸他回家。張伯臨還道是張梁與方氏妥協，歡喜問道：「爹娘同意我不娶李家小娘子了？」

張仲微道：「不是，是如玉叫我來尋妳的，至於緣由，我卻是不知。」

張伯臨道：「他們不點頭，我不回去。」

張仲微勸不動他，無法，只得獨自下山。他理解張伯臨心思，暗道，哥哥不願娶李家小娘子，大概與他非要娶林依是一個道理，遂起了幫他的心，又想到林依素來是個有主意的，便尋到她，將事情始末講了，請她幫忙想個法子。

林依正逗弄黑七郎，教他躺下與握手，聞言玩笑道：「叫他尋個更有權勢的小娘子，擔保二老爺與二夫人就不逼著他娶李家女兒了。」

張仲微急道：「我講正經的，莫要開玩笑。若哥哥娶了他不願娶的人，成日家宅不寧，如何是好？」

在林依眼裡，張伯臨最是遵守禮教，這回肯為了婚姻幸福，與雙親抗爭，倒是出乎她意料。她站起身，想了一時，與張仲微出了兩個主意，一是去方氏面前，告訴她有後臺的兒媳不好降服；二是去與張梁講張八娘的不幸婚事，期望他能從中吸取教訓，不讓兒子走老路。

張仲微將這兩個法子都用了，卻全不好使，方氏自然不願李家小娘子進門，但卻無能為力；張梁認定張八娘的苦只是暫時的，不肯聽勸。張仲微無計可施，只好去與如玉道：「我沒得法子，幫不了哥哥，看樣子他一時半會兒是不肯回來了。」

如玉大急，肚子裡的消息，可是不等人，她欲親自上山去尋，又怕動了胎氣，想寫個紙條託張仲微帶去，卻不會寫字，最後想出一招，拿筆劃了個大肚子的女人，將畫兒摺嚴實了，交與張仲微道：「勞煩二少爺把這個與大少爺送去，他看了便會回來了。」

張仲微將信將疑，帶了那張紙再次上山，轉交張伯臨。如玉的畫極淺顯，張伯臨一看便知，問道：「真是如玉畫的。」

張仲微點頭，道：「我騙你作甚。」

張伯臨突然就焦急起來，忙忙地把幾件衣裳紮作個包袱，甩下張仲微，先奔回去了。張仲微莫名其妙，但張伯臨肯下山，總歸是好事一件，便撓了撓頭，不作他想。

張伯臨風颳似的衝回家中，進到如玉房中，將門一栓，急問：「此事還有哪個曉得？」

如玉明白他所指何事，撫上小腹，臉一紅，答道：「二夫人、任嬸和楊嬸，都曉得了。」

張伯臨聽說張棟與張梁都還不曉得此事，暫鬆了一口氣，又問：「我娘怎麼說？」

如玉擺弄著衣角，羞答答道：「二夫人說要擺酒，抬我做妾。」

張伯臨急道：「胡鬧。」

如玉一愣，隨後泫然欲泣，道：「我曉得自己配不上大少爺，但你總得看在我肚裡這塊肉的分上，與我個名分。」

張伯臨連忙上前捂她的嘴，叫她小聲些，道：「就是這塊肉惹事，都怪我一時衝動，沒能忍住。」

如玉哭了出來，道：「這是你親骨肉。」

張伯臨忙拍她的背，哄她道：「不怪妳，是我的錯，不該在孝期鬧出事來。」

如玉道：「你不是出了孝才去雅州的嗎，怎麼沒出孝。」

張伯臨不好意思起來：「傻妮子，妳又不是現在才懷上的。」

如玉聞言，臉上立時發燙，捂了臉不敢看他。

張伯臨扯下她的手道：「不是害羞的時候，趕緊商量商量該怎麼辦，此事若被別有用心之人發現，我的前程可就毀了。」

其實鄉下人家，規矩並不嚴，如玉不以為然道：「我有個弟弟就是孝期生下的，別個頂多講兩句閒話罷了，又不能真把你怎樣。」

張伯臨又急起來：「祖宗，閒話也可大可小，來年我就要赴京科考，若被考官知曉此事，就算能及第，也分不到什麼好官職。」

如玉的手，不知不覺又撫上小腹，她身分卑賤，孩子乃是她安身立命之本，雖然來的不是時候，但仍舊珍惜，捨不得放棄。

張伯臨見她不作聲，問道：「妳不願做官宦家的妾？」

如玉雖未見過官宦家的妾，官宦家的娘子──楊氏，她卻是天天見著，那通身的氣派，就是窮了，也叫人心生羨慕。她猶豫道：「二夫人……」

張伯臨生起氣來，道：「我娘糊塗，妳莫要學她。」

如玉思慮一時，心道，她什麼身分地位，一個丫頭而已，若張伯臨存心不要這孩子，多的是法子叫她小產，他既還曉得來同她商量，想必心裡還有她。與其叫他強逼著打胎，倒不如主動些，還能討上幾分歡心，反正她還年輕，只要籠絡住男人，不愁再沒孩子。

想到此處，她流著淚撲進張伯臨懷中，哭道：「只要你好，叫我做什麼都甘願，只可憐了我們的孩兒，還未見過世面就……」

張伯臨心有愧疚，緊摟了她，安慰道：「妳打掉孩子，我仍舊抬妳做妾。」

這話沖淡了些許悲傷，如玉勉強笑了一笑，道：「二夫人極看中這孩子，她那裡如何去講？」

張伯臨氣憤方氏太糊塗，道：「先斬後奏，待事情辦妥再與她說。」

如玉卻不願意，道：「大少爺也替我想著些，若這孩子不明不白掉了，二夫人定要怪我不當心，不知怎麼罰我呢。」
方氏的手段，張伯臨見過不少，聞言猶豫起來，想了一下，道：「那我去與她講。」
如玉見他還是有擔當的，高興起來，含淚笑了。
張伯臨又撫慰了她幾句，起身去尋方氏，掩了房門，磕頭道：「娘，孩兒不孝，惹來大禍，望娘救我。」
方氏唬了一跳，難道他不是因為李家小娘子才去的山上，而是犯了事？忙問：「出了什麼事，莫要慌，有娘呢，趕緊講來。」
張伯臨又磕了個頭，道：「如玉有孕，娘想必已知曉，孩兒糊塗，祖父孝期犯下如此大罪，怎生是好。」
方氏「嗐」了一聲，撫著胸口道：「傻小子，差點嚇死為娘，我還道多大的事，原來是這個。」
張伯臨急道：「這還不算大？若到了官場，定會被人拿出來做文章。」
方氏道：「咱們村孝期生娃的人多的是，你現下還是布衣一名，怕什麼。」
面前此人愚蠢透頂，偏偏是自己親生母親，罵不得，打不得，甚至頂撞不得，張伯臨只覺得太陽穴突突直跳，平復半晌心情，方道：「娘，官場上的事，妳不懂得，我還指望著進士及第，大展宏圖呢，絕不能因此事斷送了前程。」
方氏氣道：「我不懂得？別忘了你舅舅也是個官。如玉懷的那孩子，我說生得，就是生得。」
張伯臨哪裡曉得，因李家小娘子嫁進張家已成定局，方氏就一心想在她生出嫡子前，先整出個庶出孫兒來，一是為了打壓兒媳氣勢；二是趁機將如玉收為自己人，與她作個幫手。
張伯臨堅決不肯留下如玉腹中孩兒，與方氏僵持起來。方氏正要發威，卻見任嬸不停與她打眼色，便住了口，道：「你且先回去，待我想一想。」

張伯臨見她鬆了口，便先回去了，準備明日再來詢問，臨走時再三叮囑，莫要將此事講與旁人知曉。

方氏連連點頭，待他一走，便問任嬸何事。任嬸怕張伯臨還未走遠，壓低了聲音道：「二夫人，大少爺可不比二少爺老實，妳就算不答應他，他也要想法設法將那孩子除了去。」

方氏亦曉得張伯臨脾氣，愁道：「這可如何是好。」

任嬸一笑，出主意道：「二夫人，妳就假裝答應他，再藉口要與如玉養身子，不好讓她被新婦瞧見，悄悄將她藏起，待得孩子落地，再作打算。」

方氏剛才氣焰高漲，真落到實處，又猶豫起來：「伯臨說留下這孩子，影響他前程哩。」

任嬸笑道：「大少爺如今已出了孝了，這孩子不過早了兩個多月而已，二夫人待孩子大些再抱出來，瞞下兩個月，誰人瞧得出來？」

方氏琢磨一時，大喜，道：「此計可行，兩個多月的娃娃，與剛生下來的，興許有差別，但一歲的，與那一歲零兩個月的，哪個分得出來。」

任嬸笑道：「哪消候那樣久，我看半歲就差不多了。」

方氏心道，到底還是陪房貼心些，換了別個，哪能想出這樣的好主意來。她歡喜之下，丟了兩個鐵板兒與任嬸，任嬸嫌少，又不敢說，暗自撇嘴，退了出去。

方氏越想越樂，等不得明日，當即就將張伯臨喚了來，道：「我仔細想過你方才的話，覺著有理，孫兒還能再有，你的前程卻不容一點兒耽誤。」

張伯臨見她終於想通，喜不自禁，磕頭謝她。

方氏又道：「如玉小產，必要將養，若在你那裡，定會惹人閒話，不如我送她去別處待數月，待得身子養好再回來。」

張伯臨機靈，疑道：「怎需要這樣長時間？」

方氏裝了不高興的模樣出來，臉一沉，道：「嫡妻就要進門，你屋裡放個妾，成何體統。」

張伯臨道：「現在她還不是妾，待到嫡妻進門再擺酒，就沒問題。」說完卻馬上「呸」了一聲，道：「口誤，我才不娶李家小娘子。」

方氏明白，不論她什麼態度，李家小娘子都要進張家門，她為了將如玉藏起，便不再作鼓勵張伯臨的舉動，而是站到了張梁那邊去，道：「你做出此等醜事，還好意思說不娶？依我看，你娶李家小娘子才最可靠，她家權勢大，就算有朝一日你東窗事發，他李家也護得住你。」

方氏難得講出這般有道理的話，張伯臨還真聽進去了，仔細思考一番，覺得此舉方為上策，於是便與自己尋藉口，暗道，若李家小娘子不如意，就再納幾個心儀的妾也是一樣。

方氏見他不作聲，猜到他被自己說動，便繼續道：「等新婦進了門，你想怎麼納妾就怎麼納妾，她進門之前，你還是收斂些，別把如玉留在屋裡，與李家留些臉面，不然惹惱了他們，往後事發，誰人與你作主？」

張伯臨權衡再三，略將頭點了點。

方氏笑道：「看不出我兒子還是個情深意重的，不過一個丫頭，接出去住幾日，又不是不還你，這就不開心起來。」

張伯臨叫這話講紅了臉，忙奔了回去，將方氏的主意講與如玉知曉。如玉不大願意，磨蹭著不肯收行李。張伯臨生氣道：「我娘講的有理，嫡妻進門前先有妾，是打她的臉，妳先躲起來是正經，就算將來她進了門，妳也須得小心伺候，不可逾越。」

他張口閉口嫡妻，如玉愣住，不知他怎麼突然轉了念頭，樂意娶李家小娘子了。

張伯臨氣過，又婉言相勸：「都怪我做出這樣的醜事，將來少不得還要靠李家權勢維護，不多與李家小娘子些臉面，妳日子也難過。」

原來他也是為自己著想，如玉釋懷，趕忙收拾好衣裳，道：「我不連累你，這就去尋二夫人。」

張伯臨心下感動，將她手握了好一時，道：「我娘不會虧待妳，妳到了外面，好生將養，待李家小娘子進了門，我親自去接妳。」

如玉撒嬌問道：「你不去看我？」

張伯臨猶豫了一下，道：「若是得閒，就去。」

如玉點了點頭，朝他臉上親了一下兒，拎著包袱到方氏房裡，垂淚道：「與二夫人添麻煩了。」

方氏卻道：「為我自己孫兒打算，麻煩什麼。」說著命任嬸搬凳兒，叫她快些坐下。

打胎已成定局，方氏怎麼還待她這樣好，如玉正驚訝，方氏已與任嬸商量起來：「將她送到哪裡養胎合適？」

養胎？如玉愣住。

任嬸想了一想，道：「山上？」

方氏不喜：「山上潮濕，又沒得屋住，如何是好？」

任嬸進一步明白，方氏是真看中如玉腹中孩兒，便想了一戶妥當人家，道：「二夫人可還記得方大頭？」

方氏歡喜道：「自然記得，我家遠親，銀姊就是換去了他家。」說完又猶豫：「聽說銀姊還在他家做妾呢，把如玉送去，她能不暗中使壞？」

任嬸笑道：「一輩是一輩，二夫人若送個二老爺的妾去，她使壞是一定的，可大少爺的妾，與她什麼相干？」

方氏點頭稱是，向如玉道：「把妳送去我遠親家住著，待孩子生下再回來。」

如玉驚道：「大少爺的前程不要了？」

方氏笑道：「將孩子月份瞞下兩個多月，便得。」

如玉忐忑，不言語。

方氏道：「妳怕什麼，萬事有我呢。」

如玉心道，方氏是張伯臨親母，怎會害他，必是有了妥當安排，於是趴下磕頭，道：「謝二夫人憐惜。」

方氏忙道：「叫妳莫要動不動就磕頭行禮，小心動了胎氣。」說著命任嬸將她扶起來，又去里正家借了一副滑竿，親自送如玉去方大頭家。

方大頭領著銀姊，還在田裡忙活，家中只有方大頭媳婦在，她迎出來將方氏等人接著，笑道：「什麼風把二夫人吹了來。」

她家亦有個小院，卻遠不能與張家相比，幾間屋子，只有正房是瓦房，其餘都是茅草覆頂。方氏隨她進屋去，再一看，四面牆光光，未有粉飾，家什也僅有一張桌子，幾把椅子而已。她心有猶豫，望了任嬸一眼，悄聲道：「這般簡陋，如何養胎？」

任嬸暗自腹誹，張家也已窮了，不過還有個殼子撐著而已，竟嫌棄起別個來，便故意道：「那咱們到城裡賃個屋子，再請個下人服侍……」

方氏忙打斷她道：「就是這裡吧，去城裡住，可得不少開銷。」

方大頭媳婦捧上幾碗粗茶，方氏嫌棄，瞧了一眼就放下了，問道：「怎麼他們在地裡幹活兒，妳卻沒去？」

方大頭媳婦笑道：「妾是做什麼的？既有了銀姊，我就享享福。」

方氏想想自身，連個冬麥都指使不動，不禁嫉妒起方大頭媳婦的馭妾之道來。

方大頭媳婦問道：「聽說二夫人家未過門的兒媳林三娘極是能幹，我們還在播種，她地裡的小麥就已收了，想必賺了不少錢吧，二夫人真是好福氣。」

方氏聽著此話，覺得十分刺耳，欲發作，又有求於人，只得按捺下來，先辦正事。她到底還留有幾分清明在，沒直接說如玉懷的是張伯臨的孩兒，只道：「我才買了個丫頭，卻發現是有孕的，正好我家缺個小子使喚，便想把她放到妳這裡住幾個月，待孩子生了，養大些我再遣人來接。」

方大頭娘子奇道：「二夫人家屋子多的很，何須到我家借住？」

方氏一時語塞，任嬸忙救場道：「看著又不能使喚，叫人堵得慌，因此送到妳這裡來，眼不見為淨。」

方大頭娘子還是奇怪：「妳家有錢，還怕買不起小子？自小養大，費錢費事。」

方氏已回過神來，忙道：「我們與大房分了家了，妳竟不知？田少了一半，屋子也少了一半，正愁沒地方給下人住呢。」

任嬸順著她的話道：「小子可比丫頭貴多了，買不起。」

她們你一言我一語，方大頭娘子聽了個迷迷糊糊，便不再追問詳細，轉道：「我家窮，可比不得二夫人家，恐怕沒得多的口糧與這個丫頭吃。」

方氏命任嬸取出交子來，道：「這是一貫的，管兩個月，須得日日與她燉雞湯。」

兩個月，一貫錢，吃飯有多的，喝雞湯卻是遠遠不夠，方大頭娘子不樂意，將頭搖了一搖。方氏看了看如玉的肚子，咬咬牙，道：「那這算一個月的。」

方大頭娘子勉強點了點頭，道：「我是看在親戚的分上。」

正說著，方大頭二人從地裡回來，聽說了如玉借住的事，也道：「一貫錢住一個月，還要吃雞，是我們虧錢哩，不過既是親戚，虧些就虧些吧。」

銀姊跟在他後頭，見了方氏，暗自咬牙切齒，恨不得撲上去咬她一塊肉下來，她在旁聽見了他們言語，譏笑道：「二夫人真是賢慧，要幫二老爺養第三個兒子。」
方氏唬著臉道：「休要胡說，這不是二老爺的。」
銀姊見她生氣，愈發信了，不再理她，轉頭打量如玉，暗自琢磨心事。
方氏曉得她誤會，偏又不能講出實情，免得與張伯臨惹麻煩，只得暗地叮囑如玉提防銀姊。如玉並不曉得銀姊身分，很是奇怪，任嬸與她附耳講了幾句，方才明白。她與張梁沒得干係，與銀姊無瓜葛，又自詡還算玲瓏，便道：「二夫人放心，我不怕她。」
方氏聞言放了心，將她安頓好，與任嬸離去。
回到家中，張梁見著她，問道：「伯臨回來了？他若還是不願意，拜堂那日就綁了他去。」
方氏得意道：「我已將他勸服了，你趕緊準備下定禮吧。」
張梁不曾想過她這樣有本事，驚喜讚了她幾句，自去與張棟商議。張家兩房都無錢，商議也得不出其他結果，一切只能從簡。過了幾日，定禮籌備妥當，八個彩色包袱，擱在了張家二房堂屋上，只等媒人送往雅州。
青苗跟著眾人瞧了會兒熱鬧，回來與林依道：「三娘子，妳也瞧瞧去，那幾個包袱包得倒好看，卻聽人說，裡頭都是不值錢的物事。」
林依才賣過小麥，正忙著撥算盤算帳，頭也不抬，道：「休要胡說，小心二夫人聽見，我可沒功夫救妳。」
青苗湊到她身旁看了一會兒，道：「三娘子，我想幫妳，可妳這畫得彎彎曲曲，活似蚯蚓，誰能認得。」
她在林依教導下，已很認得幾個字，但林依帳本上記的，乃是阿拉伯數字，難怪她不認得。林依編了個理由，哄她道：「我是怕別個把帳瞧了去，知曉了咱們家底，因此才寫的暗記，妳當然不認得。」

青苗恍然，忙道：「極該如此，外頭那些，沒幾個好人，三娘子就該用暗記，就算他們將帳本偷了去，也看不懂。」

又不是商業競爭對手，偷帳本作什麼，直接偷錢便是，林依暗笑，將最後一筆帳算完。小麥不如稻子值錢，特別是在吃米多過吃麵的四川，每斗只賣得鐵錢六十文，雖有二百二十畝地，除去佃農工錢及各項開銷，最後到手的不足一百貫。但這對於林依來說，也是不小的數額，她有經驗在前，這回沒有絲毫猶豫，除了留下生活費用，其餘的錢，一刻沒耽誤，第一時間換作了田地。

至此，她名下的水田，已超過了二十畝，地雖不多，但她家僅有兩人一狗需要養活，足夠了。她曉得楊氏是東京人，愛吃麵食，便留了些麥子，叫流霞借了二房的石磨，磨成白麵，做了一籠素餡包子，又擀了幾碗麵條。

楊氏見了這頓飯食，果然高興，話都多了幾分，與他們講了個笑話，說是有名都官凌景陽，欲與東京一豪門孫氏小娘子成婚，又怕自己年紀太大，就叫媒人將他的年齡匿報了五歲，待交禮時，才知這位孫氏小娘子比自己還大，一問才知，原來她匿報了十歲。

此事荒唐，桌上幾人大笑，流霞笑道：「誰叫他不去相媳婦。」

相媳婦乃是大宋風俗，待下過定帖，便由男家挑日子，選個雅致酒樓或園圃，或親人，或媒人，或親自前往，將媳婦相看，若男家中意，即以金釵插於女子冠鬢中，謂之「插釵」；若不如意，則送彩緞二匹，美其名曰「壓驚」。

此風鄉間尤盛，林依也曾見過，笑了一時，突然想起張伯臨的親事，問道：「大少爺也要去雅州相媳婦？」

楊氏搖頭道：「不曾聽說。」

流霞笑道：「就算李家小娘子是個麻子臉，二房也甘願認了，還相媳婦作甚？」

因張棟也是贊成與李家結親的，楊氏瞪了她一眼，令她噤聲。但這句玩笑話，還是流傳了出去，等張伯臨從書院下學回來時，就聽見隔壁幾個小子聚在草垛邊笑話他：「張大郎，你不去相媳婦，不怕她是個麻臉？」

張伯臨臉一紅，忙跑去方氏屋裡，要求去雅州相看李家小娘子。方氏暗忖，雖說婚事已是鐵板釘釘，但有這道程序，到底張家更有面子，便喚了張梁來，將張伯臨的意思與他講了。

張梁責備道：「明日媒人就動身去雅州送定禮了，多生一事作甚，趕緊將李家小娘子迎進門才是正理。」

張伯臨本就擔心新婦進門會壓他一頭，不曾想還沒來，就已叫他在人前丟了臉面，便據理力爭道：「我只不過去看一眼，又不是不娶她，我就隨媒人一道去，耽誤不了事。」

方氏也在一旁幫腔，勸張梁答應他。張梁一想，叮囑媒人將張伯臨看緊些，想是出不了事，便點頭道：「那叫你娘準備金釵去，不許帶彩緞。」

他這裡同意了，張伯臨正歡喜，方氏卻期期艾艾起來：「家、家裡哪裡還有金釵，將銀包金的拿一支去？」

張梁氣道：「既是連金釵都沒得，去丟什麼人。」

張伯臨沒想到家中已是窮到如此地步，忙閉了嘴，不敢再提相媳婦一事。

第二日，媒人帶了張家那幾只彩色包袱，前往雅州，將定禮送到李家正屋廳堂上。李家照著規矩，備香燭酒果，告祝天地祖宗，再請夫婦雙全之人挑巾將包袱開啟。

季夫人開了盒子蓋兒，一一瞧過，與李簡夫冷笑道：「草帖上就只列了幾樣見不得人的物事，我還道是謙遜，不曾想果然只有這幾樣，他們也好意思拿出手。」

李簡夫怕媒人聽見，忙道：「夫人，罷了，舒兒都十七了，再不嫁，後頭的幾個妹妹怎辦？」

後面的幾個么女，亦是季夫人所生，聞言便沒了言語。女家接受定禮後，須得當日便回定禮。李家的回定禮物，已預先備好，除了依禮將男家所送酒餅茶果的一半回送，還有開合銷金纈一匹、開書利市采一匹、籍用玉紅文虎紗。官綠公服羅一匹、畫眉褐織一匹、籍用玉紅條紗。轉官毬盝掠一副、疊金篋帕女紅五事、籍用官綠紗條。疊疊喜盝掠一副、盛線篋帕女紅十事、籍用金褐擇絲。勸酒孩兒一合、籍用紫紗。茶花三十枝、籍用紅纈。果四色、酒二壺。媒氏生金條紗四匹、官楮二百千省。

季夫人備了回定禮，卻不想送，與李簡夫商議道：「張家定禮實在寒磣，咱們為何要與他們天大的面子，不如將回定禮減一半。」

李簡夫也覺得張家行事實在讓人瞧不過去，便捋鬚猶豫。李舒在簾兒後聽見，遣了貼身丫頭錦書出來道：「大娘叫我來問老爺夫人，她到底是不是你們親生，為何連幾樣回定禮也捨不得。」

李簡夫先笑了：「這個閨女，沒大沒小。」

季夫人也笑道：「罷了，便宜張家，與女兒撐臉面吧。」

錦書又道：「大娘還說了，興許是張家真窮，拿不出像樣的定禮來。」

季夫人聽了這話倒還罷了，李簡夫卻不喜，心想到底是女兒家，還沒嫁，就已向著夫家了。季夫人瞧他臉色，曉得他頭一回嫁閨女，有些醋意，她暗笑不已，也不理他，自出去與媒人將回定禮交付。

李家的回定禮，在張家小堂屋堆得滿滿當當，引得無數人來瞧，青苗愛熱鬧，擠在人堆裡瞧了一時，回來喚林依：「三娘子，妳也瞧瞧去，李家的回定禮，可把張家的定禮比下去了，也不曉得二少爺與二夫人害不害臊。」

林依舉了正在繡的一個鞋墊子，拍了她一下兒，道：「是要去瞧瞧，不然有人來與妳提親，我都不曉得如何回定。」

青苗立時就扭捏起來：「怎麼扯到我身上……」

黑七郎走過來，與她搖尾巴，林依問道：「餵飯了沒？」

青苗答道：「餵過了，還澆了點兒肉湯。」

林依摸了摸黑七郎的腦袋，道：「他也大了，該送去看菜園子了。」她趕著將鞋墊繡好，與田氏送了去，謝她幫自己看了這樣久的菜地。田氏見那雙鞋墊很是素淨，正適合她用，就笑了，道：「謝什麼，我又不是沒吃妳家的菜蔬。」又問：「大少爺要娶妻，二房那邊收回定，下聘禮，刷新房，熱鬧著呢，妳沒去瞧瞧？」

林依道：「我哪敢去與二夫人添堵，倒是妳閒著無事，怎麼沒去幫忙？」

田氏幽幽嘆道：「我一個寡婦，喜慶的時候，我怎能去露面，朝屋裡藏還來不及。」

林依笑道：「我也是個不敢去吃喜酒的，到了他成親擺酒那日，我陪妳在屋裡吃。」

田氏最是怕形影單隻，聽說她願相陪，高興起來，拉著她的手，講了好一會子話。

宋人在行定聘禮的過程中，凡逢節日，男家都要朝女家送禮，謂之追節。方氏與張梁商量：「家裡要準備成親那日的席面，哪有餘錢來備那麼些禮，不如把聘禮與財禮並行，早些送了，好定下婚期。」

張梁猶豫道：「無錢的人家，才這樣行事呢，李太守會不會怪罪？」

方氏將臉一別：「那你準備禮錢吧。」

張梁暗罵，家窮還不是因為妳不會當家，但已然窮了，說什麼都是無益，只得採納了方氏的意見，忙忙備齊了聘、財二禮，再遣媒人去雅州。

季夫人見到媒人，皺眉道：「張家窮到如此地步？」

李簡夫勸她道：「定禮都收了，還嫌這一步？」

季夫人想到李舒極為豐厚的嫁妝，忍不住又嘀咕：「便宜張家了。」

李簡夫聽到這話，斥道：「婦人見識，我這般厚待張大郎，只要他有能耐出仕，必定對我感激不盡，我這一派，又多一助力。」

季夫人不懂朝堂上的那些，撇了撇嘴，沒有作聲。

至此定、聘、財三禮已成，張李兩家通過媒人來往，將成親的日子定在了七月底。方氏對此很不滿意，抱怨道：「大熱天的，席面上吃不完的飯菜都得餿了。」

張梁不耐煩道：「餿了就餿了，拿去餵豬。」

方氏道：「咱們家哪裡還有豬。」

張梁不管家事，不曉得豬圈已易了主，奇道：「那間成日鎖著的屋子，裡頭總有豬叫喚，難道不是豬圈？」

方氏恨恨道：「那是林三娘餵的，我把豬圈租與了她，一年五百文。」

張梁怔道：「咱們家竟連豬也餵不起了？」

方氏見他是要發脾氣的模樣，連忙朝後退了幾步，免得被板凳砸中，道：「你莫急，新婦嫁妝豐厚，待她進門，咱們就又興頭了，再說她官宦小娘子，必定見不得咱們家餵豬，還是不餵的好。」

張梁不甚在意兒媳嫁妝，只一想到有了李簡夫這位親家，就是吃完飯擺龍門陣，也能壓得住人，更不消說兒子們的似錦前程。他越想越樂，就忘了去打罵方氏，自出門喚張棟吃酒去了。

方氏見他出去，才鬆了一口氣，挪到椅子上坐了，命任嬸取帳本，準備張伯臨成親的各項事宜。

捌之章　消息走漏

七月初，張八娘產下一子，張家接到消息，全家喜氣洋洋，方氏親自準備了雞魚蛋等物送了去，謂之「送蛋湯」。張梁與兩個兒子道：「當初你們都勸我莫與李家結親，免得讓伯臨走了八娘的老道，現在看如何？」

林依直慶幸張八娘終於熬出了頭，將出錢來，向楊氏買了一隻母雞，與張八娘送了去。

七月底，張伯臨婚期至，因雅州與眉州路途遙遠，因此省去了催妝與鋪房一節，新婦到達眉州後，直接上花轎，抬往張家拜堂成親。

新婦進門，照例要先攔門，鄉下人都愛湊熱鬧，圍成一群，嘻嘻哈哈笑個不停。方氏坐在堂上，等著新人來拜，又問任嬸林依何在。任嬸到攔門處看了看，回報道：「林三娘沒來。」

方氏存心想讓林依瞧瞧官宦兒媳的氣派，好打消她嫁入張家的念頭，便命任嬸務必要請林依來吃酒。

任嬸問過青苗，尋到田氏房中，笑道：「三少夫人、三娘子，二夫人請二位去吃喜酒。」

田氏淡淡道：「我一個寡婦，吃哪門子喜酒，莫衝撞了新婦。」

任嬸請她，本就只是客氣，眼睛只盯著林依，道：「請三娘子賞臉，去吃杯喜酒？」

林依驚訝抬眼，任嬸何時變得客氣起來，其中定有緣故。她細一思忖，今日是張伯臨大喜的日子，方氏雖討厭，張伯臨待自己卻還算友善，實是該去吃杯酒的，再說今天怎麼也輪不到她做主角，方氏應該不會針對她。

想到此處，她與田氏抱歉道：「說好陪妳的，卻要出去，妳且先坐坐，我馬上就回來。」

田氏不甚介意，道：「去吧，多吃幾杯，不必管我。」

林依便隨任嬸去了，此時已攔完門，正在撒穀豆，她站在一旁瞧了會兒熱鬧，就見李家小娘子由兩名親信丫頭扶持著下轎來，踏上青布條——大宋規矩，新婦自下轎起，雙腳不能著地。旁邊有幾名送親的女客在嘀咕：「張家怎麼這樣窮，連個青錦褥都沒得。」

流霞聽了，直覺得好笑，與青苗道：「二房恐怕連什麼是青錦褥都沒見過吧。」二人頭湊著頭笑開來，林依趕忙把青苗拉走，道：「莫要瞎說，與大少爺幾分面子。」

青苗點頭，道：「大少爺還算不錯，沒跟著二夫人欺負咱們，那我再不說了。」

林依見廚房門口圍了幾條貓狗，問道：「黑七郎呢？」

青苗道：「人多手雜，我將牠留在屋後看菜了。」

林依笑道：「只牠最忙。」

二人商量，要去向楊嬸討幾根骨頭與黑七郎送去，正說著，突然聽見堂屋那邊吵嚷起來，青苗自己愛吵架，也愛看別人吵架，馬上拉起林依的手跑過去，道：「三娘子快些，準是二夫人。」

二人擠進人堆一瞧，還真是方氏，她正被幾名送親客圍著，急急辯解：「鄉下哪來這麼多規矩，不信你問。」

原來城裡風俗與鄉下有不同，攔過門，撒完穀豆，還有跨鞍、坐虛帳等諸項程式，但鄉下沒這許多講究，撒過穀豆，直接就是進堂屋拜堂了。

女家認為規矩不全，新婦受了委屈，方氏認為李家仗勢欺人，強人所難。雙方人馬爭吵多時，眼看著吉時就要過了，尚還蒙著蓋頭的李舒遣錦書來傳話，稱嫁雞隨雞嫁狗隨狗，既是來了眉州鄉下，就要遵照鄉間習俗。送親客們見她發話，這才甘休，勉強散開，讓出路來。

張伯臨手執槐笏，身掛紅綠彩，綰了同心結，掛到李舒手上，再面向她倒行，將她引至堂前，二人並立。張家一雙全女親，用秤挑開李舒蓋頭，請新人行參拜之禮。來吃喜酒的鄉民，全擠在堂屋門口觀看，林依也瞧了一回，只覺得新婦臉上的粉塗得太厚了些，叫人看不清真容顏。

大宋正經婚俗，挑開新婦蓋頭後，應是先拜家廟，再回房夫妻交拜，次日才拜見舅姑諸家長。但鄉下禮儀一切從簡，李舒的蓋頭剛掀開，任嬸就端上了茶盤，請她與公婆敬茶。送親客們又見張家不合規矩之舉，欲要叫嚷，讓李舒一個眼神止住了。

方氏方才在門口受了氣，本想此時耍一耍婆母威風，給新婦一個下馬威，不料她伸出去接茶的手才慢了半拍，張梁的眼神就橫了過來，她嚇得一個哆嗦，連忙接茶，不料動作大了些，將茶水灑了些出來，立時就聽到送親客裡有人道：「果然是鄉下婆子，沒見過世面，接個兒媳的茶都能弄灑。」

方氏藉新婦打擊林依未遂，與兒媳下馬威也沒得逞，最後丟醜的反是她自己，一時間又氣又羞，一張臉漲得比新婦的蓋頭還紅。

張伯臨與李舒又參拜過張楝與楊氏，再回房夫婦交拜，撒帳、合髻與交巹。

林依隨眾客人擠在新房門邊瞧著，張仲微突然湊到她身旁，悄聲道：「晚上妳早些睡，莫要出來。」

林依莫名其妙，今日張家大喜，難不成還有賊人來擾，非要早關門窗？青苗也覺著奇怪，便問張仲微緣由，張仲微卻紅了臉，支支吾吾不肯講。

屋裡那對新婚夫婦禮畢，屋外酒席便開場，張伯臨出去招呼客人，張仲微陪著。林依到席上吃了幾杯酒，與人攀談幾句，便起身回房，繼續陪田氏。田氏面前，已擺了幾盤子席上的菜色，見林依進來，招呼她道：「瞧見李家小娘子了？嫁妝可豐厚？」

林依不客氣，到她對面坐下，就著現成的碗筷，吃了幾口，答道：「人見著了，但粉太厚，沒瞧清楚，嫁妝據說太多，院兒裡沒處擱，還停在城裡，明日才送來。」

田氏嘆了口氣：「唉，都是別人家的熱鬧。」

林依想勸慰她，又不知從哪裡勸起，只得默默陪她吃了頓飯，起身離去。

天黑眾客散去，青苗與黑七郎送過骨頭，就一直趴在窗前瞧著。

林依已很瞭解她，問道：「還在想二少爺的話？」

青苗笑道：「三娘子真神人，一猜就準。他不叫我們出去，我偏要出去瞧瞧，看有什麼蹊蹺。」

林依不悅道：「妳若好奇，趴在窗前看著便是。院子就這麼大點兒，一眼能望全，還消跑出去看？」

青苗忙低頭應了，不敢再提出去的話，但仍在窗前守著，但她直盯到夜深人靜，也沒瞧出個所以然來，只好嘀咕著「二少爺騙我」，回房睡去了。她雖沒瞧出什麼來，仍舊不甘心，第二日起來，便去尋幾名丫頭打聽，與冬麥流霞三人交頭接耳一時，面紅耳赤地跑了回來，掩上房門向林依道：「二少爺也不是什麼好的。」

林依奇道：「怎麼說？」

青苗紅著臉將方才打聽到的消息講了一遍，原來昨日張仲微叫她們不要出去，乃是因為昨夜屋後擠滿了村中小子。

林依不明白，問道：「他們來張家屋後作甚，我們房後並不見有人呀？」

青苗的臉更紅了幾分，不敢大聲講，只湊到她耳邊小聲低語幾句。原來那些小子們，是專程來聽張伯臨牆根的。林依聽了，也有些不好意思，但遠不到紅臉的地步，只道：「他們真夠無聊的。」

青苗見她坦然，自己也放開了，話又多了起來，嘰嘰喳喳，將打聽到的新房內情景描述了一番，稱張伯臨進門先問李家小娘子姓甚名誰，語氣頗為不善，李家小娘的聲音倒聽不出喜怒，只稱她姓李名舒，出嫁前才取了表字「伯舒」。張伯臨聽說她一介婦人，竟有表字，便讚了聲風雅，變歡喜起來。

青苗講到這裡，突然停頓下來。林依正聽得入神，沒有細想，直接問道：「歡喜過後呢？」

青苗的臉又紅了起來，嗔道：「三娘子問這做什麼，他們新婚，嗔過之後還能作甚。」

林依腦中情景浮現，也臉紅作一片，扭頭朝窗邊望，卻發現張仲微赫然立在外頭，她被唬得不輕，一下從椅子上跳了起來，似做錯事一般，手足無措站在那裡。

青苗緊接著也瞧見了他，嚇得退後一步，正撞在床角上，疼得她直叫喚：「只記著關門，忘了關窗，該死，該死。」說著走去罵張仲微：「二少爺走路不帶響兒的？偷聽人講話算什麼？」

張仲微竟回罵道：「多嘴多舌的妮子，與三娘子瞎講什麼，沒得帶壞了她。」

林依仔細一想，青苗講的雖是張伯臨新房內的情形，但也沒什麼見不得人的言語，不過是正常對話而已。這樣想著，她的心就定下來，護短道：「她又沒去瞧，只不過聽別人講的幾句而已，哪裡就帶壞了我。」

青苗見主人護著自己，又恢復了精神，笑道：「別看二少爺罵我，說不準昨兒他就在那牆根兒底下。」

林依盯著張仲微瞧，見他的臉居然紅了，驚訝道：「你真去聽了？」

張仲微嘟囔道：「胡說，我是去趕他們。」

林依想到他們兄弟情深，張仲微又老實，估計確是去做驅趕村中小子的活計，也不排除無意聽到了些什麼，因此這才臉紅了。

張仲微一臉紅，氣氛變得尷尬起來，林依正想著講點什麼，正房那邊傳來銅盆落地的聲音，噹噹一聲，嚇了他們一跳。青苗最善打聽消息，不待吩咐便竄了出去，一會兒功夫就又回轉，道：「是大少爺房裡，洗臉盆翻了。」

張仲微與林依都不解，他們房裡有人侍候，怎會翻了洗臉盆，難不成是新婚小倆口幹架了？青苗吃吃地笑，原來昨日燈光昏暗，張伯臨未將李舒瞧清楚，今日早上起來洗臉，才發現李舒生得比他還黑，猛然間唬了一跳，這才將銅盆打翻了。

張仲微不以為然道：「黑點有什麼，鄉下娘子，哪個不黑？」

青苗不知覺朝旁看了一眼，林依先前在麥田忙活，現在在稻田忙活，雖長相不差，但算不得白淨。

她看著張仲微就笑了：「大少爺可不如二少爺這般實誠。」
張仲微聽了這話，朝林依咧嘴一笑，扭頭跑了。
這時李舒的嫁妝，正在朝院子裡抬，林依與青苗便仍立在窗前看熱鬧。一箱一箱又一箱，青苗掰著指頭，竟數不過來，笑道：「任嬸總與我吹噓二夫人的嫁妝如何如何多，我看還不抵這位大少夫人的零頭。」
林依道：「不是一輩人，有甚好比，大少夫人的嫁妝，也是張家的物事。」
任嬸也立在屋簷下看熱鬧，本遵著方氏吩咐，沒有去幫忙，此刻聽見林依的話，大呼有理：「既是張家的物事，我還客氣什麼。」她將袖子挽了一挽，就去喚楊嬸：「咱們把那箱籠，抬兩個去二夫人房裡。」
楊嬸不願意，道：「哪有兒媳的妝奩，擱到婆母屋裡的，惹人笑話。」
任嬸道：「月錢短了，新衣沒指望了，咱們不幫著二夫人撈些錢，妳就等著餓肚子吧。」
楊嬸也是深受二房無錢之苦，一思忖，反正丟人也是方氏丟人，與她們什麼相干，於是就應了，與任嬸兩個，趁亂搬了一大一小兩只箱子，抬到了方氏屋裡去。
方氏見了箱子上紮的紅花，驚訝道：「這是媳婦的妝奩呀，妳們怎麼抬到我這裡來了？」
任嬸做個了噤聲的手勢，悄聲道：「二夫人小聲些，咱們先將這兩隻箱子藏起，等到天黑，運去城裡當掉，換錢回來花。」
方氏自詡書香門第娘子，哪肯做這等事體，斥道：「偷雞摸狗的事，虧妳們也做得出來，還不趕緊還去。」
任嬸勸道：「大少夫人已是張家人，拿嫁妝補貼家用，難道不應該？」
這話方氏認同，陷入猶豫。任嬸瞧得她意動，繼續添火：「二夫人要不瞞下這兩隻箱子，就只能開口去向大少夫人討要……」

她說得輕巧，李家的嫁妝都是有數的，哪能叫你輕鬆瞞下來，她們把箱子搬走沒一會兒，錦書就發現少了數目，進去向李舒稟道：「大少夫人，方才任嬸與楊嬸來搬箱籠，我還道她們是來幫忙的，哪曾想有兩只箱子不見了蹤影，定是她們抬去藏起了。」

張伯臨方才見了李舒真容，已不知去了哪裡，只留李舒獨坐，她側頭問道：「當真？」

錦書就遣了個小丫頭去打探消息，那小丫頭大概也是訓好了才帶來的，輕手輕腳繞到屋後，手沾唾沫將方氏臥房的後窗紙戳了個小洞，朝裡一看，地上赫然兩隻箱籠，正是李舒的嫁妝。

錦書聽得回報，道：「大少夫人，我去討。」

李舒擺手，想了一時，道：「備禮，我去瞧瞧二夫人。」

錦書一愣：「早上才剛拜見過……」

李舒不悅道：「身為兒媳，本就該在婆母跟前侍奉，這還分回數？」

錦書垂頭，忙去開箱翻尋，挑了幾樣出來，擱在托盤裡，捧來與李舒瞧，問道：「大少夫人，可使得？」

李舒就著她的手看了看，一件玉雕如意童子、一對青白釉瓜棱小罐、一方方池帶蓋歙硯，她皺眉道：「妳這挑的都是些什麼亂七八糟的禮？二夫人可是我婆母，不可怠慢。」

錦書不解：「我聽聞二夫人乃是出身書香門第……」

李舒嘴角有一絲不明意味的笑容，打斷她道：「換了，取幾樣金首飾，好衣料拿幾匹。」

錦書便將托盤撤下，另取了一對彎鉤金耳環並一匹桃核文錦。李舒嫌少，錦書道：「鄉下婦人眼皮子淺，大少夫人莫要把她胃口養大了。」

李舒斥道：「她是我婆母，妳再這樣不敬，就到外頭跪著去。」

錦書忙閉了嘴。

李舒雖斥她，卻也沒再提禮少的事，命她取個精巧小錦盒將金耳環裝了，與文錦一起捧著，隨她去見方氏。

那兩只箱子還擱在地上，方氏見了她，就有些不好意思，卻又不肯服軟，便道：「我進張家門時，不等婆母開口，就自獻了幾畝田出來貼補家用。」

李舒命錦書將禮物放到桌上，笑道：「媳婦哪能與婆母相提並論，自然是比不上的。」

方氏被捧高，啞口無言，但看了桌上的厚禮又生不起氣來，臉上的笑也壓不下去。

李舒指了地上的箱子，又道：「都怪媳婦不謹慎，忘了與任、楊兩位嬸子說明，這兩只箱籠裡裝的乃是下人的物事，她們方才要洗漱，遍尋不著臉盆等物，著急來問，我這才得知弄混了。」

下人的物事都不放過，方氏臉面，這回丟大了，她狠瞪任嬸一眼，罵道：「作死的下人，看我怎麼罰她。」

李舒忙道：「全是媳婦疏忽，怪不得任嬸，只望二夫人將箱子還我，我那幾個丫頭還等著洗臉。」

方氏的臉止不住地就紅了，忙揮手叫任嬸與楊嬸幫李舒把箱子搬出去。

任嬸搬完箱子回來，感嘆道：「這位大少夫人好生厲害。」

方氏正在開錦盒欣賞金耳環，聞言隨手一盒子丟出去，砸在任嬸鼻子上，怒罵：「不長眼的下人，害我丟這樣大的臉。」

任嬸鼻子脆弱，兩道血水淌了下來，她一面伸手去捂，一面叫道：「二夫人，我是一心為張家打算，她再有錢又如何，全家大小一應開銷，還是從妳這裡出。」

方氏還是罵：「她送的這兩樣禮，不值錢？」

任嬸更委屈，道：「若不是我將她箱子抬了來，她壓根兒就不會進二夫人房門，又何來送禮一說？」

方氏一琢磨，還真是這個道理，李舒確是為了討回箱子，才送了這兩樣禮來，不然早上奉茶時，怎不見動靜。她想通關節，就又笑了，親自翻了塊帕子丟給任嬸擦鼻血，笑道：「妳是個忠心的，行事也不錯，往後還得這樣辦。」

任嬸見她想轉過來，也笑了，道：「二夫人英明，就是該壓著她些，她才肯出力。」

她鼻子還是血流不止，不敢再停留，告了個罪，退出去尋藥草來塞鼻子。不想楊嬸已在外頭候著，見她出來，忙將她拉至一旁，將一包鐵錢遞與她道：「方才大少夫人將我喚了去，說累我們受了委屈，抓了一把錢與我們壓驚。」

任嬸立時打開數了數，足有一百來文，她又驚又喜，不顧才剛攛掇過方氏彈壓李舒，歌功頌德道：「大少夫人真真是好人，菩薩心腸……」

楊嬸還不瞭解她性子，白了一眼過去，道：「省省吧，我正後悔被妳拉下水，不該去搬那箱籠，惹來大少夫人記恨。」

任嬸也有些後悔，早曉得李舒是這般大方之人，就不去招惹她了，巴結巴結討個賞錢，多好的事。她心裡悔著，嘴上卻不肯承認，道：「幸虧我叫妳一起搬箱籠，不然這賞錢就只有我的，沒妳的分了。」

說著說著，那鼻血又流了出來，楊嬸叫了聲「哎呀」，問道：「二夫人砸的？」

任嬸小聲罵了幾句，點頭道：「除了她還有誰。」

楊嬸拉了她到偏房，一面幫她止血，一面笑話她：「可惜我不是二夫人陪嫁，討不了這個好。」

任嬸嘀咕道：「妳以為我願意？」

正說著，錦書在門口問道：「二位嬸子，咱們家可還有空房？」

任嬸與楊嬸才拿過李舒的賞錢，不敢怠慢她的貼身丫頭，連忙起身相迎，一個搬凳子，一個倒茶水，問道：「幾間空著的偏房，不是指給妳們瞧過了？」

錦書道：「有兩間堆著糧，只一間空的，哪裡夠用？」

原來因李家不曾來鋪房，不曉得婚房尺寸，家什打多了，根本放不下，家什都放不下，那些箱籠自不必說，將僅剩的一間空屋擠了個滿滿當當。

楊嬸出去看了一回，疑惑問道：「那屋子夠大，不是將箱籠都堆下了嗎？」

錦書好笑道：「我們大少夫人帶了兩房下人來，還有大小丫頭共四名，昨日那間屋子就住不下，有人睡在地壩上，今兒屋子被嫁妝占了，更是沒住處了。」

任嬸與楊嬸聽得咂舌，沒好意思說她們看那些人穿得光鮮，還以為是送親客，轉眼要回去的，沒曾想竟是和她們一樣的下人。

錦書又問了幾句，聽說確是沒空屋，便去回報李舒，抱怨道：「還說張家是村中大戶，卻連個下人房都沒得。」

一個媳婦子發愁道：「這可怎生是好，學楊嬸一家，到旁邊搭個茅草屋？」

李舒因早上張伯臨嫌她黑，正在細細塗粉，待得變白了，才道：「什麼大不了的事，咱們蓋個屋便得。」

錦書高興道：「極是，鄉間不比城裡，買地蓋房，便宜得很，咱們去與里正講一聲兒，明日就開工。」

李舒取了螺子黛，重新畫了眉，道：「別忘了我如今頭上有婆母，凡事要以她為先。」

錦書忙道：「這個容易，我去問。」

她待得李舒點頭，便朝方氏屋裡去了。方氏已將李舒送的彎鉤金耳環戴到了耳上，正對著銅鏡左看右看，見錦書進來，高高興興地招呼她道：「有事？」

錦書見她這般猴急試耳環，打心裡有些看不起她，道：「大少夫人陪嫁來的下人沒得屋住，咱們打算在旁邊再蓋一棟，特來問二夫人的意思。」

方氏以為李舒打算讓她出錢，臉上笑容立失，道：「幾個下人而已，哪消特特蓋棟屋，搭個茅草房便得。」

錦書暗罵，我們李家下人的吃穿用度，可比你張家主人好太多，能叫妳如此作踐。她心裡罵著，臉上卻堆了笑出來，道：「大少夫人可不止想蓋下人房，乃是要蓋個大院子哩，到時一家人都搬去住大屋，現在的院子就改作下人房，豈不美哉？」

原來張家主人住的院子，只配與李家下人住，方氏有些不高興，正要開口斥責，任嬸已然出聲：「大少夫人真真是賢慧，才進張家門就想著替夫家蓋房子。」說完又恭喜方氏：「二夫人有福氣，娶了個好兒媳。」

方氏被這話激著，不好再講什麼，只得朝錦書點了頭。待錦書離去，她立時罵任嬸：「那妮子話中有話，妳聽不出來？」

任嬸十分地不解：「咱們不消出錢，就有新屋住，二夫人為何不高興？」

通常情況，都是別人與方氏有理說不清，這回輪到她自己有這感覺，揮手將任嬸趕了出去。過了會子，楊嬸來請示中午做什麼菜。方氏正窩火，不耐煩道：「這等小事，還來問我？」

楊嬸道：「大少夫人才進門，當做幾個好菜。」

方氏見她們一個二個都替李舒講話，氣不打一處來，先將楊嬸罵了一通，後道：「桌上不許見葷腥，地裡有什麼，就吃什麼。」

楊嬸不敢頂嘴，忙應了，朝門口走。方氏卻叫住她，將李舒要蓋新屋一事講與她聽，又問：「妳覺著此事如何？」

楊嬸一家住的是茅草屋，若李舒蓋了新屋，她就能住正經院子，哪有不願意的，立時笑道：「這是好事呀，不消二夫人花一文錢，就有新屋住。」

方氏聽她說辭與任嬸一般，臉色愈發沉了下來。楊嬸審時度勢，忙道：「二夫人妳想想，待得新屋蓋好，搬過去的只有咱們二房一家而已，大房還是要住舊屋，往後妳在大夫人面前可就高了一頭了。」

方氏不曾想到這一層，聽了這說辭，心情馬上好起來，讚道：「我看妳比任嬸強些。」

楊嬸見她臉色陰轉晴，鬆了口氣，趁機退了出去，上菜園子拔菜做飯。

錦書將方氏同意蓋屋的事報與李舒知曉，又道：「我瞧著二夫人，是不大樂意的樣子呢。」

李舒自小就由錦書服侍，對她知根知底，聞言馬上看了她一眼，道：「免費住屋，哪有人不願意的，定是妳講了不中聽的話。」

錦書忙把頭一垂，不敢再作聲。

李舒命人取了張圖紙來，道：「我早就料到鄉下房屋住不慣，因此帶了圖紙來，妳先拿與二夫人瞧瞧，明日再尋工匠，儘快蓋座五進大宅來。」

錦書接了圖紙，依言又去尋方氏。方氏看也沒看，只問得是五進宅子，馬上搖頭道：「不成，村裡沒人這樣蓋房，就蓋個三合院兒便得。」

錦書道：「女眷得住在內院，怎能輕易讓人瞧見？」

方氏不悅道：「那是你們城裡規矩，鄉下哪有這顧忌。妳蓋個深宅大院，我怎好見佃農？再者農忙的時候，家裡女人都是要下地去盯著的，哪由得妳躲在屋裡享清福。」

錦書想頂嘴，又還記得李舒的話，只好拿了圖紙回房，將方氏意見轉述給李舒。李舒驚訝道：「農忙時還要下地？」

一個媳婦子曾經種過地，道：「有佃農呢，不消大少夫人親自勞作，在旁盯著便是。」

錦書問道：「大少夫人，咱們到底是蓋五進院子，還是三合院？」

李舒嘆道：「入鄉隨俗，既是村裡都蓋三合院，咱們也蓋這樣的吧。」

錦書便喚了管事來，叫他去城裡尋人另畫個圖紙，順便將工匠尋著。

中午吃飯，二房桌上除了蘿蔔，就是白菘，當真是一點肉星子不見，偏生大房宰了雞，燉了一鍋雞湯，那味道香噴噴，擋也擋不住，直傳到二房飯桌上來。因兩家的廚房緊挨著，李舒還以為是二房宰了雞，便問：「既是燉了雞，怎不端上來？」

方氏黑著臉道：「妳既羨慕別個吃雞，乾脆去大房過活。」

張梁對她的態度很不滿意，想敲她一筷子，又礙著小輩在場，只好將她瞪了一眼，道：「咱們家不是也有雞，怎麼不宰一隻來與兒媳吃？」

方氏見他明目張膽護著李舒，火冒三丈，將筷子一摔，道：「那雞是留著下蛋的，能說宰就宰？」

張伯臨見他兩個當著新婦的面吵架，直覺得丟人，將頭朝飯碗裡埋了埋。李舒在娘家都是男女分開吃飯，與父親同桌的機會都少，今兒桌上又有公爹，又有小叔子，她已覺得尷尬，再逢上公婆夫妻吵架，更是有些手足無措，不知要如何勸架。

只張仲微一人置身事外，匆匆扒了幾口飯，道了聲「吃飽了」，溜了。

張伯臨羨慕望他背影，突然覺得還是不成親的好。

李舒見張伯臨端坐不動，便悄聲道：「官人，你勸勸吧。」

張伯臨愣了愣，才反應過來這聲「官人」喚的是他，道：「管那許多作甚，吃妳的飯。」

李舒曉得他嫌自己黑，但還以為他會看在李家分上，待她客氣些，沒想到他隨便一句話，口氣就這樣衝，不禁有些難過，垂下了頭去。

房去吧。」

錦書見張粱與方氏越吵越歡，沒個消停，便悄悄將李舒袖子扯了扯，小聲道：「大少夫人，咱們回

李舒才在張伯臨那裡受了委屈，也懶得顧及旁的，真個兒起身朝正吵架的張粱夫婦福了一福，回房去了。她雖有算計有手段，到底才十七歲，又是新婚，乍一受官人的氣，除了傷心，還是傷心，於是獨坐妝台前落淚，任錦書勸也勸不住。

突然小丫頭來報：「大少夫人，林三娘屋裡的青苗來了。」

李舒忙將淚擦了，匆匆補粉，錦書在旁小聲提示：「林三娘是二少爺未過門的媳婦，家中父母雙亡，現租了大房的屋子住著，青苗是她丫頭。」

李舒微微點頭，補好粉，命小丫頭請青苗進來。

青苗雙手捧著一隻大碗，笑道：「我們三娘子向大夫人買了隻雞請大夥兒吃，叫我與大少夫人也端一碗來。大少夫人吃慣了山珍海味的人，可別嫌棄我們菜食粗鄙。」

李舒忙道：「哪裡話，感激還來不及。」

錦書笑道：「你們三娘子倒大方，不像我們桌上，連肉渣子都見不著。」

青苗不信，道：「二夫人養的雞，足有大房兩倍多，廚房頂上掛的臘肉，還有好幾塊呢，怎會沒得肉吃。」

錦書心內立時明瞭，今日飯菜是方氏故意為之，她正要為李舒鳴不平，李舒先開口，向青苗道：「替我謝你們三娘子。」說著叫錦書抓了把錢與她。

青苗袖了錢，歡天喜地回房，邊數邊與林依道：「這位大少夫人真大方，隨手就是一把，數也不數。」

林依笑話她道：「特特留給妳自己數的。」

青苗專心數完，高興道：「三娘子，有五十一文。」說著把錢遞了過去，「妳收著。」

林依不接，道：「妳自己藏起吧，我沒錢打賞妳已過意不去，哪還好意思要妳的錢。」

青苗執意塞到她手裡，道：「三娘子色色都替我想到了，我要了錢也沒處花，還是妳拿著。」

林依想了想，道：「那成，我幫妳收著，攢著作嫁妝。」

青苗羞了，扭身道：「三娘子別光顧著說我，妳的嫁妝在哪裡？」

到目前為止，林依只想過如何糊口，如何安身立命，還真沒考慮過嫁妝的事情，聞言就愣了愣，慢慢道：「有理，是該打算打算。」

青苗馬上捧了帳本來，道：「那妳趕緊算算。」

林依奇道：「妳何時對我的嫁妝感起興趣來？」

青苗朝外一指，道：「耳房裡堆的全是大少夫人的嫁妝，到時妳們是妯娌，就算攢不了她那樣多，也不能差太遠，不然叫人說笑。」

林依真翻開帳本看起來，青苗也探頭瞧了幾眼，無奈看不懂林依的「暗記」，只好走去倒了杯茶，擱到她手邊。

林依如今共有水田二十三畝，現錢一百餘貫，她只孤身一人，按說這份身價還算過得去，但若作嫁妝就嫌單薄了些。這二十三畝田，種的全是稻子，一年最多能賺回五十來貫，林依嘆氣：「速度太慢了些，確是得另想生財之道。」

青苗從後窗瞧外面，黑七郎正忠心耿耿守在菜地旁，她托腮想了一會兒，道：「咱們住在鄉間，除了種地養牲畜，還能做什麼？這菜地的菜，能賣一些，豬圈裡的豬，再過幾個月也能賣了。」

林依合了帳本，道：「賣菜的事，妳看著辦吧，這才幾顆菜，成不了事。豬只養了一頭，還是留著年底殺肉吃吧，吃不完的再賣。」

她說著說著，腦中浮上念頭，養豬倒真是比種糧合算，種糧賺的錢雖多些，但需要分與佃農三成，總體算下來，一頭豬賺到的錢幾乎與一畝地的收益相等了，不過若為了賺錢而多多養豬，光靠餵豬草肯定是不行的，一來養不到最肥，二來長得不快……

她正想著，青苗突然道：「不知大少夫人怎那般有錢，竟有能耐重新蓋棟屋。」

林依驚訝道：「當真？」

青苗便將李舒下人太多，沒得屋住一事講了，又道：「二夫人已同意了，聽說明日就動工。」這樣快？真是錢多好辦事。林依起身，在屋內來回走了幾趟，問青苗道：「妳方才去送雞湯，可見著了大少夫人？」

青苗笑道：「自然見著了，不然賞錢怎麼來的？」

林依又問：「妳看大少夫人如何？」

青苗仔細回想，道：「瞧著挺和氣的，只眼圈紅紅，像是才哭過。」

林依想起吃飯時，隔壁有張梁與方氏的吵鬧聲，想必李舒哭泣與此有關。她聽青苗說李舒並未吃午飯，又見屋裡還剩有半袋子白麵，遂舀了兩碗，端去廚房把麵和了，擀了麵條，下了一大碗雞湯麵，又尋了個托盤裝了，命青苗捧著，前去李舒房裡。

李舒正在就著點心喝雞湯，見有人來，後面跟的是青苗，便問錦書：「這是林三娘？」見錦書輕輕點頭，便擱了手中點心，起身相迎，笑道：「偏了三娘子的雞湯，不及去道謝。」

林依亦笑：「什麼好物事。」說著叫青苗將碗端上前，道：「又與妳下了碗麵，別嫌棄。」

李舒忙命錦書去接，錦書笑道：「我們大少夫人正抱怨點心甜膩，雞湯又是鹹的，不對味呢。」

李舒請林依坐了，笑道：「可不是，三娘子真知我心事，這就將麵送了來。」

林依細瞧她臉上，仍舊同昨日一樣，擦了厚厚的白粉，眼角也與青苗講的一樣，泛著紅。她與李舒客套幾句，道：「妳趁熱吃麵吧，我改日再來瞧妳。」

李舒起身再謝，叫錦書送了她出去。

錦書回轉後笑道：「這林三娘倒是曉得討好未來大嫂。」

李舒奶娘甄嬸正巧也在屋內，聞言道：「我可聽說林三娘是連二夫人的面子都不賣的。」

錦書道：「我也正奇怪，她明明是二房家的媳婦，怎到大房那邊租屋住，想必是與二夫人不和。」

一個媳婦子笑道：「什麼媳婦，二夫人不想讓她進門呢，妳們竟是不知？」

「為何？」錦書與甄嬸齊齊問道。

那媳婦子道：「還能為什麼，嫌貧愛富啊。」

錦書與甄嬸道：「這二夫人真真是有趣，別個窮了，她不願要，咱們大少夫人有錢，她還是沒好臉色，真不知什麼樣的人物，才入得了她老人家的法眼。」

李舒邊吃麵，邊聽她們說著，待得吃完，讚道：「林三娘手藝不錯。」

錦書瞧了瞧她神色，自走去將那方方池帶蓋歙硯又取了出來，道：「聽聞林三娘是識字的，最愛寫寫畫畫。」

李舒一笑：「妳倒是個機靈的。」

錦書見她笑了，就將那硯包起來捧起。甄嬸上前把李舒扶了，一主二僕，後頭還跟著兩個捧手帕的小丫頭，朝林依屋裡去。

林依似曉得她要來，正在房裡坐著，起身相迎，命青苗倒茶。李舒將方池帶蓋歙硯遞與，猶道禮太簡薄。林依不接，道：「我不過與大少夫人做了碗麵條而已，這禮太厚重，我哪裡敢收。」

李舒執意要送，道：「妳與他們不一樣。」

林依正琢磨這話的意思，李舒問道：「林三娘在這裡住了多久了？」

林依答道：「自十歲被老太爺接來，至今是第四個年頭。」
李舒道：「妳今年十三？那我比妳虛長四歲。」
說話間，窗外傳來黑七郎吠叫，林依道：「是我養的狗，看著菜園子。」
青苗朝窗外一看，氣道：「是任嬸，早上才來摘了菜，這會兒又來。」
李舒奇怪，問錦書道：「我們家沒種菜？」
錦書搖頭稱不知，青苗忿忿道：「怎麼沒種，愛占便宜罷了，幸虧黑七郎聰敏，來的回數多了，就曉得咬她。」
李舒明白了大意，笑道：「妳家的狗倒是靈性。」
林依聽見狗叫聲小了下去，料得任嬸未得逞，就露了笑臉。李舒不禁皺眉，這一家子怎麼都這般愛占小便宜，先是想瞞她嫁妝，這會兒竟連幾顆菜都要去別人家菜園子裡摘。
她起身朝林依書桌上瞧了一回，讚了聲：「林三娘好雅致。」又問：「我初來乍到，不知二夫人脾性，生怕服侍得不周到，惹了她生氣。妳既在張家住了這些年，想必是清楚的，可否與我講一講？」
林依笑著望她：「二夫人心腸還是好的，就是性子急了些。」
李舒苦笑著，將午飯時張梁與方氏吵嘴一事講與她聽，道：「我不討婆母歡心呢。」
林依好笑道：「妳大可不必為此事傷心，這院子裡，還真沒誰能討她老人家歡心的。」
青苗也笑：「就是她的陪房任嬸，今兒才被她砸到流鼻血呢。」
李舒唬了一跳，她生於大家，平常夫人小娘子們，就算要罰人，也是文文靜靜地罰，哪有伸手就打人的。她聽了林依這話，發現方氏的手段與她根本不是一個套路，不禁真忐忑起來。
林依將她神色瞧在眼裡，安慰她道：「妳有什麼好擔心的，娘家擺在那裡，二夫人不能拿妳怎樣。」

青苗插話道：「不像我們三娘子命苦，二夫人無事也要來欺負欺負她。」
李舒驚訝道：「妳又不必在她面前立規矩，為何要欺負妳？」
那些個事體，人人都曉得，也沒什麼好瞞的，青苗看林依沒有異色，便一件一件與李舒道來。
李舒越聽越心驚，原來自己這位婆母，是說動手就動手的人，放雞啄菜園這等小兒行徑，她也肯做。
林依笑道：「妳莫聽青苗誇大其詞，哪有這般嚴重，都是有驚無險。」
她越是這般輕描淡寫，李舒越發信了，暗自感嘆前路艱難，但嘴上卻道：「日後我定當更加盡心服侍，不讓二夫人挑出錯來。」
林依若沒聽說過李舒送禮討回嫁妝一事，肯定就信了這話，但青苗打探消息的本事，不亞於李家幾位，早就將事情本末講與她聽了，因此她此時一聽李舒這話，就曉得是假的，這位大少夫人，可不像她面兒上現的那般溫良淑德。
不過她與李舒目前毫無利害關係，倒是有個共同討厭的對象方氏，想必還講得上話。
李舒大概是差不多的想法，且有幾分拉攏她的心思，道：「我從雅州，也帶了些俗物來，三娘子若是缺什麼，儘管找我要去。」
林依忙謝她好意。李舒又問了幾個有關方氏的問題，起身告辭。
青苗直到李舒離去，也沒聽出她們談到什麼實質性的話題，不禁疑惑：「三娘子特特與她送麵，她又特特來回禮，怎麼就只扯了些閒話？」
林依如此行事，自然是有用意，一來是示個好，表明自己態度，二來是想瞧瞧李舒與方氏關係如何，怕她幫著方氏欺負自己。不過這些，方才都已問過了，因此她奇道：「不然還要講什麼？」
青苗道：「怎麼著也得哭哭窮，叫大少夫人接濟咱們一把，那樣妳的嫁妝就不愁了。」
林依正色道：「快把妳那念頭收起，自己有手有腳，為何要靠別個。」

青苗見她嚴厲起來，嚇得縮了手腳，喃喃道：「三娘子息怒，我再不敢那樣想了……」

林依曉得她還是勤快肯幹的，見她認錯，也就緩了神色，道：「妳也別著急，賺錢的事，我已有主意。」

青苗眼一亮，問道：「我就曉得我家三娘子最能幹，快與我講講，妳要種什麼賺錢？」

林依笑道：「確是要種什麼，一去向大夫人討種子，二去學大少夫人蓋屋子。」

討種子？蓋屋子？青苗聽得雲裡霧裡，追著詢問，偏偏林依要賣關子，就不告訴她，急得她撓腮抓耳，一個下午無心其他。

林依既是想出了生財之道，便一刻也不肯耽誤，先去楊氏房裡，詢問道：「大夫人的占城稻種，可有下地？」

楊氏正在佛龕前敲木魚，見她來了，忙停了手，請她到桌前坐下，答道：「蜀地肥沃，米好，占城稻恐怕無人肯吃，因此沒種。」

林依道：「大夫人將種子留著也無用，何不賣與我？」

有錢賺，楊氏自然是肯的，但卻疑惑：「妳種了來作甚？」

林依笑道：「好歹是門糧食，做什麼不好？」

楊氏贊同道：「占城稻雖粗糙，但旱地能種，妳種來也不算虧。」

林依道：「可不是，好些的水田實在太貴，還是旱田便宜。」

一個願賣，一個願買，便來商議價錢，楊氏道：「我們家幾口人，每日吃的都是妳地裡的菜，卻還收了妳一份飯食錢，本就過意不去，哪裡還好意思收稻種錢。」

菜蔬一事，確是楊氏一家占了便宜，於是林依就不客氣，收了流霞與田氏抬出來的一筐稻種。楊氏教她道：「這是寒占，本該七月種，九月收，現下雖遲了幾日，但也差不離，妳趕緊買幾塊地種了去。」

林依謝過她，請了流霞幫忙，將稻種抬回自己屋裡。青苗見了，驚訝道：「這時節還能種什麼稻子？」

林依將占城稻的好處講與她聽，又叮囑她口風嚴些，再才遣她去城裡尋丁牙儈，託他買地。旱地極好買到，沒出三天，丁牙儈就傳了消息來。林依留青苗在家，親自去城裡商談各色事項。丁牙儈道：「旱地不值錢，兩貫錢一畝，許多人爭著賣。」

林依吃驚，這樣說來，水田價格竟是旱地的二十倍?丁牙儈解釋一番，她才恍然，水田對灌溉條件要求高，方圓無水就墾不得田，旱地卻沒這個限制，隨便哪裡都能墾荒。

自上次她租過地，丁牙儈已習慣她的種田方式與他人不同，問也不問她買來作甚，只道：「妳要買幾畝？」

兩貫一畝實在是便宜，林依心癢癢，無奈還要留買地蓋房的錢，且占城稻種也不夠多，於是最後只買了二十五畝。

田已買得，但這回她卻未雇佃農，只與青苗兩人日出而作，日落而歸，如此起早貪黑忙碌了好幾日，終於將占城稻全部種完。因她未種過占城稻，對稻種出苗數量的估算有偏差，待得種子種完，地卻還剩了三畝，林依望著空田犯愁：「還種點什麼好，總不能荒著。」

青苗嘟囔道：「三娘子神神祕祕，種這麼些旱稻，到底要作甚？」

林依笑道：「怕妳嘴不嚴，才沒告訴妳。」

青苗頓足道：「我哪回誤過三娘子的事？」

林依仔細回想，還真沒有，連忙道歉，將她想以占城稻來養豬一事講了。青苗還不信，道：「唬人，既是要養豬，蓋屋作什麼。」
林依奇道：「不蓋豬圈，怎麼養？」
青苗不以為然：「幾頭豬而已，搭個茅草屋便得，難不成還要蓋磚瓦房？」
林依並不解釋，只問：「咱們現在豬圈為何要時時鎖門？」
青苗恍然大悟，蓋嚴實的豬圈，乃是為了防小人，看來黑七郎又有事做了，她指了那幾畝空田道：「既是要養豬，何不種幾畝苜蓿，豬能吃，人也能吃。」
林依沒吃過這個，驚訝道：「這個也能吃？」
青苗連連點頭：「把那嫩芽掐下來拌一拌可好吃哩。」
林依點頭道：「那成，就種苜蓿吧。」
青苗賺錢之心比林依更盛，立時拉了她回家取錢，進城買苜蓿種子去了。此時李舒新蓋的屋已動工，林依洗淨了手臉，到院側看熱鬧，張家下人，還有幾個鄰居，都在這裡幫忙蓋房，楊嬸亦在其中，見了她，招呼道：「三娘子快來，這裡做一天活兒，大少夫人把五十文工錢哩。」
在鄉下，一天掙五十文，確是不少，林依朝左右望望，問道：「妳放著正經活兒不做，到這裡搬磚，不怕二夫人責罵？」
楊嬸撇嘴道：「妳以為她白放我來嗎？我與任嬸兩個在這裡做活，她那裡就不給我們發月錢。」
林依笑道：「反正妳那月錢也沒幾個。」
楊嬸道：「可不是，還時常拖著不發。」
任嬸過來，與楊嬸一道抬那磚筐，問林依道：「三娘子日日朝地裡跑，作什麼呢？」
林依扯謊道：「佃了別人家幾畝地種，不然吃什麼。」
任嬸面露同情，嘖嘖了幾聲，講出來的話，卻不甚中聽，楊嬸要罵她，林依只當沒聽見，繞到院子後面瞧了一會兒，暗自把蓋豬圈的地選定。

晚上，青苗將苜蓿種子買了回來，第二日兩人起了大早，到田裡把種子撒了。忙完田間的事，她又去了李舒房裡，閒話間打聽到了如何辦理買地蓋屋的各項手續。

謹慎起見，她並未親自去辦理，只遣了青苗前往裡正家，但蓋房不比買田可以靜悄悄，待得破土動工，村裡就有人在議論：「聽說那屋是林三娘的？她怎能蓋屋，是不是立了女戶？」

閒話總是傳得飛快，轉眼就到了方氏耳裡，她十分驚訝，馬上喚了任嬸來問：「林三娘立女戶了？我怎麼不知？妳趕緊去打聽打聽。」

任嬸正在幫李舒蓋屋掙工錢，這一去打聽，可要耽誤半天工，因此她極不願意，磨蹭道：「不過立戶，值什麼，就算立了又怎地。」

方氏到底當了幾十年家，想得多些，斥道：「妳知道什麼，她立了女戶就能買田，還不趕緊去打聽打聽，她上回賣菜賺的錢，是不是全換作了田地？」

任嬸一愣：「若真換作了田，那她家當可不少。」

方氏眼一瞪：「休要廢話，趕緊去。」

任嬸想到林依可能是有錢的，心思就活動起來，連忙行動，先去青苗那裡套話，可惜青苗是見了她就啐的，根本不讓她近身。任嬸無法，眼珠一轉，想起楊嬸與林依素來交好，忙重回蓋房工地，問她道：「聽說咱們院兒後蓋的屋，是林三娘的？」

楊嬸道：「我只聽人這樣說，是不是的，沒去問。」

任嬸慫恿她道：「那妳還不趕緊去問問。」

楊嬸警惕起來，道：「妳打聽這個作甚，就算是她的，也與妳沒干係。」

任嬸笑道：「妳想哪裡去了，我是想，若那屋子是她的，咱們去與她幫忙呀。」

楊嬸仍舊狐疑：「妳有這般好心？妳不是一向與她不對盤？」

任嬸大呼冤枉，道：「哪回不是二夫人指使我幹的，主人吩咐，妳敢不從？」

楊嬸曉得她是個壞心腸，但這話也有些道理，便道：「先把今日的活兒做完，晚間我再去問。」

任嬸大喜，抬筐時格外往自己這邊扯了扯，好叫楊嬸輕鬆些。

晚飯後，楊嬸真朝林依屋裡去。林依又要照管田裡，又要盯著蓋屋，累了一天，正倚在床邊閉目養神。楊嬸不願打擾她，正欲回轉，青苗輕聲問道：「有事？」

楊嬸道：「無事，問問後頭蓋的屋，可是三娘子的。」

林依聽見是楊嬸的聲音，便睜了眼，起身請她進來坐。青苗提壺倒了盞茶遞過去，道：「妳聽哪個講的？」

楊嬸實話實說道：「下午聽任嬸說的。」

外頭傳言，林依也曾聽到過幾回，不過立戶，甚至買田，遲早是瞞不住的，傳開了也就傳開了，她只擔心養豬後，有人欺她孤身無援，要來搗亂。她曉得楊嬸待她好，便將這疑慮道與她聽。

楊嬸驚訝道：「外頭傳說妳立了戶，買了田，竟是真的？」

林依苦笑道：「實不相瞞，確是置了些薄產，正擔心有人來勒索呢。」

楊嬸卻大笑：「三娘子聰敏人，怎這事兒犯了糊塗？」

林依奇道：「怎麼說？」

楊嬸將正房方向指了一指，道：「要是二夫人曉得妳有錢，不消妳說得，自遣人幫妳看田看屋擋潑皮，哪消妳操半點心。」

青苗歡喜道：「是這個理，咱們怎沒想到。」

林依確是需要人庇護，備選人等，只有張家大房或張家二房，而張家大房如今敗落，人丁也稀少，自身尚且顧不來，哪有能力護她；張家二房倒是強些，但那方氏……林依一想起就直搖頭：「我這點子產業，二夫人哪裡瞧得上眼。」

楊嬸嗤道：「那是她自己心太高，也不瞧瞧，她如今只得六十畝地，屋少了一半，下人的月錢都發不出來，真不知她哪來的臉面嫌棄妳。」

怎辦？是向方氏示好，尋求保護，還是等著潑皮無賴上門勒索？林依沒猶豫多大會兒，就選擇了前者。

青苗見她拿定了主意，卻又長吁短嘆，忙安慰她道：「今時不同往日，我們如今是下戶，二夫人也是下戶，她憑什麼瞧不起咱們，憑什麼要刁難？」

楊嬸也附和：「正是，巴結還來不及。」

好不好的，也只有這一條路，要怨就只能怨走漏了消息，林依嘆了口氣，吩咐青苗道：「妳明日進城去，備一份禮，我要去拜見二夫人。」

第二日，青苗依照吩咐，去城裡買回幾樣禮品，交由林依，提去見方氏。方氏昨日才聽過任嬸稟報，已知林依立戶蓋屋之事確鑿，正琢磨如何去敲一槓子，就見她自個兒來了，不禁又驚又喜。

任嬸頭一回主動對林依展了笑顏，殷勤迎她進來，不待方氏吩咐就麻溜兒地倒茶，厚著臉皮道：「三娘子賺了錢，也提攜咱們些。」

這是在指責張家沒讓她賺到錢？方氏聞言就有些不喜，揮手叫她退後侍立，自上前朝林依對面坐了，卻不看她，先打量桌上禮物。幾個紙包，裡頭大概包的是吃食，一匹緞子，不算上好，方氏才收過李舒的好禮，就有些瞧不上這兩樣，不冷不熱問道：「林三娘所來何事？」

林依瞧方氏臉上有不屑，心知是嫌禮薄，其實不是她不願意送，只是先後又買田又蓋屋，她手頭確是所剩無幾，勻不出多少錢來備禮物。她想了想，依著方氏性子，若不給個想頭，她是不會應允的，於是道：「我蓋的屋子是要用來養豬的，二夫人願不願意入個股？」

方氏不知入股為何意，林依解釋道：「待得豬肥出欄，賣得的錢，我分二夫人一成。」

方氏自家已沒了豬，別說分錢，就是年底分她幾塊肉過年都是好的，她心裡想要，嘴上卻道：「養豬不得費糧食，還要買豬仔，我可沒得錢。」

林依猜到她要講這話，道：「不消二夫人出一文錢。」

方氏真歡喜起來：「當真？」

林依道：「二夫人若是不信，咱們可立個契約。」

方氏向來是得寸進尺之人，得了一成，就要想兩成，在那裡磨磨蹭蹭不肯答應。林依太瞭解她為人，當即道：「若是二夫人願意出一半的錢買豬仔，我情願股份分妳三成。」

方氏連下人月錢都開不出的人，哪有錢來買豬仔，聽了這話，才打消了再討一成的念頭，命任嬸取了筆墨來，要與林依簽個白紙黑字的契約。

林依道：「養豬辛苦自不必說，尤其怕人來偷，我那豬圈不在院內，白日裡倒還罷了，就怕晚上有人下手。」

方氏不甚在意，隨手將任嬸一指：「既是合夥，我也出一份力，夜裡叫她們輪流盯著。」

任嬸聽了這話，臉上立時就變了。

林依看在眼裡，心道，豬圈夜裡的確需要人看守，雖有黑七郎，到底不及人好使，不如也許任嬸一個好處，教她盡心盡力，於是道：「如此甚好，辛苦任嬸，等到賺了錢，我把辛苦費。」

任嬸跟會變臉似的，臉上本皺成一團的褶子，立時就舒展開來，笑道：「不辛苦，不辛苦，別說看豬圈，就是要餵豬，使青苗來說一聲便得。」

林依暗自感嘆，果真是有錢能使鬼推磨，哪曾想過任嬸也有待她如此殷勤的一天。

方氏自認為成了豬圈股東，要關心年底收益，殷切問道：「三娘子準備養幾頭豬？」

林依答道：「我手頭的錢，幾乎全拿來蓋了屋，正準備去有豬仔的人家問問，願不願意賒我幾頭。」

沒得錢，自然是能賒幾頭算幾頭，也可能一頭都賒不到，方氏極為失望，若養的沒幾頭，她那一成股份可分不了多少。

林依將她神色看在眼裡，沒有作聲，其實她手頭留了買豬仔的錢，卻怕方氏曉得她手裡還有家底，趁火打劫，因此許以好處同時，仍舊裝窮。

方氏見她連買豬仔的錢都無，興致寡然，懶怠再問，林依便道了聲叨擾，起身告辭。方氏待她走後，抱怨任嬸道：「妳不是說她發了財的，怎連買豬仔的錢都拿不出，害我空歡喜一場。」

任嬸委屈道：「二夫人，妳一文錢不花，白得林三娘豬圈的一成股份，還有什麼好說道？」

這話在理，方氏卻嫌她語氣不甚恭敬，氣得拍了她幾下，趕她出去。任嬸摸著被打疼的胳膊，暗罵著走出門去，站在屋簷下兩邊一望，東邊偏房住的林依，西邊正房住的李舒，個個都比方氏大方，真不知她上輩子倒了什麼霉，要與方氏做陪房。

楊嬸拎著一籃菜經過，見她臉上有氣憤神色，便問：「二夫人給妳臉色瞧了？」

任嬸將胳膊指了一指，忿忿道：「咱們這位二夫人，年紀越大，脾氣越壞，給臉色瞧那算好的。妳看我這胳膊，估計又青了，我這條老命，遲早丟在她手裡。」

楊嬸嘲笑她道：「誰叫妳無事非要朝她跟前湊，有那功夫，去隔壁搬磚，或去屋後遞瓦，哪樣不比伺候她強些。」

任嬸連連點頭，直道有理，又將林依要養豬，且分了一成股份與方氏的事講了，道：「林三娘還說要雇我們值夜，不知一個月能把幾多錢。」

楊嬸是真為林依高興，道：「別個賺錢不容易，妳少獅子大開口，若是不願去，我一人便得。」任嬸哪捨得錢全讓她賺去，忙道：「我巴不得去呢，哪有不願意。」她想到楊嬸在林依面前說得上話，往後少不得還要靠她在林依面前美言，好多討些賞錢，就對楊嬸格外熱絡起來，把菜籃子搶過來自己拎了，挽著她朝廚房去，幫她做飯。

林依自方氏屋裡出來，青苗已在外面候著，急切問道：「二夫人如何？」

林依先拉了她回房，才道：「她大概還不曉得我名下有田，因此無甚異狀，不過是想多占些便宜罷了。」

青苗撇嘴道：「她就那德性，要不想占便宜，我倒奇怪了。」

林依將方才簽的契約遞與她，叫她放進櫃子裡，又把雇張家二房下人值夜的事講了，道：「既是把了工錢，往後有累活兒，儘管叫任嬸去，她做過的對不起我的事太多，我得討些回來。」

青苗十分得趣，馬上道：「正巧茅坑滿了，明兒叫她擔到地裡澆去。」

林依想起菜地被雞啄一事，恨恨道：「澆菜地，真是便宜她了。」

她們太「低估」了任嬸，隨後幾日，根本不消人叫喚，她自主動上門詢問，可有什麼吩咐，忙前忙後，不亦樂乎，恨不得幫林依把屋裡都清理一遍。

林依奇怪，問青苗道：「我是許了她工錢不假，但要養豬賣了錢才得交付，大少夫人那裡錢更多，她怎麼不朝那邊去？」

青苗捂嘴笑道：「妳道她沒去？每日早起頭一回事，就是去大夫人房裡，可惜那裡丫頭婆子大群，根本沒使喚她的機會。」

林依也笑：「原來她是退而求其次。」

李舒是活絡之人，每每出手大方，林依瞧在眼裡，也學了幾招，隔三差五丟給任嬸幾文錢，樂得她與楊嬸炫耀：「大少夫人那裡錢雖多些，抵不住林三娘這裡日日有。」

任嬸被餵了錢，心朝林依這裡偏，再也不到方氏跟前打小報告，出餿主意，林依安安穩穩、順順當當地將豬圈蓋起，止不住地感嘆，自己以前真是傻，要是早些學會這招就好了。

青苗卻不認為，道：「花錢消災，誰人不懂，那也得手頭有錢才成，以往我們自己肚子都填不飽，哪有錢來與她。」

林依站在豬圈門口，眺望遠處田地，心道，手頭再多死錢，也抵不過名下有產業。

張仲微胳膊下夾著一本書，站在屋角看她，只見她滿臉自信笑容，竟是從來也沒瞧過，不知不覺就癡了。

林依感覺到有人注視，忙收回遠眺的目光，卻發現是張仲微，跺腳嗔道：「也不出聲，嚇死個人。」

張仲微憨憨一笑，走上前，自那書裡取出一張交子，遞與她道：「給妳買豬仔。」

方氏都開不出下人月錢了，他哪裡來的錢？林依不接，疑道：「這可是一貫的，你哪裡來這麼些錢？」

張仲微將交子硬塞進她手裡，道：「大嫂給了見面禮，我又用不著，就拿去當了。妳同我客氣什麼，趕緊抓豬仔來養是正經，再遲可就趕不上過年了。」

「為什麼待我這樣好……」林依看著交子，喃喃道。

張仲微摸了摸腦袋，理所當然道：「我不對妳好，對誰好去？」

林依朝周遭看了看，低聲道：「我有錢的，只怕你娘曉得而已。這錢你還是自己攢著吧，明年赴京趕考做盤纏。」

張仲微同大多男子一樣，不大操心家務事，經這提醒才想起，家裡已是窮了，趕考的路費還不知在哪裡呢，於是就將林依遞還的交子接了，又道：「若是差錢，就來找我。」

林依應了，催他回去背書，自去喚了青苗，到早已經問好的人家，抓回十五頭小豬仔。她的豬圈，為了節約成本，只蓋了一大間，裡面用隔板隔成五欄，每欄三頭。

青苗已有一頭肥豬在餵，經驗十足，每日早起打豬草，晚間從田裡收工，也要一左一右拎兩籃子回來。林依從方氏那裡討了些糠來，添進豬草裡，向青苗道：「再辛苦個把月，等占城稻熟了，就不用每日打豬草了。」

青苗笑道：「為何不打，有任嬸呢。」

林依道：「她不用去幫大少夫人蓋房的？」

青苗一面往豬食槽裡添料，一面道：「她年紀也大了，哪吃得消每日都去，還是來與咱們幫忙合算，不然累病了，又要請遊醫，又要吃藥，花銷更大。」

林依同她把豬餵完，已累到渾身酸疼，忙回房洗了，躺下歇息。田裡、豬圈、菜地，三處連軸轉，不知不覺，又到了曬糧的季節。林依需要地壩，那許多糧再不是租上一角地就能曬完的，她料得幾十畝田再也瞞不住，索性主動去尋方氏，將自己有田一事講了，求借張家地壩。

方氏上回聽說她立了女戶、蓋了豬圈，還沒當回事，這番曉得她名下還有田，才真的震驚住，瞠目結舌望了林依好一會兒，方道：「妳還真是瞞得緊。」

林依正要接話，方氏一連串的問題砸了過來，語氣頗為興奮：「水田還是旱地？共有幾畝？種的是水稻還是麥子？田在哪裡，與我們家的田離得遠不遠？」

她這副模樣，任嬸都看不過去，上前插話道：「二夫人，林三娘是要借地壩。」

方氏稍稍冷靜，一想，知道她收了多少糧食，還怕估不出田畝數，於是連忙問道：「妳有幾多糧食要曬？」

林依道：「共有三十五石糧。」

方氏失望了：「這才多少。」

林依道：「佃農分去三成，所剩確是不多，與二夫人比不得。」

任嬸這些日子以來，自林依那裡得了不少好處，心道，人家田比妳少，出手卻是比妳大方多了。她既拿了林依的錢，就想要替她講話，於是悄聲勸方氏：「林三娘曬了糧，才好餵豬，豬餵得肥了，賺的多，二夫人分的錢才多。」

這道理簡單明瞭，方氏一聽就懂了，便與林依道：「地壩我分妳一半使用，不過得與我幾個賃錢。」

林依本也沒指望她能免費借地，便問道：「二夫人想要幾多錢？」

方氏想了想，道：「不收妳多的，兩百文吧。」

照她的行事風格，的確沒多收，想來還是看了那幾頭豬的面子，林依向她學習，再少也要還價：「一百文。」

方氏不願意：「妳一口砍掉一半，太不厚道。」

林依不悅道：「我出一百文，隔壁左右搶著把地壩租我。」

方氏捨不得那砍掉的一百文，更捨不得她去別家租地壩，想了又想，勉強答應下來。

林依回房，直覺得累得慌，向青苗道：「依附二房，真是無路可走才為之，與二夫人打交道，累煞人。」

青苗倒了水與她，問道：「她真收錢了？」

林依一氣將水喝乾，點頭道：「妳還不曉得她，怎會不收，開口還要兩百文呢。」

青苗聞言也氣憤，問道：「任嬸沒敲邊鼓？不是說好哄她，稱是餵豬的糧？」

林依擱了盞子，苦笑：「二夫人根本瞧不上咱們這點子家底，任嬸提了餵豬一事，她才肯租地壩，不然還不願意呢。」

青苗氣道：「二夫人還真是分的清，養豬她能得好處，就幫咱們一把，曬糧她得不到好處，就翻臉不認人。」

方氏就是那樣的人，能拿她怎辦，林依反過去勸解了青苗幾句，同她出去掃地壩，曬糧食。

田產物業都見了光，需要求著張家庇護，瞧方氏臉色，但也有一宗好處，再不用藏著掖著，曬起糧來格外帶勁。三十五石糧，因與丁牙儈關係好，託他賣了個最高價，每斗一百七十一文，共賣了大鐵錢近六十貫。

十月裡，占城稻熟了，林依本是打算雇人來幫忙，沒想到，左鄰右舍聽說她發跡，不消人請，齊齊來幫忙，任嬸也與方氏磨了半天，告了一日的假，來幫她打穀子。

林依哪曾享受過這樣的待遇，驚喜之餘，又止不住地感慨。

青苗笑道：「看來咱們這點子家底，二夫人瞧不上，還是有人瞧上的。」

林依道：「凡事有利有弊，幫忙的是多數，也保不齊有欺我孤女，趁火打劫的。」

青苗得了提醒，忙加緊巡視，果然就見有人偷偷摸摸想把稻穀往自家運。

青苗是個暴脾氣，當下就站在田埂上罵起來，那偷運稻穀的，是村中有名賴皮，原名不得知，人人都喚他賴九。那賴九做慣了這種事，根本不把青苗放眼裡，留了自家媳婦與青苗對罵，自己挑著籮筐，腳步不停地朝家裡去。

林依急得眼冒淚花，她只想過有人上門打劫，沒想到糧食還在地裡，就有人明目張膽連偷帶搶了。眼看著賴九就要下田埂，旁邊突然冒出一人，攔住他去路，林依一瞧，原來是張仲微。那賴九手裡有扁擔，張仲微卻是赤手空拳，她生怕他吃虧，心一急，倒生出一計來，忙喚了兩個身強力壯的小子，道：

「揍賴九一頓，搶回那兩筐糧食，我情願分你們一筐。」

賴九此等行徑，村民們都是瞧慣的，懶得去招惹他，怕引禍上身，因此雖人人有氣憤有同情，卻無人去攔，但林依這一筐糧食許出，許多人就後悔頓足了，心道反正來幫忙就是巴結了，為何不巴結到底，奪回那兩筐糧，自己就能白分一筐。

被林依求到的那兩名小子，瞧著賴九擔著的糧食，想到裡面有一筐是他們的，立時精神振奮，再不怕什麼得罪潑皮，大步衝上去，一個奪扁擔，一個同張仲微一起，將賴九按到地上，痛揍一頓。

賴九哪裡鬥得過三名壯小子，沒幾下就求饒。

張仲微踢了他一腳，道：「下次再來，送你去見官。」

賴九媳婦一路哭，一路朝他身上撲，罵道：「哄誰呢，有本事現在就去尋官老爺，我倒要看看，你們打了人，還如何誣告。」

林依走到跟前，叫青苗與任嬸把她從張仲微身上扯下來，道：「賴九媳婦莫不是忘了，張二少爺的親舅舅本身就是個官，哪消特特去尋，直接綁了妳去見他舅舅便得。」

並不是每個官都審這樣的案子，但這話哄騙賴九媳婦綽綽有餘，立時叫她止了哭，抽抽噎噎地扶著賴九家去了。

林依當場就把那筐糧食分與了揍賴九的兩名小夥兒，又惹來周圍人群一陣眼熱。

張仲微幫她把另一筐擔回田邊，道：「還是妳有本事，幾句話就把他們嚇走了。」

林依瞧他滿頭是汗，叫青苗遞了塊帕子與他，問道：「你來時，二夫人可曉得？」

張仲微不答，也不擦汗，卻問：「這是妳的帕子？」

青苗道：「不是三娘子的，是我的。」

張仲微立時就把那帕子丟了過去：「我不要使妳的。」

其實這帕子就是林依的，青苗故意不說，裝作生氣模樣，扭身就走了。林依欲追，張仲微卻拉住她，氣鼓鼓道：「妳瞧我這滿頭的汗，把個帕子給我呀。」

他這般理直氣壯，林依竟想不出話來搪塞，只好掏出條乾淨帕子，揉在掌心裡遞了過去。

張仲微接了帕子，卻不擦汗，塞進懷裡就跑了。

林依「哎」了一聲，追了幾步，卻不見他反應，只得隨他去了。想了一時，又覺得好笑，下田割著割著稻子，嘴角就朝上揚，惹來青苗偷笑。

有了占城稻，十幾頭豬日日吃糧食，比單餵豬草時肥得快多了，林依瞧在眼裡，正高興，不料一日，有兩頭半大的豬得病，竟死了。

林依著急，忙請了村中有經驗的人來瞧，所幸剩下的十三頭還算健康，沒過上病氣。任嬸與楊嬸聽說豬圈死了豬，連忙來幫忙，將病豬抬出，又照著林依的吩咐，用石灰水清潔屋子，與豬圈消毒。

林依喚來青苗，叫她請人來幫忙，將兩頭死豬抬去燒了。青苗正要照辦，任嬸卻奔出來勸阻：「燒了多可惜，這兩頭也有些肉，咱們切了來賣。」

林依與青苗都唬了一跳：「病豬肉哩，吃了不死人，也要得病。」

任嬸忙比了個噤聲的手勢，壓低了聲音道：「妳們小聲些，被人聽見可就賣不出了。」

方氏聽說豬圈出事，也來瞧，聽見她們的話，支持任嬸道：「極是，能賺一文是一文，若是怕出事，咱們便宜些賣到鄰村去。」

林依自然不同意，開口反駁，但方氏稱她是豬圈股東，不能白白損失了錢，執意要賣病豬。林依再辨幾句，她就道：「不賣也使得，這豬養死了，乃是妳的過錯，妳須得賠錢與我。」

她只想得分紅，不想擔責任，天底下哪有這樣的好事，別說林依，就是幾個下人都覺得她是無理取鬧。冬麥在旁看了一時，覺得這是個討好張梁的好時機，遂輕手輕腳離開，尋到張梁道：「二爺，二夫人要賣病豬哩，這要是鬧出事來，咱們家還要不要在村裡待的？」

張梁一驚，方氏莫不是喪心病狂了，連這等事體都敢做。他忙叫冬麥將方氏喚回，劈頭蓋臉罵了一通。方氏委屈，道：「一大家子人要養活，兒媳有錢，卻不肯出，我不想方設法添進項，怎辦？」

張梁才不理會家中瑣事，只強調病豬不能賣，言罷又補充一句：當心板凳。方氏在意後一句，不敢再賣病豬，由著林依請人抬去燒了。她眼瞧著要到手的錢就這樣飛了，心有不甘，便還是去向林依討要損失費。

林依與她真是秀才遇到兵，有理說不清，急到頭疼，方氏反覆只有一句：「妳養死了我的豬，須得賠錢與我。」

林依暗自腹誹，此人莫不是更年期到了，竟如此難纏。方氏卻十分理直氣壯，與任嬸道：「本來年底這兩頭豬賣了，我能分一成錢，但現在這成錢被她燒了，我能不討回來？」

二人爭執不下，引得一眾人等都來瞧熱鬧，張伯臨與張仲微兄弟倆恰巧也在家，聽了此事，都覺得方氏太過無理，齊齊來勸，要她回房。方氏見兒子外向，氣得七竅生煙，疊聲喚任嬸請家法。

錦書與甄嬸也在人群中，瞧了這一幕，回去稟與李舒知曉，道：「二夫人太丟人，我們再出去，都不好意思說是張家下人。」

李舒最是個愛惜臉面的，婆母刁難她不怕，就怕與她丟面子，急道：「合夥做生意本就有風險，哪有出了事，卻只叫一方賠的道理。」

錦書道：「可不是，我都想衝去把她拉回來。」

甄嬸道：「快打消這念頭，沒瞧見兩位少爺去勸，卻被請了家法？」

李舒一驚：「大少爺挨打了？」

甄嬸道：「那任嬸是他奶娘，哪裡捨得打，做樣子給二夫人瞧罷了。」

李舒稍稍放心，但還是丟不下，遂帶了丫頭婆子，親自出去瞧，只見地壩上圍了一圈人，卻只有方氏一人站在中間鬧，她不禁奇怪：「林三娘呢？」

青苗就在旁邊，回話道：「她一人丟臉也就罷了，我們三娘子才不要一起哩。」

原來林依也嫌她丟人，藏起了，李舒聞言更是替方氏臉紅，便吩咐甄嬸：「二夫人既是想錢，妳取一吊錢與她，叫她莫要鬧了。」

甄嬸應了，回房取錢，李舒則朝堂屋去。堂上，張伯臨與張仲微雖是跪著，臉上卻毫無愧意，張伯臨更是嘻嘻哈哈在與兄弟講笑話。任嬸瞧見李舒進來，忙迎上去道：「我不曾打大少爺。」

李舒臉一紅，上前攙張伯臨，道：「官人快些起來吧，我叫甄嬸與娘送錢去了，想必她不會再生氣了。」

張伯臨就勢爬了起來，跑到門邊一看，果見方氏已鳴金收兵，回房去了，他長舒一口氣，感激李舒道：「還是妳有辦法，只是不該花妳的錢，改日我掙了來還妳。」

李舒好不容易得他一句讚譽，心花怒放，忙道：「我也是張家人，出錢是應該的，就當貼補家用了，官人講這話，可就見外了。」

張伯臨見她行事也討喜，講話也中聽，再瞧她的臉，就不覺得那麼黑了。李舒猜著他對自己印象有了改觀，便上前朝他身旁挨了，二人肩並了肩回房去。

方氏收了李舒的錢，立馬就消停的事，經由青苗，傳到林依這裡，林依感嘆道：「她還真是只認錢，不過大少夫人是甘願拿錢出來的？」

青苗將堂屋一幕講與她聽，道：「大少夫人這一吊錢可花得值，既討了婆母歡心，又得了官人喜愛。」

林依嘆道：「大少夫人大方，自然人人就愛，可惜我手頭錢不多，是學不來了。」

青苗道：「就算有再多錢，方才那樣情形，也不能依了二夫人，不然她愈發覺得我們好欺負。」

這話有理，林依點頭。

青苗又道：「三娘子，妳瞧著吧，二夫人那人，只要嘗到甜頭，就沒有甘休的，下回再出事，一吊錢可就打發不了了，大少夫人煩惱的在後頭呢。」

再煩惱，也是別人家的事，其實林依很是同情李舒，有這樣一個丟臉的婆母，該是難過的吧。

轉眼年底，豬圈的豬出欄，除了中途死的那兩頭，其餘十三頭豬，都養得肥肥壯壯，林依向方氏借了車，運到城裡，仍舊尋丁牙儈幫忙，賣了四十貫大鐵錢。至此，加上之前賣糧食的錢，她今年共賺了一百貫大鐵錢，足陌。

反觀張家兩房，大房六十畝水田，種的都是水稻，共賺一百三十餘貫；二房多幾畝旱地，種了豆子，賺的稍多些，共一百五十餘貫。

青苗將這消息打探來，得意非凡：「她們田多又如何，賺的也不比我們多多少，何況我們還留了一頭豬過年。」

好是好，只是煩擾也不少，同上回租地後一樣，左鄰右舍又上門，張六媳婦求個佃農活計，李三媳婦還要賣閨女，林依煩不勝煩，無奈都是鄉里鄉親，再不耐煩，也得笑臉相迎。

青苗照舊是同情心滿溢，雖未再求林依將李家大妞賣下，卻道：「三娘子每日在地裡曬著，也不像樣子，萬一黑成大少夫人那樣，可不得二少爺歡喜，咱們還是再雇兩個人，照管那幾十畝旱地。」

林依哪猜不到她心裡的小九九，笑罵：「想雇人就直說，扯到二少爺身上去作什麼。」

地裡的確是缺人，雇誰都是雇，照顧下鄰居，等到自己有難時，才有人相幫，這道理林依懂得，但旱地僅有二十餘畝，雇一個男子就足夠，但來求的鄰居卻有兩家，如何是好？

照青苗的意思是全留下，林依卻不願意，她家又不是救濟院，不能養閒人。思來想去，謀了個法子，裁了兩張小紙條，當著張六媳婦與李三媳婦的面，一張上頭畫了個圈，一張上頭畫了個點，道：「咱們來拈鬮，抓到圈的才留下。」

大宋賭博甚為流行，此法張六媳婦與李三媳婦都贊同，認為很公平，於是就抓了，李三媳婦運氣好，抓到了那個圈，喜笑顏開，回家報喜去了。張六媳婦很是沮喪：「她家男人，本就在妳水田裡做活，這下又得旱田差事，可要賺大錢了。」

林依半是玩笑半是安慰，道：「六嫂子盼著我再置產業好了，到時第一個雇妳。」

張六媳婦實誠，將她的話當了真，回去絞盡腦汁想了幾日，真想出個法子來，跑來與林依出主意：「三娘子有三畝苜蓿地呢，何不養些雞鴨鵝？」

林依種苜蓿，本是為了養豬，不過她那豬圈不算大，養得的豬，占城稻都吃不完，苜蓿更是用不著那許多，若是能利用起來另生財路自然是好，但她並沒大規模養過家禽，不知好不好養，也不知賺不賺錢，因此只道過完年再說。

張六媳婦再次把她的話當了真，回去籌備一些事體，只等來年再來尋林依，這是後話。

此時李舒蓋的新屋已粉飾一新，二房一家人趕在年前就搬了進去。村中人都趕來暖屋，你家送兩枚雞蛋，我家送一碗稻米，流水席足足擺了三日。

林依要與方氏送分紅，特意待到第三日人少些才去吃酒，從席上下來，就直接去尋方氏。青苗暗笑，林依真是怕了不講理的方氏，能打一回照面的，絕不分作兩次。

這座新三合院，因為方氏的堅持，與舊屋格局無二，不過略大些。林依到得堂屋，聽見錦書正在抱怨：「這都是些什麼鄰居，不過送了一把青菜，竟好意思全家人來吃足三天。」

方氏聞言不喜，道：「村中送禮大抵如此，哪個叫你們花費那許多來辦酒的，竟碗碗都是肉，別個能不來吃？」

李舒的時常教導在前，錦書不敢與方氏頂嘴，雖不服氣，還是垂手退至一邊。李舒抬頭，瞧見林依，忙起身相迎，笑道：「好些時不見林三娘。」

李舒還本著大家娘子作派，輕易不出房門，自然是少見，林依與她相互見禮，又拜見過方氏，方到椅子上坐下。一名小丫頭端上茶來，林依啜了一口，比張家往常的茶很好些，應是李舒私房，不想她竟賢慧至此，不僅出錢蓋屋，連茶水都備齊。

方氏對此賢慧，視而不見，猶自嘀嘀咕咕，抱怨酒席開銷太大。開銷再大，也是李舒拿的錢，與她方氏什麼相干？

林依都替李舒抱委屈，遂打斷方氏道：「二夫人，我與妳送豬圈的分紅來。」說著自青苗手裡取過四張一貫的交子，交與任嬸。任嬸拿去與方氏瞧了，方氏白得四貫錢，心裡高興，嘴上卻道：「可惜那兩頭豬死了，不然還要多幾貫。」

李舒最恨方氏當眾丟人，剛才方氏那般抱怨，她宛若未聞，此時聽了這話，臉上卻掛不住，忙插話轉了話題，問林依道：「三娘子今年收成還好？」

林依明白她意思，忙接話道：「託大少夫人的福，勉強過得去。」

任嬸尋著了講話的機會，笑道：「三娘子能幹著呢，二十來畝水田、二十來畝旱地，還有十來頭豬，她家人口又少，不知攢下多少。」

這些家底還不抵李舒半只妝盒，她心裡不以為意，嘴上還是講了不少稱讚羨慕的話。林依曉得她只是不願方氏繼續丟人，才有的沒的搜羅了些話來講，於是配合了幾句，就準備起身告辭。

不想方氏聽了她們閒話，突然問道：「林三娘田不少，哪裡來錢買的？」

林依回道：「賣菜得的錢，二夫人不是曉得？」

方氏的思路，忽然間清晰起來，追問道：「妳種菜是租的地，這個錢又是哪裡來的？」

這問題，方氏當初就問過，林依稍一回想，答道：「賣絡子賺的。」

「胡扯。」方氏一拍小几，震得茶盞子跳了幾跳，濺出些茶水來，「當初只想著把田租與妳，不曾細琢磨，現在一想，妳那時租的地可不少，打絡子能掙來那麼些錢？」

所謂時過境遷，八百年前的事，林依怎麼胡謅都成，遂道：「二夫人聰敏，確是沒那麼多錢，那些地，除了二夫人的六十畝和大夫人的六十畝，其他的都賒欠著，後來賣菜賺了錢才償還。」

方氏正在琢磨這話的可信度，李舒卻開了口：「六十畝？我記得草帖上寫的，乃是一百二十畝呀？」

方氏著慌起來，忙道：「是林三娘記差了，是一百二十畝，那還只是水田，咱們家還有旱地呢。」

林依見她們起了爭論，忙趁機告辭。這回方氏沒敢再拖延，爽快讓她走了。林依生怕方氏再追來似的，快步回到房中，長出一口氣，道：「幸虧大少夫人把二夫人纏上了，不然還脫不了身。」

青苗不知林依最初的本錢來路，對方才她們的對話，聽的並不是很明白，想了想，問道：「三娘子，二夫人是擔心妳當初租地的錢來路不正？」

林依回想在銀姊床下挖出錢來的那一幕，斬釘截鐵道：「莫聽二夫人胡亂猜測，就是打絡子賺的，那玩意雖不值錢，但抵不過積少成多。」

青苗沒打過絡子，懵懵懂懂點了點頭，道：「二夫人定是妒忌咱們。」

二人正說著，李舒的聲音在門口響起：「林三娘在家嗎？」

林依忙起身相迎，心下詫異，才剛見過，怎麼又來了。

李舒同她到桌邊坐下，問道：「妳方才說我們家只有六十畝地？」

原來是為了這個，林依有些不解，李舒陪嫁遠不止這個數，怎會計較張家田地到底是一百二十畝，還是六十畝？

李舒瞧出她疑惑，解釋了幾句，原來她這人，最是重誠信，家貧不要緊，騙人她卻要計較。

方氏為人雖討厭，但林依畢竟要依仗她，便替她講話道：「他們不是存心要騙妳，不過是為了草帖上好看些罷了。」

李舒還是不高興，一百二十畝與六十畝有什麼不同，一樣是個窮字，但寫六十畝，代表老實可靠，一百二十畝，卻是糊弄於人，沒把李家放在眼裡。

她心裡這般想著，卻怕這話傳到方氏耳裡去，因此沒有講出來，只道：「這事遲早是瞞不住的，作假好沒意思。」

林依道：「也不算作假，本來是有一百二十畝，後來與大房分家，才少了一半。」

漾小說 40

北宋生活顧問 1

國家圖書館出版品預行編目資料

北宋生活顧問 / 阿昧 著. -- 初版. -- 臺北市：
麥田, 城邦文化出版：家庭傳媒城邦分公司發行,
2012.02
面；公分. --（漾小說；40）
ISBN 978-986-173-732-4（平裝）

857.7 100028249

作者 阿昧
繪圖 游素蘭
責任編輯 施雅棠
副總編輯 林秀梅
編輯總監 劉麗真
總經理 陳逸瑛
發行人 涂玉雲
出版 麥田出版
城邦文化事業股份有限公司
104台北市中山區民生東路二段141號5樓
電話：（886）2-25007696 傳真：（886）2-25001966
發行 英屬蓋曼群島商家庭傳媒股份有限公司城邦分公司
104台北市中山區民生東路二段141號2樓
客服服務專線：（886）2-25007718；25007719
24小時傳真專線：（886）2-25001990；25001991
服務時間：週一至週五上午09:00~12:00；下午13:00~17:00
劃撥帳號：19863813；戶名：書虫股份有限公司
讀者服務信箱：service@readingclub.com.tw
麥田部落格 http://blog.pixnet.net/ryefield
香港發行所 城邦（香港）出版集團有限公司
香港灣仔駱克道193號東超商業中心1樓
電話：852-25086231 傳真：852-25789337
E-mail：hkcite@biznetvigator.com
馬新發行所 城邦（馬新）出版集團【Cite(M) Sdn. Bhd.(458372U)】
11,Jalan 30D/146, Desa Tasik, Sungai Besi, 57000 Kuala Lumpur, Malaysia.
電話：（60）3-90563833 傳真：（60）3-90562833
美術設計 洸譜創意設計股份有限公司
印刷 鴻霖印前數位整合股份有限公司
初版一刷 2012年 02月02日
定價 250元
ISBN 978-986-173-732-4